o Resgate de Grey Sommers

Série
The Lost
Lords

Mary Jo Putney

O Resgate de Grey Sommers

Série
The Lost Lords

Tradução S. T. Silveira

Editora Pausa

Copyright © 2012. No Longer a Gentleman by Mary Jo Putney.
Published by arrangement with Bookcase Literary Agency and Kensington Publishing.

Todos os direitos reservados.

Nenhuma parte desta publicação pode ser reproduzida, distribuída ou transmitida por qualquer forma, seja por meios mecânicos, eletrônicos, seja via cópia xerográfica, sem a prévia autorização por escrito da Editora.

Esta é uma obra de ficção. Nomes, lugares, personagens e eventos são fictícios em todos os aspectos. Quaisquer semelhanças com eventos e pessoas reais, vivas ou mortas, são mera coincidência. Quaisquer marcas registradas, nomes de produtos ou recursos nomeados são usados apenas como referência e são considerados propriedade de seus respectivos proprietários.

Editora
Silvia Tocci Masini

Preparação
Ligia Alves

Revisão
Ligia Alves

Diagramação
Charlie Simonetti

Capa
Charlie Simonetti (sobre imagens de Bogdan Sonjachnyj, Rodia Olena,, Animalvector e Mona Monash · Shutterstock)

```
      Dados Internacionais de Catalogação na Publicação (CIP)
             (Câmara Brasileira do Livro, SP, Brasil)

         Putney, Mary Jo
            O resgate de Grey Sommers / Mary Jo Putney ;
         tradução S. T. Silveira. -- São Paulo : Editora
         Pausa, 2020. -- (Série the lost lords ; 1)

             Título original: No longer a gentleman.
         ISBN 978-65-5070-006-5

             1. Ficção histórica 2. Romance norte-americano
         I. Título. II. Série.

      19-31900                                       CDD-813
             Índices para catálogo sistemático:

            1. Romances históricos : Literatura norte-americana
               813

         Cibele Maria Dias - Bibliotecária - CRB-8/9427
```

Ao Consultor do Caos, pela paciência e bondade.
Nem sempre é fácil viver com uma escritora!

Agradecimentos

Ao Caldeirão Criativo.
Quantas histórias temos arrancado do campo juntos? *Muitas!*
E a todas as grandes pessoas da Kensington, que cuidam tão bem dos meu livros.

1

Londres, janeiro de 1813

Está na hora de dançar com o diabo outra vez. Cassie segurava a aldrava com a cabeça de dragão da porta da casa de Kirkland, perguntando-se que missão a esperava dessa vez.

A porta se abriu. Reconhecendo-a, o mordomo a mandou entrar.

– Meu senhor está no escritório, Senhorita Fox.

– Não é preciso me mostrar o caminho. – Cassie seguiu para os fundos da casa, pensando que já era hora de Kirkland mandá-la de volta para a França. Durante anos ela havia se deslocado secretamente entre a Inglaterra e a França, espionando e agindo como mensageira sob a direção de Kirkland. O trabalho era perigoso e enormemente satisfatório.

Para a sociedade, Kirkland era um cavalheiro leviano e fútil; na vida privada, era um mestre no levantamento e análise de informações. Ele a mantivera em Londres por mais tempo do que o habitual, dessa vez fazendo parte de um grupo que trabalhava febrilmente na descoberta de uma trama arquitetada contra a família real. Haviam sido bem-sucedidos, um casamento e o Natal foram celebrados, e agora Cassie estava inquieta. Trabalhar para minar o regime de Napoleão tinha lhe dado um propósito de vida.

Ela bateu à porta do escritório e entrou quando foi chamada. Kirkland estava sentado atrás da escrivaninha, tão perfeito como sempre. Ele se levantou educadamente quando ela entrou.

Com seu cabelo escuro, ombros largos e traços clássicos, o homem nunca poderia ser considerado menos do que bonito, mas hoje seu rosto estava marcado com tensão, apesar do sorriso.

– Está mais anônima que o habitual, Cassie. Como consegue ser tão imperceptível?

– Talento e prática, já que o anonimato é tão útil para uma espiã – ela respondeu, escolhendo uma cadeira em frente a ele. – Mas o senhor... parece a morte à tarde. Se não cuidar melhor de si mesmo, vai ter febre outra vez e nós vamos descobrir se é indispensável ou não.

– Ninguém é indispensável – disse ele quando retomou seu lugar. – Rob Carmichael poderia fazer meu trabalho, se fosse necessário.

– Ele poderia, mas não iria querer. Rob prefere estar nas ruas cortando cabeças. – Rob tinha dito isso a Cassie. Eles eram amigos íntimos e, ocasionalmente, mais do que amigos.

– E ele é muito bom nisso – concordou Kirkland. – Mas não vou cair fora tão cedo. – Ele começou a brincar com a caneta de pena.

– Você está nervoso – disse Cassie. – Já encontrou uma missão que seja mais que simplesmente comum para mim?

Kirkland não estava de bom humor.

– Enviar agentes para a França é sempre perigoso. Meus receios aumentam quando a missão é mais pessoal do que de interesse vital para a Grã-Bretanha.

– Seu amigo Wyndham – ela retrucou imediatamente. – Enterre suas inquietações. Como herdeiro do Conde de Costain, ele valeria alguns riscos mesmo que não fosse seu amigo.

– Eu deveria saber que você adivinharia. – Ele colocou a pena perfeitamente em pé. – Quantas vezes já seguiu possíveis pistas sobre Wyndham?

– Duas ou três, com uma estranha falta de sucesso.

E Cassie não tinha sido a única agente a procurar provas de que Wyndham estava vivo ou morto. Kirkland nunca desistiria até que houvesse provas de uma coisa ou de outra.

– Eu não estava disposto a admitir, mas temia que ele tivesse sido morto quando a Paz de Amiens terminou e todos os ingleses foram presos, para que não pudessem voltar à Inglaterra. – Kirkland suspirou. – Wyndham não teria ido sozinho. Ele poderia muito bem ter sido morto ao resistir à prisão. Não se ouve falar dele desde maio de 1803, quando a guerra recomeçou.

– Como ele não está em Verdun com o restante dos detentos e nenhum outro vestígio dele apareceu, essa é a explicação mais provável – concordou Cassie. – Mas é a primeira vez que o ouço admitir essa possibilidade.

– Wyndham sempre foi tão cheio de vida – disse Kirkland. – Não parecia possível que ele pudesse ser morto sem um motivo. Eu bem sei, claro. Mas parece que dizer as palavras em voz alta as torna verdadeiras.

Foi uma confissão surpreendente vinda de Kirkland, cujo cérebro era lendariamente aguçado e objetivo.

– Fale-me sobre Wyndham – pediu ela. – Não sobre sua posição e riqueza, mas que tipo de pessoa ele era.

A expressão de Kirkland se suavizou.

– Ele era um homem encantador, de cabelos dourados, que podia arrepiar até mesmo as escamas de uma cobra. Incorreto, mas sem malícia. Lorde Costain enviou-o para a Academia de Westerfield na esperança de que Lady Agnes fosse capaz de lidar com Wyndham sem sucumbir ao seu charme.

– E funcionou? – Cassie perguntou. Ela conhecera a formidável diretora e achava que ela poderia lidar com qualquer um.

– Razoavelmente bem. Lady Agnes gostava dele. Todos gostavam. Mas ela não o deixaria escapar impunemente se tivesse um comportamento ultrajante.

– Você deve ter uma pista nova ou não estaria falando comigo agora.

Kirkland começou a mexer em sua pena novamente.

– Você se lembra do espião francês que descobrimos quando investigávamos a trama contra a família real?

– Paul Clement.

Cassie conhecia vagamente o homem por causa de seus laços com a comunidade de imigrantes franceses.

– Ele forneceu informações sobre Wyndham?

– Clement ouviu rumores de que, assim que a trégua terminou, um jovem nobre inglês escapou das garras de um oficial do governo chamado Claude Durand – respondeu Kirkland. – Eu conheço de nome apenas. Já ouviu falar dele?

Cassie assentiu.

– Ele é de um ramo menos importante de uma família nobre francesa. Quando a revolução chegou, tornou-se um radical, denunciou seu primo, o Conde, e assistiu ao homem ser guilhotinado. Como recompensa, Durand adquiriu o castelo da família e uma boa parte da riqueza. Agora ele é um alto funcionário do Ministério da Polícia. Tem uma reputação de brutalidade e lealdade inabalável a Bonaparte, então seria um homem perigoso de cruzar seu caminho.

– Wyndham pode não ter sobrevivido à ira de um homem assim. Mas Clement ouviu dizer que Durand prendeu o lorde inglês em sua própria masmorra particular. Se era Wyndham, há uma chance de ele estar vivo.

Cassie não precisava dizer que era uma chance bem pequena.

– Você quer que eu investigue a informação de Clement?

– Sim, mas não corra riscos. – Kirkland a encarou com severidade. – Eu me preocupo com você. Você não teme a morte o suficiente.

Ela deu de ombros.

– Eu não procuro por ela. Meu instinto animal me impede de fazer qualquer tolice. Não deve ser difícil localizar o castelo de Durand e descobrir com os moradores da região se ele por acaso tem um prisioneiro inglês loiro.

Kirkland acenou com a cabeça.

– As masmorras não são projetadas para sobrevivência duradoura, mas, com sorte, você conseguirá saber se Wyndham está ou esteve preso lá.

– Ele teria força para sobreviver anos no cativeiro? – perguntou ela.

– Não apenas força física, mas mental. As masmorras podem enlouquecer os homens, especialmente se forem mantidos em isolamento.

– Eu nunca soube com quais recursos internos Wyndham contava. Tudo veio tão facilmente para ele, esportes, estudos, amizades, admirava mulheres. Nunca foi desafiado. Ele pode ter uma inesperada resiliência. Ou pode ter cedido à primeira pressão verdadeira que já enfrentou. – Depois de uma longa pausa, Kirkland disse calmamente: – Acho que ele não teria suportado bem a prisão. Teria sido melhor se tivesse sido morto rapidamente.

– A verdade pode ser difícil, mas é melhor saber o que aconteceu e aceitar a perda do que ser corroído pela incerteza para sempre – respondeu Cassie. – Não devem existir muitos lordes ingleses que ofenderam funcionários poderosos e foram trancados em prisões privadas. Se ele está ou esteve no Castelo Durand, não deve ser complexo descobrir o seu destino.

— É difícil acreditar que teremos uma resposta em breve — ponderou Kirkland. — Se ele estiver realmente lá e vivo, veja o que deve ser feito para tirá-lo daquele lugar.

— Vou partir no fim da semana. — Cassie levantou-se, pensando nos preparativos que tinha pela frente. Ela se sentiu compelida a acrescentar. — Mesmo que por algum milagre ele esteja vivo e eu possa trazê-lo para casa, ele terá mudado muito depois de todos esses anos.

Kirkland suspirou, cansado.

— Não mudamos todos?

Paris, maio de 1803

— Hora de acordar, meu lindo menino de ouro – a voz rouca e tentadora murmurou. – Meu marido voltará logo.

Grey Sommers abriu os olhos e sorriu preguiçosamente para sua companheira de cama. Se a espionagem fosse sempre tão agradável, ele faria disso uma carreira, em vez de algo que meramente gostava de praticar.

– "Menino", Camille? Pensei que tivesse provado o contrário.

Ela riu, sacudindo um emaranhado de cabelos escuros.

– De fato você provou. Melhor chamá-lo de meu lindo homem de ouro. Infelizmente, está na hora de você ir embora.

Grey poderia ter feito isso se a mão que o acariciava não tivesse se tornado provocadora, tirando o bom senso de sua mente. Até agora, ele havia adquirido pouca informação sobre a exuberante Madame Camille Durand, mas tinha aumentado seu conhecimento nas artes amorosas.

O marido dela era um alto funcionário do Ministério da Polícia, e Grey esperava que o homem pudesse ter conversado sobre assuntos secretos com a esposa. Sobretudo, Durand poderia falado sobre o fim da Trégua de Amiens e da retomada da guerra? Mas Camille não tinha interesse em política. Seus talentos estavam em outro lugar, e ele estava mais do que disposto a experimentá-los novamente.

Mais uma vez a luxúria indulgente levou à sonolência. Ele acordou quando a porta se abriu e um homem furioso entrou, uma pistola na mão e dois guardas armados atrás dele. Camille gritou e se sentou na cama.

– Durand!

Grey deslizou para fora da cama no lado oposto ao do marido, pensando dolorosamente que aquilo parecia uma farsa de teatro. Se bem que a pistola parecia muito real.

– Não o matem! – Camille implorou, o cabelo escuro caindo sobre seus seios. – Ele é um lorde inglês, e matá-lo vai causar problemas!

– Um lorde inglês? Este deve ser o tolo do Lorde Wyndham. Li os relatórios da polícia sobre seus movimentos desde sua chegada à França. Você não é um grande espião, rapaz. – Os lábios finos de Durand torceram-se desagradavelmente ao apertar o gatilho da pistola. – Já não importa o que os ingleses pensam.

Grey endireitou-se ao máximo ao reconhecer que não havia uma única maldita coisa que pudesse fazer para salvar sua vida. Seus amigos ririam se soubessem que ele encontrara seu fim nu no quarto de uma mulher casada.

Não. Eles não ririam.

Uma calma assustadora se instalou nele. Ele se perguntava se todos os homens se sentiam assim quando a morte era inevitável. Sorte que ele tinha um irmão mais novo para herdar o condado.

– Eu o ofendi, Citoyen Durand. – Ele estava orgulhoso da firmeza de sua voz. – Ninguém poderá negar que você tem uma causa justa para atirar em mim.

Algo nos olhos escuros de Durand mudou de raiva assassina para crueldade fria.

– Oh, não – ele respondeu, com a voz suave. – Matar você seria muito misericordioso.

Londres, 1813

Cassie voltou para a residência particular que Kirkland mantinha para seus agentes perto de Covent Garden, no número 11 da Exeter Street. Sempre que estava em Londres ela ficava lá, e era a coisa mais próxima que tinha de um lar.

As malas não demoraram muito para serem feitas, porque, sempre que voltava da França, tinha as roupas lavadas e dobradas, prontas para aguardar a próxima missão. Era inverno, por isso ela escolheu roupas mais quentes e botas curtas. Tudo bem escolhido, mas sombrio, porque seu objetivo era passar despercebida.

Estava terminando sua arrumação quando uma batida soou na porta e uma voz feminina chamou,

– Serviço de chá, senhora!

Reconhecendo a voz, Cassie abriu a porta para Lady Kiri Mackenzie, que equilibrava uma bandeja com um bule, xícaras e um prato com bolos. Lady Kiri era alta, bonita, bem-nascida, rica e confiante até os ossos. Espantoso que tivessem ficado amigas.

– Como sabia que eu estava aqui? – Cassie perguntou. – Pensei que você e o nosso recém-nomeado cavaleiro Sir Damian ainda estivessem em lua-de-mel em Wiltshire.

– Mackenzie e eu voltamos à cidade ontem. Como eu passava perto de Covent Garden, pensei em arriscar e ver se a encontrava aqui. – Kiri pôs a bandeja sobre uma mesa. – A Senhora Powell disse que estava, por isso, veja! Eu trouxe o chá.

Cassie se serviu de um pouco e decidiu que precisava de mais água.

– Fico contente que você tenha voltado a tempo para uma visita. Vou embora até o fim da semana.

O rosto de Kiri ficou imóvel.

– França?

– É lá que sou útil.

– Tenha cuidado – disse Kiri, preocupada. – Meu breve encontro com a espionagem me deu uma ideia de como pode ser perigoso.

Cassie provou o chá novamente e decidiu que estava ótimo.

– Foi uma circunstância incomum – respondeu enquanto se servia. – A maior parte do que faço é bastante simples.

Kiri não parecia convencida.

– Quanto tempo vai ficar ausente?

– Não tenho certeza. Dois meses, talvez mais. – Cassie mexeu o açúcar na xícara e voltou para a cadeira. – Lembre-se de que sou parte francesa, por isso não vou para um país estrangeiro. Você é parte hindu, então certamente entende isso.

Kiri ponderou.

– Entendo o seu ponto de vista. Mas a Índia pode ser perigosa, apesar de eu ser meio indiana. O mesmo se aplica à França. Ainda mais agora, quando estamos em guerra.

Cassie escolheu um bolo.

– Esse é o meu trabalho. A minha vocação, na verdade. – O bolo estava cheio de nozes e passas de corinto e era muito saboroso.

– Pelo que vejo, você é muito hábil na espionagem. – Kiri escolheu um bolo de especiarias. Na cozinha da Senhora Powell sempre se podia confiar na boa comida. – Rob Carmichael se importa que se ausente por tanto tempo?

As sobrancelhas de Cassie se arquearam de surpresa.

– Como?

Kiri corou.

– Sinto muito. Não era para eu saber da... relação entre vocês?

Kiri devia ter visto Rob e Cassie juntos. Não era de admirar, já que as duas viveram sob o mesmo teto durante várias semanas.

– A nossa relação é de amizade – retrucou Cassie, com convicção.

– E eu devia me meter com a minha vida – disse Kiri, a voz envergonhada. – Mas ele é um bom sujeito. Eu... Pensei que houvesse algo mais do que amizade entre vocês.

Cassie experimentou uma forte sensação de inveja, ela supôs, de que Kiri pudesse acreditar no amor. Não que sua amiga não tivesse superado problemas. Seu pai tinha morrido antes de ela nascer, e, como havia sido criada na Índia com sangue misto, ela enfrentara preconceito quando sua família veio para a Inglaterra.

Mas Kiri tinha uma mãe e um padrasto amorosos, sem mencionar a riqueza, a posição e a beleza para protegê-la contra um mundo muitas vezes cruel. Cassie nascera com algumas dessas vantagens, mas as tinha perdido cedo, juntamente com sua fé em finais felizes.

Recém-casada e loucamente apaixonada por um homem digno dela, Kiri não tinha experiência para reconhecer as muitas maneiras como homens e mulheres podiam se conectar. Uma necessidade desesperada de calor pode juntar as pessoas, mesmo que não haja amor.

Sem disposição para tentar explicar isso, Cassie replicou simplesmente:

– A amizade é uma das grandes bênçãos da vida. Não é preciso haver mais do que isso.

– Entendido. – Kiri fez uma careta. – Agradeço a paciência com que você me educa sobre assuntos mundanos.

– Você aprendeu depressa. – Cassie riu. – Kirkland disse que contrataria você como agente instantaneamente se não fosse, infelizmente, uma aristocrata. – Ela fez uma pausa. – Ele provavelmente a colocaria para trabalhar escutando o que é dito no Damian's, já que muitos altos funcionários e diplomatas estrangeiros escolhem fazer suas apostas lá.

– A possibilidade pode ter aflorado – disse Kiri, com um brilho nos olhos. Depois de despedaçar outro bolo, ela abriu a bolsinha. – Enquanto estive no campo, passei algum tempo brincando com um aroma que você pode achar útil. – Tirou um pequeno frasco e o entregou. – Eu o chamo de Antiqua.

– Útil? – Cassie aceitou o frasco com entusiasmo. Kiri vinha de uma longa linhagem de mulheres hindus que eram perfumistas, e criava aromas maravilhosos. – Pensei que os perfumes servissem para sedução e frivolidade.

– Cheire e veja o que acha – pediu a amiga, misteriosa.

Cassie obedientemente abriu o frasco, fechou os olhos e inalou. E então inalou novamente.

– Parece... lembra um pouco o mofo, de uma forma pura, se é que isso faz sentido. Terroso e... muito calmo? Cansado? Não é propriamente desagradável, mas nada comparado aos seus perfumes florais e especiarias.

– Se você sentisse esse cheiro ao passar por alguém, o que pensaria?

– Uma velha – respondeu Cassie instantaneamente.

– Perfeito! – Kiri comemorou. – O cheiro é poderoso. Use apenas algumas gotas de Antiqua quando desejar ser imperceptível ou insignificante. As pessoas vão pensar em você como velha e fraca, sem saber o porquê.

– Isso é brilhante! – Cassie cheirou outra vez. – Detectei uma pitada de lavanda, mas não reconheço mais nada.

– Eu incluí óleos que não uso com frequência. Quando os uso, eles são normalmente disfarçados por fragrâncias mais agradáveis – explicou Kiri.

– Quando estou na França, costumo me locomover em uma carroça como vendedora de artigos para senhoras. Fitas, rendas e coisas do gênero. Fico com uma aparência simples, sem graça e indiferente, o que contribui para o efeito. Obrigada, Kiri. – Cassie suspendeu o frasco. – Tem tempo para fazer mais antes de eu partir?

Kiri tirou mais dois frascos.

– Assim que avaliei que o cheiro dava resultado, fiz um lote maior. – Ela sorriu. – Coloquei um pouco disso e me aproximei de Mackenzie, e ele não me reconheceu até eu chamar sua atenção fazendo algo altamente impróprio.

Cassie riu.

– Se você pôde passar por Mackenzie sem ser observada, este cheiro deve me tornar invisível.

Kiri franziu os lábios.

– Se vai viajar como vendedora, tenho um remédio que pode ser um bom item para carregar.

– Perfumes que não estão à altura dos padrões em geral, mas que ainda são adoráveis? Isso seria maravilhoso – disse Cassie.

– Não tinha pensado nisso – respondeu Kiri –, mas é uma boa ideia. Tenho alguns que não são bem o que eu queria, embora agradáveis e muito cheios de ingredientes caros para serem jogados fora. Estão à sua disposição. Mas o que eu tinha em mente era o óleo dos ladrões.

– O que é isso, e por que é que uma dona de casa honesta iria querê-lo?

Kiri sorriu.

– Eu o encontrei ao pesquisar aromas europeus antigos. A história conta que, durante a Peste Negra, alguns ladrões foram apanhados roubando os moribundos e mortos. Em troca de suas vidas, ofereceram a fórmula que lhes permitia cometer seus crimes sem pegar a doença. Há receitas diferentes, mas geralmente são feitas à base de um vinagre de ervas com outras coisas como o limão, o cravo e o alecrim. Os vinagres de ervas são remédios tradicionais, então isso é um bom começo.

– Fascinante – disse Cassie. – Funciona?

– Não faço ideia. Talvez isso possa evitar que alguém sofra de doenças mais comuns, como tosses e resfriados. Como normalmente sou saudável, não sei se o óleo dos ladrões faz diferença. A versão que escolhi é pungente, mas não desagradável, e cheira como se devesse fazer algum bem. Perfeito para uma vendedora ambulante que, se não funcionar, não estará por perto.

– Eu adoraria ter um pouco – disse Cassie. – Vou usá-lo eu mesma. Viajar pelos campos franceses com uma carroça puxada por um pônei no meio do inverno é uma ótima combinação para apanhar uma gripe. Depois lhe digo se o óleo dos ladrões me manteve saudável.

– Enviarei alguns amanhã, juntamente com meus perfumes excedentes. – Kiri vasculhou sua bolsa novamente e pegou um requintado frasco de vidro escarlate com uma rolha delicadamente torcida. – Uma última coisa. Para quando regressar à Inglaterra e puder voltar a ser você mesma.

Cautelosamente, Cassie abriu o frasco e colocou uma gota no pulso. Uma farejada e ela ficou imóvel como pedra. A fragrância era uma camada requintada de rosas e lilás, incenso e luar, sol e sonhos perdidos. Por baixo, as sombras da noite mais escura. Apanhou-a no coração com intensidade dolorosa.

– Agora que a conheço melhor, decidi criar um perfume pessoal – explicou Kiri. – O que acha?

– É magnífico. – Cassie reinseriu a rolha com mais força do que o necessário. – Mas não sei quando terei ocasião de usar algo assim.

– Você odiou – lamentou-se a amiga, tristemente. – Pensei que talvez pudesse...

Cassie olhou para o lindo frasco que estava na palma da mão.

– Não odiei. Eu... só não quero usar tanta verdade.

– Talvez um dia.

– Talvez.

Mas Cassie duvidou disso.

Castelo Durand, verão de 1803

Assim que percebeu que Durand não o queria morto, Grey lutou em todas as oportunidades. A resistência não o matou, embora ele tenha adquirido inúmeras contusões e lacerações.

Se ele soubesse o que tinha pela frente, poderia ter se esforçado mais para ser morto.

Os homens de Durand eram bem treinados e brutalmente eficientes. Assim que Grey foi capturado, um dos guardas apropriou-se de seus trajes finamente feitos sob medida, deu-lhe roupas e sapatos de camponeses grosseiros e ordenou que os vestisse.

Depois de se trocar, Grey foi algemado, amordaçado, vendado e jogado em uma carroça fedorenta. Palha suja foi jogada sobre ele, que lutou freneticamente para respirar enquanto a carroça começava a andar pelas ruas parisienses de paralelepípedos. Quando caiu na inconsciência agonizante, estava certo de que não voltaria a acordar.

Mas ele acordou. Quando recuperou os sentidos, percebeu que podia respirar se não se mexesse muito nem deixasse que o pânico inundasse sua mente.

À medida que as pedras de paralelepípedos se tornaram ruas e, em seguida, estradas rurais, ele pensou que ficaria louco de terror e angústia. Grey sempre adorara o sol, luzes brilhantes e boa companhia. Agora não podia ver, não podia falar, nem mesmo uivar de desespero.

Ele perdeu a noção de quanto tempo ficou balançando na carroça. Vários dias, mas era difícil dizer o período que passara imerso em constante escuridão.

De manhã e à noite, ele era alimentado, bebia e podia se aliviar. Seu corpo estava tão endurecido devido às amarras que mal conseguia caminhar. Uma terrível chuva de primavera às vezes caía, mas sua boa saúde o poupou da pneumonia.

Finalmente o pesadelo acabou. A carroça entrou em um pátio de pedra, as cordas que seguravam seus tornozelos foram desamarradas e ele marchou para dentro de um prédio.

Estar de olhos vendados tinha aguçado seus sentidos. Ele reconheceu que o prédio era grande e antigo e, em sua maior parte, de pedra. Um castelo, talvez. Tropeçou em escadas estreitas com pisos irregulares que sustentaram essa teoria.

Os guardas que ele conhecera pelo cheiro e pelas vozes se reuniram com outro homem de voz gutural, passos estranhos e um cheiro azedo de alho. Uma porta rangeu e Grey foi empurrado através dela. Mal conseguiu evitar bater no chão de pedra.

A mordaça e a venda foram tiradas. Ele recuou para trás da tocha, que feriu seus olhos após dias na escuridão. Os guardas que trouxeram Grey para aquele lugar permaneceram silenciosamente na entrada da porta, enquanto um homem largo com características cruéis e uma perna de madeira se postava diretamente na frente dele. O homem inclinou-se sobre uma bengala que tinha fitas de couro caindo da ponta de bronze.

– Eu sou Gaspard, seu carcereiro – disse o homem, ameaçador em sua voz gutural. Ele falava o francês dos piores lugares de Paris. – Durand me ordenou que o mantivesse vivo. – Deu um sorriso feio. – Temo que você não vá encontrar aqui as acomodações a que está acostumado, meu pequeno maldito.

Grey teve de se esforçar para entender. Ele tinha aprendido o francês dos bem-nascidos quando era menino, mas não conhecia os dialetos grosseiros dos pobres e das províncias. Isso estava mudando rapidamente. Perguntou-se se alguma vez voltaria a ouvir alguém falando inglês.

Ele se lembrou que os franceses chamavam os ingleses de "malditos deuses" desde o tempo de Joana d'Arc. O nome vinha da profanação constante dos soldados do exército inglês. Resignando-se a ser um "maldito", ele disse:

– Se você quiser me manter vivo, comida e água seriam úteis.

Gaspard deu um grande riso.

– De manhã, rapaz. Tenho outras preocupações agora. – Ele olhou para os guardas. – Tirem o casaco e a camisa do maldito.

Os dois guardas silenciosamente obedeceram e avançaram. Grey estava muito cansado e machucado para lutar, e não conseguiu evitar que eles tirassem seu casaco e camisa grandes e irregulares. Nunca se sentiu tão impotente na vida.

O pior estava por vir. Enquanto os dois guardas o imobilizavam, Gaspard começou a chicotear suas costas. Grey percebeu, aos poucos, que as tiras de couro na bengala eram os açoites de um chicote, e que a bengala em si era o cabo.

Depois de uma ou duas dúzias de golpes agonizantes, Grey desmoronou no chão entre os guardas.

– Deixem-no cair – disse Gaspard, com desprezo. – Removam as algemas. Elas não são necessárias. Não há como o maldito escapar desta cela.

Grey permaneceu deitado no chão, sem perceber que uma chave destravou suas algemas de pulso. Os guardas se levantaram e seguiram Gaspard enquanto o carcereiro mancava para fora da cela, sua perna de madeira batendo sinistramente, levando a tocha com eles.

Depois que a pesada porta foi fechada e trancada, Grey foi deixado na escuridão. Até mesmo a réstia de luz no fundo da porta desapareceu quando os carcereiros foram embora.

Grey sentiu pânico ao pensar em ficar preso na escuridão até morrer de tanto gritar. O que os franceses chamavam de prisão? Mas isso era um poço, não era? Os prisioneiros ficavam jogados no fundo de um poço profundo? O nome era "esquecido", porque os prisioneiros eram esquecidos e deixados para morrer.

Ele pensou que a guilhotina poderia ser melhor. Pelo menos a morte seria ao ar livre e rápida.

Mas ele ainda não estava morto. Agora que tinha se livrado da mordaça, da venda nos olhos e das correntes, podia respirar e se movimentar livremente. Quanto à escuridão, ela não o tinha destruído na jornada interminável para aquele lugar, e ele não deixaria que o destruísse, ainda...

Ele se arrastou de joelhos e tocou a camisa e o casaco, que tinham sido deixados nas proximidades. O tecido pesado provocou uma nova onda de dor em suas costas laceradas, mas ele precisava de proteção contra o frio cortante.

Então ele ficou ouvindo. Silêncio absoluto, exceto pelo som tênue da água escorrendo em algum lugar bem próximo. Dada a umidade ao redor, isso não era surpreendente.

O que ele tinha visto de sua cela antes de Gaspard sair? Paredes de pedra, chão de pedra, úmido e sólido. O lugar não era enorme, mas também não era pequeno. Talvez oito metros quadrados, com um teto muito alto. Havia algo em um canto à sua esquerda. Um estrado, talvez?

Oscilando, ele se levantou, depois se moveu para a esquerda com os braços estendidos para evitar colisões. Mesmo assim, bateu lateralmente contra uma parede em um canto, mas alguns hematomas a mais não faziam diferença.

Ele tropeçou em algo macio. Ajoelhando-se, explorou pelo toque e encontrou um estrado de palha e um par de cobertores grosseiros. Luxo comparado com o que ele suportara desde a sua captura.

Em pé, deslizou uma mão ao longo da parede para descobrir as dimensões de sua cela. Desceu pela parede lateral de trás, do lado oposto à porta. Ele se virou e se moveu ao longo da parede. No que calculou como a metade da cela, tropeçou em um obstáculo rochoso e caiu pesadamente.

Mais hematomas, malditos ferimentos dolorosos, mas nada quebrado, ele concluiu depois que recuperou a respiração e tateou os novos ferimentos. Ele explorou com as mãos e identificou dois blocos irregulares de pedra.

Um era da altura de uma cadeira, e então ele se arrastou para cima e se sentou, embora não pudesse se encostar à parede por causa das costas feridas. Como o latejar nos joelhos tinha desaparecido, ele percebeu que nunca tinha apreciado devidamente a conveniência das cadeiras antes.

O segundo bloco de pedra estava a cerca de um palmo e meio de distância, mais ou menos retangular, com a altura de uma mesa. Ele se sentiu muito civilizado.

Depois que a dor diminuiu, ele retomou sua exploração, movendo-se ainda mais lentamente. No canto mais distante, sentiu um filete de água escorrendo pelas pedras. Não era muito, mas talvez o suficiente para evitar que morresse de sede se outra bebida não fosse oferecida.

Não havia mais blocos de pedra. A única outra particularidade que ele localizou foi a enorme porta de madeira e seu batente. Voltou a circular ainda mais devagar. Desta vez no canto de trás, onde a umidade escorria, sentindo o movimento do ar. Ajoelhou-se e encontrou um buraco do tamanho de dois punhos. A água gotejou nele e havia um leve cheiro de lixo humano.

Então era ali que os prisioneiros se aliviavam. Poderia ser pior. Ele usou as instalações, então fez seu caminho de volta para o estrado e se envolveu nos cobertores, deitado de lado para proteger as costas.

Apesar da exaustão, ele se viu olhando para a escuridão e se perguntando o que o esperava. O comentário de Durand de que não importava mais o que os ingleses pensavam sugeria que a guerra estava prestes a recomeçar após um ano de trégua.

Grey não ficara surpreso ao saber disso. Ele tinha visto indícios de que os franceses estavam usando a trégua para se reagrupar em outra rodada de conquista. Desde que tinha se juntado aos britânicos para ir a Paris quando a trégua começara, seu amigo Kirkland lhe pedira que mantivesse os olhos abertos e transmitisse o que visse.

Grey tinha usado isso como desculpa para seduzir uma mulher casada, e esse ato o levara até ali. Não que Camille tivesse exigido muita sedução. Fazendo um retrospecto, ele não tinha certeza de quem tinha seduzido quem.

Deus, o que seria dele? Durand poderia pedir um resgate? Seus pais pagariam qualquer coisa para recuperá-lo. Mas Durand queria que ele sofresse. Isso poderia significar ficar preso para sempre naquela escuridão.

Não para sempre. Até que ele morresse. Quanto tempo demoraria até ele rezar pela morte? Saber que provavelmente morreria ali na escuridão, sozinho e sem piedade, fez seu coração martelar de pânico. Ele lutou severamente contra o medo.

Desmoronar não importaria, já que ninguém estava ali para escarnecer de sua fraqueza. Mas importava para ele. Tudo em sua vida tinha vindo facilmente, e, mesmo quando pego em trapaça, tinha sofrido poucas consequências. Até agora. Resignando-se a viver na escuridão, ele lutou contra seus demônios até que o medo desapareceu e ele dormiu como os mortos.

Na manhã seguinte, acordou para encontrar uma luz entrando em sua cela por uma janela de fenda horizontal perto do teto alto.

Ele chorou diante daquela bela vista.

5

França, 1813

No final da tarde de sol, a aldeia de *St. Just du Sarthe* se parecia muito com qualquer outra aldeia do norte da França, descontado o castelo medieval que se erguia acima.

Conduzindo sua carroça pela colina diante do castelo, Cassie parou para estudar seu objetivo. Localizar a casa da família de Durand não foi difícil. Ela tivera sorte, pois o tempo seco e frio a salvara de ficar atolada na neve ou na lama. Tinha se deslocado a uma velocidade tranquila, parando em aldeias para vender suas fitas, botões e tiras de renda, juntamente com os perfumes de Kiri e alguns remédios.

Tinha comprado e vendido, adquirido roupas ou artesanato que podiam ser comercializados em outros lugares. Em suma, ela se comportara exatamente como uma vendedora ambulante deveria.

Estalando as rédeas nas costas de seu robusto pônei, ela entrou na aldeia. Era suficientemente grande para ter uma pequena taberna, *La Liberté*. Cassie parou lá, esperando encontrar comida quente e informação.

O salão estava vazio, exceto por três homens velhos bebendo vinho juntos em um canto. Uma mulher robusta de meia-idade estava ocupada atrás do bar, mas levantou a cabeça com interesse quando Cassie entrou. Uma desconhecida viajando sozinha não era comum por ali, e Cassie estava se comportando como uma senhora.

– *Bonjour*, madame – disse Cassie. – Sou Madame Renard e espero encontrar comida quente e um quarto para passar a noite.

– Veio ao lugar certo. – A mulher riu. – Ao único lugar. Sou Madame Leroux, a proprietária, e tenho um quarto simples, um cozido de carneiro e pão fresco, se estiver interessada.

– Isso e um copo de vinho tinto vão me servir bem. – Cassie imaginou que a mulher seria uma boa fonte de informação. – Primeiro vou pôr o meu pônei no seu estábulo.

Madame Leroux assentiu.

– A comida estará pronta quando retornar.

O pônei estava tão feliz por estar dentro de casa e alimentado quanto Cassie. Ela voltou para o salão e se sentou em uma cadeira junto à lareira, grata pelo calor.

Estava tirando seu manto quando a proprietária saiu da cozinha com uma bandeja contendo guisado, pão, queijo e vinho. Cassie disse:

– Obrigada, madame. Me acompanha num copo de vinho? Sou uma viajante com produtos femininos, e tenho certeza de que vai poder me dizer se há interesse local nos meus artigos.

– *Merci.* – Madame Leroux serviu um copo de vinho e se instalou confortavelmente do outro lado do fogo. Com uma expressão de curiosidade, perguntou: – Não é perigoso viajar sozinha?

Além de se mover lentamente, Cassie tinha o cabelo grisalho e estava usando um aroma de velhice, então devia parecer preocupantemente frágil.

– Tenho cuidado, e não enfrentei problemas.

– O que a senhora vende?

Cassie listou seus produtos entre bocados do excelente guisado. Quando terminou, a proprietária disse:

– O nosso mercado semanal da aldeia é amanhã. No meio do inverno, novos produtos serão bem-vindos. Acho que você vai achar que vale a pena.

Cassie bebeu o vinho.

– E o castelo acima da cidade? Posso encontrar clientes lá? Tenho alguns perfumes verdadeiramente finos preparados por uma princesa hindu.

A outra mulher sorriu agradecida.

– Uma descrição intrigante, mas o Castelo Durand é um lugar calmo. O dono o visita muito raramente, e sua mulher menos ainda. Nunca há convidados, se você não contar um ou dois prisioneiros na masmorra, e duvido que tenham dinheiro para fazer compras.

– Uma masmorra? – Cassie parecia bem chocada. – Na França moderna?

– Homens com poder não desistem facilmente – disse a proprietária, com cinismo. – Os Durand tornaram-se os senhores do castelo para sempre. São chamados de Lobos de Durand. O último Durand foi esquartejado por ser um aristocrata, mas há um primo lá em cima agora, não muito diferente do último, além de se chamar Citoyen em vez de Monsieur le Comte. Dizem que esse Durand tem um lorde inglês trancado na masmorra, mas tenho cá minhas dúvidas. Onde é que ele encontraria um lorde inglês?

– Parece improvável – concordou Cassie, escondendo a excitação. – Mas certamente há servas... Depois do mercado, eu poderia ir até lá para mostrar os meus produtos.

– Vá por sua conta e risco – disse Madame Leroux. – Metade da aldeia está doente de gripe. É por isso que está tão calmo aqui. Ouvi dizer que a maior parte da criadagem do castelo também está doente. Não é o tipo de coisa que normalmente mata, mas traz muita desgraça. É melhor ficar longe.

– Posso ter algo para isso – disse Cassie. – A hindu que fez os perfumes também me deu o que ela chamou de óleo dos ladrões. A lenda é que, durante os anos da praga, os ladrões o usavam para se manterem seguros quando roubavam os mortos. Eu mesma o testei nesta viagem, e não fiquei doente, apesar do tempo ruim.

O olhar da proprietária ficou aguçado.

– Eu também poderia estar interessada nisso.

Cassie procurou na bolsa por uma amostra.

– Experimente isto. Algumas gotas na palma da mão, esfregue-as, depois junte-as e inale o cheiro.

Madame Leroux seguiu as instruções, suas narinas se abrindo enquanto ela farejava a mistura pungente.

– Cheira como se fosse fazer alguma coisa! Este remédio funciona mesmo?

– De uma mulher de negócios para outra, admito que não tenho certeza – respondeu Cassie. – Mas não tive nem sequer uma tosse desde que comecei a usá-lo.

Madame Leroux cheirou outra vez.

– Talvez possamos trocar o seu óleo pelo meu alojamento.

Depois de uma rápida sessão de negociações, chegou-se a um acordo e Cassie entregou um frasco maior de óleo dos ladrões. Madame Leroux riu.

– Se visitar o castelo e ficar doente com a gripe, pelo menos vai saber que não é bom.

– Espero que funcione – disse Cassie, com um sorriso em resposta. Ela tinha agora uma boa razão para ir ao castelo, onde poderia saber se o amigo perdido de Kirkland estava realmente na masmorra de Durand.

– Mas talvez eu vá para a próxima aldeia. Este país é novo para mim. Quanto falta para a próxima aldeia com alojamento? No verão, fico feliz por acampar com meu pônei, mas não em fevereiro!

– Três a quatro horas de viagem, se o tempo estiver limpo.

– Então seguirei em frente depois do mercado. – Cassie limpou o restante do guisado com a ponta do pão. – Mas farei questão de ficar aqui se voltar outra vez.

Castelo Durand, Verão de 1803

Pela manhã, Grey viu que a pesada porta de sua cela tinha duas portinholas de alçapão que abriam do lado de fora. Uma na altura da cabeça, a outra embaixo.

– O café da manhã, senhor – uma voz zombeteira anunciou, colocando meio pedaço de pão e um copo de chá mentolado morno pela portinhola inferior. – Devolva o copo mais tarde ou não haverá jantar para você.

Como ele estava com fome, obedeceu. Os cafés da manhã eram geralmente pão com gotas espalhadas e mais chá de ervas. Não havia chá caro da China para os prisioneiros.

Os jantares eram escassos, porém mais variados. Poderia ser uma tigela de guisado, ou talvez vegetais e um osso com carne. Ocasionalmente, um ovo cozido. A melhor parte era quando vinha uma taça de estanho de vinho. Era sempre um vinho de mesa novo e tosco, mas lhe dava algo pelo que esperar. Ele ocasionalmente se divertia pensando que, por se tratar da França, a comida da prisão não era tão terrível quanto poderia ser.

Além das refeições, a vida de Grey era uma monotonia mortal. Sentava-se sempre no feixe estreito de luz filtrado em sua cela. Aquela luz o salvara da loucura, mas não do desespero. Tendo sempre vivido rodeado de pessoas, ele nunca percebera que o contato humano era tão essencial à sua vida quanto o ar. Agora não via ninguém, nem mesmo os carcereiros, então não podia usar seu charme lendário para melhorar a situação.

Sentia-se como um pássaro preso em um pequeno quarto batendo-se freneticamente contra as paredes. Mas não havia nada, nada que ele pudesse fazer para escapar. A argamassa que unia as pedras era nova, dura e impenetrável. A fenda da janela que deixava entrar a luz abençoada estava muito acima de sua cabeça para alcançar, mesmo quando ele pulou para tentar chegar ao peitoril.

E seu mundo era pedra cinzenta. As únicas particularidades da cela eram o estrado com palha, cobertores escuros e a bancada e o assento de pedra bruta. Às vezes ele pegava o vislumbre de uma mão carnuda colocando o alimento no chão e removendo a tigela vazia e o copo. Ocasionalmente, Gaspard abria a janela superior da porta para vomitar insultos. Grey percebeu que estava em maus lençóis quando passou a desejar tais interlúdios.

A cela se aqueceu um pouco quando a primavera se transformou em verão. Quando a chuva caiu, o gotejamento de água pela parede ficou mais forte e ele pôde se limpar um pouco. Tentou não pensar nas magníficas novas salas de banho que seu pai tinha construído na sede da família, Summerhill. Banheiras cheias de água quente o suficiente para um homem afundar até o queixo...

Não. Não se atreveria a pensar em sua casa. Como um animal hibernante, ele se refugiou no sono, passando a maior parte das horas do dia e da noite envolto no estrado em uma névoa escura de melancolia. Só as refeições o retiravam de seu torpor.

Isso mudou no dia em que Durand o visitou. Flutuando entre o sono e a vigília indesejada, Grey foi lento para perceber que a porta estava se abrindo. Ainda estava deitado em seu estrado quando Durand entrou na cela.

– Olhe para você, Wyndham – disse Durand, com desprezo. – Três meses de prisão o transformaram em um porco imundo e idiota. Que mulher o deixaria tocá-la agora?

A fúria cortou a letargia de Grey, e ele se lançou do chão diretamente sobre Durand. Assim como seus colegas da Academia Westerfield, ele havia aprendido as habilidades da luta indiana *Kalarippayattu* com Ashton, um colega de classe com sangue hindu. Certamente poderia quebrar um homem de meia-idade...

Durand escapou com grande facilidade, depois girou Grey e o forçou a ajoelhar-se, torcendo um braço dolorosamente atrás de suas costas.

– Não passa de um moleque, e um fraco. – Ele empurrou Grey para o chão, liberando seu aperto e recuando após um chute de despedida no estômago. – Os ingleses são uma nação de fracos. É por isso que a vitória francesa é inevitável.

Ofegante por causa dor do pontapé, Grey disse:

– A guerra recomeçou?

– Naturalmente. A Trégua de Amiens foi apenas uma pausa para recrutar mais homens e construir mais armas. Nos próximos meses, invadiremos a Inglaterra e nos tornaremos senhores da Europa.

Grey não queria acreditar naquilo. Mas poderia ser verdade. Em Paris, soubera que os franceses estavam construindo barcos e reunindo um exército em Boulogne.

– Napoleão terá de passar primeiro pela Marinha Real – ele cuspiu, em uma voz fraca e esganiçada.

– Temos planos para cuidar da sua marinha – disse Durand, confiante. Sua expressão mudou. – Depois da invasão, sua família provavelmente estará morta e sua fortuna, confiscada. Pergunto-me se seria prudente pedir-lhes um resgate agora. Quanto pagariam pelo filho e herdeiro, Wyndham? Cem mil libras? Duzentas mil?

O coração de Grey sofria espasmos. *Meu Deus, ficar livre deste lugar!* Os pais dele pagariam qualquer quantia para tê-lo de volta. Eles iriam...

Eles implorariam por ele. Os pais, o irmão mais novo e a irmã pagariam pela estupidez de Grey. Ele não podia fazer isso com eles.

Controlando um sorriso de escárnio, ele respondeu:

– Eles certamente pensam que já estou morto, e que fiz uma boa viagem. Por que você acha que passei meses na França? Eu era um filho caro e inútil. Meu pai estava furioso comigo, por isso achei melhor sair da vista. Ele teria me deserdado, se pudesse. – Grey encolheu os ombros. – Tenho um irmão mais novo que é melhor que eu em todos os sentidos. Ele será um excelente conde. Não sou amado, nem necessário.

– Uma pena – disse Durand, com um traço de pesar. – Mas totalmente crível. Se fosse meu filho, também não o iria querer de volta. Então, você ficará aqui até apodrecer.

Ele girou no calcanhar e foi embora. As fechaduras da porta estavam trancadas antes que Grey pudesse cambalear até ficar em pé.

Teria ele desperdiçado a sua única chance de sair vivo daquela masmorra? Difícil dizer. Durand era um demônio instável, e podia ter pedido um resgate sem pensar em libertar o prisioneiro. Ou devolvido o cadáver de Grey à Inglaterra.

Mas Durand tinha razão em zombar. Grey tinha chafurdado em autopiedade e desespero, permitindo-se ficar fraco no corpo e no espírito. Se estivesse em melhor forma, talvez pudesse ter partido o pescoço de Durand. Nunca teria escapado do castelo, mas teria sido satisfatório matar o bastardo zombador.

Ele perdera a noção do tempo. Três meses, Durand tinha dito. Ele se sentiu como se estivesse ali havia muitos anos, mas, a julgar pelo comprimento de sua barba, três meses parecia certo. Era verão, provavelmente agosto. Seu vigésimo primeiro aniversário tinha acabado de passar.

Se estivesse em casa na Inglaterra, seus pais teriam feito uma grande festa na sede da família, convidando amigos aristocratas, bem como todos os parentes de Costain. Grey teria gostado muito.

Em vez disso, estavam de luto pelo seu desaparecimento e provável morte. Ele amava sua família, embora sempre tivesse tirado vantagem dela, mas não poderia ter pedido melhores pais. Gostava muito de seu irmão e irmã mais novos, que o admiravam. Tinha falhado com todos eles. A única coisa de que podia se orgulhar era de ter desencorajado o pedido de resgate de Durand.

Grey não conseguiria – *não poderia* – continuar dessa forma sem coragem. Primeiro, tinha de começar com um programa de exercícios para recuperar sua força.

Ele estudou a cela enquanto pensava no que era possível no espaço. Podia correr sem sair do lugar para ganhar resistência. Com disciplina, começou a imaginar lugares onde tinha estado e paisagens que tinha visto para poder sair mentalmente daquelas paredes feias.

Ele correu até sentir um pontada na lateral, depois caiu no chão e se levantou com a força dos braços. Outrora isso teria sido fácil. Agora só conseguia levantar-se meia dúzia de vezes antes de entrar em colapso, ofegante.

Outra forma de fortalecer os músculos seria levantar as duas pedras que serviam de cadeira e mesa. Ele se inclinou para levantar a menor. Era mais pesada que o esperado. Ele mal conseguiu levantá-la quinze centímetros antes de perder o controle. Despencou no chão e um fragmento foi projetado para longe.

Ofegante pelo esforço, ele jurou que levantaria a maldita pedra uma e outra vez até ter força suficiente para carregá-la ao redor da cela. Então ele atacaria o bloco maior, que servia de mesa.

Ele poderia, e faria, exercícios todos os dias. Que mais havia para fazer? Talvez ainda mais importante, ele deveria reconstruir sua mente. Sempre fora preguiçoso em suas aulas, capaz de avançar com pouco trabalho e com a ajuda de uma excelente memória. Lady Agnes fora testemunha do que ele aprendera na Academia de Westerfield, mas seus anos em Oxford foram bastante inúteis. Tinha frequentado a Universidade de Christchurch, onde os filhos de lordes como ele se divertiam nas aulas, entre distrações sociais. Kirkland e Ashton, tipicamente, frequentaram Balliol, a faculdade associada ao brilho puro.

Ele se lembrou das memorizações exigidas por diferentes mestres. Quantos Comentários Gálicos de César poderia citar em latim?

– *Gallia est omnis divisa in partes tres.* Toda a Gália foi dividida em três partes. – Ele sabia o latim e o inglês, e agora traduziu a passagem para o francês. Como sua voz também estava fraca pela falta de uso, ele falava a passagem em voz alta enquanto se exercitava até estar muito cansado.

Shakespeare. Ele estudara o Bardo e também se apresentara em peças de teatro nas casas dos amigos. Sempre era escolhido como um dos líderes e aprendia suas falas facilmente.

– *Amanhã, amanhã e amanhã, rasteja neste ritmo mesquinho de dia para dia...*

Não, não Macbeth, não aqui e agora. Do que é que ele se lembrava da Noite de reis? Sim, essa fora uma escolha muito melhor.

– *Se a música é o alimento do amor, não parem de tocar. Deem-me música em excesso; tanta que, depois de saciar, mate de náusea o apetite.* – Ele gostava de cantar e tinha uma voz decente, por isso podia fazer aquilo o quanto quisesse. Bom para a alma e para manter sua capacidade de falar.

Ele tinha de controlar o tempo, não deixando os dias passarem sem perceber. Quando deixou cair a pedra da cadeira, um pequeno pedaço se partiu. Ele designou esse dia como 15 de agosto de 1803. Usando o fragmento de pedra, ele riscou uma parte perto da porta. Todos os dias seriam marcados com um risco.

Ele conseguia ouvir os sinos da igreja da aldeia. Uma escuta atenta diria a ele que dias eram domingos, e ele deveria ser capaz de determinar os feriados importantes.

A partir de agora, sua vida teria um propósito. Ele poderia nunca ter a oportunidade de se libertar. Mas, se uma chance surgisse, por menor que fosse, ele estaria pronto.

Gradualmente, o corpo enfraquecido de Grey começou a se fortalecer. Assim como sua mente. Ele ficou espantado com o quanto se lembrava de suas lições. Sempre gostara de ler, então a cada dia escolhia um livro de sua biblioteca mental e se lembrava dele o máximo possível.

Ele não falava em voz alta porque isso o fazia sentir-se muito próximo dos loucos que tinha visto quando um de seus amigos mais agitados o levou para o Hospital Bedlam. O amigo pensara que ver pacientes perturbados seria divertido. Grey achou aquilo profundamente inquietante. A lembrança daquelas almas atormentadas ainda o assombrava, especialmente nos dias em que se perguntava se estava mergulhando na loucura.

Embora não falasse em voz alta, não via problema em cantar. Todos os dias ele cantava várias canções, e apreciava tanto a música como a forma como sua voz voltara ao normal após três meses de desuso. E então, uma bênção inesperada apareceu pouco depois da visita de Durand.

Tinha acabado de terminar a interpretação animada de uma música de bebedeira inglesa quando uma jovem voz feminina sussurrou em francês da janela da fenda acima:

– *Bonjour, monsieur*. É verdade que você é um lorde inglês?

Grey ficou em pé, animado. Outro humano! E uma fêmea.

– Já fui, senhora, mas agora sou um prisioneiro sem importância.

A jovem riu.

– Um verdadeiro lorde! Nunca conheci um maldito. Como veio parar aqui?

– Comportei-me mal – disse ele, solenemente.

Ela riu novamente e os dois tiveram uma breve conversa através da janela, que ficava um palmo acima do nível do chão. Ela era uma criada do castelo e se chamava Nicolette, embora ele suspeitasse que esse não era seu nome verdadeiro. Não podia ficar muito tempo, porque a governanta era um dragão e Nicolette temia pela sua posição se fosse apanhada. Mas, depois daquele dia, ela passou a visitá-lo uma ou duas vezes por semana, eventualmente com uma de suas amigas.

Algumas das jovens ficaram deliciosamente escandalizadas com a oportunidade de falar com um lorde inglês preso. Nicolette era uma jovem simpática com algum interesse em Grey como pessoa. Ocasionalmente, ela deixava cair uma maçã ou outra fruta por entre as barras. Ele devorava as doações dela, chocado por algum dia haver achado que sempre teria maçãs.

Nicolette contou-lhe de seu namorado e se despediu dele quando deixou o castelo para se casar. Ele lhe deu sua bênção, pois não tinha mais nada para dar.

Nenhuma das outras criadas o visitara tanto, mas ele ainda recebia visitas ocasionais. Durante algum tempo, houve um jovem burguês dos estábulos que ensinara a Grey canções francesas altamente obscenas, até que o homem foi demitido por embriaguez.

Grey apreciava esses momentos de normalidade. Eles o ajudavam a manter-se são.

França, 1813

Madame Leroux tinha razão, e Cassie fez negócios rapidamente no pequeno mercado na praça da aldeia. Ela gostava muito de ser vendedora. Como não dependia das vendas para se sustentar, podia ser flexível nos preços. Era um prazer poder vender uma fita linda a uma jovem que nunca tinha tido nada bonito.

O óleo dos ladrões também se tornou popular. Com as doenças de inverno em alta, os compradores tentariam tudo o que pudessem para ajudar. Os clientes estavam igualmente interessados em notícias, como os aldeões isolados sempre estavam. *Sim, as notícias da Rússia são más, mas o Imperador tinha escapado em segurança, e este pedaço de renda não ficaria lindo no vestido de noiva da sua filha?*

Ao meio-dia não havia mais clientes, então era hora do castelo. Cassie comeu uma tigela de sopa de feijão grosso em La Liberté, agradeceu Madame Leroux por sua ajuda e deixou St. Just du Sarthe. Em vez de ir para a próxima aldeia, seguiu para o castelo. A estrada estreita era sombria e ventava muito, e o castelo era igualmente frio quando chegou lá.

Ele era rodeado por um muro de pedras que nunca tinha sido explorado. Os portões enormes estavam abertos para que pessoas e veículos pudessem ir e vir facilmente, mas parecia que ainda podiam ser fechados em uma emergência.

Ela atravessou os portões sem ser interrogada. As paredes cortaram o vento forte quando ela estava lá dentro. Não vendo ninguém, Cassie se dirigiu para a parte de trás do castelo, deixando o pônei e a carroça no abrigo dos estábulos mais vazios. Então ela jogou o saco de vendedora sobre um ombro e foi procurar a entrada para a área dos criados.

Depois de duas portas trancadas, encontrou uma que se abria para uma pequena passagem que levava à cozinha. O longo espaço era quente e tinha cheiros agradáveis, mas não havia ninguém à vista. Cassie perguntou:

– Olá! Tem alguém aqui?

A voz de uma mulher rouca respondeu:

– O que quer?

Uma mulher forte se levantou de uma cadeira de madeira perto do fogo e mancou em direção a Cassie. Seu rosto redondo parecia projetado para sorrisos, mas ela estava envolta em xales e tossia a cada poucos passos.

– Sou Madame Renard, uma vendedora, e vejo que é candidata a algumas das minhas pastilhas para a garganta. Pegue uma amostra.

Cassie pegou um pacote de mel e pastilhas de limão do saco. Eram saborosas e ajudavam a acalmar a tosse.

– Não me importo se me fizerem bem. – A mulher tirou uma pastilha do pacote e afundou em um banco. – *Merci*. Eu sou a cozinheira, Madame Bertin.

– Disseram-me que a maioria das pessoas aqui no castelo está doente. – Cassie olhou pela cozinha. A panela no fogão ardia em brasas. – Parece que precisa de ajuda. Quer que acenda o fogo?

– Ficaria muito grata – disse a cozinheira. – Há caldo de galinha na panela. Pode servir-me um pouco? – Ela tossiu com vontade. – Todos estão doentes, na cama, nem sequer conseguem subir escadas. Tenho comida quente para quem quiser, mas ninguém chegou até aqui e não é o meu trabalho esperar pelos outros criados. – Mais tosse.

– Espero que ninguém esteja correndo perigo por estar doente. – Cassie pegou uma concha pendurada no fogão, despejou caldo quente em um pote e colocou em uma mesa próxima.

– A governanta morreu logo, mas já era velha e doente. Acho que ninguém mais está em perigo mortal, mas a gripe deste inverno enfraquece o corpo como o de um gatinho, por dias. – A Senhora Bertin bebeu o caldo quente, parecendo grata. – Impedi que o fogo apagasse e consegui fazer este caldo, mas agora estou cansada demais para qualquer outra coisa.

Ao ver uma oportunidade, Cassie perguntou:

– Estaria disposta a pagar um pouco por ajuda, madame? Eu poderia levar bandejas de pão e caldo aos criados doentes, e talvez fazer algumas tarefas na cozinha.

– Seria uma verdadeira bênção. Vejamos, quem vive em... – A cozinheira pensou. – Há seis criadas nos sótãos e dois homens nos estábulos. As escadas são por aquela porta, mas são cinco longos lances de degraus até o sótão. Consegue fazer isso?

– Sou mais esperta do que pareço. Terei todo o gosto em ajudar. Quando as pessoas estão doentes, precisam de algo quente. – Ela mexeu o caldo com a concha. – E ficarei feliz em ganhar algumas moedas, também. Onde guarda o pão? Queijo também seria bom. Um reforço.

– A despensa fica lá. – Madame Bertin apontou. – Ainda bem que Citoyen Durand não está aqui. Ele estaria chicoteando as pessoas para fazerem seu trabalho, mesmo que estejam doentes demais para ficar de pé. Mas o que vai acontecer em um lugar calmo como este no meio do inverno? Podemos todos descansar um dia ou dois até estarmos prontos para trabalhar de novo.

– Felizmente – Cassie concordou. Ela encheu canecas, cortou pão e queijo e levou uma bandeja para os estábulos, onde foi recebida com gratidão. Depois de voltar à cozinha, preparou mais bandejas para as empregadas. Com seis delas, precisaria fazer duas viagens pelas escadas estreitas de pedra. Não era de se admirar que Madame Bertin nem sequer tenha tentado.

Como dizia a cozinheira, ninguém parecia à porta da morte, mas todos os servos estavam largados em suas camas, fracos, cansados, e ficaram muito agradecidos pelo alimento. Cassie fez uma oração silenciosa para que o óleo dos ladrões a protegesse. Ficar assim tão doente enquanto viajava seria muito ruim.

Ela voltou para a cozinha, onde a senhora estava dormindo em sua cadeira ao pé da lareira. Cassie pôs um xale em volta dela. Tinha chegado a hora de saber se havia realmente uma masmorra com prisioneiros.

– Há mais alguém para levar comida?

Madame Bertin franziu a sobrancelha.

– Há os guardas e os prisioneiros na masmorra. O carcereiro chefe, Gaspard, geralmente manda um homem buscar comida, mas um está doente, Gaspard está fora em algum lugar e aquele ali agora não ousaria deixar seu posto.

– Então o guarda e os prisioneiros precisam de alimentação? Quantos prisioneiros há lá?

– Apenas dois. Com todas as pessoas doentes, estão sendo negligenciados. – A cozinheira contraiu-se. – Um dos prisioneiros é um padre. É muito errado prender um padre, mas Durand ficaria furioso com a impertinência se alguém lhe dissesse isso.

– Chocante! – Cassie concordou. – Qual é o outro prisioneiro?

– Dizem que ele é um lorde inglês, mas nunca o vi, por isso não tenho certeza. – Ela balançou a cabeça tristemente. – Sem dúvida que um inglês merece uma masmorra, mas certamente não o padre. Ele é velho, frágil e precisa de comida quente com este tempo.

– Vou levar comida a todos eles. – Cassie começou a preparar uma bandeja. – Você disse que nunca viu os prisioneiros. Nunca são trazidos para fazer exercícios no pátio?

– Oh, não. Citoyen Durand é muito rigoroso quanto aos seus prisioneiros. Nunca são libertados das suas celas e os guardas nunca entram. A comida é colocada através de uma portinhola. – Madame Bertin contraiu-se outra vez. – Os pobres diabos já devem estar meio loucos.

Os lábios de Cassie se apertavam enquanto ela preparava a comida. Após dez anos de incerteza, a busca por Kirkland poderia estar prestes a terminar. Mas um jovem há tanto tempo preso poderia estar despedaçado, sem qualquer chance de reparação.

Castelo Durand, 1805

Grey olhava para o pardal empoleirado no peitoril.
— Entre, Monsieur L'Oiseau. Guardei um pouco de pão para você. Espero que aprecie o sacrifício. — O pássaro sacudiu a cabeça, indeciso, então Grey assobiou sua melhor imitação de canto de pardal. Tranquila, a ave deslizou da beira do parapeito até o chão e bicou o pedaço de pão que Grey havia guardado.

Ele gostava de falar com os pássaros. Eles nunca o contradiziam, e Grey se divertia com sua atrevida vontade de se aproximar.

— Amor de prisioneiro — murmurou, atirando outra migalha. — Não muito diferente de ser um prêmio elegível no mercado de casamento.

Ele já tinha idade suficiente para experimentar um pouco disso em Londres antes de sua desastrosa decisão de visitar Paris. Kirkland e Ashton, que prestavam mais atenção à política, tinham ambos avisado para manter sua viagem curta, já que a paz não duraria, mas ele, como sempre, os havia afastado. Era o menino de ouro, herdeiro de Costain, a quem nada de mal podia acontecer.

Dois anos mais tarde, ali estava ele, lentamente enlouquecendo de tédio e grato pela companhia fugaz de um pardal. Pelo menos estava mais forte e mais apto do que antes, e sua voz de cantor tinha melhorado.

Ele atirou outra migalha. O pardal agarrou-a, depois sacudiu a cabeça por um momento antes de voar para cima e para fora da janela. Grey viu o pássaro sair com uma inveja tão profunda que até doeu. *Oh, ser capaz de voar livre!* Ele atravessaria o canal e regressaria às belas colinas e campos de Summerhill.

Depois que sua companhia partiu, ele se levantou e começou a correr sem sair do lugar, invocando imagens de sua casa na infância. Aqueles foram dias felizes em Summerhill, abençoados com um clima ameno na costa sul. Campos férteis e animais gordos e felizes. Ele adorava andar na propriedade com o pai, aprender sobre o ofício de um agricultor sem sequer pensar nisso. Seu pai tinha sido um bom professor, desafiando a mente e a curiosidade de seu herdeiro.

O Conde também tinha falado sobre governo e a Câmara dos Lordes e que um dia seria esperado que Grey se tornasse o Conde de Costain. Mas isso tinha sido muito longe no futuro. Seus pais eram jovens e vigorosos, e Grey teria muitos anos para semear aveia selvagem antes que fosse hora de se assentar.

Essa tinha sido a atitude que o trouxera até ali. Cansado, Grey abrandou seu ritmo para um passeio antes de se sentar em sua cadeira rochosa. Posicionou-a para que a luz do sol caísse sobre ele. Que assunto iria contemplar hoje? *História natural*, ele decidiu. Tentaria recordar todos os pássaros que já tinha visto em Dorsetshire.

Sua lista tinha chegado aos vinte e três quando ouviu sons no corredor. Era muito cedo para o jantar. Ele olhou para a porta, perguntando-se se Durand estava fazendo uma de suas breves visitas. O carrasco tinha deixado de fazer provocações cara a cara, já que Grey havia atirado seu sequestrador no chão e quase provocado danos fatais nele.

Grey teria tido sucesso se Durand não tivesse um guarda junto. O lorde tinha sido espancado brutalmente, mas valera a pena. Desde então, Durand contentava-se com o escárnio através da portinhola. *Covarde.*

Ele se preparou para o que quer que viesse, mas os passos pararam perto de sua cela. Vozes rosnando, um estrondo na porta da cela ao lado da sua. Depois, os passos recuaram e o silêncio voltou. Meu Deus, podia mesmo haver outro prisioneiro a apenas uma parede de distância? Se ao menos Grey pudesse falar com ele!

Mas a parede era demasiado espessa para que o som penetrasse. Talvez fosse possível ficar na porta e gritar, mas ela também era grossa e suas duas aberturas estavam tapadas do lado de fora. Se Grey gritasse, atrairia a atenção maligna de Gaspard muito antes de poder fazer-se entender pelo novo prisioneiro.

Ele percorreu a parede incansavelmente, passando as mãos sobre a superfície sólida. Se ao menos houvesse uma maneira de se comunicar! Ele queria uivar de frustração.

Caiu no chão, de costas para a parede, lutando contra a tentação de bater com a cabeça na pedra. E ouviu uma voz, suave, baixa e constante. Congelou, perguntando-se se estava mesmo perdendo o juízo.

Não! O som vinha do buraco do esgoto no canto da cela. Com uma excitação crescente, ajoelhou-se ao lado dela e ouviu. *Sim!* As palavras eram claras agora. *Latim. Uma oração?* A cela ao lado deveria ter um buraco semelhante ao da sua, que se unia a esta e permitia que os resíduos caíssem em algum buraco subterrâneo.

Frenético e esperançoso, ele disse:

– Monsieur! Monsieur, consegue me ouvir?

O latim parou e uma voz suave e culta disse em francês:

– Sim. Você é outro prisioneiro?

– Sim! Na cela ao lado! – Grey engoliu com força, temendo se dissolver em lágrimas. – O meu nome é Grey Sommers e sou inglês. Estou aqui há dois anos. Quem é você?

– Laurent Saville. Chamam-me Père Laurent.

Padre Lawrence?

– É um padre?

– Sou. – Uma nota de secura marcou a voz calma. – O meu crime tem sido amar a Deus mais do que ao Imperador. E você?

– Durand... – Grey hesitou, desconfortável em admitir seus pecados a um padre. Mas era suposto que os padres perdoassem, não era? – Durand flagrou-me com a mulher dele.

– E você ainda está vivo? – Laurent perguntou, espantado.

– Ele pensou que a morte era demasiado misericordiosa. – As palavras de Grey caíram umas sobre as outras. – Me fale de você. De onde é? Onde estudou, que disciplinas conhece? Por favor, fale, qualquer coisa! – Os punhos cerrados, ele se forçou a parar. – Desculpe. Há tanto tempo não tenho uma conversa normal com outro homem.

O riso baixo era profundamente calmante.

– Eu nasci e cresci perto daqui. Teremos todo o tempo de que precisarmos, tenho certeza. Diga-me como é a vida na masmorra de Durand.

O padre tinha razão. Haveria muito tempo para conversar. Até que um deles morresse.

Embora Grey valorizasse as trocas ocasionais com os servos, ter um companheiro regular fazia uma grande diferença. E não poderia ter sido melhor do que Père Laurent, gentil e sábio para aprender, e tão disposto a compartilhar seus conhecimentos, como Grey era para aprendê-los. Às vezes os dois cantavam juntos.

A comida também tinha melhorado. Grey imaginou que alguém na cozinha era um bom católico que achava que um padre merecia comer decentemente, e Grey se beneficiou disso.

Laurent era mais velho, com a saúde mais frágil. Em um inverno terrível, ele parecia à beira da morte por causa de uma febre pulmonar. Foi quando Grey aprendeu a rezar.

O Padre Laurent sobreviveu. E, juntos, os dois mantiveram-se sãos.

9

França, 1813

Como não se sabia se o guarda e os prisioneiros estavam doentes, a Senhora Bertin forneceu um cozido de salsicha em vez de caldo. Carregando três refeições, Cassie cuidadosamente desceu as escadas de pedra traiçoeiras. Não queria quebrar o pescoço quando estava tão perto de uma resposta.

As escadas terminavam em um corredor curto com uma porta na outra extremidade. Uma porta trancada. Como suas mãos não estavam livres, Cassie chutou a porta.

– Monsieur? Trouxe o seu jantar!

Uma chave se mexeu na fechadura e a porta foi aberta rapidamente por um homem corpulento.

– Entre, entre! Estava me perguntando se tinha sido esquecido. – Olhando para ela, ele disse, desconfiado. – Não conheço você.

– Todos os outros estão doentes, com a gripe, por isso estou ajudando – explicou Cassie. – Devo pôr a bandeja sobre a sua mesa?

O guarda assentiu e recuou, relaxando quando viu que sua visita parecia ser uma senhora frágil.

– Gaspard voltará em breve, mas temos ordens para nunca deixar os prisioneiros sem vigilância, por isso não pude subir à cozinha.

Aquilo dizia muito sobre o temperamento de Durand. Ele era obedecido mesmo quando estava a cem milhas de distância e seus homens estavam famintos. Ao colocar a bandeja na extremidade da mesa, ela estudou secretamente a sala dos guardas. Havia várias cadeiras e cartas de baralho na outra ponta da mesa, onde o guarda estava jogando algum tipo de paciência. Esse trabalho devia ser insanamente maçante.

Assim que Cassie pousou uma tigela fumegante, o guarda sentou-se e mergulhou no guisado. Ela despejou vinho do *decanter* que trouxera.

– Também tenho refeições para os prisioneiros. Eles estão atrás daquela porta?

O guarda assentiu e bebeu um pouco de vinho.

– As celas estão lá, mas não se preocupe. Deixe a bandeja e eu levo a comida deles depois que comer. – Ele limpou a boca com a palma da mão. – Se sobrar alguma coisa depois que eu comer! Estou com tanta fome...

Quer dizer que, se ele fosse guloso, os prisioneiros passariam fome? Ocultando sua raiva, ela disse, em tom amigável:

– Se você precisar de mais comida para eles, eu a trarei quando voltar para buscar as tigelas. E talvez um pouco mais de vinho para você, não é?

O guarda deu-lhe um sorriso aberto.

– Você entende o que um homem precisa, senhora. – Ele arrancou um pedaço do pão e mergulhou-o no guisado.

Uma argola de chaves estava pendurada em um prego junto à porta que levava às celas. Apesar de Kirkland ter enviado Cassie apenas para verificar suas informações, não haveria melhor chance de libertar Wyndham se ele estivesse ali. Mesmo que não estivesse, Cassie libertaria qualquer outro pobre diabo definhando naquele buraco infernal.

O guarda não estava prestando atenção nela, então Cassie pisou atrás dele e aplicou forte pressão em dois pontos cuidadosamente escolhidos em seu pescoço grosso.

– *Merde!* – Quando o fluxo de sangue foi cortado, o guarda se sacudiu e começou um protesto, e depois caiu sobre seu jantar. Cassie manteve a pressão por tempo suficiente para garantir que ele estivesse completamente inconsciente.

Depois de soltar a mão, amarrou seus pulsos e tornozelos e o amordaçou. Outro momento para arrumá-lo atrás da mesa para que não ficasse imediatamente visível se alguém entrasse, e então ela pegou o chaveiro. Se Gaspard iria voltar em breve, ela precisava agir rápido.

Levou alguns minutos para encontrar a chave certa. A porta se abriu, e ela ficou quase chocada com o fedor da passagem do outro lado. *Meu Deus, como teria sido passar dez anos sem tomar banho?*

Tentando ignorar o cheiro de corpos não lavados, ela se dirigiu para a passagem mal iluminada. A parede da direita era de pedra lisa; a da esquerda tinha quatro portas. O nariz dela confirmou que as celas ocupadas estavam no extremo oposto. Qual delas tinha o homem que ela procurava?

Enquanto parava, ouviu o som de uma voz masculina atrás da última porta. Ela piscou. Ele estava *cantando*! Era um bom barítono.

Ela ouviu as palavras e sorriu involuntariamente quando percebeu que ele estava cantando uma música francesa tão desprezível que nem mesmo ela conhecia todas as obscenidades. Provavelmente não era o padre, então.

Agora precisava descobrir se era Wyndham. Na esperança de que Deus não o tivesse deixado enlouquecer, ela encontrou uma chave provável e tentou abrir a cela no extremo oposto. Foram necessárias três tentativas para encontrar a chave certa. Ela abriu a porta e se viu cara a cara com um monstro de pesadelo, com cabelos sujos e a barba caindo sobre roupas esfarrapadas.

Ambos congelaram em choque, olhando um para o outro. Aquele era o menino de ouro de Kirkland? O prisioneiro tinha ombros largos e parecia um lobo faminto. Era difícil dizer de que cor era o seu cabelo, debaixo da imundície. Não muito escuro, mas certamente não era loiro. Sua única característica particular era a intensidade assustadora de seus olhos cinzentos de anéis escuros.

O momento de surpresa terminou – e ele se lançou contra ela com a morte em seus olhos cinzentos e loucos.

10

Em um mundo de monotonia sem fim, até mesmo pequenas mudanças eram imediatamente perceptíveis. Grey estava correndo sem sair do lugar quando uma chave na fechadura o alertou instantaneamente. A porta não era aberta desde o dia em que ele chegara perto de matar Durand. Desde então, Durand tinha falado através da pequena janela quando vinha provocar Grey com histórias de grandes vitórias francesas e previsões da iminente derrota dos britânicos.

Mas, se Durand ou Gaspard estivessem de visita, saberiam qual chave usar. Seria um guarda? Mais ninguém era permitido lá embaixo. Grey aproximou-se da porta, todos os músculos de seu corpo contraídos. Ao lado da porta havia dez anos de riscos marcando os dias. Milhares de sinais que indicavam dias sem fim. Se houvesse a mais remota hipótese de escapar, ele atacaria.

A porta se abriu para revelar uma mulher. O choque paralisou-o temporariamente. Meu Deus, uma mulher, a primeira que ele via em dez anos! Ela era velha, pálida, frágil e apática, mas inquestionavelmente feminina. A pura maravilha que o manteve imóvel.

Ele se recuperou da surpresa quando percebeu que essa seria sua chance de escapar daquela maldita cela. Ela nunca conseguiria detê-lo, especialmente porque nem sequer segurava uma arma. Ele a atacou.

Grey estava pegando as chaves quando ela o derrubou, pegou seu braço estendido e usou sua própria força para atirá-lo no chão com o braço torcido atrás das costas, agonizando. Ele ficou deitado de barriga para baixo, ofegante. Anos de exercício constante e uma mulher idosa podia destruí-lo?

– Você é Lorde Wyndham? – perguntou ela, com uma voz rápida e baixa. – Fui mandada por Kirkland para ajudá-lo.

Ela falou em inglês. Fazia tanto tempo que ele não ouvia a sua língua que levou um longo momento para interpretar as palavras. *Wyndham. Kirkland. Ajudar?*

Ela disse em francês:

– Então não é Wyndham. Não importa. Se quiser fugir, eu o ajudo, se prometer que não me ataca outra vez.

Ele respondeu na mesma língua:

– Eu sou Wyndham. Não falo inglês há anos. Não foi um ataque, apenas uma tentativa de fuga. Posso me levantar?

Ela libertou o braço dele. Wyndham ficou em pé, deleitando os olhos na visão de outro ser humano. Melhor ainda, uma mulher asseada e decente. Ele envolveu impulsivamente os braços ao redor dela e esmagou seu corpo quente em um abraço, o coração dele batendo.

Ela reagiu, empurrando-o.

– Por favor – disse ele, com a voz tremendo. – Tenho estado tão... tão esfomeado por tocar em alguém. Só um momento. *Por favor!*

Ela relaxou e o deixou segurá-la. Meu Deus, ela se sentiu bem!

Uma mulher quente e respirando com um doce aroma de lavanda que o fez pensar em sua avó. Ele não queria deixá-la ir. Depois de um curto espaço de tempo, ela se afastou.

– Chega – disse ela, sua voz compassiva. – Temos de partir. Quase todos no castelo estão com gripe, por isso acho que podemos sair daqui se tivermos cuidado. Tenho uma carroça com um pônei onde você pode se esconder até estarmos fora. Tem alguma coisa para levar com você?

Ele deu um riso amargo.

– Nem uma maldita coisa, exceto Père Laurent, na cela ao lado. – Ele pegou suas chaves e começou a mexer nelas.

– Tente esta. – Ela tocou em uma chave. – É semelhante àquela que abriu a sua cela. O padre pode mover-se rapidamente?

– Ele tem estado doente. Não sei quanto tempo mais vai durar neste lugar terrível.

A mulher franziu o cenho.

– Isso pode pôr em risco a nossa fuga.

– Não vou sem ele – disse Grey, enquanto deslizava a chave para a fechadura.

– Muito bem, então. – A mulher podia ser velha e seca, mas sabia quando não perder tempo discutindo.

As mãos de Grey estavam tremendo quando tentou abrir a porta. Uma ação tão simples, mas profundamente irreal depois de dez anos em que ele não tinha feito nada tão simples e normal. Mas a chave de ferro frio era sólida em sua mão, e aquele arremesso para o chão tinha sido muito real.

– Quem você é? – ele perguntou enquanto sacudia a chave na fechadura rígida.

Ela encolheu os ombros.

– Já tive muitos nomes. Me chame de Cassie ou Renard.

Cassie, a Raposa. Já que tinha conseguido entrar no castelo e libertá-lo, era um bom nome para ela.

A porta abriu-se e Grey finalmente encontrou o homem que o conhecia melhor do que ninguém no mundo. Laurent estava deitado em seu estrado. Na parede acima de sua cabeça, uma cruz marrom irregular tinha sido desenhada com sangue. O santuário pessoal do padre.

Père Laurent levantou-se em um braço quando a porta se abriu. Ele era magro, de cabelos brancos e esfarrapado, mas Grey o teria conhecido em qualquer lugar pela calma sabedoria em seu rosto.

– Grey. – O padre sorriu luminosamente enquanto estendia a mão. – Finalmente nos encontramos pessoalmente.

– Encontrar e escapar, cortesia desta senhora aqui. – Grey pegou na mão do amigo e o puxou para cima. – Temos de ser rápidos. Consegue aguentar?

O padre balançou e teria caído sem o apoio de Grey. Ele exalou grosseiramente.

– Temo que não. Precisam partir sem mim. É melhor você escapar do que sermos todos capturados.

– Não! – Grey deslizou o braço na cintura de Laurent. O homem mais velho era apenas pele e ossos, parecendo tão frágil que poderia quebrar, porém, mais uma vez, o toque humano foi um prazer mais profundo do que as palavras poderiam descrever. – Você vai comigo ou então não vou.

Cassie franziu o cenho.

– Père Laurent tem razão. Temos de fugir do castelo, evitar perseguições na França e voltar para a Inglaterra. O bom padre não parece que conseguirá subir as escadas.

– Vou carregá-lo! – Grey cuspiu.

– Ele é muito teimoso – disse o padre suavemente a Cassie. – Mas, se conseguirmos fugir do castelo, posso ficar em segurança com uma sobrinha, enquanto vocês dois correm para suas vidas.

– Muito bem. – Os olhos dela estavam preocupados. – Mas temos de agir rapidamente. O Sargento Gaspard pode voltar a qualquer momento.

Quando Père Laurent se estendeu e tocou a cruz de sangue em um gesto de despedida, Grey sussurrou sob seu fôlego:

– Espero que o diabo volte.

Felizmente, Cassie, a Raposa, não o ouviu.

11

Os instintos de Cassie estavam gritando que eles deveriam se mover mais rápido enquanto ela avançava pela passagem, e aqueles instintos haviam salvado sua vida várias vezes. Mas, com Wyndham meio carregando o padre, eles se deslocavam lentamente. Ela se perguntou se ele seria forte o suficiente para carregar Père Laurent pelas escadas após anos de abuso e alimentação inadequada.

O mal-estar dela aumentou quando ouviu passos irregulares à frente. Um homem descendo para a sala dos guardas.

– Alguém vem aí – disse ela, em voz baixa.

Cassie estava pegando sua faca escondida quando Wyndham disse, com uma ameaça gelada:

– Gaspard. É o som da perna de pau. Segure Père Laurent.

Wyndham alcançou Cassie e transferiu para ela o peso do padre. Ela pegou automaticamente no outro braço de Père Laurent para que ele não caísse. O que significava que a mão da faca não estava livre.

Antes que pudesse protestar, Wyndham passou por ela com uma expressão tão feroz que ela ficou atordoada com o silêncio. Ele se moveu como uma besta selvagem que havia sido solta de uma jaula, seu passo lento levando-o para a sala dos guardas em segundos.

O homem com a perna de pau apareceu na porta, no fundo das escadas. Sua mandíbula caiu quando viu um prisioneiro correndo em sua direção.

– Merde!

Gaspard tirou uma pistola de seu casaco. Antes de poder apontar a arma, Wyndham estava em cima dele com um grunhido que mal era humano.

Houve um estalido audível quando Wyndham partiu o pescoço de Gaspard. O sargento caiu como um fantoche cujas cordas tinham sido cortadas. O fim tinha chegado tão depressa que aquilo nem sequer podia ser chamado de luta.

Cassie deve ter feito algum som, porque Père Laurent disse calmamente:

– Eu não sou um homem violento. Mas direi que Gaspard teve menos do que merecia.

Lembrando-se de que Wyndham teria aprendido habilidades de luta hindu na Academia Westerfield, Cassie engoliu seu choque. Mas, enquanto apoiava o padre ao longo do último trecho da passagem, ela se perguntava se tinha libertado um lobo enlouquecido para correr na selva.

Quando chegaram à sala dos guardas, Wyndham havia tirado o morto das escadas e estava rapidamente despindo-o.

– Père Laurent, estas roupas vão mantê-lo mais quente – disse ele.

Um homem prático, Wyndham. Cassie disse:

– Coloquei o guarda atrás da mesa. Ele ainda deve estar inconsciente. Ele é mais alto, por isso a roupa dele seria melhor para o senhor. Só não o mate, por favor.

Wyndham empilhou as roupas de Gaspard na cadeira e depois puxou o segurança.

– Você trabalha bem – disse ele, com aprovação. – Primeiro vou ajudar a vestir Père Laurent.

Cassie compreendia que um padre idoso poderia não querer a ajuda de uma mulher. Ela se inclinou sobre o guarda e libertou os cordões para que pudesse despi-lo.

Ele estava começando a se mexer, então ela o derrubou de novo. Teve o cuidado de não cortar o fluxo sanguíneo durante tanto tempo que a mente do homem ficasse danificada. Ela se esforçava ao máximo para evitar machucar ou matar alguém sem uma boa razão.

Ele era pesado, mas Cassie era muito mais forte do que parecia. No momento em que tirava as vestes, o sacerdote estava vestido e sentado à mesa, engolindo uma tigela de guisado. Enquanto ela servia vinho para ele, Laurent disse, desculpando-se:

– Não nos alimentavam desde ontem de manhã.

– Quase todos no castelo estão doentes – explicou Cassie. – Eu me ofereci para levar bandejas, e foi assim que consegui encontrá-los.

– Suponho que Grey e eu devíamos estar gratos por ninguém ter vindo até nós, o que parece ter-nos poupado da doença. – Laurent limpou o que sobrava do guisado com um pedaço de pão. – *Le bon Dieu* trabalha de formas misteriosas.

Cassie tinha visto muitas evidências disso, incluindo o fato de que a divindade parecia ter um senso de humor perverso. Ela perguntou:

– Grey?

– O meu nome de batismo é Greydon Sommers – disse Wyndham. – Há já algum tempo que não me sinto como um visconde cortês, por isso prefiro que me chamem Grey.

Ela entendeu aquilo muito bem. Derramou o último vinho em uma taça para Grey, com cuidado para manter seu olhar afastado enquanto ele tirava suas roupas esfarrapadas. O tecido gasto e fino seria transparente se não fosse pelas camadas de sujeira.

– Pronto – disse ele.

Ela se virou e viu que as roupas do guarda estavam soltas o suficiente para contornar sua cintura duas vezes, mas a altura estava próxima e a roupa estava limpa e quente em comparação com seus trapos velhos. Se não fosse pelo emaranhado de cabelo e barba caindo até a metade da cintura, ele pareceria normal. Exceto pela luz brilhante em seus olhos cinzentos.

– Vou sair e levar minha carroça com o pônei para a entrada – disse ela. – Há um patamar no topo dos degraus. Aguarde lá até eu ir buscá-los. Espero que possamos fugir sem sermos vistos.

Wyndham levantou uma tigela de guisado e começou a mexer nela com os dedos nus, feito um selvagem da floresta.

– A carroça vai demorar uns minutos, por isso vou comer primeiro.

– Só não atrasem a nossa partida. – Ela subiu as escadas, os passos rápidos. Esperava que os homens não engolissem a comida tão depressa a ponto de passarem mal.

No patamar da escada, Cassie abriu a porta e olhou para fora cautelosamente. *Silêncio.* Dirigiu-se para a porta dos fundos, caminhando delicadamente. Teve de passar por uma extremidade da cozinha para sair. Madame Bertin estava no lado oposto, roncando alto na cadeira junto à lareira.

Esperando que aquilo durasse, Cassie deixou o castelo e atravessou o pátio na direção dos estábulos. O vento estava mais forte e ainda mais intenso do que quando ela chegara. Havia uma tempestade a caminho, ela podia sentir no ar.

Seu pônei aguardava pacientemente, tendo terminado o feno que Cassie tinha aproveitado do abastecimento do estábulo. Ela tirou a manta do pônei. Era quente e cheirava mal, mas aquilo era o menor problema em comparação com o cheiro dos prisioneiros.

Ela tinha construído a carroça com um fundo falso capaz de transportar carga útil e pessoas, quando necessário. Chegou a um painel que se abriu ao longo da lateral. Atirou a manta para dentro. O compartimento não era confortável, mas havia palha limpa e o cobertor do animal acrescentava calor e amortecimento. Era suficientemente grande para dois homens, e nada mais.

Depois de atravessar o pátio, ela amarrou o pônei na porta dos fundos e entrou novamente. Madame Bertin ainda ressonava.

Wyndham – *Grey* – e o padre esperavam no patamar no topo das escadas, o padre apoiado por seu amigo mais novo. Ela tocou um dedo nos lábios, em um gesto de silêncio.

Père Laurent parecia que nunca chegaria à carroça sem entrar em colapso. Ela mordeu o lábio, mas não precisava se preocupar. Grey pegou o velhote como se ele não pesasse nada e o carregou rápida e silenciosamente pela cozinha. Era como uma peça da Restauração, com personagens que atravessavam o palco sem serem vistos.

Perguntando-se como Grey tinha mantido tanta força sob as condições da prisão, Cassie abriu a porta externa e olhou ao redor. O pátio ainda estava vazio. Agradecendo aos ventos frios e à gripe, ela manteve a porta aberta para que Grey pudesse levar o padre para fora.

Ele pisou ao ar livre – e congelou, seu olhar se elevando para cima. Uma pulsação rápida na garganta. Ele sussurrou:

– Nunca pensei voltar a ver o céu aberto.

– Ele estava aqui à sua espera. – Ela levantou o painel que abriu o fundo falso. – E, quanto mais cedo partirmos, melhores serão as chances de que você possa aproveitá-lo por muito tempo.

Grey olhou para o compartimento. Parecia um potro nervoso pronto para fugir. Adivinhando o problema, ela disse:

– Sei que os aposentos são apertados, mas é necessário.

Ele respirava com dificuldade, enchendo-se de coragem. Então, colocou cuidadosamente o amigo no compartimento. O padre disse a Cassie em voz baixa:

– Pegue a estrada principal ao sul da aldeia. Essa é a direção para a fazenda da minha sobrinha.

– Muito bem. Quando estivermos a salvo, você poderá me dar instruções mais detalhadas. – Ela olhou para Grey. – É a sua vez. Ajuda saber que não vai ficar preso? O compartimento pode ser destrancado por dentro.

– Isso ajuda – disse ele em voz alta antes de entrar no buraco. – Sempre pensei que deixaria este lugar em um caixão ensanguentado – murmurou. – Parece que tinha razão.

Ela quase riu. Aparentemente ele mantinha algum senso de humor, então havia esperança para o homem.

– Este caixão tem ar fresco, e não será por muito tempo.

Cassie trancou a longa portinhola e subiu para o assento. Os primeiros flocos de neve estavam descendo suavemente enquanto ela colocava a carroça em movimento. Ela saiu pelos portões do castelo, esperando que se refugiassem antes que a neve se tornasse pesada. E que a sobrinha do sacerdote ainda estivesse viva, bem, e os acolhesse como ele acreditava. A primeira fase, o resgate do castelo, tinha sido bem-sucedida.

Agora vinha a parte difícil.

Grey e Laurent escorregaram um pouco para a frente da carroça enquanto ela descia a colina do Castelo Durand. Ainda não havia gritos de perseguição, nem tiros. Quanto tempo até que a ausência deles fosse descoberta? Algumas horas, talvez até um dia.

Père Laurent murmurou:

– Não acreditei que deixaria aquele lugar vivo.

– Nem eu. Muito menos que eu seria salvo por *Cassie, a Raposa*.

– Esse é o nome dela? Fica-lhe bem. Ela é inteligente como uma raposa.

Era mesmo. Grey esperava que Cassie, a Raposa continuasse a ser tão competente como tinha sido até agora. A forma como ela tinha batido à porta depois de imobilizar o guarda fora impressionante. Ele fechou os olhos para não ver como aquele compartimento era apertado. Seria embaraçoso desmoronar agora que estava finalmente livre.

Ficou grato quando a carroça parou. Sons de vasculhar por cima das cabeças, depois Cassie abriu o painel lateral. Seu manto escuro estava coberto de flocos de neve.

Grey deslizou para fora com alívio. A neve estava começando a acumular-se no solo duro como ferro, e mais neve estava caindo. *O tempo. O tempo de verdade!* Não só ver a luz mudar para além da pequena janela da cela.

Enquanto Grey ajudava o amigo a sair do compartimento, Cassie disse:

– Vou precisar da sua orientação agora, Père Laurent. Sinto que vem muita neve, e gostaria de encontrar abrigo antes que as estradas se tornem intransitáveis. Se a sua sobrinha estiver muito longe, teremos de procurar um celeiro isolado para esperar a tempestade.

Laurent olhou para o horizonte, onde a forma borrada do Castelo Durand ainda era visível através da neve que caía.

– De onde estamos agora, possivelmente chegaremos à fazenda de Viole antes que as estradas se tornem difíceis. Ela se casou com um estrangeiro. – Ele deu um sorriso fugaz. – Um homem que vive a mais de meia hora de distância. A fazenda de Romain Boyer é um pequeno e próspero lugar escondido nas colinas.

– Se algo tiver acontecido com sua sobrinha, o marido dela nos receberá? – Cassie perguntou. – Muita coisa mudou na França nos últimos anos.

– Vamos encontrar abrigo lá – disse Laurent, confiante. – Tenho de cavalgar ao seu lado, Cassie, a Raposa. O caminho é confuso e vou precisar guiá-la.

– Muito bem. – Cassie levantou uma tesoura que segurava a seu lado. – Mas primeiro vou cortar seu cabelo e sua barba para que você não chame tanto a atenção.

Ela começou a cortar eficientemente o fino cabelo branco de Laurent. Depois de cortar os emaranhados que caíam sobre seus ombros, ele mudou de um ermitão de olhos selvagens para um velho desinteressante para quem ninguém olharia uma segunda vez.

Quando ela terminou, Grey suspendeu seu amigo até o assento na carroça e colocou a manta sobre ele. Para Cassie, ele disse:

– É a minha vez. Se você me der a tesoura, eu mesmo corto para podermos ir embora sem mais atrasos.

– Você teria problemas com a parte de trás. – Ela começou a cortar abaixo da orelha esquerda dele. Seu cabelo era muito mais grosso do que o de Père Laurent, por isso ela o tirou em partes. Ela era mais alta do que ele imaginava, média ou um pouco acima. – Isso só vai demorar alguns minutos.

Ele permaneceu imóvel, apesar da proximidade das lâminas afiadas. Se pudesse raspar a cabeça e o rosto completamente, estaria disposto, só para se livrar da horrível e imunda massa de cabelo. Durante os anos de aprisionamento, ele às vezes gastava o tempo arrancando os cabelos separados. Se não tivesse feito isso, o emaranhado já teria passado da cintura.

Apesar de todos os nós, ela conseguiu cortar rapidamente o cabelo de Grey de modo que ficasse acima dos ombros, então aparou a barba.

Deixou cabelo suficiente para evitar que a cabeça dele congelasse, mas remover o peso o fez sentir-se mais leve e mais livre. Não mais limpo, mas isso aconteceria em breve.

Era estranho estar tão perto de uma mulher novamente. Ele queria envolver os braços em volta dela e beijá-la na horizontal. Ficou envergonhado com a reação intensa a uma mulher mais velha que sua mãe. Meu Deus, quanto tempo levaria até ele conseguir encontrar uma moça disponível?

Lutando contra os pensamentos lascivos, ele olhou para a neve. Poderia não ser mais um cavalheiro, mas pelo menos tinha autocontrole suficiente para não se comportar como um animal com a mulher que arriscara sua vida para salvá-lo. Pelo menos ele esperava que sim.

– Pronto. – Ela terminou de aparar a barba alguns centímetros abaixo do queixo, então se curvou para pegar os punhados de cabelos caídos no chão. – Não devemos mostrar nossa direção deixando um rastro de cabelo. – Ela juntou as mechas gordurosas e as enfiou em um canto da carroça. – Está na hora de você ir para dentro para podermos seguir o nosso caminho.

– Não! – A palavra foi arrancada dele. – Não suporto estar fechado. Quase não há trânsito com este tempo. Vou me deitar na parte de trás da carroça, debaixo da capa da lona.

Ela estudou seu rosto. Os olhos dela eram azuis e astutos e continham profundidades inesperadas.

– Muito bem – disse ela. – Não se esqueça de ficar escondido se passarmos por outras carroças ou cavaleiros.

Graças a Deus ela era uma mulher sensata. Suspirando com alívio, ele virou a lona para trás e subiu na carroça. Dada a forma como ela o derrubara e àquele grande guarda corpulento, o melhor era não a provocar. Ele não fazia ideia de quão perigosas as velhinhas podiam ser. Bem, havia a avó dele, a Condessa viúva de Costain, mas suas armas eram as palavras. Subitamente, ele desejou saber se ela ainda estava viva.

Ele se instalou entre as caixas e cestos. O espaço era mais apertado que o compartimento inferior e havia a quina de uma caixa presa a seu lado, mas ele não se importava enquanto estivesse ao ar livre.

Um cheiro familiar de cavalo vinha do cobertor de Père Laurent. Grey não se importou. Ele sempre adorara montar. *Como seria estar sobre um cavalo outra vez?* Ele provavelmente cairia. Quanto de sua vida teria de ser reaprendido?

O pensamento o fez suar, apesar do frio. Ele teria de dar um passo de cada vez. Por agora, bastava saber que não era mais um prisioneiro.

Rendendo-se à fadiga, ele dormiu como um homem livre pela primeira vez em dez anos.

A boca de Cassie se apertou quando a neve caiu mais pesada. Tinha mais de três polegadas de profundidade e escondia os sulcos congelados, tornando o percurso acidentado. Ela já tinha dormido em sua carroça antes, com mau tempo, e até cavalgara em uma nevasca uma vez, agradecida pelo calor de seu pônei. Mas preferiria não ter de fazer isso com dois homens, e um deles com a saúde frágil.

Com o tempo ruim, havia a vantagem de segurar as pessoas dentro de casa. Um cavaleiro curvado passou por eles na direção oposta, e outra vez ela parou a carroça enquanto um fazendeiro conduzia um pequeno rebanho de ovelhas pela estrada. Ele ignorou a carroça e seus ocupantes como se fossem invisíveis.

A tarde virou anoitecer e a neve tornou-se profunda o suficiente para retardar o avanço deles. Se não chegassem logo ao seu destino, correriam o risco de ficar atolados no campo vazio.

Estava quase escuro quando Père Laurent disse:

– Vire à esquerda para aquela estrada. Leva à fazenda de Viole.

Rezando para que a fazenda e a sobrinha fossem como ele acreditava, Cassie virou na direção indicada. A área estava realmente fora do caminho. Eles deviam estar seguros lá, pelo menos por uns tempos.

A pista subiu rapidamente e o pônei começou a afundar na neve escorregadia. Cassie parou a carroça e entregou as rédeas a Père Laurent.

– Por favor, segure isto.

Ela desceu da carroça e se aproximou da cabeça do pônei. Pegando no freio, puxou adiante.

– Peço desculpas por isto, Thistle – disse ela. – Você é um pônei tão forte e corajoso. Em breve poderá descansar e eu darei um pouco de aveia que está na parte de trás da carroça. Só mais um pouco, *ma petite chou*.

A cabeça abaixada, o pônei lutou para a frente novamente. No início, a carroça mal se movia. Depois começou a deslizar suavemente, reduzindo a tensão sobre Thistle. Surpresa, Cassie olhou para trás e viu que Grey tinha saído e estava empurrando a carroça por trás. O homem era forte. E, para um lorde britânico, bastante útil.

O último trecho da trilha parecia não ter fim. Cassie estava dormente de frio e escorregava repetidamente. Ela estava exausta, não apenas das provações do dia, mas porque estava se esforçando desde que deixara a Inglaterra. Continuou se movendo, um pé na frente do outro, agarrada ao arreio do pônei. Tinha aprendido cedo que se render era uma má escolha.

Ela não reparou que a pista tinha nivelado até Père Laurent dizer:

– Chegamos. – A voz dele estava quente. – Parece tal e qual como me lembro.

Cassie se perguntou se isso também incluía uma nevasca. Ela não conseguia ver a fazenda claramente, mas a fumaça vinha da chaminé mais próxima e havia luz visível através das janelas. Mesmo que a sobrinha do padre, Viole, não estivesse mais ali, certamente os habitantes não afastariam estranhos pegos em tal tempestade.

Tremendo, Cassie foi até a porta e bateu com força. Apenas um momento se passou antes que a porta abrisse uma fresta, revelando o rosto de uma mulher de meia-idade desconfiada. Ela relaxou um pouco ao ver outra mulher à porta.

– Quem é você?

– Sou Madame Renard. Somos três e precisamos de abrigo da tempestade. – Quando a mulher assentiu, Cassie continuou: – Se é Madame Boyer, você tem um tio Laurent?

O rosto da mulher ficou confuso, e ela fez o sinal da cruz.

– Sim, que Deus tenha a sua alma abençoada.

Uma voz cansada, mas divertida, disse:

– As notícias da minha morte foram exageradas, minha querida Viole.

Cassie virou-se e viu a figura escura de Père Laurent emergindo da carroça, apoiada por Grey. Viole Boyer olhou com incredulidade.

– *Mon oncle!*

Ela abriu a porta e correu pela neve para abraçar o padre. Se não fosse o apoio de Grey, ela e o tio teriam caído no chão.

Père Laurent não se importou. Com lágrimas no rosto e na voz, ele disse, rouco:

– Minha querida sobrinha, não pensei que iria vê-la de novo.

O vento soprou, cortando até os ossos. Cassie interrompeu:

– Esta reunião será ainda melhor dentro de casa.

– *Oui, oui!* – Madame Boyer pegou no braço do tio e o levou para dentro.

Cassie perguntou:

– Há um estábulo para o meu pônei?

Um homem de grande porte que devia ser Romain Boyer apareceu, atraído pela comoção.

– Père Laurent, é você mesmo? – Depois de um breve e intenso aperto de mão do velho, ele disse a Cassie: – Vou levar o seu pônei para o estábulo e deitá-lo no chão, madame. Você e os seus companheiros precisam se aquecer junto ao fogo.

Normalmente, Cassie teria feito seu próprio trabalho, mas naquela noite estava disposta a entregar Thistle a outra pessoa.

– Há aveia na parte de trás da carroça – disse ela, cansada. – Thistle merece ser bem servida.

– De fato, ela merece. – Romain Boyer entrou na tempestade e agarrou o freio do pônei. – Prometo que ela será bem cuidada.

A porta abriu-se para uma cozinha grande e quente com cachos de ervas e tranças de alho e cebola pendurados nas vigas. O fogo ardia na lareira, e o calor quase deixou Cassie inconsciente. Ela ficou em pé, balançando, muito cansada para pensar.

Uma jovem e um menino apareceram. Ao ver o estado de Cassie, Madame Boyer disse:

– Precisa descansar, Madame Renard. – Para sua filha, ela ordenou: – Acenda o fogo e aqueça a cama extra no seu quarto. Esta senhora trouxe o meu tio para casa! – Ela se virou para o filho: – Encha três pratos de sopa quente, André. – Para Cassie: – Me dê sua capa. Vou secá-la junto ao fogo. Por favor, vocês três, sentem-se antes que caiam!

Cassie estava acostumada a cuidar das pessoas sob sua responsabilidade, assim como dos cavalos, mas se permitiu ser conduzida a uma cadeira perto do fogo. Père Laurent sentou-se a sua direita, e

Grey retirou-se para o canto, o mais longe possível de todas as pessoas tagarelas.

André carregou a sopa fumegante de uma panela no fogão para uma cumbuca de madeira, depois hesitou, sem saber se devia servir primeiro a senhora ou o padre. Cassie fez um gesto em direção a Père Laurent.

– Um padre tem preferência sobre uma vendedora.

Feliz por ter isso esclarecido, o rapaz entregou a cumbuca a seu tio--avô, depois encheu outra e a entregou a Cassie. Ela o colocou nas mãos, os dedos formigando desconfortavelmente enquanto aqueciam. Estava terminando a sopa quando a jovem voltou.

– Eu sou Yvette. Venha, senhora. A sua cama está aquecida e pronta.

– Merci. – Cassie pousou a cumbuca vazia e seguiu a jovem para fora da cozinha quente, por um corredor frio e cheio de correntes de ar, até um quarto pequeno e aquecido com camas de solteiro em paredes opostas.

– Minha irmã, Jeanne, se casou, por isso temos uma cama a mais – explicou Yvette. – A da direita é sua. Posso ajudá-la a se despir?

– Obrigada, mas eu consigo. – Cassie sentou-se na beira da cama, puxou as botas e soltou o cabelo. Ela parou para tirar o vestido robusto, então rastejou para dentro da cama estreita, mas confortável.

Normalmente, na França, ela dormia com uma orelha preparada para captar os problemas. Mas esta acolhedora família e a fazenda eram um refúgio, protegidos de todos os inimigos pela tempestade que agitava as janelas e escondia o caminho dos fugitivos.

Ela adormeceu antes que Yvette saísse do quarto.

13

Ainda estava escuro do lado de fora das janelas, com uma cortina de gelo, quando Cassie acordou. Ela teve a sensação de que tinha dormido apenas algumas horas, mas tinha sido suficiente para melhorar a exaustão.

Perguntando-se como estariam seus prisioneiros libertados, ela se vestiu. Yvette tinha deixado as botas de Cassie junto ao fogo pequeno para que ficassem quentes e secas. Depois de calçá-las, voltou para a cozinha, que era o centro da vida da maioria das casas de campo.

O aposento longo estava vazio, exceto por Madame Boyer, que estava ao pé da lareira. Ela levantou a cabeça, a felicidade pelo reencontro com o tio ainda visível.

– Ah, está muito melhor, madame. Junte-se a mim perto do fogo. Quer algo para comer? Para beber? Talvez um pouco de brandy de maçã, feito aqui na nossa fazenda?

Cassie estava prestes a dizer que o conhaque de maçã soava bem quando notou que uma prateleira de secagem estava inclinada do outro lado do fogo. Sua capa estava dobrada sobre uma extremidade, finas nuvens de vapor saindo do tecido pesado. Na outra ponta estavam as roupas tiradas do guarda do castelo. Ela comentou:

– Wyndham está dormindo?

Viole fez uma careta.

– Père Laurent e minha família foram para a cama, mas não posso me ausentar antes do outro homem. Eu pensei que o nome dele fosse Monsieur Sommers. Ele está tomando banho. No lago da fazenda.

– O quê? – Chocada, Cassie olhou para a anfitriã. – Ele vai congelar até a morte! Com certeza o lago da fazenda está gelado. Como permitiu que ele fizesse uma coisa tão louca?

– A água flui de uma nascente em uma extremidade para que não congele. – Viole revirou os olhos. – Eu disse que estava louco, mas ele pediu educadamente sabão, toalhas e uma escova de esfregar. O tio Laurent disse que ele é inglês. Isso explica muita coisa. – Ela gesticulou em direção ao fogo, que estava ardendo baixo. – Eu falei que, se ele não estivesse de volta quando o tronco queimasse, eu mandaria o meu marido atrás dele.

O tronco quase desaparecia. Cassie se aproximou de seu manto.

– Onde fica o lago?

– Nos fundos da casa, junto aos estábulos. Não tem como se perder. – Viole empurrou-a de lado e levantou um manto de uma dos ganchos junto à porta. – Pegue o meu. Está seco.

Cassie vestiu o manto, agradecida.

– Posso pegar um cobertor e talvez um brandy para o caso de ter de tirar o corpo congelado daquele idiota do lago e reanimá-lo?

Viole pegou um pequeno jarro de um armário, depois uma manta de outro. O manto estava agradavelmente quente por ter sido mantido perto do fogo.

– Se precisar de ajuda para remover o corpo, venha até aqui e eu acordarei Romain.

Cassie pegou o brandy e foi em direção à porta.

– Homens! É incrível que a humanidade tenha sobrevivido.

– A humanidade sobrevive porque as mulheres têm mais bom senso – respondeu a dona da casa.

– Muito, muito verdadeiro. – Cassie puxou o manto sobre a cabeça. – Pode ir para a cama agora. Se Monsieur Sommers estiver vivo e com boa saúde, esperarei com ele até que esteja pronto para voltar. Se ele estiver congelado e morto na água, vou deixá-lo lá até de manhã!

Acompanhada pelo riso de Viole, ela saiu na noite. Um palmo de neve tinha caído, dificultando a caminhada, mas a tempestade havia passado. O vento diminuiu e a neve tinha se transformado em flocos gigantes, o que significava que estava parando.

Exasperada, ela seguiu as pegadas parcialmente cheias de neve feitas pelo tolo Lorde Wyndham. A noite estava completamente silenciosa, e o mundo cintilava em uma brancura que pegava toda a luz disponível e fazia a escuridão brilhar.

O celeiro era um edifício baixo de pedra, atrás da casa. Os sons de respingos vinham da direita. Uma vez que qualquer animal sensato teria se abrigado, o barulho só poderia ser Grey.

Uma extremidade do lago era água escura e aberta. À medida que se aproximava, ela viu sua presa. Ele estava imerso, apenas com a cabeça e os ombros fora da água enquanto esfregava o cabelo.

O alívio por ele não ter congelado até a morte transformou-se em irritação. Ela marchou em direção a ele, o quanto uma mulher podia marchar através da neve profunda.

– Não me esforcei para salvá-lo só para que você morresse por ser estúpido, Lorde Wyndham!

– Depois de dez anos em uma cela, não reparo muito na temperatura. – Ele mergulhou na água para enxaguar o sabão, depois emergiu e empurrou o cabelo molhado para trás com ambas as mãos. Mesmo à noite, estava visivelmente mais leve do que antes. – Que luxo poder mergulhar completamente na água! Não pode imaginar.

– Adoro um banho de luxo – ela disse. – Mas isso não inclui congelar em um bloco de gelo sólido.

– A água não está muito desconfortável. É o ar que é áspero e frio. – O tom dele ficou estranho. – Terei de me mexer rápido quando sair, para que nenhuma parte preciosa congele e parta.

Ela reprimiu um sorriso.

– Eu trouxe um cobertor em que você pode se embrulhar quando chegar a hora. – Um tronco colocado na margem serviu de banco, então ela limpou a neve de uma extremidade, colocou o cobertor dobrado na área desobstruída e se sentou. – Eu disse a Madame Boyer que ela podia retirar-se, pois vou ficar aqui até você emergir em segurança ou desaparecer nas profundezas.

– Mesmo que eu caia de insuficiência cardíaca, vale a pena estar limpo de novo. – Grey usou uma escova de cabo comprido para limpar as costas, esfregando com tanta força que deveria estar removendo a pele. – Sem mencionar os benefícios da água gelada no sangue quente.

Ela piscou um olho.

– Suas paixões precisam ser controladas?

Ele ficou com as mãos quietas.

– Nos primeiros dois anos, pensei constantemente nas mulheres. Sonhei com isso. Lembrei-me de todas as mulheres que alguma vez imaginara em detalhes femininos deliciosos. – Ele ensaboou o cabelo de novo, músculos duros ondulando nos ombros. – Gradualmente, isso foi diminuindo. Quando você chegou, senti-me como um eunuco. Agora sou hóspede nesta gloriosa fazenda e minha gentil anfitriã é uma mulher graciosa e elegante. A filha dela é uma ninfa deliciosa que é demasiado nova para merecer tais pensamentos. Então, sim, a água gelada é útil.

– Eu, é claro, sou velha demais para inspirar luxúria indecorosa – ela disse, secamente.

Grey virou um olhar ardente. Ela podia sentir o calor mesmo naquela noite fria.

– Achei melhor não ofendê-la com meus pensamentos impróprios – disse ele. – Sobretudo porque você provavelmente poderia me derrotar em um combate justo.

Lembrando a intensidade desesperada de seu abraço na prisão, ela tremeu, e não do frio.

– Você é mais forte e presumo que tenha aprendido as habilidades da luta indiana com Ashton enquanto estava na Academia de Westerfield. Agi sem pensar, porque você parecia um assassino e foi apanhado de surpresa.

– Não um assassino. Apenas desesperado para passar por você e me ver livre daquela maldita cela. – Ele mergulhou na água para lavar o cabelo novamente.

Cassie puxou o manto mais apertado. A neve tinha parado por completo, e o ar estava ficando mais frio.

– Madame Boyer atribuiu o seu desejo louco de tomar banho embaixo de uma tempestade de neve à sua Inglaterra.

Ele engoliu com dificuldade.

– Depois de dez anos no inferno, é bem possível que eu esteja louco.

Ela se encolheu. Pensando que ele precisava de tranquilidade, disse:

– Não louco, acho eu, talvez um pouco. Mas isso vai passar. – Ela abriu o jarro de brandy e se inclinou sobre a água para lhe oferecer. – Experimente o brandy de maçã. Pode poupar você de congelar vivo.

Ele tomou um gole, depois começou a tossir com tanta força que ela teve medo de que ele afundasse. Quando conseguiu respirar de novo, ele disse, rouco:

– Perdi o hábito das bebidas fortes. – Ele bebeu mais cautelosamente, depois suspirou de prazer. – Fogo de maçã. Adorável.

Quando ele devolveu o frasco a Cassie, ela provou o conteúdo. Embora forte, o brandy era doce e frutado, com talvez pera e maçã. Desfrutando da lenta ardência, ela devolveu o jarro a Grey.

– Isto é feito aqui na fazenda.

Ele bebeu mais um gole.

– Fale inglês comigo – disse ele, hesitantemente, em inglês. – Devagar. Depois de dez anos só de francês, tenho de lutar para falar minha língua materna.

Ela fez o que ele pediu, falando cada palavra com clareza.

– O seu inglês voltará rapidamente, assim que o tiver de novo nos ouvidos.

Ele franziu o cenho diante do jarro de brandy.

– Eu não queria mais do que escapar, mas, agora que estou livre, o que encontrarei na Inglaterra? – disse, lentamente. – Pensei que tivesse sido esquecido por todos, mas você disse que Kirkland a enviou?

– Você não foi esquecido – disse ela, calmamente. – Você não sai da mente de todos os amigos que fez na Academia de Westerfield. Kirkland tem procurado por você há anos. Ele fez investigações entre os milhares de ingleses presos na França quando a Paz de Amiens terminou. Ele ouviu rumores, e rastreou todos sem sucesso. Kirkland estava determinado a continuar até encontrá-lo vivo ou ter provas de sua morte.

– Por quê? – Grey perguntou, surpreso. – Eu era a personificação do frívolo inútil.

– Mas um frívolo inútil encantador, pelo que Kirkland disse.

– O encanto foi uma das muitas coisas que perdi ao longo dos anos. – Ele bebeu mais um gole de brandy. – Sabe alguma coisa da minha família? Você me chamou de Wyndham, não de Costain. Espero que isso signifique que o meu pai está bem.

– Kirkland disse que toda a sua família está bem de saúde – ela assegurou. – Seu pai, sua mãe, seu irmão mais novo e sua irmã.

A lua atravessou as nuvens e tocou o cabelo de Grey até brilhar. Cassie se lembrou de que Kirkland o chamara de menino de ouro.

– Se já terminou de se lavar, está na hora de entrar.

– Temo sair da água porque então o frio será verdadeiramente cruel. – Ele entregou a ela o jarro de brandy. – Mas suponho que sim.

– Madame Boyer disse que você tinha trazido toalhas. Ah, ali. – Ela recolheu as toalhas. Depois de tirar a neve de uma parte do banco, espalhou a toalha menor no espaço livre. – Venha até aqui. A toalha vai proteger um pouco os seus pés. Use a maior para secar o máximo de água que puder, depois eu o embrulho neste cobertor.

– Afaste-se se não quiser se molhar. – Ele subiu para o banco e plantou ambos os pés na toalha pequena enquanto pegava a maior dela.

Ao luar, ele tinha uma beleza poderosa e brilhante, marcada por cicatrizes e muitos ossos visíveis sob a pele pálida e tensa. Ele disse:

– Os tamancos. Ali.

Os tamancos de madeira quase desapareciam na neve. Ela os recuperou e os colocou junto à toalha dele. Eram geralmente usados sobre sapatos normais, mas ele era um homem alto, então eles se encaixavam bem o suficiente em seus pés descalços.

Ele se sacudiu rapidamente. No pouco que ela viu do que era chamado eufemisticamente de "equipamento de cortejar", a água gelada tinha feito um bom trabalho de resfriar seu entusiasmo, pelo menos por enquanto.

– Deixe-me secar suas costas – disse ela. Ele lhe entregou a toalha úmida. Ela rapidamente o secou e depois enrolou o cobertor em volta dele.

Ele puxou a lã arranhada bem apertada, tremendo.

– Eu sabia que esta seria a parte difícil. Onde está o brandy?

Ela lhe entregou o jarro. Ele engoliu algumas gotas quando pisou nos tamancos.

– É melhor correr antes que eu acabe como um dos gelados de Gunter. Meu Deus, Gunter ainda está nesse negócio?

– A loja de chá em Mayfair? – Cassie estivera lá uma vez, fazia tanto tempo que quase se esquecera. Mas agora se lembrava de um gelo de limão, a doçura picante que derretia em sua língua. – Pelo que sei, está indo bem.

– Ótimo. Eu costumava levar meu irmão mais novo e minha irmã lá. Em épocas mais quentes! – Dirigiu-se para a casa, em uma velocidade razoável com suas longas pernas e alta motivação. Cassie seguiu em um ritmo mais lento, carregando as toalhas molhadas.

Grey entrou na casa quente e manteve a porta aberta para quando ela chegasse. Suas maneiras cavalheirescas não tinham desaparecido por completo.

Viole tinha se recolhido, mas antes havia acendido o fogo e deixado uma lâmpada acesa, então a cozinha estava quente e acolhedora. Na mesa polida estavam utensílios de cozinha, uma garrafa de vinho e comida coberta por um pano leve. Depois de pendurar o manto, Cassie levantou o pano e encontrou pão, queijo, um pequeno prato de patê e um frasco de picles.

Mantendo a voz baixa para não incomodar os que dormiam, ela disse:

– Nós dois precisamos nos aquecer junto ao fogo antes de ir para a cama. Nossa maravilhosa anfitriã deixou comida. Quer um pouco ou já comeu o suficiente antes?

– Madame Boyer não me deixou comer muito porque achou que eu podia adoecer. Então, sim, mais comida seria muito bem-vinda. – Ele arrancou os tamancos e se acomodou em uma das cadeiras almofadadas junto ao fogo, o cobertor envolto ao redor. Com um suspiro de prazer, esticou os pés descalços na direção da lareira. – Comida, liberdade e um bom fogo. Ontem eu mal podia imaginar tais riquezas.

Cassie preparou dois pratos com pão fatiado, queijo e montes de patê e sabor. Ela estava silenciosamente divertida com o tratamento cavalheiresco de Grey com os tamancos. Em sua juventude mimada, ele teria tido servos calmamente endireitando os calçados atrás dele. Em sua cela na prisão, não tinha posses para manter em ordem. O homem precisava ser domesticado.

Ela entregou a ele um dos pratos, uma faca e um copo de vinho tinto. Na pouca luz, ele se tornou o jovem de ouro que Kirkland havia descrito. Seu cabelo era loiro brilhante, sua barba vários tons mais escuro e com tons vermelhos. Mas já não era um menino. Agora ele era um homem envelhecido para além de seus anos.

– Comida e bebida sempre que eu quiser. Que conceito notável. – Ele espalhou patê em uma fatia de pão e deu uma dentada. Saboreou antes de engolir. – Aahhhh, manjar dos deuses.

Ela se instalou na cadeira ao lado dele com sua própria comida e vinho. Provou queijo no pão, patê no pão, depois ambos, mais sabor. Como ele dissera, manjar dos deuses.

– Como você se manteve forte em condições tão terríveis?

– Eu fazia exercícios. Corria sem sair do lugar, levantava as duas pedras que serviam de mobília, continuava a andar o mais que podia. – Ele encolheu os ombros. – No início não havia comida suficiente para manter um rato vivo, mas as rações melhoraram depois da prisão de Père Laurent.

– A cozinheira do castelo achava inadmissível que um padre estivesse preso, por isso ela mandava porções maiores para vocês dois – explicou Cassie.

– Devo agradecer à cozinheira. Nunca havia comida suficiente para me sentir realmente cheio, mas era suficiente para impedir de me enfraquecer. – Ele espalhou picles em um pedaço de pão com queijo. – Não havia nada melhor para fazer, por isso o exercício pelo menos preenchia o tempo.

– Exercício e canto?

Ele sorriu um pouco.

– Isso... e me lembrar de poesias e coisas do gênero. Nunca fui um aluno exemplar. Nunca me ocorreu que a educação pudesse me ajudar a manter a sanidade.

– Uma mente bem guarnecida deve ser um grande trunfo quando se está preso.

– A mente de Père Laurent está extremamente bem guarnecida. Encorajei-o a me contar tudo o que sabia. – Patê cinzento espalhado generosamente. – Cassie, o que acontece agora?

– Temos de ficar aqui um dia ou dois até as estradas ficarem desimpedidas – disse ela. – Depois vamos para o norte, na direção do Canal da Mancha, onde os contrabandistas podem nos levar para casa.

– Casa – repetiu ele. – Já não sei o que isso significa. Eu era um jovem típico da cidade, bebia, jogava e perseguia dançarinas de ópera. Uma vida inútil. Não posso voltar a isso. Mas não sei para onde posso voltar.

– Passaram-se dez anos – disse ela, lentamênte. – Você seria um homem diferente agora, mesmo que estivesse seguro na Inglaterra esse tempo todo. Poderia ter se casado e se tornado pai. Podia ter entrado na política, já que vai estar na Câmara dos Lordes a tempo. Muitos caminhos ainda estão abertos, e você poderá escolher com calma.

– O simples fato de pensar em uma noite na ópera, ou em um ringue de boxe, ou em um clube de jogos, me assusta – disse ele, desoladamente. – Tantas pessoas! Não sei se aguento isso. Essa foi uma das razões por que fui até o lago. Mesmo meia dúzia de pessoas simpáticas são demais para mim.

– Depois de dez anos de isolamento, não é de se estranhar que pensar em multidões seja terrível – concordou. – Mas você pode evitá-las até estar preparado. Você é um nobre. Pode ser um eremita esplendidamente excêntrico, se quiser. Porém, já que era extrovertido e gostava de pessoas antes, é provável que volte a ser assim. Tudo a seu tempo.

– Espero que você tenha razão. – Ele olhou para Cassie, com o olhar encoberto. – Ainda tem o brandy de maçã?

– Como você não está habituado a bebidas fortes, talvez seja mais sensato eu não lhe dar mais – observou ela. – A não ser que você queira encerrar seu primeiro dia de liberdade com a cabeça latejando.

Ele deixou a cabeça descansar na cadeira.

– Espero que você tenha razão. Apesar de não ter bebido muito lá no lago, pareço estar falando sem perceber.

– Não me surpreende que você queira falar sobre o que está por vir, e eu sou a melhor escolha, porque conheço a Inglaterra – disse ela. – E eu sou de confiança. Depois que chegarmos à Inglaterra, você nunca mais vai me ver, e não sou bisbilhoteira.

– Você é um mistério, Madame Cassie, a Raposa – respondeu ele, suavemente. – Qual é a sua história?

14

Assim que Grey falou, Cassie caiu em si, força e inteligência desaparecendo atrás da fachada de uma velha mulher cansada. Ele queria saber que idade ela tinha realmente. Ele havia suposto que ela tinha o dobro de sua idade, cerca de 60 anos, mas ela não se movia como uma mulher tão madura. Quando não estava tentando parecer fraca e inofensiva, tinha o poder de uma mulher mais jovem, apesar do cabelo grisalho e do rosto franzido.

Querendo ouvir sua bela e exuberante voz, ele continuou:

– Por que você está aqui, olhando e falando como uma francesa enquanto serve um mestre inglês?

– Não sirvo nenhum mestre, inglês ou qualquer outro – disse ela, calmamente. – Como desejo ver Napoleão morto e seu império destruído, trabalho para Kirkland. Ele e eu partilhamos os mesmos objetivos.

Grey pensou sobre o quanto ele não sabia.

– A guerra. Napoleão está ganhando? Durand me provocava com notícias de vitórias francesas. *Austerlitz. Jena.* – Ele procurou na memória. – Ele mencionou muitas outras batalhas vitoriosas também.

– Durand contou apenas um lado da história – revelou ela, divertida. – Houve grandes vitórias francesas, mas não nos últimos tempos. A frota francesa foi destruída em Trafalgar em 1805, e a Grã-Bretanha tem governado os mares desde então. Na Península Ibérica, os aliados britânicos e locais estão conduzindo o exército imperial de volta à França.

– E a Europa do Leste? Os prussianos, austríacos e russos?

– O Imperador venceu os prussianos e os austríacos várias vezes, mas eles não foram derrotados – explicou Cassie. – Em um gesto de estupidez espantosa, no verão passado, ele invadiu a Rússia e perdeu meio milhão de homens para o General Winter. As areias da ampulheta de Napoleão estão se esgotando.

Grey expirou com alívio.

– Todos esses anos, eu me perguntei se a Inglaterra estava prestes a ser conquistada.

– Napoleão é um general brilhante – admitiu ela –, mas nem mesmo ele consegue derrotar toda a Europa. Se tivesse se contentado em se manter dentro das fronteiras da França, poderia ter tido sua coroa, mas a ânsia de conquista é sua ruína.

O que mais ele queria saber?

– Você mencionou os meus colegas da Academia de Westerfield. O que sabe sobre eles? E quanto a Lady Agnes?

– Lady Agnes está bem e continua educando meninos bem-nascidos e indisciplinados. – Cassie sorriu. – Só estive com ela uma vez, mas não é uma mulher de quem se esquece.

Ele sentiu uma onda de alívio. Lady Agnes estava longe de ser velha, mas dez anos era muito tempo. Ela tinha sido tão importante em sua vida como a própria mãe, e ele ficou feliz por saber que ela estava bem.

– E os outros? Kirkland está obviamente vivo e aparentemente ativo no negócio da espionagem.

Cassie assentiu.

– Ele divide seu tempo entre Edimburgo e Londres, enquanto dirige sua frota. A coleta de informações é uma coisa secreta.

Ele pensou nos amigos que se aproximaram mais do que os irmãos em seus anos de escola.

– Sabe como estão os outros?

As sobrancelhas dela estavam franzidas.

– Não conheço bem a maioria deles. O Duque de Ashton está bem, recentemente casado e à espera do primeiro filho. Randall era um major do exército, mas abandonou o posto depois de se tornar herdeiro do seu tio, o Conde de Daventry.

Grey teve uma rápida lembrança da expressão tensa de Randall depois de receber uma carta de seu tio.

– Ele odiava Daventry.

– E vice-versa, ouvi dizer, mas ele e Daventry estão presos um ao outro e aparentemente declararam trégua – disse Cassie. – Randall também se casou recentemente. Ele parecia muito feliz quando o conheci. A mulher dele é uma pessoa adorável e calorosa.

– Pensei que ele seria um solteiro convicto, mas fico contente por saber o contrário. – Se existia um homem que precisava de uma esposa adorável e calorosa, esse homem seria Randall. Pensando nos outros colegas, perguntou: – E quanto a Masterson e Ballard?

– Masterson é um major do exército, e Ballard está trabalhando para reconstruir o negócio de produção de vinho da família em Portugal. – A testa dela franziu. – Deve ter conhecido Mackenzie, o meio-irmão ilegítimo de Masterson. Ele tem um clube de jogos muito elegante em Londres. Rob Carmichael é um dos corredores da Bow Street.

As sobrancelhas de Grey se arquearam.

– Rob deve ser bom nisso, mas provavelmente levou o pai à loucura.

– Acredito que isso tenha sido parte da razão pela qual ele se tornou um corredor – disse ela, se divertindo. – Esses são os únicos alunos de Westerfield que conheço, mas, quando você voltar a Londres, seus amigos ficarão felizes em atualizá-lo.

Pensar em Londres criou um nó de pânico no estômago de Grey. Os casamentos de seus amigos também o fizeram perceber nitidamente quanto tempo havia se passado. Tinham crescido e assumido responsabilidades adultas. Grey tinha apenas... sobrevivido.

Estranhamente perspicaz, Cassie disse suavemente:

– Não compare a sua vida com a deles. Você não pode mudar o passado, mas está voltando para a família, seus amigos e sua riqueza. Pode ter o futuro com que sonhou no cativeiro.

Ele queria dizer que não era mais capaz de ter a vida para a qual nascera. Sua confiança, sua percepção de si mesmo e seu lugar no mundo tinham sido destruídos. Como um futuro conde, ele não teria problemas em arranjar uma esposa ansiosa para gastar seu dinheiro, mas onde encontraria uma mulher que estivesse disposta e fosse capaz de lidar com a escuridão de sua alma?

No entanto, choramingar era feio, especialmente na frente de uma mulher tão destemida como aquela. Ele ainda estava surpreso com a forma como ela tinha vindo ver se ele poderia estar no Castelo Durand, encarou uma oportunidade de libertá-lo, derrubou um guarda e o levou, juntamente com Père Laurent, para um lugar seguro através de uma nevasca. Talvez fosse por essa força que ele a achava tão atraente.

Madame Boyer era uma mulher atraente em seu auge. Sua filha Yvette era uma garota adorável com um rosto que devia inspirar jovens, pobres poetas. No entanto, era a velha Cassie, a Raposa, que o intrigava. Embora pudesse ter a idade da mãe dele, ela tinha um perfil adorável e delicado, uma voz deliciosamente suave e um coração de aço temperado.

Querendo saber mais sobre ela, ele pediu:

– Me fale da sua família.

Ela se inclinou para a frente a fim de colocar outro pedaço de madeira no fogo.

– O meu pai era inglês, mas fizemos longas visitas à família da minha mãe na França. Estávamos aqui quando a revolução eclodiu. – Ela voltou a sentar-se na cadeira, a face como granito. – Eu disse que devíamos regressar à Inglaterra imediatamente, mas os meus avisos foram rejeitados pelo resto da família.

– *Cassandra* – disse ele, lembrando-se de seus estudos gregos. – A princesa troiana que viu o futuro, mas não conseguiu convencer ninguém do perigo que previu. Escolheu esse nome por essa razão?

Ela se encolheu.

– Ninguém nunca tinha feito essa ligação.

– Cassandra era uma figura trágica – ele disse suavemente, perguntando-se o quanto a história dela se parecia com o mito. – Perdeu a sua família como ela?

A cabeça dela se virou e ela olhou para o fogo.

– Sim.

Ouvindo a dor em sua voz, ele percebeu que era hora de mudar de assunto. Em seus dias mais jovens, mais cavalheirescos, ele teria percebido que não devia fazer perguntas tão pessoais.

– Qual é a melhor maneira de regressar à Inglaterra? Nem sequer sei onde estou na França.

– Estamos a cerca de 100 milhas a sudoeste de Paris, um pouco mais longe da costa norte. – Ela franziu o cenho. – O norte é o caminho óbvio a seguir, o que não será bom se formos perseguidos. Mas qualquer outra rota seria muito mais longa.

– Você acha que seremos perseguidos? Com Gaspard morto, pode não haver ninguém no castelo capaz de organizar uma perseguição.

– A guarda dele não parecia ser do tipo de tomar a iniciativa – ela concordou. – Porém, assim que Durand souber que os seus prisioneiros desapareceram, pode mandar soldados atrás de você.

– Provavelmente sim. – Grey hesitou com o pensamento. – O ódio dele por mim era muito pessoal.

– O que você fez para ganhar o seu descontentamento?

Grey não gostava de revelar sua estupidez, mas ela merecia uma resposta.

– Ele me pegou na cama com sua esposa. Quando cheguei a Paris, Kirkland me pediu para manter os ouvidos abertos para obter informações que pudessem ser úteis ao governo britânico. – Grey suspirou. – Eu me imaginava como um espião. Ouvi dizer que Citoyen Durand estava no círculo interno do governo, então tive a brilhante ideia de que talvez eu pudesse aprender algo com a esposa dele. Eu a conheci em um salão e ela deixou claro que gostaria de um pouco de luxúria.

– Você acha que ela estava tentando atraí-lo para que você pudesse ser morto ou capturado?

– Tive muito tempo para pensar nisso, mas não, acho que ela só gostava de homens mais novos, e fui tolo o suficiente para ser apanhado. – Como a vida teria sido diferente se ele tivesse ido embora quando ela lhe disse para ir. – Como vamos viajar? Na carroça?

Ela balançou a cabeça.

– Se alguém suspeitar de que a velha vendedora com uma carroça teve algo a ver com a sua fuga, seremos muito fáceis de apanhar.

– Eu poderia viajar sozinho – disse Grey, odiando pensar que a presença dele a colocaria em perigo.

– Apesar dos seus dez anos na França e de seu francês fluente, você não sabe como está o país agora. Precisamos viajar juntos. – Um sorriso cintilou sobre o rosto dela. – Posso ser a sua velha mãe. Vou ver se os Boyers querem ficar com a carroça. É resistente e bem construída, e pode ser pintada para parecer diferente. Eu posso montar Thistle, mas precisamos encontrar uma montaria maior para você. Talvez Monsieur Boyer conheça alguém que tenha um cavalo para vender.

– O exército não requisitou todos os cavalos?

– Isso aconteceu nos primeiros dias da guerra, mas agora eles podem usar os recursos de todos os continentes, então os militares têm cavalos suficientes. Não deve ser difícil encontrar um estável e pouco interessante para você. O tipo de cavalo para o qual ninguém olharia duas vezes.

Isso provavelmente era tudo o que Grey podia fazer por agora.

– Se o tempo cooperar, suponho que uma semana ou mais sejam o bastante para irmos até a Costa do Canal, e, como você conhece alguns contrabandistas úteis...

Ela assentiu.

– Também falsifiquei documentos para você. Kirkland os forneceu por precaução.

As sobrancelhas de Grey estavam arqueadas.

– Isso foi certamente uma atitude adiantada quando ele nem sabia se eu estava vivo.

– No meu negócio, é prudente me preparar para todas as eventualidades. Isso deixa mais tempo para lidar com problemas inesperados. E há sempre dificuldades repentinas. – Ela cobriu um bocejo enquanto se levantava. – Estou exausta. Pelo menos a neve nos dá um bom motivo para dormir até tarde. Não poderemos partir por um dia ou dois. Tem uma cama preparada?

– Deixaram um estrado para mim no quarto com Père Laurent, mas estou tão confortável nesta cadeira que acho que vou dormir aqui. – Ele estava sem palavras para falar sobre o luxo de escolher onde dormir depois de dez anos intermináveis sem qualquer escolha.

Voltando a um mundo complexo, ele saberia como tomar decisões? Ou isso teria de ser reaprendido, com todos os erros que implicava?

Cassie adicionou mais lenha ao fogo, depois tirou outro cobertor de um armário. Ela o estendeu sobre ele, dizendo:

– Vai esfriar pela manhã.

– Estou habituado ao frio. – Ele pegou a mão de Cassie quando ela começou a se virar. – Acabei de perceber que não lhe agradeci por me salvar. – Ele beijou sua mão com uma gratidão indescritível.

Uma faísca de eletricidade estalou entre eles. Ela arrancou a mão, parecendo nervosa.

– Só estava fazendo o meu trabalho. Tivemos a sorte de que hoje tudo corresse bem. Boa noite, milorde.

Com a vela na mão, ela desapareceu em um corredor que levava à ala leste da casa. Ele a viu partir, perguntando-se novamente quantos anos ela tinha. Sua mão era forte e moldada pelo trabalho, mas não havia nenhuma ruga da idade. Talvez não fosse tão velha que ele precisasse ter vergonha de seus pensamentos lascivos.

Ele fechou os olhos e dormiu, sonhando que era uma mosca presa em uma teia pegajosa, e uma aranha estava se aproximando para matá-lo.

D urand explodiu em seu castelo, amaldiçoando de raiva enquanto chamava seu capataz. Uma criada trêmula foi buscar o homem. Monsieur Houdin estava pálido quando apareceu.

Enquanto tirava o manto e as luvas, depois as jogava de lado, Durand olhava para o capataz.

– O que aconteceu com os meus prisioneiros, Houdin? Foi subornado para libertá-los?

O capataz se esquivou da fúria de seu patrão.

– Não, senhor! Ninguém no castelo o traiu. Mas todos aqui, todos mesmo, incluindo eu, fomos abatidos por uma terrível doença que nos deixou tão enfermos que poucos podiam sequer ficar em pé. Dois dos criados mais velhos morreram. Ao que parece, neste momento de fraqueza, vários homens entraram e libertaram o maldito e o padre.

– Gaspard vai responder por isso! – Durand disse, maldosamente.

– Gaspard está morto – revelou o capataz, duramente. – Morto no assalto. Ele não o traiu, Citoyen.

– Talvez não, mas ele era incompetente! E os guardas?

– Brun estava doente de cama e quase não escapou da morte. Dupont estava de serviço e ficou ferido no ataque.

Dupont seria a melhor testemunha, Durand supôs.

– Onde está Dupont?

Sem ninguém para guardar na masmorra, Dupont estava agora trabalhando nos estábulos. Durand convocou-o. O homem apareceu, pálido de medo. Sob interrogatório, ele disse:

– Havia pelo menos três ou quatro invasores, Citoyen Durand. Ouvi os passos deles, mas o único que vi foi uma velha que foi usada como isca. Ela trouxe comida para baixo, já que grande parte do pessoal estava doente. Fui atacado enquanto comia. Bateram-me na cabeça para me derrubar. – Dupont esfregou a parte de trás do pescoço. – Acordei amarrado como um porco para o matadouro e sem minhas roupas.

– Porco inútil! – Durand rosnou. – Merece ficar aqui lavando os cavalos.

Ele se virou e se encaminhou de volta para o castelo. Felizmente tinha trazido um grupo de guardas especialmente treinados, todos eles cavaleiros de elite.

Consideraria as rotas mais prováveis que os prisioneiros fugitivos tomariam, então enviaria seus homens em perseguição. Apanharia aquele inglês bastardo nem que tivesse de mandar todos os homens do Ministério da Polícia.

15

Dormir em uma cadeira junto à lareira da cozinha tinha a vantagem de permitir que Grey escolhesse, e a desvantagem de a cozinha se tornar ativa logo cedo. Quando Viole Boyer entrou, assobiando, Grey acordou, zonzo, pediu desculpas a sua anfitriã por estar no caminho e foi para a cama preparada no quarto de Père Laurent.

Lá ele dormiu por mais horas, acordando perto do meio-dia, com a luz do sol refletindo brilhante na neve. A fazenda ocupava um lindo e pequeno vale cercado por colinas e parecia segura, afastada e próspera. Laurent tinha desaparecido, e as roupas secas de Grey estavam empilhadas ordenadamente a seu lado.

Feliz em sua liberdade, ele se vestiu e seguiu para a cozinha, que fervilhava de vida barulhenta. Toda a família estava lá, todos felizes, comendo, falando e celebrando o milagroso retorno do tio Laurent. A pulsação de Grey começou a martelar, e ele queria correr para o campo vazio.

– Deseja um café da manhã ou um almoço, monsieur? – Viole ofereceu, alegremente.

– Café e pão para levar para fora seria o ideal – disse ele, conseguindo controlar seu desejo de fugir. – O céu aberto me chama.

Viole assentiu e preparou uma caneca alta de café feita com mel e leite quente, e meio pedaço de pão dividido e recheado com conservas de framboesa.

– Haverá mais quando você voltar ao aconchego.

Agradecido por ela não tentar convencê-lo a permanecer na casa, ele vestiu um manto e um chapéu oferecidos pelo jovem da família e foi para fora. O dia estava tão duramente frio quanto bonito, e por longos minutos ele ficou parado no jardim, estudando as cores e texturas que o rodeavam.

Achou que nunca tinha visto um céu mais intensamente azul. Um bosque de sempre-vivas escuras e graciosas subia pela encosta esquerda do celeiro, as agulhas rugindo ao vento. A neve dançava silenciosamente sobre a brancura suave que cobria a terra.

E os sabores! O café com leite quente aqueceu-o, e o delicioso sabor das conservas de framboesa lembrou-o de que a comida podia ser muito boa. Ele nunca mais desperdiçaria os prazeres da comida e da bebida.

Como estava usando as botas do guarda, era fácil atravessar a neve até o lago. Ele limpou um lugar no tronco que servia de banco e se instalou, bebendo os cheiros e sons do campo junto com seu café.

Um falcão deslizou sem esforço sobre ele. Embora tivesse tido grande prazer com os pequenos pássaros que visitaram sua cela, ele havia perdido o poder de acompanhar o voo de um falcão.

O mundo era uma festa, um tumulto vertiginoso de cores, sons, movimentos e cheiros, e ele era um mendigo que não sabia o que fazer com tais riquezas. Terminou o café e o pão, mas não sentiu vontade de voltar para dentro.

Ouviu o som de passos na neve atrás de si e adivinhou quem estava vindo, mesmo antes de Cassie se juntar a ele no tronco. Grey ficou tenso, mas ela não disse nada, e gradualmente ele voltou a relaxar. Era tão pacífica quanto o lago congelado e as esculturas de neve.

Ela estava bebendo chá, e o cheiro das ervas era celestial. Uma das muitas coisas que ele nunca tinha apreciado quando estava fora era uma vida luxuosa.

A presença dela era calmante, não estressante como os explosivos Boyers. Por fim, Grey sentiu-se movido a dizer:

– Estranho. Desejei tanto uma companhia, e ter Père Laurent preso na cela ao lado foi a maior bênção que já conheci. Mas, agora que estou livre, sinto-me desconfortável ao lado de um grupo de pessoas.

– Somos criaturas sociáveis. Ser privado de companhia é um dos maiores tormentos imagináveis. – Ela bebeu seu chá. – Para que você pudesse sobreviver tantos anos sozinho, foram necessários grandes esforços de vontade e resistência que o levaram muito além da vida normal. Voltar ao estado anterior levará tempo.

– Grandes esforços de vontade e resistência? – Ele sorriu sem humor. – Ninguém que me conhecesse antes imaginaria que eu seria capaz disso.

– Kirkland tinha suas dúvidas – disse Cassie, com um meio sorriso. – Mas isso não significa que ele achasse que devia desistir de você. Imagine o prazer de voltar para seus amigos e familiares e surpreendê-los com sua força de caráter.

Sua gargalhada estava enferrujada. Ele e Laurent gostavam de discussões ricas, mas o riso era raro.

– Isso soa bastante apelativo. – Ele terminou seu café, desejando que houvesse mais, mas não queria entrar. – Minha sábia Lady Fox, alguma vez voltarei a estar perto do normal? Ou todos os anos na prisão me transformaram em uma pessoa diferente e irreconhecível?

Ela meneou a cabeça.

– Nunca conhecemos todo o nosso potencial até que as circunstâncias nos obriguem a enfrentar desafios inesperados. Circunstâncias diferentes teriam atraído outros aspectos da sua natureza.

– Eu teria gostado infinitamente mais de circunstâncias diferentes – respondeu Grey, secamente.

– Sem dúvida. – Ela olhou para ele pela primeira vez. – Mas, se continuasse a viver uma vida de luxo despreocupado, agora você encontraria um prazer tão intenso em coisas simples? O céu seria tão bonito, as framboesas tão requintadas se estivessem sempre disponíveis para você?

As sobrancelhas dele se arquearam.

– Não, mas paguei um preço muito alto pela minha nova gratidão. O sorriso dela era fugaz.

– Mais alto do que qualquer um desejaria pagar. Mas pelo menos há algumas compensações para o que você suportou. – Ela bebeu mais chá. – Elas ajudam a equilibrar a raiva.

Grey sentiu como se tivesse recebido um golpe físico. Ele estava tão eufórico por recuperar sua liberdade que não tinha realmente reconhecido a raiva que se instalara logo abaixo da superfície de sua nova felicidade. Agora que Cassie a tinha nomeado, ele percebia que uma raiva profunda e feroz ardia dentro dele. Raiva que era tão instável que ele poderia fazer... qualquer coisa se ela fosse libertada.

A raiva o tinha consumido quando ele partira o pescoço de Gaspard. Grey mal se lembrava de ter feito aquilo, sem contar o prazer cruel que tinha sentido em matar o bastardo. Teria assassinado o guarda também se Cassie não lhe tivesse pedido para se conter.

A súplica por *calma* feita por Cassie tinha-lhe clareado a mente o suficiente para recordar que Père Laurent havia se beneficiado de pequenos atos de bondade de um ou mais guardas. Essa bondade pode ter salvado a vida de Laurent, por isso Grey deixara o guarda viver.

O reconhecimento de sua raiva foi seguido por mais dois discernimentos. Um deles era que seu desconforto ao redor dos Boyers não era apenas o pânico de estar com muitas pessoas, mas um medo profundo de que ele pudesse perder o controle e machucar um deles. Ou pior.

A outra percepção... Ele disse:

– Você também já foi prisioneira, não foi?

Cassie ficou muito quieta, com o olhar fixo na água escura e aberta no lugar onde ele tinha tomado banho na noite anterior.

– Por menos de dois anos. Nada como a sua prisão.

– Mesmo assim, muito tempo – disse ele, suavemente. – Solitária?

Ela assentiu.

– No início, fiquei grato por não ter sido jogado em uma cela tão lotada que mal haveria espaço para me deitar. Depois de um mês, eu teria dado tudo o que possuía e minha esperança para partilhar uma cela com alguém nojento e furioso.

– Não admira que entenda o que é ser privado de companhia. De toque.

Ele se aproximou e cobriu a mão esquerda dela, que repousava no tronco. Os dedos de Cassie se contorceram e depois apertaram os dele.

– Você acabou de ser libertada?

– Encontrei o meu próprio caminho para a liberdade – ela respondeu, em um tom que recusava todas as perguntas. – Como você, descobri possibilidades em mim mesma que nunca imaginei. – A mão dela apertou a dele. – Mesmo todos esses anos depois, às vezes a ânsia pelo toque é esmagadora.

Como ele sentiu o mesmo, deslizou ao longo do tronco e envolveu um braço ao redor dela. Não por calor, mas por necessidade mútua. Ela relaxou contra ele, colocando o braço em sua cintura. Ele se perguntou novamente que idade ela teria. Mais uma vez sentiu vergonha de seus pensamentos libidinosos.

Pelo menos ele sabia agir melhor que os seus pensamentos. Em vez de perguntar a uma senhora a sua idade.

– Que tipo trabalho faz para Kirkland? Se você passa muito do seu tempo viajando pela França, está sozinha na maior parte do tempo.

Ela suspirou, respirando um sopro branco no ar frio.

– Sou uma mensageira, recolho informações e as levo de volta para Kirkland. Às vezes escolto pessoas da França, como estou fazendo com você. O meu disfarce de vendedora me permite ir a qualquer lugar. Espionar é uma profissão solitária quando estou na França, mas volto a Londres duas ou três vezes por ano. Tenho uma casa cheia de pessoas e amigos lá.

Embora ela tivesse a satisfação de trabalhar contra Napoleão, sua vida parecia sombria.

– Voltará para a Inglaterra comigo ou me entregará a um dos seus contrabandistas? – O braço dele a apertou involuntariamente. Ele a queria por perto até chegar em casa. Com Cassie ele relaxaria, porque ela poderia acalmá-lo se a raiva irrompesse perigosamente.

– Eu voltarei. Tenho outros assuntos de negócios em Londres. – Ela fez uma careta. – Preciso entrar antes que eu congele. Está pensando em tomar outro banho?

– Da próxima vez que me banhar, vou estar em uma banheira de água fervendo. – Ele tirou o braço ao redor dela e passou dedos duros pela barba. – Eu também preciso entrar. Espero que Romain me empreste a navalha dele. Quero ver como me pareço debaixo deste cobertor.

– Não raspe a barba ainda – recomendou Cassie, firmemente. – Temos de viajar discretamente. Ninguém repara ou se lembra de mim, e a sua aparência precisa ser igualmente sombria. Eu tenho uma coloração para disfarçar o seu cabelo, e manter a barba vai fortalecer a aparência de um camponês comum.

Ele fez uma careta.

– Agora que um rosto limpo e barbeado está ao meu alcance, acho que anseio por ele, mas esperarei pelo seu veredito. Já falou com Romain sobre o cavalo?

– Ele tem um animal decente que trocará pela carroça – respondeu ela. – Também discutimos uma rota. Há uma velha trilha de lenhadores sobre as colinas. Será uma escalada difícil, mas, quando estivermos do outro lado, é menos provável que os perseguidores nos encontrem.

– Você acha mesmo que Durand mandará homens atrás de nós? – Grey perguntou, sua pele se arrepiando pela possibilidade.

– Não conheço o homem, mas os meus instintos dizem que sim. – Ela se levantou. – Nós, as raposas, sobrevivemos com astúcia e instinto.

Ele adivinhou que ela tinha escolhido o nome Fox tal como escolhera Cassandra: porque os nomes lhe convinham. Queria saber qual era o nome verdadeiro dela.

– Père Laurent estará seguro aqui?

Ela franziu o cenho.

– Razoavelmente. Esta fazenda é distante, e, como Madame Boyer se casou fora de sua aldeia natal, será difícil rastreá-la como uma de suas relações. Père Laurent ficará aqui sob o disfarce de um primo idoso de Romain, recentemente viúvo e muito fraco para cuidar de si mesmo. Ele também vai ficar com a barba.

– Isso deve funcionar – concordou Grey. – Trancado naquela cela, ninguém o via por anos, por isso não seria facilmente reconhecido.

Seria difícil deixar seu amigo depois de desenvolver tal proximidade ao longo dos anos. No entanto, mais do que essa proximidade, Grey queria ir para casa.

16

Firme de volta a seu papel de camponesa robusta que cavalgava a montaria e não tolerava tolices, Cassie esperou pacientemente que Grey se despedisse de Père Laurent e dos Boyers. Tinha se encantado com toda a família nos dias em que ficaram na fazenda e esperava que a neve parasse o suficiente para a viagem.

Ela tornara sua aparência tenebrosa por tanto tempo que parecia ser sua segunda natureza. Grey era mais difícil de atenuar. Mesmo com sua roupa de campo desgastada, o brilho que ela dera a ele para amaciar seu cabelo e o corte esfarrapado da barba, ele se parecia com alguém. Dez anos na prisão não conseguiram extinguir sua atitude aristocrática. Ela teria de lembrá-lo de relaxar quando estivessem perto de outras pessoas.

Grey abraçou Père Laurent, dizendo, com a voz rouca:

– *Au revoir, mon père.* – Como se o padre fosse verdadeiramente seu pai. – Se alguma vez tiver um filho, vou chamá-lo Laurent.

Essa foi a despedida mais difícil, pois ambos os homens sabiam que era improvável que se encontrassem novamente. O padre era velho e frágil, e o regresso de Grey à Inglaterra estava longe de ser seguro. Embora a guerra tivesse de acabar algum dia, era impossível prever quando os ingleses poderiam voltar a visitar livremente a França.

Com a voz cheia de emoção, Père Laurent disse:

– Dê a ele o nome de Lawrence, pois será um cavalheiro inglês, como você. – Terminando o abraço, ele disse: – Vá com Deus, meu filho. Está em boas mãos com a Senhora Raposa.

– Eu sei. – Grey balançou muito cautelosamente em seu cavalo velho e tranquilo, chamado Achille. O cavalo não fazia jus ao nome de guerreiro, por isso foi uma boa escolha para ele naquele momento. Cassie não se surpreendeu ao ver que, mesmo depois de dez anos longe dos cavalos, ele se firmou na sela como um cavaleiro habilidoso.

Viole Boyer aproximou-se dele.

– Boa sorte, Monsieur Sommers. Eu tenho seu endereço na Inglaterra como você tem o nosso. Quando esta maldita guerra acabar, talvez possa retornar ou pelo menos nos enviar notícias de como está.

– Sim. – Quando a senhora lhe ofereceu a mão, ele se curvou da sela e a beijou. – Tem a minha eterna gratidão, madame.

– Então estamos quites – disse ela, corando como uma jovem.

O lendário charme de Wyndham estava voltando rapidamente, Cassie pensou, divertida. Enquanto um silêncio estranho e tenso caía, Cassie disse, apressada:

– Hora de ir andando. Temos uma viagem vertiginosa pela frente.

Ela deu um último aceno e partiu por um caminho estreito que levava à floresta atrás da fazenda, seguida por Grey. Quando chegaram à trilha dos lenhadores que Romain Boyer havia mostrado no dia anterior, o caminho era largo o suficiente para que eles andassem lado a lado através das árvores nuas. Bocados de neve estavam no chão, mas havia um toque de primavera no ar.

– Quanto tempo levará para atravessarmos as colinas? – Grey perguntou.

– Romain me falou de uma cabana perto do cume onde podemos passar a noite – respondeu Cassie. – Devemos chegar à nossa estrada do outro lado das colinas amanhã à tarde, se não houver mau tempo.

Ele estudou o céu e inalou o ar.

– Não há tempestade a caminho.

– Parece muito seguro.

– Estive estudando o clima nesta região durante dez anos. É verdade que foi através de uma pequena janela, mas tive tempo suficiente para observar os padrões climáticos locais. – A boca de Grey se curvou.

– Mais uma das bênçãos do cativeiro.

– Uma das mais úteis. – Ele deu uma palmadinha na sela atrás dela.

– Mesmo que uma tempestade tardia se instale inesperadamente, Madame Boyer nos deu comida suficiente para nos levar daqui até ao Canal da Mancha.

– Ela é uma mulher especial – disse ele, com convicção. – Pena que já esteja casada.

– Tivemos muita sorte em ter os Boyers para nos receber – concordou Cassie. Tinham falado em inglês, mas ela mudou para francês. – Não devemos falar inglês em nenhum lugar onde possamos ser ouvidos.

Em francês, ele respondeu:

– Isso nos colocaria em sérios problemas, mas quero continuar praticando meu inglês quando estivermos sozinhos. Ainda estou pensando em francês.

– Vai pensar em inglês depois que chegarmos à Inglaterra. Acho que minha mente faz a troca facilmente quando a língua está ao redor.

– Espero que esteja certa. Seria embaraçoso voltar para casa e falar minha língua materna feito um estrangeiro. – Ele cerrou os olhos para as colinas acidentadas à frente. – O que fará Durand em sua perseguição?

– Ele usará o sistema de correio rápido do governo para enviar mensagens a todos os postos da polícia nas estradas em todas as direções – disse Cassie. – Ele tem pouca informação para continuar, por isso as probabilidades de sermos apanhados são mínimas. Mas não é impossível.

O pensamento era realista.

– Então teremos de ser rápidos e facilmente ignorados.

Ela lhe deu um sorriso curto.

– Exatamente.

Eles se calaram por um longo trecho de trilha. Os únicos sons eram os dos cascos dos cavalos e o canto ocasional de um pássaro. Na metade da colina, Grey disse, abruptamente:

– Estive pensando sobre o que você disse no outro dia sobre a raiva. Não tinha percebido como estava furioso até você dizer aquilo. Agora tenho medo do que posso fazer se perder o controle. Por isso, se eu estiver prestes a fazer algo criminoso, me bata com uma pedra, quebre meu braço, bloqueie o sangue para o meu cérebro... Faça o que for preciso para me impedir de ferir alguém.

– Muito bem, assim farei – ela concordou, depois de superar a surpresa. – A menos que seja alguém que mereça. Até Père Laurent pensou que o Sargento Gaspard merecia o destino que teve.

– Sim. Mas, se você não tivesse me pedido para não matar o guarda, eu teria quebrado o pescoço dele também, e não sei se ele merecia morrer. – Grey explicou, sem rodeios.

Não era de admirar que estivesse preocupado com sua sanidade, mas ele se subestimava.

– O fato de você se importar se ele merecia a execução é um bom presságio do seu caráter.

– Agora eu me importo um pouco – disse ele, sério. – Mas, quando estava em plena fúria, eu o teria matado quer fosse justo ou não. Dez anos no inferno arruinaram o meu caráter.

Escolhendo suas palavras, ela disse:

– Claro que dez anos de prisão o mudaram, mas você tinha 20 anos antes disso, e os anos anteriores foram os mais importantes. Foi quando a sua personalidade se formou. Os jesuítas dizem que o que você der a um garoto durante os primeiros sete anos determinará o que ele será para toda a vida. Os seus pais o criaram bem? Ensinaram honestidade e responsabilidade a você?

– Sim, e bondade também – replicou ele lentamente. – Espero que esteja certa de que a minha personalidade foi formada nessa época, porque não sei se ainda tenho essas qualidades. Foi por isso que lhe pedi para me impedir se eu perdesse o controle.

– Eu preferiria que você mesmo trabalhasse na sua raiva – disse ela, francamente. – Com as suas habilidades de luta hindu e a sua força, eu perderia qualquer combate se não o pegasse de surpresa.

As sobrancelhas dele se arquearam.

– Suspeito que tenha mais experiência prática com lutas do que eu, e que conheça muitos truques perversos.

Ela teve de rir.

– Tem razão, conheço uma série de truques malvados. Servem de ajuda, porque a maioria dos homens não espera que uma mulher lute, muito menos que lute bem.

– Você parece uma mulher que já lutou muito.

– Tenho lutado toda a minha vida – ela admitiu, com a voz baixa.

Alguns minutos depois, ele perguntou:

– O que vai fazer quando a paz chegar?

Ela encolheu os ombros.

— Não tenho pensado muito nisso, porque nunca acreditei que sobreviveria tanto tempo. Talvez encontre um chalé sossegado junto ao mar para plantar flores e criar gatos.

— Na Inglaterra ou na França?

— Inglaterra — disse ela imediatamente, surpresa pela sua convicção sobre um assunto que nunca tinha considerado. — A França tem muitas lembranças sombrias.

Ele assentiu. Uma vez de volta à Inglaterra, ele não teria de voltar à França a não ser que quisesse.

Cassie não tinha escolha. Sem sua guerra particular com Napoleão, sua vida não tinha sentido. Voltaria repetidamente até a guerra acabar.

Ou até morrer.

Quando chegaram à pequena cabana perto do cume da colina mais alta, Grey tinha descoberto duas coisas. A primeira foi que ele não tinha esquecido como era montar, apesar de não ter chegado perto de um cavalo durante dez anos. Seu corpo se lembrava de como se sentar e como controlar a montaria.

A segunda foi que a equitação exigia o uso de músculos que ele esquecera que possuía. Apesar das pausas de descanso, todos os músculos e articulações do seu corpo estavam reclamando ao final da tarde.

A pista tinha se estreitado, e Cassie liderara nas últimas duas horas. A maldita mulher parecia incansável. Mas ela tinha costas elegantes, e cavalgava lindamente. Ele gostava de observá-la.

Ele deixou de se sentir culpado por pensamentos inapropriados para uma mulher com o dobro da sua idade. Ela era a prova de que uma mulher podia ser sedutora não importava quantos anos tivesse. Ainda bem que ela era capaz de atirá-lo para a parede mais próxima se ele se comportasse mal.

Grey saberia o que fazer com uma mulher disposta quando chegasse o momento? Supôs que, se ainda conseguia cavalgar, seria capaz de montar em uma mulher. Ele descobriria quando estivesse de volta à Inglaterra. Por enquanto, ele e sua guia precisavam se concentrar em viajar rapidamente e em não serem notados.

A cabana era um afloramento recortado de rocha, como Romain Boyer tinha descrito. Cassie parou diante dela. Era um casebre, com espaço suficiente para que talvez quatro pessoas pudessem dormir se gostassem muito uma da outra. Em um lado, uma tora tinha sido acrescentada para os cavalos, e do outro lado havia uma pilha de madeira.

– Estou feliz por ver lenha – disse ela enquanto desmontava. – Vai ser uma noite muito fria.

Grey tentou não gemer quando saiu de cima de Achille.

– Não me importo com o frio, mas meu corpo dolorido deve ficar rígido como uma tábua pela manhã.

– Tenho um líquido bom para músculos doloridos. – Ela levou o pônei até o chão e deixou Thistle em uma espécie de cama para passar a noite.

– Você é uma mulher muito prestativa para se ter por perto.

Ele amarrou Achille e removeu a sela. Estava cada vez mais afeiçoado ao cavalo.

– Minha fada madrinha me deu dons práticos como eficiência e resistência em vez de beleza, charme ou cabelo dourado – disse Cassie, secamente.

Ele não tinha certeza do que dizer, então não disse nada. Duvidava que ela ficasse lisonjeada se lhe dissesse que ela tinha costas lindas. Apesar de ser verdade.

Cassie, a Raposa era a parceira de viagem perfeita, Grey constatou enquanto entrava em seu cobertor naquela noite. Ela ficava relaxada enquanto estava com ele e cumpria seu papel de companheira pedindo muito pouco em troca. O que era bom, porque suas habilidades de acampar eram inexistentes. Enquanto ela preparava o jantar e o chá quente, tudo o que ele tinha de fazer era procurar mais lenha para substituir o que eles usaram.

Do outro lado da cabana, Cassie enrolou o cobertor à sua volta. Ela estava a cerca de um metro e meio de distância dele.

– Durma bem – Cassie murmurou. – A viagem de amanhã deve ser mais fácil.

– A cada dia, uma nova aventura – respondeu ele. – A de amanhã será descobrir se o meu traseiro vai estar muito dolorido para se sentar em uma sela.

Seu riso transformou-se rapidamente na respiração suave e regular do sono. Ele estava tão cansado que pensou que também dormiria facilmente, mas sua mente se recusou teimosamente a se acalmar.

Cassie poderia se julgar desprovida de beleza, mas ele a considerava cada vez mais atraente. Sem mais nada para distraí-lo, só conseguia pensar nela.

Ele rolou para o lado oposto, mas era impossível esquecer a presença dela. À medida que a noite passava, ele acrescentava lenha às chamas na pequena lareira. Mal tirava o frio do ar, mas não importava. Ele estava bem aquecido.

Durante os últimos anos no cativeiro, a paixão tinha morrido, e ele se sentia como um eunuco. A ideia dificilmente o incomodava quando não havia mulheres em seu mundo, exceto em lembranças cada vez mais distantes. Mas agora ele compartilhava um pequeno espaço com uma mulher atraente de quem gostava e a quem admirava, e só conseguia pensar no quanto queria tocá-la.

Grey imaginou que demoraria muito tempo até que sua ânsia pelo toque fosse satisfeita. Avidamente, lembrou-se do abraço que tinha dado nela quando acabara de ser libertado. Ela era toda suave e perfumada, mas também forte. Eficiente, mas gentil.

Ele não conseguia deixar de pensar até onde iria a compaixão dela. Ela se deitaria com ele por piedade? Grey estava tão louco de desejo que não se importava com os motivos dela. Seria bom se ela oferecesse, mesmo que por pena.

Mas seus últimos traços de sanidade e honra não o deixariam rolar pela cabana para acordá-la e implorar pelo doce consolo de seu corpo. Ela era a mulher mais corajosa que ele já conhecera, sua salvadora, e merecia mais do que ser agarrada por um tolo como ele. Se tentasse, ela provavelmente o castraria, e com razão.

Ele apertou bem o cobertor e ordenou que sua mente dormisse. E dormiu.

17

Uma noite fria melhorou com um homem quente na cama. Uma mão grande e carinhosa puxou Cassie do sono profundo para a borda da consciência e criou uma onda de desejo que se moveu gentilmente através dela. Lábios quentes tocaram seu pescoço e ela se esticou no beijo.

– Rob? – ela murmurou. Ela estava usando muitas camadas de roupas por causa do frio, mas isso poderia ser contornado. Enquanto os lábios dele mordiscavam sua orelha, aumentavam o desejo e o despertar.

Ela virou o rosto para ele e a boca cobriu a dela de fome. O beijo foi profundo e apaixonado. Cassie estava adorando o esfregar erótico da barba dele em seu rosto.

Uma *barba*? Ela se sacudiu para o total despertar quando percebeu que o que sentia não era o tênue toque de uma sombra da noite, mas uma barba completa. E não era Rob...

– Maldição! – Ela empurrou duramente o corpo que cobria o seu mesmo antes de reconhecer que deveria ser seu companheiro de viagem.

Grey arfou, depois disse:

– *Merde!* – enquanto se afastava dela. – Deus do céu, o que eu estava fazendo? Jurei a mim mesmo que não a tocaria!

Ele respirou com dificuldade.

– Eu pensei... Pensei que estava sonhando. – Havia luz suficiente das brasas da lareira para iluminar o verdadeiro horror em seu rosto.

– O seu sonho estava bem ativo – ironizou ela.

– Eu sou uma besta! – Sua voz estava agonizante. – Por favor... por favor, me perdoe. Eu não pretendia tal insulto. Vou passar o restante da noite lá fora.

– Espere! – Ela pegou em seu braço quando ele começou a se levantar. – Isso foi lamentável, mas não totalmente surpreendente quando estamos dividindo um espaço apertado e você foi privado de uma companhia feminina por tanto tempo. Qualquer mulher parece atraente.

– Você se desvaloriza – disse ele. – Achei-a atraente desde o início. Sim, tenho fome do abraço de uma mulher, mas só isso não teria me levado a atacá-la durante o sono.

Surpresa, ela perguntou:

– Como pode estar interessado em uma velha como eu?

– Sempre gostei de mulheres que tivessem algo a dizer, e isso é mais comum entre mulheres maduras. – Ele meneou a cabeça. – Como herdeiro de um condado, acho que fui ridicularizado por todas as debutantes sem cérebro. Uma mulher como você, com força, coragem e inteligência, é cem vezes mais atraente.

Ele pôs a mão sobre a de Cassie, onde ela repousava em seu braço.

– Foi por isso que me banhei em um lago gelado na minha primeira noite fora da prisão, e é melhor dormir lá fora agora. Há uma razão pela qual os jovens são cuidadosamente acompanhados. Estar perto de uma mulher atraente pode destruir o juízo masculino.

Ela hesitou, sabendo que poderia deixá-lo sair e eles nunca mais se refeririam a esse estranho incidente. Mas ela queria que ele saísse? Seu sangue martelava de desejo crescente. Como Grey, ela ansiava por toque e intimidade.

E, se ele pensava que ela era atraente, apesar de seu disfarce de envelhecimento e debilidade cuidadosamente mantido, bem... ela também o achava atraente, apesar dos efeitos de sua prisão. Sem pensar, ela disse:

– Não vá embora.

O braço dele ficou rígido sob a mão dela e o ar ficou espesso de tensão.

– Não há nada que eu gostaria mais do que me deitar contigo. Não me importo que seja por pena, mas não deve ser por obrigação.

– Já me deitei com homens por razões piores do que prazer e conforto mútuos. – Ela se inclinou para a frente e o beijou com fúria. Acostumados à moderação e ao bom senso, agora eles estavam despertos e atentos, aconchegados, com uma paixão ardente e nítida.

A boca de Grey era exigente, quente de desejo, despertando calor igual nela. Impacientemente, ela o puxou para baixo, para seu cobertor amarrotado.

– Posso ter me esquecido de como fazer isso – disse ele, ofegante.

Cassie riu quando ele soltou o corpete do seu vestido.

– Duvido.

Grey poderia estar meio louco de desejo, mas, como em sua cavalgada, ele se lembrou das habilidades de fazer amor mesmo depois de dez anos de privação. Com o vestido dela solto, ele baixou o corpete para lhe expor o seio. O mamilo dela se contraiu no ar gelado, então se retraiu mais quando os lábios quentes dele o capturaram.

Ela suspirou e mergulhou no beijo dele, as unhas cravando nos músculos duros de suas costas. A mão de Grey desceu pelo corpo dela, deixando fogo onde quer que tocasse, apesar das roupas de Cassie.

Ele lhe acariciou a anca e a coxa, depois pôs a mão debaixo do vestido. A mão quente na carne nua dela fez um contraste erótico malvado com o ar frio que fluía sobre suas partes íntimas. E então ele afastou o frio com dedos habilidosos e aquecidos.

Ela pulsou contra os dedos enquanto ele a levava à extrema pressa. Com a respiração forte, ele despiu as calças, moveu-se entre as pernas dela e entrou com um longo gemido de prazer. Por um instante ficou quieto, cada fibra de seu corpo rígida.

– Eu... Não posso aguentar muito tempo.

– Claro que não – ela respirou enquanto balançava contra ele.

O movimento dela quebrou o controle de Grey, que tremeu, derramando-se nela em um arrebatamento aparentemente interminável. Levantando o peito, ele diminuiu o movimento, sua face barbuda contra a testa dela enquanto murmurava expressões incoerentes em francês.

Ela tocou seu cabelo úmido, divertida e frustrada. Ela sabia que essa união seria rápida. Embora nem tanto...

– Parece que você se lembrou do básico.

– Isso foi ainda melhor do que eu me lembrava – ele disse, com uma gargalhada. – Tocar em você dissolveu todos os traços de moderação que possuo. – Ele rolou para o lado e puxou as saias dela para baixo sobre suas pernas nuas, então deslizou uma mão até a coxa dela debaixo do tecido. – Também me lembro de que este assunto ainda não está terminado.

Ela deu um guincho de susto quando os dedos dele tocaram sua carne úmida e sensível. Uma surpresa diluída em uma sensação quente e pulsante. Ela estava tão excitada que ele precisou de apenas alguns gestos habilidosos para levá-la a uma libertação intensa. Ela enterrou o rosto contra o ombro dele para cobrir seu grito de prazer enquanto tremores invadiam seu corpo.

Ela relaxou em seus braços enquanto a doce paz ondulava através dela, contente por se entregar ao momento. Estranho como seus corpos podiam estar em tamanha harmonia quando mal se conheciam. Talvez o fato de Grey ter entrado em sua vida fazia menos de quinze dias tivesse tornado possível essa rara e surpreendente intimidade. Ele a segurou por perto, as mãos acariciando o comprimento das costas dela.

– Me pergunto se teremos oportunidade de fazer isso em um lugar suficientemente quente para nos despirmos.

– Na minha idade, a nudez nem sempre é desejável – disse ela, com ironia. – Já passaram uns bons anos desde que eu tinha dezoito.

– *Nem a idade nem o costume podem enfraquecer a sua diversidade infinita* – citou ele. – Você é eterna, Cassie, a Raposa. Agora tenho o dobro dos motivos para lhe agradecer. Restaurou não só minha liberdade, mas também minha masculinidade.

– Não é necessário ter gratidão pelo prazer mútuo – disse ela, sonolenta. – Se você sente que me deve algo, compense no futuro, quando tiver a oportunidade de ajudar os outros. Essa é a melhor parte de ser um lorde. O poder de ajudar os menos afortunados.

– Você parece a minha mãe. – Ele pegou o cobertor e o colocou sobre eles. – Ela sempre gostou muito de ajudar os menos afortunados.

– E você não?

Ele hesitou.

– Fui criado para ter um sentimento de nobreza, mas eram apenas palavras para mim. Embora tenha assumido que faria a coisa certa quando chegasse o momento, nunca pensei muito sobre o que isso significava. No futuro, terei muito mais consciência de como o destino pode ser cruel, e quando poderei ajudar.

– Outro forro prateado para ser encontrado sob uma nuvem muito escura.

– Suponho que sim. – Carinhosamente, ele embalou a cabeça dela. – Quero saber mais sobre você, Cassie. Tem família? Um marido, um amante, filhos, netos?

– Se eu tivesse um marido, não estaria deitada com você – disse ela, secamente. – Também não tenho nenhuma das outras coisas.

– Nem mesmo um amante? Qualquer mulher tão esplêndida como você merece um amante. Talvez vários – ele afirmou.

– Há um homem em Londres – ela admitiu, lentamente. – Mais do que um amigo, menos do que um amante. Sabemos que não devemos pedir muito um ao outro. – Nenhum deles tinha muito para oferecer.

O braço dele se apertou em volta dela.

– Talvez quando esta guerra finalmente acabar e você encontrar aquela casa de campo, você também encontrará o companheiro que merece – disse ele. – Alguém para partilhar os seus anos de queda.

– Você é um romântico, Lorde Wyndham. – Ela sorriu para a escuridão, pensando que não havia razão para ele não saber a verdade. – Quantos anos pensa que tenho?

Ele franziu o cenho.

– Eu realmente não sei. Primeiro pensei que você devia ter pelo menos 60, mas é tão forte e em forma. – Os dedos dele seguiram pela face dela. – Você tem uma pele linda e suave, e, pelo que eu senti de seu corpo, tem uma figura que qualquer mulher ficaria feliz em possuir. Talvez... esteja na casa dos quarenta e descenda de uma longa linhagem de pessoas saudáveis que viveram até atingir uma idade avançada.

Ela sorriu.

– Sou cerca de dois anos mais nova do que você.

– Como assim? – Ele olhou para ela na luz fraca. – Você me ajudou a me disfarçar, então presumivelmente fez o mesmo com você. Ainda assim, não teria adivinhado que era tão jovem.

– Uma amiga minha em Londres é uma excelente perfumista – explicou Cassie. – Ela criou uma mistura a que chama Antiqua. O cheiro é a essência da inofensiva velhinha.

Ele começou a rir.

– Isso é brilhante! – Um riso abruptamente interrompido. – Então você está em idade fértil, e eu não tive cuidado com isso.

– Não precisa se preocupar. Uso um método muito antigo e geralmente me controlo para prevenir consequências indesejadas. – Ela encolheu os ombros. – Ou as sementes de cenoura selvagem funcionam, ou sou estéril. Nunca tive ocasião para me preocupar.

– Agora que já resolvemos isso – ele aninhou o pescoço dela –, estou ansioso para cheirá-la quando você não estiver usando Antiqua. Tenho certeza de que seu cheiro é muito sedutor.

– Não sei quanto a isso, mas provavelmente não vou cheirar o dobro da minha idade – ela concordou.

– As últimas dores de culpa que senti por desejar uma mulher mais velha do que minha mãe desapareceram. – Seu toque transformou-se em um traço delicado da língua dele em volta da orelha dela. Enquanto Cassie respirava, ele continuou. – Eu realmente preciso me aprofundar para encontrar a verdadeira essência de Cassie, a Raposa, a mais deliciosa raposa da França.

Dizer-lhe sua verdadeira idade tinha mudado as coisas entre eles, ela percebeu. Grey já não lhe dava a deferência devida a uma mulher mais velha e respeitável. Em vez disso, estava brincalhão de uma forma que era nova para ela.

– As raposas mordem – ela avisou antes de lhe morder a orelha.

Ele inalou e ela o sentiu endurecer contra a coxa.

– Assim como as raposas...

Ele pôs os dentes no mamilo dela com a quantidade certa de pressão para excitá-la, não para machucá-la. Ela ficou chocada com quão poderosa era a paixão. Não imaginava que fosse possível tão cedo.

– Temos muito tempo perdido para compensar – disse ela, com gentileza.

– De fato, sim. – A palma da mão dele veio descansar na conjunção das coxas de Cassie, movendo-se em círculos lentos enquanto ele dava atenção especial ao seio. – E quero compensar por todo esse tempo perdido contigo.

Ela riu, sentindo-se como a jovem que nunca teve a oportunidade de ser. Dez anos não podiam ser compensados em duas semanas. Mas eles poderiam tentar.

Grey acordou sentindo-se um novo homem. Ou melhor, um homem renascido. O ar estava gelado, mas a suficiente luz da manhã infiltrou-se na cabana para que ele pudesse estudar as delicadas características do rosto adormecido de Cassie, que estava a apenas alguns centímetros de distância.

Agora que sabia a idade dela, ficou espantado por tê-la achado velha. Ela tinha pequenas linhas sutis no rosto, mas de perto ele podia ver a suavidade de sua pele. Ela se comportava como uma mulher desgastada por muitos anos de vida, quando na verdade era a mulher mais forte e fisicamente mais hábil que ele já conhecera.

Ele se inclinou poucos centímetros para a frente para pressionar seus lábios ternamente nos dela. Os olhos de Cassie se abriram.

– Estou apaixonado – respirou. – Verdadeiramente, profundamente, loucamente, intoxicado com a mulher mais maravilhosa do mundo.

Havia algo profundo e ilegível nos olhos azuis enigmáticos de Cassie antes de ela dizer bruscamente:

– É pela paixão que você está apaixonado, não por mim. Não se preocupe, vai se recuperar de qualquer paixão que possa sentir, Lorde Wyndham. Agora está na hora de nos levantarmos e comermos para seguir o nosso caminho.

Ele piscou os olhos. Mesmo uma simples provocação deveria ser tratada com algum respeito.

– Não posso estar pelo menos um pouco apaixonado por você?

Ela lhe deu um sorriso retorcido.

– A paixão distorce a mente e o julgamento. Acontece que estou apenas disponível. Isso não é o mesmo que amor.

Ele não tinha certeza se concordava com ela. O amor pode ser mais do que paixão, mas uma paixão realmente boa como a que eles compartilharam durante a noite era certamente um elemento do amor.

Ele enfiou a mão nas dobras das roupas dela e pegou seu seio nu, o polegar provocando o mamilo.

– Disponível é uma excelente qualidade e não deve ser desperdiçada. Certamente podemos adiar o café da manhã por um tempo.

Ela recuperou o fôlego, os olhos ficaram enevoados.

– Por alguns minutos, suponho. Isso deve ser muito tempo para você. – Gargalhou.

– Isso é um desafio, minha deliciosa raposa? Vou considerar assim.

Ele enrolou os braços em torno da cintura dela e rolou para que ela ficasse deitada em cima dele, o rosto malicioso acima do seu. Seu perfume de velhice estava passando, para que ele pudesse inalar seu aroma feminino natural. Exclusivamente de Cassie.

Ela acreditava ser possível que ele estivesse apaixonado por terem feito amor. Mas ela era muito mais que a mulher disponível mais próxima. E ele estava mesmo um pouco apaixonado. Mas, quando o beijo dela o levou ao arrebatamento, ele concluiu que estava perdido.

Cassie suspeitou de que estava sorrindo como uma tola quando os dois partiram para o caminho acidentado que os levaria para fora das colinas, na direção de uma estrada que conduziria ao norte. Embora fosse difícil ler a expressão de Grey atrás da barba, ela suspeitou de que ele também estava radiante. Acabaram atrasando o café da manhã por um bom tempo.

Ela ficara tocada pela afirmação brincalhona dele de estar loucamente apaixonado, mesmo que estivesse apenas expressando o prazer excitante em sua sexualidade redescoberta. Talvez Cassie também estivesse um pouco apaixonada por Grey. Fazer amor com ele tinha despertado algo novo para ela. Cassie estava ansiosa por mais momentos apaixonados até o momento em que o entregasse a Kirkland em Londres.

Grey voltaria para os braços amorosos da família e do amigos e, com o tempo, uma jovem esposa apropriada apareceria. Cassie esperava ser sensível sobre o que Grey tinha suportado.

Quanto a Cassie, ela regressaria à França com lembranças faiscantes para aquecê-la naquele chalé inglês, se vivesse o suficiente para se aposentar. Ela tinha sobrevivido mais de uma dúzia de anos no negócio da espionagem. Talvez vivesse para celebrar a morte de Napoleão.

Fora muito gentil da parte de Grey querer que ela encontrasse um companheiro para sua velhice, mas também um sinal de quão jovem ele era. Embora tivesse nascido dois anos antes de Cassie, a maior parte de sua vida adulta tinha sido vivida no cativeiro. Ela tinha amontoado várias vidas de experiência em seus 29 anos, enquanto ele tinha tido uma experiência muito ruim por mais de dez.

Isso a fez se sentir tão velha quanto o seu cabelo grisalho dizia que era. Mas as enormes diferenças entre eles não significavam que não poderiam ser amantes até que seus caminhos se separassem.

A paz dissolveu-se quando saíram dos montes e se voltaram para a estrada do norte. Embora o tráfego fosse leve, a parte de trás do pescoço de Grey ficava rígida sempre que ouvia batidas de cascos vindo em direção a eles. Certamente era muito cedo para Durand ter organizado uma perseguição, mas o motivo não tinha nada a ver com seu medo original. Ele não se sentiria seguro até estar de volta à Inglaterra.

Embora ele não conseguisse fazer o medo e a raiva desaparecerem, poderia pelo menos fingir ser são e normal. Ele descobriu que ajudava muito se concentrar no campo à sua volta. Mesmo no final do inverno, era lindo e inacreditável. As árvores dormentes continham uma infinidade de cores sutis, e o vento carregava aromas inebriantes de vida.

E ele podia sempre ver Cassie, e aguardar a noite.

18

Depois que Durand terminou de repreender seus servos incompetentes por terem deixado escapar os prisioneiros, ele formulou planos para recapturá-los. O velho e débil padre deveria ser fácil. Ele ficaria perto de suas velhas amizades, então poderia ser rastreado com os amigos e familiares.

Mas Wyndham fugiria do país o mais depressa possível, por isso Durand tinha de agir rapidamente. Graças a Deus, ele tinha à sua disposição numerosos e variados recursos policiais. Havia destacamentos da polícia em todas as cidades de qualquer dimensão. Tudo o que tinha de fazer era dizer que procurava espiões ingleses.

Ele mandaria imprimir panfletos e os enviaria pelos rápidos correios militares. Os policiais poderiam distribuir os panfletos pelas pousadas e aldeias ao longo das rotas que os fugitivos poderiam seguir. Uma descrição e uma recompensa pela informação levaria centenas de civis a observar os estranhos que passavam por ali.

O problema com os panfletos era encontrar descrições. A única das invasoras que tinha sido vista era a idosa, que não deixara qualquer impressão. Cabelo grisalho, altura média, peso médio, sem características específicas. Talvez 60 anos de idade.

Wyndham e o padre não eram muito mais fáceis. Durand sabia como eles se pareciam originalmente, mas anos na prisão resultaram em corpos debilitados e barbas selvagens. Os casacos poderiam ter sido forrados e as barbas poderiam ter sido aparadas para mudar a aparência.

Ele teve de se contentar com o fato de se aproximar das características dos prisioneiros e dizer que um deles era um velho fraco, outro um jovem de cabelos claros. Acrescentou que as três pessoas procuradas poderiam estar viajando juntas, ou separadamente, ou com outros homens desconhecidos. Mas isso era muito pouco.

Havia também a questão de para onde iriam. Seria inteligente da parte deles ir para o sul, para a Espanha, ou para leste, para os Países Baixos ou a Alemanha. Mas provavelmente o norte, na direção do Canal, era de longe a rota mais rápida para a Inglaterra. Então, Durand enviou panfletos em todas as direções, concentrando-se nas estradas do norte.

Sozinho, ele foi para Calais. O instinto de caçador disse-lhe que aquela área era a mais provável para encontrar sua presa. Quando, e se, apanhasse Wyndham, não perderia mais tempo com a prisão.

Desta vez ele mataria o bastardo.

Cassie franziu as sobrancelhas enquanto seguiam a estrada estreita que atravessava o centro de uma pequena cidade. Até aquele momento, não tinham passado por nada maior que uma aldeia e haviam dormido em celeiros vazios, mas não podiam evitar as pessoas para sempre.

– Deve ser dia de mercado. Todos no distrito estão na praça prontos para comprar, vender e fofocar.

Ela sentiu Grey tenso a seu lado. Partilhar uma cama com um homem fizera com que se tornasse mais sensível a suas emoções.

– É possível dar a volta? – perguntou ele.

– Não vejo nenhuma rua surgindo, e, se tentarmos circular pelo campo, podemos passar meio dia ou mais nos perdendo nas ruas enlameadas da propriedade.

– Suponho que tenha razão. – Ele olhou para a praça lotada à frente.

– Pense nisso como um bom treino para Londres – disse ela, de forma encorajadora. – Demorará apenas alguns minutos para passar pelo mercado e depois estaremos novamente no campo.

Ele respirou fundo, parou o cavalo e desmontou.

– Tem razão. Não há motivo para eu enlouquecer.

Cassie desceu de Thistle. Em uma multidão como aquela que estavam prestes a penetrar, era mais seguro ir à pé.

– Comprarei pão se vir uma banca de padeiro, mas, se não for assim, vamos em frente. Vou chamá-lo de Grégoire se precisar de um nome.

Ele assentiu, tenso, mas controlado.

– Como devo chamá-la?

– *Maman* – disse ela, prontamente. – Mantenha os olhos baixos e finja que não é muito inteligente. Sou sua velha mãe e trato dos negócios para nós dois.

Ele deu um pequeno aceno de cabeça e começou a seguir em frente. Satisfeita, ela levou Thistle para a praça do mercado. Esse seria o primeiro teste de Grey entre estranhos, mas ela estava confiante de que ele conseguiria. À noite, a sós, ele era tão divertido quanto apaixonado. Estava claro por que todos o adoravam quando era jovem.

Embora a raiva inquieta ainda estivesse sob seu charme descontraído, ela achava que estava se dissipando lentamente. Aquela viagem tranquila foi gradualmente trazendo-o de novo em sintonia com o mundo. Quando chegassem a Londres, ele já deveria estar quase normal. Um novo normal, que seria uma mistura do que ele tinha sido e do que tinha vivido.

Naquela época do ano, o mercado continha poucos produtos além de maçãs amassadas e legumes de raiz que pareciam fatigados, mas havia assados, queijos e charcutaria, além de barracas com roupas e utensílios velhos. Se ela tivesse a carroça, teria montado uma loja.

Em vez disso, ela atravessou a multidão o mais rápido que pôde, sem empurrar nem chamar a atenção. As pessoas estavam particularmente encurraladas à volta da fonte no centro da praça. Mesmo com a conversa barulhenta, ela podia ouvir a respiração pesada de Grey, mas ele manteve os olhos baixos e se moveu obstinadamente para a frente.

Ela não queria parar no meio do mercado, mas, como eles saíram do outro lado e a multidão diminuiu, ela viu uma barraca de pães.

– Espere um momento, rapaz, e segure minhas rédeas – disse ela, com sotaque do campo. – Preciso comprar um pão para nós.

– *Oui, maman.* – Ele tomou as rédeas de Thistle para que Cassie se aproximasse da barraca. Ela comprou pão e várias tortas feitas de frutas secas. Ela gostava de oferecer novos sabores para agradar o paladar de Grey, há muito negligenciado. Seu apetite entusiasmado era cativante.

Tinha acabado de entregar as moedas quando os gritos explodiram atrás dela. Cassie virou rapidamente e viu uma cachorra magrinha correndo com uma salsicha defumada na boca e um comerciante furioso e com a cara vermelha em perseguição. Um observador gritou alegremente:

– Parece que ela é mais rápida que você, Morlaix!

– Cale a boca, seu maldito! – Morlaix encurralou a cachorra, pegou de volta a salsicha e começou a chutar o animal encolhido, que estava preso entre uma parede e uma carroça.

Grey disse grosseiramente:

– Ei, senhor, não devia bater no pobre animal!

Ele pegou no ombro do mercador para afastá-lo da cadela. O homem girou e arremessou um punho musculoso na mandíbula de Grey. Ele se esquivou, mas perdeu o controle e recuou para dar um golpe furioso.

Temendo que ferisse ou matasse o mercador, Cassie agarrou seu braço antes que ele pudesse dar o soco.

– Calma, rapaz! – ela gritou. – Não bata no homem!

Ela usou seu aperto para tocar um ponto acima do cotovelo dele, adormecendo seu antebraço direito. Grey oscilou sobre ela, olhos selvagens e o corpo tremendo.

– Calma, Grégoire! – ela disse. – Calma!

Por um instante, pensou que ele podia bater nela e se preparou para se abaixar. Então a raiva de Grey desapareceu o suficiente para que ele baixasse o punho e lhe desse um pequeno aceno para tranquilizá-la de que tinha dominado a si mesmo.

Cassie se virou para o comerciante zangado, que cheirava a cerveja e cebola crua. Balançando a cabeça, ela disse, com pesar:

– Peço imensas desculpas, Monsieur Morlaix. O meu rapaz não tem a cabeça boa. Ele gosta de cães e não suporta vê-los machucados. Vou pagar pela salsicha e podemos deixar o pobre animal ir embora.

Ela colocou um pagamento generoso na palma da mão do mercador.

– Vou tirar o meu Grégoire da cidade agora, senhor. Ele fica confuso com tantas pessoas.

Morlaix pegou o dinheiro com um rosnado.

– Afaste as duas criaturas de mim!

– Irei, senhor – disse ela, suavemente. – Vamos lá, rapaz.

– Salsicha – falou ele, com uma voz enfadonha que sustentava a afirmação dela de que não era muito certo da cabeça. – Você deu dinheiro para a salsicha, então ela é nossa.

Cassie pegou a salsicha danificada do mercador e deu-a a Grey. Ele deu a carne à cachorra magricela, que a engoliu com voracidade.

Rapidamente, Cassie recolheu seu pão, as tortas e as rédeas que Grey tinha deixado cair quando se envolveu na discussão. Sorte que os cavalos eram animais pacíficos, que não tinham aproveitado a oportunidade para fugir.

– Deixe a cachorra, Grégoire. Precisamos seguir nosso caminho.

Ele se levantou e tomou de novo as rédeas de Achille.

– *Oui, maman.* – A voz dele era submissa, mas ela sentiu uma raiva efervescente logo abaixo da superfície.

A pequena multidão que se reunira para assistir a uma luta se dispersou, desapontada por não haver sangue. Cassie se afastou do mercado em um ritmo acelerado, conduzindo Grey e seu cavalo na frente dela.

Quando estavam livres do último comerciante e a rua principal estava vazia, ela parou para montar e viu que a cadela os seguia.

– Você fez uma amiga, Grégoire.

Grey ajoelhou-se e acariciou o pescoço magricela da cadela. Ela era jovem, de tamanho médio e tão magra que as costelas apareciam. Debaixo da sujeira, parecia preta e marrom com patas e focinho brancos. As orelhas frouxas sugeriam a linhagem de cão de caça.

Ela não era selvagem, pois lambeu a mão de Grey.

– Ela quer tanto o carinho como a comida – disse ele. – Mas também precisa de mais comida. Uma salsicha pequena pela qual você pagou muito não vai alimentá-la quando se está faminto. Podemos dar um pouco de queijo?

Cassie sabia que alimentar a cadela era má ideia, mas não conseguiu resistir aos olhos castanhos suplicantes da cachorra. Ela vasculhou os sacos de sua sela até encontrar um pedaço de queijo. Partindo-o ao meio, deu um pedaço a Grey.

– Nunca mais vai se livrar dela depois disso.

– Eu não quero. – Grey quebrou o queijo em pedaços menores e deu-os à cadela um de cada vez. – Sempre tive cães. Senti tanto a falta deles quanto das pessoas. – Ele arranhou a cabeça da cadela carinhosamente. – Se Régine escolher me seguir, não me oporei.

Cassie estudou a cachorra magricela.

– Naturalmente, ela deveria ser chamada de Rainha. Vai fazer maravilhas para a sua moral.

Grey atirou o último pedaço de queijo para Régine. Ela o pegou no ar.

– Espero que sim. O nome é importante.

Se Régine o ajudasse a relaxar e a lidar com o mundo, Cassie achava que a cadela valia seu preço em salsichas. Eles saíram da aldeia lado a lado. A uma milha ou mais, Cassie disse:

– Você se saiu bem no mercado. Não matou ninguém.

Os lábios de Grey se abriram.

– Eu teria se não tivesse me impedido. Não estou apto para a civilização, Cassie. Se não estiver por perto da próxima vez que eu enlouquecer, não sei o que vai acontecer.

– Estarei por perto o tempo que você precisar de mim.

Ele se virou e olhou para ela, com os olhos cinzentos fixos.

– Isso é uma promessa?

Ela hesitou, percebendo que estava à beira de uma grande promessa. Mas, enquanto ele precisasse dela agora, talvez isso não fosse verdade por muito mais tempo. Uma vez que ele voltasse à Inglaterra, haveria outros mais adequados para ajudá-lo até que o último de seus demônios fosse banido.

Mas, por ora, ele precisava dela.

– Prometo, Grey.

Ele deu um sorriso malicioso.

– Você pode se arrepender de ter dito isso, mas obrigado, Cassie. Neste momento, você é a minha rocha em um mundo confuso.

– É bem provável que eu me arrependa de ter adotado essa cachorra – disse ela. – Teremos que dormir em celeiros pelo resto da viagem.

Ele lhe deu um olhar engraçado.

– Desde que haja privacidade suficiente para roubar você, minha querida raposa.

Ela riu, contente por sua raiva estar novamente sob controle. Eles tinham passado a noite anterior em um celeiro, e realmente tiveram privacidade suficiente para o arrebatamento, embora ela não tivesse certeza de quem era o arrebatador e quem era o arrebatado.

Cassie olhou para trás e viu que Régine estava seguindo. O cão parecia ter tido algum treino. Talvez fosse um animal de estimação de família que tinha se perdido. Ela encontraria em Grey uma boa companhia. Cassie adorava animais, mas não conseguia mantê-los em sua vida de viajante. Tentava não se apegar muito a seus cavalos porque às vezes tinha de deixá-los para trás. Tal como ela tinha de fazer com os homens.

Estavam conseguindo avançar e deveriam chegar à costa em poucos dias. Ela ficaria feliz em levar a carga para casa em segurança, mas perderia as noites!

Depois de vender suas mercadorias, o mercador Morlaix se retirou para a sala da taberna vizinha. Enquanto esperava pela sua bebida, o comandante da polícia local entrou e afixou um panfleto na parede, junto à porta. PROCURADO! gritava no topo em letras grandes.

Morlaix gostava de praticar a leitura, por isso foi até lá para estudar o panfleto. Os fugitivos estavam sendo procurados. Uma mulher velha, um homem velho, um homem mais novo de cabelo claro. Talvez juntos, talvez separados, talvez viajando com outros.

– Ei, Leroy – disse ele ao comandante, que era um velho amigo. – Acabei de ver dois destes três no mercado. A velha e um homem de cabelos claros. Mas ele mudou o cabelo e não havia nenhum velhote.

Leroy, um antigo sargento do exército, pareceu ligeiramente interessado.

– Por aqui?

– Não, forasteiros. Dirigindo-se para o norte.

Leroy pareceu mais interessado.

– O aviso diz que provavelmente vão para o norte. Como era a velhota?

Morlaix encolheu os ombros.

– Nada que valha a pena notar. Tamanho médio, vestida um pouco melhor que um trapo, cabelo grisalho. Um homem teria de estar desesperado para querer dormir com ela.

Ainda mais interessado, o policial perguntou:

– Velha, mas forte?

Morlaix franziu o cenho.

– Suponho que sim. Ela impediu o seu filho grandalhão de me atacar.

– Por que é que ele queria atacar você?

O mercador contou a história de forma muito simples, achando que não era muito importante. Os olhos do policial iluminaram-se.

– Ele poderia ser um inglês? São loucos por cães!

– Ele não falou muito, mas falava como um francês. Um francês idiota. Leroy bateu no panfleto.

– O homem mais novo é um espião inglês fugitivo. Suponho que ele teria de falar bem francês para ser um espião. Essa dupla pode ser a que estamos procurando. Há quanto tempo deixaram a cidade?

– Meio dia – respondeu Morlaix. – Aqui, se forem eles, recebo a recompensa?

– Talvez parte de uma recompensa, mas só se forem os vilões certos e se forem capturados. Vou enviar uma mensagem para a estrada pelo correio militar. – O comandante girou no calcanhar e dirigiu-se para a porta.

– Não se esqueça da minha recompensa! – Morlaix rosnou. A bebida dele estava à espera, por isso tomou longo um gole. O maldito policial queria a recompensa para si mesmo. A França poderia ser um império, não um reino, mas ainda havia aqueles que tinham poder e aqueles que não tinham.

19

— Isto parece promissor – disse Cassie quando uma pequena pousada à beira da estrada apareceu. Um sinal envelhecido anunciava *AUBERGE DU SOLEIL* – Pousada do Sol. O nome MME. GILBERT estava pintado abaixo. Não era uma estalagem movimentada, apenas uma taberna local que servia bebida e comida simples e tinha um quarto ou dois para os viajantes.

— Com sorte, podemos ter uma refeição quente e um banho para Régine.

— Alguma hipótese de um banho para nós? – Grey acariciou as costas do cão. Ela se espalhou contente pelo colo dele, cansada demais para acompanhar atrás dos cavalos.

— Régine está precisando muito mais – disse Cassie, com um sorriso. – Mas, se tivermos sorte, pode haver água quente para nós.

Eles cavalgaram para o pequeno quintal. Era lamacento, como a maior parte do norte da França, agora que a última neve estava derretendo. Embora os primeiros botões de boas-vindas da primavera começassem a aparecer, havia muito mais lama.

Cassie desceu, amarrou Thistle e entrou na estalagem. Sinos na porta tocaram quando entrou, e uma mulher mais velha, forte e respeitável saiu para cumprimentá-la.

— Eu sou Madame Gilbert – disse ela, rapidamente. – Como posso servi-la?

— Bom dia, madame – disse Cassie, com sotaque campestre. – O meu filho e eu estamos interessados em uma refeição, um quarto e talvez numa tina onde ele possa lavar o cão.

— O cão? – A mulher olhou pela janela, onde Grey e Régine eram visíveis no alto de Achille. Grey estava tentando cultivar uma expressão vaga, mas não era muito bom nisso. Felizmente, a barba cobria a maior parte do rosto.

– Ele encontrou uma vira-lata imunda e faminta no mercado da cidade e quer ficar com ela. – Cassie deu um suspiro de "o que uma mãe pode fazer?". – Grégoire não é muito bom da cabeça, e ter um cão o acalma.

– Ele é um desertor do exército? – madame Gilbert perguntou, sem rodeios.

– Não – disse Cassie, firmemente. – Ele não tem capacidade para ser um soldado.

A mulher mais velha encolheu os ombros.

– É melhor não me dizer nada sobre o que possa ser mentira. Mas, de mãe para mãe, eu diria que os policiais deste distrito passam muito do seu tempo caçando desertores, e muitas vezes vêm por esta estrada. A maioria deles é formada por soldados que foram expulsos do exército, por isso não gostam de ver mais ninguém escapando do sofrimento.

– Verdadeiramente Grégoire nunca esteve no exército, mas tem idade para ser soldado. – Cassie não gostou do que estava ouvindo. – Há outra estrada de que os policiais não gostem tanto?

A boca da Senhora Gilbert ficou estranha, como se Cassie tivesse acabado de confirmar que seu "filho" era um soldado fugitivo.

– Sim, e não muito longe. Uma pequena pista lamacenta passa pelos meus estábulos. Não parece muito, mas, se você seguir seu itinerário pelos campos, vai sair em outra estrada que corre para o norte. Estreita e calma.

Curiosa, Cassie disse:

– Parece simpático para os desertores.

A boca da mulher mais velha endureceu.

– As guerras de Napoleão mataram meu marido, meu irmão e ambos os meus filhos. Eles não vão ter os meus netos, e eu não vou ajudar os policiais a encontrarem pobres diabos que não querem morrer em campos enlameados.

– Não me interessa muito quem ganha. – O que não era verdade. Napoleão deveria ser destruído. Na verdade, Cassie acrescentou: – Só quero o fim dessa guerra.

– Amém. Você está interessada em lavar o cão?

– Sim, uma refeição quente e permissão para dormir nos estábulos. Grégoire ficará mais feliz se estiver perto dos cavalos.

A senhoria acenou com a cabeça, convencida de que Grey era um desertor.

– É um belo edifício aconchegante. Você vai dormir bem lá. Quanto ao cão, há um barracão ao lado dos estábulos com uma bomba, banheiras, sabão e escovas. A refeição quente desta noite é um guisado de carne de carneiro.

– Parece perfeito, madame. – Cassie tirou uma bolsa fina. – Quanto custa por tudo? – Incluindo informações muito mais valiosas do que um telhado sobre as suas cabeças.

Régine aceitou lavar-se sem entusiasmo, mas não mordeu, nem tentou fugir enquanto Grey a esfregou na pequena casa de banho. Cassie ficou afastada, admirando o peito nu de Grey e a limpeza cada vez maior do cão. Régine nunca seria bonita, mas era um animal feliz que olhava para Grey com adoração. Um dos pais dela poderia ter sido um *beagle*. Os outros antepassados eram um palpite.

Depois de Régine ter sido esfregada e seca com toalhas ásperas, eles se retiraram para os estábulos, que realmente eram confortáveis. Madame Gilbert mantinha um par de cavalos de carroça, mas havia muito espaço para Thistle e Achille.

Achando que era melhor manter Grey longe da senhoria, Cassie levou seus jantares para o estábulo em uma bandeja. O guisado de carneiro era encorpado e saboroso, a cerveja caseira era um bom acompanhamento e havia bastante pão fresco para acompanhar o último cozido.

Estava anoitecendo quando Cassie retirou a bandeja com os pratos sujos. Voltou aos estábulos para descobrir que Grey tinha estendido um cobertor sobre uma pilha de palha solta e estava reclinado sobre ele, com Régine a seu lado. Grey era corpulento, esguio e glorioso à luz fraca de uma única lanterna. Embora desgrenhado e ainda muito magro, comer bem estava tirando as bordas frouxas de sua aparência.

– Isto combina os prazeres relaxantes do campo com a vantagem de ter um telhado, uma boa refeição quente e uma fuga fácil se precisarmos sair às pressas. – Como Régine estava deitada à sua direita, ele deu um tapinha na palha à sua esquerda. – Venha sentar-se ao meu lado, Cassie, a Raposa. Depois de satisfazer um apetite, é hora de satisfazer outro.

– Você é um sem-vergonha – disse ela, obedecendo, feliz por relaxar seu corpo quente na noite fria.

– Foi o que Lady Agnes Westerfield disse uma vez. Ela estava rindo, mas falava sério. E tinha razão. – Grey rolou sobre Cassie e deu um longo e completo beijo. – Terei algum sucesso em seduzi-la?

– Suponho que tenha alguns minutos de sobra – ela disse, brincando enquanto os dedos da mão direita deslizavam para dentro do cabelo emaranhado dele.

– Venha! – Ele beijou sua garganta. – Está tentando me ofender para demonstrar minha resistência masculina.

– Você descobriu o meu esquema de ataque! – disse ela, com uma gargalhada. Quando Grey não estava angustiado, fazia-a rir como nenhum outro homem que ela conhecera.

Ele enterrou o rosto no ângulo entre o pescoço e o ombro dela.

– Oh, Cassie, Cassie, Cassie – disse ele, com a voz rouca. – Você foi a melhor coisa que já me aconteceu.

– Sou apenas uma coisa? – Ela mordeu o lóbulo de sua orelha, pensando no quanto sentiria falta dessa brincadeira e riso.

Ele riu.

– A melhor coisa. – Ele beijou a têmpora. – A melhor sorte. – Beijou a ponta do nariz. – A melhor pessoa. – Lambeu sua orelha. – E a melhor e mais incrível mulher. – E terminou sua ladainha levando sua boca para a dela.

O beijo profundo e íntimo quase dissolveu sua capacidade de pensar. Um longo e delicioso intervalo depois, ela murmurou:

– Sua maior sorte foi provavelmente ir para a escola de Kirkland. Poucos homens passariam tanto tempo à procura de um amigo perdido.

– É verdade. – A mão dele escorregou pelo torso dela. – Mas pense como seria menos divertido se ele tivesse mandado um de seus agentes homens para o Castelo Durand.

– Dado o seu estado de privação, poderia não se importar com quem o salvou. – Ela se arqueou na mão dele. – Qualquer corpo quente e disposto faria igualmente bem.

– Raposa malvada! Mesmo dez anos não foram suficientes para esquecer as diferenças entre homens e mulheres. Embora talvez devesse refrescar minha memória...

Ele estava alcançando a barra do vestido dela quando gritos e o som de arreios soaram no pátio lá fora. Os dois congelaram.

Na noite tranquila, o som de uma voz forte exigia a entrada no *Auberge du Soleil* em nome do imperador para que fugitivos e desertores pudessem ser capturados. Madame Gilbert respondeu com firmeza, dizendo aos policiais que não tinha desertores em sua pousada, e por que estavam perturbando os *cidadãos* cumpridores da lei em seus jantares?

O desejo e o riso desapareceram. Cassie disse, quase sem fôlego.

– Está na hora de irmos embora. – Ela se mexeu na palha. – Ainda bem que não desfizemos as malas.

– Desgraçados! – Grey se levantou e foi em direção às portas do estábulo. – Eu gostaria de...

Cassie agarrou-lhe o braço.

– Nós não vamos enfrentar meia dúzia de homens armados! Vamos nos sentar calmamente, sair pela porta dos fundos e seguir pela pista que nos afasta da estrada e da pousada.

Seu braço estava rígido sob a mão dela, mas, depois de respirar fundo, ele se afastou da porta e alcançou sua sela.

– Vão fazer mal a Madame Gilbert?

– Ela é uma mulher formidável e parecia experiente com tais visitas da polícia. – Cassie jogou a manta da sela sobre Thistle. – Os protestos dela nos darão alguns minutos antes de procurarem nos estábulos. A melhor coisa que podemos fazer por ela é desaparecer sem deixar vestígios de que estivemos aqui. Diga ao seu cão para não latir.

Com uma expressão sombria, Grey dobrou o cobertor e o colocou nos sacos da sela. Quando estavam prontos para sair, Cassie examinou a área enquanto Grey silenciosamente abriu as portas no fundo dos estábulos. Ela tinha vigiado a pista mais cedo. Embora estreito e lamacento, corria entre sebes grossas para que desaparecessem rapidamente da vista.

Cassie apagou a lanterna e eles levaram seus cavalos para fora. Régine trotou atrás deles, intrigada, mas cooperativa. Felizmente, ela não latia.

Saíram bem a tempo. Atrás deles, lanternas acesas e um oficial ordenou a seus homens que revistassem todos os anexos. Dando graças pelo barulho dos policiais, Cassie abriu caminho para a estrada. Uma névoa estava se transformando em chuva leve e um frio úmido que chegava aos ossos. Ela esperava que em algum lugar adiante na estrada eles encontrassem abrigo.

Pelo menos desta vez não escaparam através de uma tempestade de neve.

Ele estava sendo caçado como um coelho através dos campos, os cães de caça buscavam seu sangue. Ele caiu e ficou ofegante e indefeso enquanto caçadores e cachorros caíam sobre ele. Mas, em vez da morte rápida de ser despedaçado, capturaram-no, amarraram-lhe os membros, arrastaram-no de volta para a prisão e atiraram-no para um poço sem fundo, onde caiu em uma noite sem fim...

Grey acordou gritando na escuridão. Ele se debateu, mas, antes que o pânico total destruísse os últimos fragmentos de sanidade, braços quentes o abraçaram e uma voz feminina suave disse:

– Está tudo bem, Grey. Estamos seguros aqui. – Sua voz suave e seu corpo forte eram um refúgio em um mundo negro e sombrio. – Fugimos sem que os policiais soubessem que estávamos lá.

Com o coração batendo e os punhos apertados, ele lutou para se dominar. A mente sobre o instinto frenético. Ele não estava preso, não estava preso em uma eternidade sem luz.

– Desculpe – ele conseguiu dizer. – Saber que estamos sendo perseguidos deve ter desencadeado um pesadelo.

– O primeiro desde que escapou?

Sua primeira reação foi dizer que sim, mas não conseguiu mentir para Cassie.

– Não foi o primeiro, mas foi o pior. – Ele envolveu os braços em torno dela, sentindo o pânico recuar. – Quando você está perto, eles vão embora rapidamente. – Ele franziu o cenho para a escuridão. – Bati em você quando eu estava sonhando?

– Não, mas não por falta de tentativa! – respondeu ela. – Felizmente, sei me esquivar bem.

– Graças a Deus por isso. Onde estamos?

– Um barracão construído para proteger o gado – explicou ela. – Neste período, a maior parte da ração foi usada para que haja espaço para os viajantes cansados dormirem.

– Não me admira que esteja tão frio – ele murmurou, lembrando agora como eles encontraram o lugar depois de algumas horas de caminhada molhada e miserável. Conduziram os cavalos porque estava muito escuro para cavalgar.

O céu estava clareando, por isso o amanhecer devia estar perto. Ele pousou o rosto contra o cabelo dela. Régine, ele percebeu, era o peso quente enrolado contra seu lado oposto.

– Quanto tempo até chegarmos à costa?

– Podemos conseguir em quatro dias, se nos esforçarmos muito. O que devíamos fazer – ela disse serenamente. – Durand deve ter enviado panfletos descrevendo-nos como espiões perigosos, provavelmente oferecendo uma recompensa. Qualquer um com uma vaga semelhança com seus fugitivos vai ser notado e talvez detido.

– Devo tirar a barba? – Ele esfregou o queixo, perguntando-se o que estava debaixo dos bigodes. – Isso mudaria minha aparência. –

– Eles não conhecem bem a sua aparência. – Um sorriso apareceu na voz dela. – Suspeito que, se você fizer a barba, todas as mulheres que encontrarmos se lembrarão de você, e isso é o oposto do que queremos.

Ele se sentiu acuado. Quando era mais novo, mulheres de todas as idades o observavam. Ele gostava daquilo, jovem tolo vaidoso que era. Agora, o pensamento o deixava vagamente desconfortável.

– Qualquer descrição de você seria como uma mulher velha, não seria? Foi assim que foi vista no castelo. Consegue cobrir o grisalho do cabelo? Então poderíamos viajar como marido e mulher.

– Mudar as nossas aparências é uma boa ideia para nós dois – ela concordou. – Tenho uma coloração castanha temporária nos meus sacos.

– Nada do que você tira desses sacos me surpreende mais. – Ele esfregou o comprimento das costas dela, querendo tocá-la o máximo que pudesse. – Eu esperava que você fizesse uma cama de quatro tábuas quando paramos aqui.

– Bobagem. Este lugar não é suficientemente grande para uma boa cama.

Ele sorriu e a última tensão do pesadelo desapareceu.

– Ficarei contente que faça o papel de minha mulher. Parecia um pouco perverso tê-la como minha mãe.

– Isso não o impediu de se comportar de forma perversa – ela apontou, enquanto deslizava uma mão debaixo do casaco dele.

Ele endureceu, assim como a parte de seu corpo onde a mão dela veio descansar.

– Não tenho vergonha, lembra? – ele disse, um pouco sem fôlego. – Acho que devíamos celebrar o nosso novo status de marido e mulher.

– Bem, é uma forma de aquecer – disse ela, pensativa. – Por alguns minutos.

A alegria e o desejo começaram a borbulhar através dele, apesar das circunstâncias precárias.

– Outro desafio, minha Senhora Raposa? – Ele cobriu a deliciosa suavidade do seio dela. – Prometo que vou aquecê-la até o sol nascer.

E foi o que ele fez.

Os relatórios foram enviados para Durand como resultado dos panfletos. Nenhum sinal do padre. Ou Laurent Saville havia conseguido escapar com muito sucesso, ou era tão frágil que tinha morrido devido aos rigores da fuga. Se assim fosse, boa viagem, embora Durand continuasse a procurar. O velhote poderia ser útil.

Mas havia muitas hipóteses de avistar Wyndham e uma velha. Classificá-los foi o tipo de trabalho em que Durand se notabilizou. Ele tinha instinto para o que parecia verdadeiro, e esse instinto tinha sido desencadeado pelo relato de uma pequena discussão no mercado de uma cidade. Uma velha e um homem que se comportara mal por causa de um vira-lata inútil. Parecia inglês.

Ele queria saber se a velhota era realmente uma mulher. Com os exemplos que lhe foram fornecidos de sua força e astúcia, ele não ficaria surpreso ao saber que o salvador de Wyndham era um homem baixo disfarçado de mulher. Embora talvez a força e a astúcia tenham vindo dos homens que viajavam com ela. Havia demasiadas possibilidades. A única coisa que Durand tinha era a possibilidade de que Wyndham estava viajando para o norte.

O casal do incidente do mercado estava indo na direção certa, mas não havia relatos convincentes de eventos mais distantes ao longo da estrada que eles estavam percorrendo. Durand estudou rotas alternativas em um mapa. Uma pequena estrada a leste parecia plausível, e corria em direção a Boulogne, bem no Canal da Mancha.

Havia muitos pescadores que trabalhavam como contrabandistas ao longo da costa. Qual seria o grupo mais provável? O Ministério da Polícia tinha arquivos sobre muitos deles.

Com o mapa na mão, Durand encomendou uma carruagem e se dirigiu para o norte.

Os quatro dias seguintes foram assolados pelo medo constante de perseguição. Foram também os mais difíceis de montar que Grey já tinha enfrentado. Se não tivesse sido treinado por vários dias de viagem mais lenta no início, Cassie teria de amarrá-lo a sua montaria.

Achille e Thistle tinham desaparecido, trocados por cavalos mais novos e fortes. Ele achou ter visto remorso nos olhos de Cassie quando ela vendeu o pônei, mas ela fora pragmática demais para reclamar. Ela era uma mestre incansável, empurrando os dois com firme determinação.

Em algumas noites, estavam demasiado cansados para fazer amor. Mas ele nunca estivera muito cansado para querer segurá-la enquanto dormiam. Tê-la por perto afastava seus pesadelos.

Grey tinha orgulho masculino suficiente para não se queixar do ritmo que definiram, embora, quando chegaram à taberna à beira-mar, a nordeste de Boulogne, ele se sentisse como se tivesse sido agredido por boxeadores profissionais. Era final da tarde quando a taberna foi vista.

– O nosso destino – disse Cassie. – Eles me conhecem aqui. Estamos quase em casa.

Ele olhou para o outro lado do canal, mal respirando.

– A Inglaterra fica do outro lado da água. É difícil acreditar. – Algum dia ele olharia para essa viagem como um breve e improvável interlúdio no caminho de volta a sua vida real, mas, por enquanto, era o seu mundo. A estrada, a viagem e Cassie. Ele não perderia o medo sem fim ou as horas a cavalo, e um retorno à vida civilizada com água quente e roupas limpas seria bem-vindo.

Mas não conseguia imaginar a vida sem Cassie.

Quando chegaram à taberna, Cassie desmontou.

– Leve os cavalos para os estábulos – disse ela. – Vou falar com minha amiga Marie. Ela é outra das inúmeras viúvas de guerra da França. Com sorte, poderemos navegar esta noite. O tempo parece estar bom.

– Vai sentir falta de me dar ordens – disse Grey ao aceitar as rédeas de seu cavalo.

– Verdade. Adoro dizer aos homens grandes e fortes o que fazer – ela concordou. – Vou ter de voltar para a França e salvar outro pobre coitado.

As palavras dela estavam provocando-o, mas o cortaram como navalhas enquanto ele se dirigia para os estábulos. Essa viagem com Cassie tinha sido a época mais feliz da sua vida. Era chocante pensar que, para ela, ele era apenas mais um trabalho.

Já me deitei com homens por razões piores. Ela mentia para todos os homens que resgatava? Ele odiava o pensamento, mas não tinha o direito de perguntar sobre o passado dela ou outros homens que conhecera.

Ele mordeu o lábio enquanto desmontava. Régine sentiu sua agitação e pressionou contra sua perna. Ao menos para uma fêmea durante essa viagem ele era o centro do mundo.

Enquanto caminhava com os cavalos, ele disse a si mesmo que deveria ser adulto o suficiente para aceitar que Cassie era especial para ele, embora ele nunca fosse tão especial para ela. Mas Grey não tinha certeza se era assim tão maduro.

Cassie entrou na taberna. A sala aconchegante tinha mesas e um bar simples construído ao fundo. Um jovem estava sentado a uma mesa estudando enquanto uma mulher de meia-idade com o corpo confortavelmente arredondado e o colo cheio de tricô se sentava atrás do balcão.

– *Bonsoir, Marie* – Cassie a saudou. – Estou contente por vê-la com um ar tão pacífico.

– Cassandra! Você é uma visão bem-vinda. – Marie deixou de lado o tricô. – Lembra-se do meu sobrinho Antoine?

– Sim, claro. Não me permita interferir nas suas lições, Antoine.

Ele se levantou e ofereceu um sorriso de dente aberto, depois voltou a seu livro. Marie continuou:

– Você está só de passagem?

– Sim, e, quanto mais curta a visita, melhor. – Cassie tirou uma pequena bolsa escondida debaixo da saia.

– Está com sorte. Há uma viagem de pesca marcada para esta noite.

Isso era uma boa notícia; quanto mais cedo deixassem a França, melhor.

– Há espaço para dois passageiros? – Quando Marie assentiu, Cassie entregou a bolsa. – Aqui está a passagem.

Marie fez o dinheiro desaparecer.

– É sempre um prazer fazer negócios com você, Cassie. Onde está o seu companheiro?

– Acomodando os nossos cavalos. Dois corcéis decentes, nada de especial. Não sei quando voltarei por aqui, por isso use-os como precisar.

Marie olhou pela janela. O dia estava nublado e a noite estava caindo rapidamente.

– Há tempo suficiente para você e seu companheiro comerem alguma coisa antes de descerem para a enseada. Vou mandar Antoine ao barco para lhes dizer que dois passageiros estão a caminho.

Quando Antoine fechou o livro, vários cavaleiros chegaram lá fora. Cassie disse em voz baixa:

– É possível que o meu companheiro e eu estejamos sendo perseguidos.

– Ou podem ser agentes aduaneiros. Eles chegam com demasiada frequência. Antoine, vá até a enseada e diga aos homens que podemos ter problemas aqui.

– *Oui, tante.* – Movendo-se rapidamente, ele passou pela cozinha e saiu.

– Está na hora de nos tornarmos duas mulheres enfadonhas conversando um pouco. – Marie derramou vinho branco em dois copos pesados e deslizou um pelo bar até Cassie. – O seu companheiro saberá manter-se fora da vista?

Uma boa pergunta. Grey era difícil de prever.

– Espero que sim. – Cassie pegou o vinho e se instalou em um banco do outro lado do balcão de Marie.

A porta da frente foi aberta e cinco policiais entraram. Todos estavam armados e tinham as expressões truculentas de homens à procura de problemas.

Como proprietária experiente de uma taberna, Marie reconheceu a aparência tão prontamente quanto Cassie. Os olhos dela estavam desconfiados, mas sua voz relaxou ao dizer:

– O que posso fazer por vocês, cidadãos? Tenho um bom guisado de peixe e pão fresco na cozinha.

– Vamos comer um pouco disso e uma garrafa do melhor conhaque da casa – disse o sargento responsável. – Mas o que realmente queremos são espiões fugitivos.

Ele tirou um panfleto dobrado do casaco.

– Um homem velho, uma mulher velha, um inglês mais novo com cabelo claro, talvez viajando com outros. Alguém assim esteve por aqui? Estão correndo como ratos para a Inglaterra.

Marie pôs cinco copos ao longo do bar.

– Não posso dizer que pareçam familiares. As únicas mulheres velhas que passam por aqui são locais. – Ela procurou debaixo do balcão por uma garrafa de conhaque. – Não vi nenhum espião inglês, que eu saiba.

– Aposto que já viu muitos contrabandistas – um dos homens zombou. Ele pegou a garrafa de conhaque da mão de Marie e tomou um gole. – Quanto é que vai nos dar para irmos para a próxima taberna costeira sem revistar este lugar?

– Não é contra a lei tentar subornar um policial? – Marie perguntou calmamente. – Não tenho nada a temer em uma busca. Não há contrabandistas aqui. Só comida e bebida.

– E mulheres. – Um homem alto e pesado que parecia um urso apontava para Cassie. – O panfleto dizia que a velhota não tinha marcas de identificação distintas. Nem esta aqui. – Enquanto ele olhava para ela com olhos quentes, a atmosfera ficava cheia de ameaças.

– Isso não é uma coisa gentil de se dizer, Citoyen – Cassie comentou suavemente, deslocando-se no banco para poder alcançar a faca embainhada na coxa. Mas ela esperava que não chegasse a uma luta. Duas mulheres tinham poucas chances contra cinco homens brutalmente armados. – Posso estar a caminho da velhice, mas ainda não cheguei lá.

– Tão velha que você deveria estar grata que um homem de verdade esteja disposto a enganá-la – disse o homem urso com um ronco. – Eu não tocaria em nenhuma de vocês normalmente, mas, por falta de algo melhor, vocês servem.

Quando ele se aproximou, Cassie pegou a faca. Antes que ela pudesse agarrá-la, ele pulou inesperadamente, esmagando-a em seus braços carnudos exatamente como um urso. O hálito dele cheirava a brandy barato.

– Solte-me! – ela disparou enquanto lutava furiosamente, mas ele tinha vantagens em tamanho e força. Ele a empurrou para o chão, subindo sobre ela.

O líder do grupo inclinou-se sobre o balcão para Marie. Ela bateu em seu rosto com uma garrafa. Amaldiçoando, ele cambaleou para trás, mas um terceiro homem cercou o balcão para agarrá-la e puxá-la para o centro da sala. O grito dela foi cortado abruptamente.

Se Cassie não estivesse presa, poderia ter imobilizado seu atacante, mas, com o peso dele em cima de si, estava quase indefesa. Ela esperava que Grey não ouvisse o tumulto e a agressão. Embora ele fosse um bom lutador, os policiais estavam armados e muito mais propensos a atirar em um homem do que em uma mulher.

Rezando para que Antoine trouxesse rapidamente os marinheiros da enseada, ela afundou os dentes no lóbulo da orelha do atacante, provando sangue metálico. Ele gritou de raiva e se ergueu para lhe bater na parte lateral da cabeça.

Ela virou a cabeça para evitar o pior do golpe, ao mesmo tempo que lutava para libertar um braço. Se conseguisse arrancar os olhos dele...

Um grito arrepiante de sangue reverberou através da sala quando Grey entrou pela porta, olhos selvagens de fúria. Em dois passos, ele estava ao lado de Cassie e puxando o atacante dela. Um ruído horrível estalou quando ele partiu o pescoço do homem urso.

Atrás dele, outro policial rapidamente se preparou e apontou sua pistola.

– Cuidado, Grey! – Cassie gritou enquanto se mexia.

Grey rodopiou e mergulhou no homem. A arma disparou de forma ensurdecedora, mas Grey nem sequer vacilou. Ele arrancou a pistola vazia do policial e usou o cabo de madeira para bater-lhe na cabeça até ficar inconsciente.

Como ele conseguia cuidar de si próprio, Cassie se virou para Marie. Sua amiga estava presa ao chão por um homem que tinha uma mão apertada sobre sua boca enquanto a outra segurava sua roupa. Cassie se moveu atrás dele e selvagemente encaixou seus polegares nos pontos de pressão que o deixariam inconsciente no espaço de alguns batimentos cardíacos.

Ele desmaiou para a frente com o ar estrangulado. Depois de arrastá-lo de cima de Marie, que estava abalada, mas parecia ilesa, Cassie se virou para Grey.

Ele lutava como um dançarino, seus movimentos velozes e sinistramente eficientes enquanto esmagava e chutava seus adversários. Mas, Deus, sangue estava escorrendo pelo lado esquerdo da cabeça dele! Devia ter sido arranhado pela bala da pistola. Certamente não era nada sério ou ele não poderia lutar tão furiosamente. Mas tanto sangue!

Seu coração apertou quando viu os dois últimos policiais recuarem e apontarem as pistolas para Grey. Ela disse o palavrão mais imundo que conhecia e atirou a faca para o homem mais próximo. Apanhou-o no centro da garganta com um jato de sangue.

Enquanto o homem desmaiava com um grito inebriante, seu companheiro apontou a pistola para Cassie.

— Sua cadela!

Ela mergulhou a sua esquerda, desejando uma barreira para a proteger. Então os ombros largos de Grey bloquearam a visão do último policial. Crescendo como um lobo, ele saltou no mesmo instante em que a pistola disparou.

Sem medo, Grey apertou suas mãos poderosas em volta do pescoço do homem. Os dois caíram juntos.

Meu Deus, mais sangue, desta vez do lado direito de Grey! No entanto, seu punho visivelmente não se soltou. Quando Cassie os alcançou, o policial estava morto. A expressão de Grey era selvagem, e ele não parecia ouvir quando ela falava o nome dele.

Cassie o segurou pelo ombro, com as unhas cravadas nele.

— Grey, está tudo bem, estamos seguros. Deixe-o em paz para que eu possa ver os seus ferimentos.

Ele não respondia, por isso ela disse mais incisivamente:

— Grey, largue!

Passaram-se longos segundos até que ele se soltasse e se sentasse nos calcanhares. O vermelho de raiva desapareceu de seus olhos, e ele se virou para ela.

— Cassie? Você está ferida?

— 126 —

— Você é que está sangrando por todo o chão – disse ela, irônica. – Preciso examinar as suas feridas.

— Graças a Deus está segura! – Então, ele lentamente se ajoelhou.

21

Mordendo o lábio para não ter grandes histerias, Cassie ajoelhou-se ao lado de Grey e fez um rápido exame nele. O ferimento na cabeça estava sangrando vertiginosamente no cabelo e na barba, mas não parecia profundo.

A segunda bala de pistola estava na sua lateral. Embora as costelas não parecessem estar quebradas, ainda havia mais sangue saindo dele. Quanto sangue pode um homem perder antes de morrer?

– Segure isto. – Marie pressionou várias toalhas dobradas na mão de Cassie. – Esse seu homem selvagem é esplêndido – acrescentou ela, admirada.

Sem medo. Não podia acreditar como ele continuava lutando mesmo com dois tiros.

– Destemido ou louco – disse Cassie, de maneira sombria. – Preciso de brandy para limpar as feridas.

Marie rapidamente preparou uma garrafa de bebida destilada. Cassie pressionou a cabeça até que a hemorragia abrandasse e, em seguida, despejou um fio de brandy sobre a ferida aberta.

Grey ofegou e tentou afastar-se.

– Fique quieto – ordenou ela, pensando que era um bom sinal que ele não estivesse inconsciente. – Estou quase acabando.

Ele estava tremendo, mas ficou quieto enquanto ela amarrava uma atadura grosseira ao redor de sua cabeça. Ela estava cuidando de suas costelas feridas quando meia dúzia de marinheiros locais invadiram a sala, com o líder chamando:

– Marie!

Cassie reconheceu-o como Pierre Blanchard, irmão de Marie e

capitão dos contrabandistas. Ele transportara Cassie pelo canal várias vezes. Ele parou e olhou para os corpos caídos.

– Parece que não fomos necessários.

– O amigo de Madame Renard lutou como um possuído para nos salvar de sermos violadas ou pior. – Marie desaprovou a carnificina. – Será necessária muita limpeza.

– Cuidaremos dos corpos e dos cavalos – prometeu Pierre. – Estes homens simplesmente desaparecerão. Madame Renard, o seu amigo está bem o suficiente para navegar esta noite?

– É melhor isso do que arriscar ficar aqui – disse Cassie enquanto enfaixava as costelas de Grey. Ele precisava de um cirurgião de verdade, mas isso podia esperar até a Inglaterra. O cerco de Durand estava se fechando, ela podia senti-lo. – Grey, acha que pode ir a pé até ao barco?

– Sim. – Ele respirou um fôlego tremido. O rosto dele estava branco contra as manchas de sangue. – Vai precisar de ajuda. – Ele se ergueu com o braço direito, dando um assobio de dor. Silenciosamente, Pierre o ajudou a levantar-se.

Com tantas manchas de sangue encharcando o cabelo e as roupas, Grey parecia mais morto do que vivo. Cassie se moveu para debaixo do braço para ajudar a apoiá-lo.

– Temos sacos nos estábulos – disse Cassie a Pierre, não querendo deixar Grey.

Quando o capitão enviou um homem para recolher suas posses, Grey sussurrou:

– Régine. Não se esqueça de Régine!

– Uma terceira pessoa está no seu grupo? – perguntou Pierre.

– Régine é um cão que ele adotou – explicou Cassie.

Pierre disse com humor:

– Eu não sabia que os espiões ingleses colecionavam vira-latas.

– Monsieur Sommers não é um espião – disse Cassie, cansado. – Ele era um jovem inglês que se deitou com a mulher errada e passou dez anos na solitária.

As sobrancelhas do Capitão se arquearam.

– Espero que ela tenha valido a pena.

– Não valia – Grey murmurou.

Pierre fez um gesto de encolhimento muito francês.

– Nunca se sabe até ser tarde demais. Mas agora temos de nos apressar ou perderemos a maré.

Cassie mal podia apoiar Grey enquanto eles se moviam em direção à porta, então Pierre chegou para tomar o lugar dela. Assim que saíram, Régine correu e começou a contorcer-se em torno das pernas de seu mestre, quase derrubando Grey.

– Tem certeza de que pode ir até o cais? – Cassie perguntou, preocupada. – Você pode ser carregado se for preciso.

– Andaria... a pé... sobre a água... – ele disse. – Para voltar à Inglaterra.

Cassie afastou Régine de Grey para que eles pudessem seguir pelo caminho rochoso até a enseada. Pelo menos Grey tinha agora uma posse para levar da França para casa.

A cinco braças jaz teu pai;
De seus ossos, os corais são feitos...

As palavras de Shakespeare flutuaram através da desgraça de Grey. Afogar-se e sofrer a suprema mudança do mar soava muito bem... Ele não estava enjoado, mas nunca tinha atravessado o Canal em um pequeno barco com dois buracos de bala. Ele não sabia o que era pior: a dor, a náusea ou o fato de que o barco estava impregnado de fedor de peixe.

Seu estômago estava bastante vazio, mas isso não impediu a náusea violenta e o vômito seco. Ele deslizava para dentro e para fora da consciência. Nunca se sentira tão mal.

Grey, Cassie e Régine estavam amontoados na proa do barco sob uma lona, o que ajudava a evitar respingos de água, mas não servia de grande ajuda contra o frio cortante. Em algum momento, durante a noite interminável, ele disse:

– Me jogue no mar, Cassie. Acho que prefiro morrer.

– Que disparate. – A voz dela era forte, mas seu toque era delicado enquanto limpava o rosto úmido dele com um pano. – Você tem de ficar vivo até que eu o entregue a Kirkland. Depois disso, pode se afogar se quiser.

Doía rir, mas de qualquer maneira ele riu.

– A minha sempre prática raposa. Não precisa se preocupar. Não tenho forças para me lançar no mar sem ajuda, e, quando estiver em terra seca, o ímpeto irá certamente desaparecer.

– Não vai demorar muito – disse Cassie, calmamente. Ela o puxou para mais perto para que o lado não enrolado da cabeça dele descansasse sobre seus seios macios. – Você está quente. Febre, acho eu, mas pode ser útil em uma noite fria e úmida.

– Não se preocupe com a febre – murmurou ele. – Eu cicatrizo muito bem, ou não teria durado tanto tempo. – Sua mente desviou-se para outra direção, e então ele perguntou: – Qual é o seu verdadeiro nome? Antes de se tornar Cassie, a Raposa?

Depois de um longo silêncio, ela respondeu:

– Já fui Catherine. – *Catherine*. Combinava com ela, mas de uma forma muito diferente de como Cassie se ajustava a ela.

Catherine era uma senhora gentil. Cassie, a Raposa, era ágil, inteligente e perigosa. Talvez Catherine fosse quem Cassie teria sido se a guerra e a catástrofe não tivessem acontecido.

Ele procurou a mão dela e a segurou, pensando na sorte que tivera em ser encontrado por essa mulher extraordinária, mesmo que apenas por um tempo. Mas, Deus do céu, como ele poderia deixá-la partir?

A travessia de Cassie não era a mais confortável já feita, mas era uma das mais rápidas, com um vento forte empurrando o barco de pesca para o norte. Pierre e sua tripulação teriam uma viagem muito mais lenta para casa com o vento contra. Mas eles foram atraídos para o mar e para seus caprichos. Grey e Cassie eram criaturas da terra, e, quanto mais cedo voltassem à terra firme, melhor.

Depois de horas miseráveis sem fim, ela viu uma linha branca tênue se formando gradualmente no horizonte. Esperou até ter certeza antes de dizer suavemente:

– Os penhascos brancos de Dover, Grey. Chegamos em casa.

Ele sorriu em seu sono e se forçou a olhar para a frente.

– Em casa – disse ele, com a voz rouca. – Nunca pensei que voltaria a ver a Inglaterra.

Os olhos dele brilhavam com lágrimas não derramadas. Ela piscou um pouco mais. Mesmo depois de todos aqueles anos, a visão sempre a comovia.

Juntos observaram a costa que se aproximava, os penhascos brancos, uma faixa de esperança acenando. Amanhecia quando Pierre os conduziu para uma enseada abrigada com um cais desgastado. A enseada pertencia a uma família de marinheiros ingleses chamada Nash, e havia uma longa e lucrativa relação entre eles e a família de Pierre. Cassie conhecia bem as duas famílias.

Pierre mandou um homem para a casa vizinha de Nash reunir ajuda para descarregar a carga clandestina. Ele ajudou pessoalmente Cassie a tirar Grey do barco e a colocá-lo em terra.

Grey estava cansado, mas tremendamente determinado. Uma vez em terra, ele se livrou de seus ajudantes, depois assustou Cassie caindo no chão.

O coração dela se contraiu até ver o que ele estava fazendo. Incrível, ela perguntou:

– Lorde Wyndham, está beijando o chão?

– Pode acreditar que sim. – Grey lutou para se erguer novamente. – Por ser terra firme e por ser a Inglaterra.

O capitão francês perguntou, com interesse:

– Qual é o gosto da areia inglesa?

– Muito parecido com a areia francesa, suspeito eu. – Ele se virou para Cassie, seu rosto em chamas de alegria sob a atadura manchada de sangue. – Nunca mais vou sair da Inglaterra!

– Não quer viajar para Roma ou para a Grécia ou qualquer outro lugar quando as guerras acabarem? – perguntou ela.

– Eu me reservo o direito de ser incoerente. – Grey envolveu um braço nos ombros de Cassie, curvando-se sobre ela. – E agora, minha Senhora Raposa?

Várias pessoas se dirigiram para a enseada a fim de ajudar com o contrabando. Cassie disse:

– Vamos até a casa perguntar à Senhora Nash se ela tem algum caldo para alimentar você. Então contrataremos um dos filhos deles para nos levar a Dover, onde encontraremos uma pousada e chamaremos um cirurgião para cuidar do seu ferimento.

– Por favor – disse ele, em um sussurro rude. – Leve-me para casa.

Ela franziu o cenho.

– Sua casa de família está em Dorsetshire, não é? Fica muito longe. Você precisa de tratamento antes disso.

– Não, Summerhill – disse ele, com esforço. – A Academia de Westerfield. Não é longe, apenas fora da estrada de Londres.

Ela hesitou, pensando que ainda seriam várias horas de viagem, e, quanto mais cedo ela o colocasse em uma cama limpa e chamasse um cirurgião, melhor.

– *Por favor!* – ele disse, com a voz seca.

A Academia tinha sido sua casa anos antes, ela percebeu. Um lugar onde ele tinha feito amizades duradouras, e onde Lady Agnes acolhia todos os seus meninos viajantes, não importava em que tipo de problema eles tinham se envolvido.

– Muito bem – disse ela. – Vamos para Westerfield.

A carruagem que Cassie tinha contratado em Dover fez uma parada em frente ao solar Westerfield. Grey ficou em silêncio durante a viagem, sofrendo estoicamente.

Quando o cocheiro abriu a porta e baixou os degraus, Cassie disse, calmamente:

– Chegamos. Está acordado?

Enquanto ele respondia que sim, Régine saltou para fora, pronta para uma nova aventura. Ela engordava mais do que Grey.

Cassie desceu e ajudou Grey a sair da carruagem para uma noite chuvosa e bem inglesa.

– Consegue conduzi-lo, minha senhora? – perguntou o cocheiro.

– Estamos bem – murmurou Grey. Enquanto Cassie pagava o cocheiro com seu último dinheiro, Grey se dirigiu sem problemas para a porta de Lady Agnes. Ele disse a Cassie que Lady Agnes usava uma ala da espaçosa mansão da escola como seu alojamento particular, então deveria haver espaço para visitantes inesperados.

Os sacos sobre um braço, Cassie o apoiou enquanto empunhava a aldrava de latão. Grey balançou enquanto esperavam que a porta se abrisse, então ela se moveu ao lado dele, um braço ao redor de sua cintura. Chegara o fim daquela aventura louca.

A porta foi aberta pela própria Lady Agnes. Ela usava um vestido simples, mas elegante, que se adaptava perfeitamente a uma reitora de sangue nobre.

As sobrancelhas dela se arquearam quando viu os maltrapilhos nos degraus.

– Se forem à porta da cozinha na parte de trás da casa, alguém vos dará comida.

– O quê, nenhum bezerro gordo? – Grey disse, mal conseguindo falar. Quando Lady Agnes suspirou, ele disse, com um sorriso torto: – O filho pródigo voltou.

Durand chegou a Boulogne para encontrar o comandante do distrito perguntando-se o que tinha acontecido a um pelotão dos seus policiais. Cinco homens experientes, todos ex-soldados, estavam patrulhando a costa à procura de contrabandistas e de espiões fugitivos de Durand.

A patrulha tinha desaparecido sem deixar rastro. Era difícil saber quão longe eles tinham viajado em sua rota, uma vez que as pessoas que viviam ao longo da costa eram um grupo fechado, quer fossem agricultores, pescadores ou contrabandistas.

Talvez os policiais tivessem fugido dos contrabandistas e seus corpos estivessem agora alimentando os peixes no canal. Mas a intuição de Durand dizia que o diabo Wyndham tinha algo a ver com o desaparecimento. Provavelmente já estava de volta à Inglaterra, fora do alcance de Durand.

Se alguma vez Wyndham regressasse à França, seria um homem morto. E Durand tinha arranjado um plano para atrair o bastardo de volta ao país.

—Deus do céu – sussurrou Lady Agnes. – Grey, é mesmo você? – Ignorando suas vestes molhadas, sujas e manchadas de sangue, ela lhe deu um abraço arrebatador.

Régine esperou educadamente à porta e Cassie ficou em segundo plano, a tensão e a desconfiança incessantes das últimas semanas dissolvendo-se em uma onda de alívio. Grey estava em casa, de volta aos braços daqueles que o amavam. Cassie passaria cerca de duas semanas em Londres se recuperando e depois voltaria para a França.

Ela esperava que sua próxima missão não fosse um resgate. A tensão era muito maior quando ela ficava responsável por pessoas além de si mesma.

Lágrimas correndo sem pudor pelas faces, Lady Agnes recuou e acenou para dentro. Ao examinar seu pródigo, ela disse:

– Parece que enfrentou tempos difíceis, meu rapaz, mas você pode me contar sobre isso mais tarde. Por ora, precisa de um banho e de uma cama.

– Não necessariamente nessa ordem – disse Grey. Agora que tinha chegado a seu destino, parecia pronto para entrar em colapso. Mesmo com a ajuda de Cassie, ele tropeçou ao atravessar a entrada.

– Esse é um dos cães menos impressionantes que conheci – disse Lady Agnes quando Régine foi apresentada a ela.

– Mas ela tem um coração corajoso – disse Cassie. – Grey a salvou na França.

– Não se preocupem, eu nunca sonharia em separar um rapaz de seu cão.

A sobrancelha de Lady Agnes sulcou enquanto estudava Cassie.

– Já nos conhecemos, mas estou com dificuldade em localizá-la.

– Fomos apresentadas brevemente no casamento de Lady Kiri Lawford e Damian Mackenzie – disse Cassie. – Não há razão para se lembrar de mim.

– Senhorita Cassie Fox – disse Lady Agnes quando puxou a corda do sino para chamar um criado. – Uma das associadas duvidosas de Kirkland.

– Muito duvidosa – Cassie concordou enquanto conduzia Grey a uma cadeira em um canto do pequeno vestíbulo. Desgastada, depositou os alforjes deles no chão.

– Desculpe, não quis ofender – disse a diretora, com o olhar atento.

– Os associados de Kirkland tendem a ter habilidades excepcionais, e é por isso que Wyndham está aqui. Obrigada, Senhorita Fox, do fundo do meu coração.

– Ele foi preso em uma masmorra secreta na França – disse Cassie, sucintamente, pensando que era explicação suficiente para o momento. – Sairei do seu caminho em breve, mas, por agora, acrescente um cirurgião à lista de necessidades de Lorde Wyndham. Foi atingido por duas balas e precisa de tratamento antes de as feridas ficarem sérias. E envie uma mensagem ao Lorde Kirkland. Ele tem esperado por esta notícia há muito tempo. – Lady Agnes assentiu. – Vou notificar a família de Wyndham também. Eles vão ficar radiantes.

– Não... a minha família. – A cabeça de Grey estava inclinada para trás, contra a parede, e os olhos estavam fechados. – Eles viriam para cá e ficariam horrorizados com o meu estado atual. A notícia da minha milagrosa sobrevivência pode esperar até eu estar mais restaurado.

– Como queira – disse Lady Agnes, com relutância. – Consegue subir os degraus até um quarto de hóspedes?

Ele pensou um momento.

– Com um corrimão forte e a ajuda de Cassie, sim.

Uma governanta de aparência impecável chegou ao vestíbulo. Quando Lady Agnes deu ordens para que comida, bebida e água quente fossem enviadas para o quarto azul, Grey estava a meio caminho das escadas, arrastando-se pelo corrimão um passo de cada vez.

Cassie o seguia para o caso de ele tropeçar, mas ele chegou ao topo sem ajuda. Lady Agnes estava dois passos atrás, com uma lamparina na mão.

– À esquerda – disse a diretora, avançando para iluminar o caminho para um quarto no corredor. Ela abriu a porta. – Repare na colcha da cama, desenhada para não mostrar manchas de sangue ou de lama.

Se Cassie estivesse menos exausta, ela teria rido.

– Obviamente, Lorde Wyndham não é o primeiro pródigo ferido a chegar a sua porta. Mesmo assim, talvez queira colocar um cobertor escuro sobre a colcha.

– Tive outros estudantes que regressaram dos mortos, mas os milagres nunca envelhecem. – Lady Agnes tirou um cobertor azul-marinho de um baú e o espalhou sobre a cama. – Mas você tem razão: Wyndham está excepcionalmente sujo. Ele nunca fez coisas pela metade.

Grey desmaiou inconsciente quando Cassie o levou para a cama. Enquanto Régine saltava a seu lado, Cassie apertou sua mão.

– Agora está seguro, meu senhor. Tem sido uma grande aventura, não?

Ele fechou a mão quando ela tentou afastar-se.

– Não vá embora agora, Cassie. Não pode.

– Claro que ela não vai embora agora – disse Lady Agnes, com entusiasmo. – Ela parece quase tão perto do colapso quanto você, então também vai ficar aqui. Haverá muito tempo para uma despedida adequada quando ambos se recuperarem da viagem.

Vários criados entraram no quarto com recipientes e bandejas fumegantes. Liderando-os estava um homem mais velho de porte militar e uma mulher da idade de Lady Agnes, porém de aparência mais jovem e mais suave. Cassie adivinhou que estes eram General Rawlings e a Senhorita Emily Cantwell, colegas de Lady Agnes na gestão da escola.

Olhando para a frente, o general apertou a outra mão de Grey.

– Por Deus, rapaz, demorou algum tempo para se livrar de qualquer problema que tenha encontrado!

Grey deu uma lufada de riso.

– Devia ter ouvido melhor as suas palestras, senhor. Tive de ser resgatado por esta senhora aqui, Cassie, a Raposa.

O general virou-se para Cassie, com os olhos cinzentos.

– Mais do que uma senhora, acho eu. Você é uma das pessoas de Kirkland, não é? Estou ansioso para ouvir a história.

– Mais tarde – disse a Senhorita Emily, com firmeza. – Estes jovens precisam de descanso e de um bom banho primeiro. Também quero ver o que está debaixo dessas ataduras. – Ela fez um movimento de cabeça para Lady Agnes. – Leve a Senhorita Fox ao quarto dela. Nós cuidaremos de Lorde Wyndham.

Cassie estava feliz por transferir a responsabilidade para aquelas mãos capazes, mas se sentiu estranhamente vazia ao acompanhar Lady Agnes até o quarto do outro lado do corredor. Duas das criadas as seguiram com água quente e uma bandeja de comida e bebida.

Lady Agnes disse:

– Eu poderia pedir uma banheira, mas meu palpite é que você prefere um banho rápido, uma mordida ainda mais rápida para comer e um descanso muito longo. Naquele guarda-roupa vai encontrar uma camisola. Se deixar o que está usando do lado de fora da porta, mandarei lavar e prensar as roupas.

– Excelente. – Cassie enterrou o rosto nas mãos por alguns momentos enquanto tentava coletar seus pensamentos dispersos. – A tinta no cabelo de Lorde Wyndham sairá com vinagre. Os ferimentos têm menos de um dia. Ele diz que cicatriza bem, mas estava um pouco febril na travessia do canal. As feridas precisam ser limpas.

– Qualquer outra coisa pode esperar até amanhã. Descanse agora, filha – recomendou Lady Agnes suavemente. – O seu trabalho está feito. – Rapidamente, ela pousou uma mão no ombro de Cassie antes de sair.

Quando Cassie tirou a roupa suja, compreendeu melhor por que é que os senhores desaparecidos amavam tanto Lady Agnes. Sem dúvida, a família de Wyndham o amava profundamente, mas esse tipo de amor vinha com esperanças, medos e expectativas. Lady Agnes oferecia amor, carinho e acolhimento. E até se estendia aos cães.

Os membros ficando dormentes, Cassie dobrou sua roupa e a colocou do lado de fora da porta, fez uma rápida, mas muito bem-vinda, toalete na bacia, então vestiu uma camisola de algodão macio. Depois de comer um pedaço de queijo com pão, seguido de alguns goles de vinho, rastejou para debaixo das cobertas.

O colchão era macio e confortável, mas a cama estava muito vazia. Ela pensou, com uma pontada aguda, que segurar Grey no barco de pesca enquanto cruzavam o Canal talvez tivesse sido sua última noite com ele. O Visconde Wyndham, herdeiro do Conde de Costain, tinha sido devolvido a seu legítimo posto. Não havia lugar na vida dele para uma espiã sem nome ou reputação.

Ela deveria estar grata pelo que partilharam. Para Cassie, a Raposa, havia mais trabalho a fazer.

Sufocando, mergulhou em uma noite sem fim...
Grey acordou com o coração acelerado.
– Cassie, Cassie? Onde está você?

Uma língua molhada lambeu seu rosto. Tremendo, ele se lembrou de que estava em segurança em Westerfield. Tinha sido bem tratado e adormeceu, mas agora queria Cassie. Ela não estava longe, mas ele não sabia onde, e estava exausto demais para vaguear até encontrá-la.

Além disso, ela também merecia descansar. Ela praticamente o carregara quase todo o último trecho da viagem. Ele deveria contentar-se com Régine, que estava escondida debaixo de seu braço direito.

Ele se obrigou a relaxar, o que não foi fácil, pois estava com desejo por Cassie. Sabia que ela era seu escudo e defesa enquanto se adaptava ao mundo fora da prisão, mas não tinha percebido o quanto precisava de sua força e inteligência serena.

Ele estava debilitado e equivocado por precisar tanto dela. Mas isso não o impedia de a querer.

Grey foi acordado por gritos. Levou um tempo para se lembrar de onde estava, e para reconhecer que os gritos eram de garotos brincando enquanto jogavam lá fora.

Ele relaxou, lembrando-se de quando gritava naqueles mesmos campos de jogos. Lady Agnes e General Rawlings acreditavam firmemente em jovens que gastavam sua energia nos esportes. Havia um lugar para todos nos times, mesmo os menos atléticos, e nenhum bullying era permitido, nunca, o que tornava a escola melhor do que qualquer outra na Grã-Bretanha. Foram dias bons.

Ele sentia dor por todo o corpo e as feridas de bala em sua cabeça e lado pulsavam dolorosamente, mas isso era atenuado pelo conforto de uma cama macia e pela segurança. Deixou-se levar pelo luxo, embora o peso quente contra seu lado fosse Régine, não Cassie. O ideal seria que ambas estivessem ali; a cama era grande o suficiente.

Tinha sentido falta de animais durante tanto tempo que quase se esquecera do prazer da companhia deles. Talvez Grey comprasse uma pequena casa de campo como a que Cassie queria e morasse lá com vários animais. E ela...

Ele suspirou, sabendo que o sonho era impossível. Um dia teria pesadas responsabilidades que não poderiam ser ignoradas. Ainda pior, um dia, demasiado cedo, ela desapareceria em seu mundo misterioso e perigoso. Mas ainda não.

Régine fez um pequeno barulho canino que deixou claro que precisava sair e depois comer.

– Em breve, minha pequena rainha peluda – disse ele enquanto lhe acariciava as orelhas. Estava tão cansado que mal conseguia mexer-se.

Parcialmente aliviado no final de sua longa viagem, supunha ele. Sem mencionar a quantidade de sangue que perdera. Levaria tempo para se recuperar daquilo. Teria de comer muita carne.

Como Régine, ele precisava de alívio corporal e comida, então se levantou da cama. O espelho longo no guarda-roupa refletia um selvagem completo.

Ele se lembrou vagamente de ter chegado à mansão, lutando para chegar àquele quarto, depois deslizado para a inconsciência. Mãos eficientes tinham-no limpado e lavado suas feridas, o que também tinha sido muito doloroso. Depois de o sangue superficial e a sujeira terem desaparecido, conseguiram arranjar-lhe ceroulas limpas.

Ele estava nu, exceto pelas ataduras em volta da cabeça e das costelas. Seu cabelo e barba eram desastres emaranhados, e muitos ossos estavam visíveis sob sua pele inglesa pálida.

Agradecendo que a lâmina de barbear e a água quente estivesse em apenas à distância de uma campainha, ele se aproximou do lavatório, que ficava à esquerda da porta. Estava despejando água na bacia quando a porta se abriu e uma voz masculina profunda disse:

– Café da manhã, Lorde Wyndham.

A voz inesperada, surpreendentemente familiar, foi tão chocante que Grey deixou cair o jarro. Quando a porcelana se partiu, ele instintivamente se afastou da porta aberta. Bateu na cadeira sólida atrás de si e perdeu o equilíbrio. Quando foi para o chão, disse:

– *Merde!*

O homem elegante, de cabelos escuros, que entrava com uma grande bandeja de pratos cobertos e um bule de chá fumegante, emitiu uma exclamação enquanto colocava a bandeja sobre uma pequena mesa.

– Desculpe, não queria assustá-lo, Wyndham. Está bem?

– Claro que não estou bem! – Grey se ergueu de quatro, tremendo. Achava que estivesse se familiarizando com o mundo normal, mas aparentemente não. Humilhante. – Tenho dois buracos de bala na minha pele e estou quase como um selvagem. – E acrescentou: – Você se rebaixou bastante se foi contratado como criado, Kirkland.

– Pensei que seria mais bem-vindo se chegasse com comida. – Kirkland ofereceu uma mão. – Vamos começar de novo?

Grey se afastou da ajuda oferecida até que suas costas estivessem contra a cadeira.

– Não estou pronto para isso – disse ele, com o coração acelerado. Kirkland estava sendo recebido de maneira péssima, pelo tempo e esforço que dedicara ao resgate de Grey.

Kirkland deixou cair a mão, seu rosto fechado. Parecia muito mais velho do que a idade que tinha.

– Lamento – disse ele outra vez. Ele pegou na maçaneta da porta.

– Devia saber que não queria me ver. Juro que não terá de voltar a fazê-lo.

Grey franziu o cenho, surpreso.

– Por que eu não iria querer vê-lo em particular? Estou tendo problemas com o mundo inteiro.

– Por minha causa, você passou dez anos no inferno – disse Kirkland, com os olhos tristes. – Você teria o direito de me expulsar.

Grey piscou os olhos.

– Essa é a coisa mais idiota que já ouvi. – Ele tinha se esquecido de como Kirkland era consciencioso e sanguinário. Demasiada responsabilidade e culpa presbiteriana. – Os dez anos do inferno foram por causa da minha própria estupidez. Nunca o culpei.

Ele teria ficado feliz por continuar no chão porque se sentia fraco como um gatinho, mas falar com os joelhos de Kirkland era ainda mais embaraçoso. Agarrou o braço da cadeira atrás de si, sentindo a dor que flamejava pelo lado ferido.

Vendo-o lutar, Kirkland novamente ofereceu uma mão hesitante. Desta vez Grey a tomou, abalado por nervos, emoções e fraqueza física.

Quando Kirkland levantou Grey em pé, disse em voz baixa:

– Meu Deus, estou feliz por vê-lo vivo de novo!

Balançando, Grey se firmou com a outra mão no ombro de Kirkland, e de repente eles estavam se abraçando. Muito diferente de um cavalheiro inglês, Grey pensou, mas ele não era mais um cavalheiro, então apreciou o calor e a força que Kirkland estava oferecendo sem palavras. Kirkland sempre fora irônico, intelectual e assustadoramente inteligente, mas não se poderia pedir um amigo melhor ou mais leal.

– Perdoe o meu comportamento estranho – disse Grey ao terminar o abraço. Sobre a cadeira tinha sido colocado um cobertor quente, então ele o pegou antes de se sentar. – Não é preciso muito para me irritar hoje em dia.

Kirkland moveu eficientemente a mesa e a bandeja na frente da cadeira de Grey, então trouxe a cadeira de madeira da mesa e a colocou no lado oposto. Ao tirar as tampas de prata dos pratos, ele disse:

– Eu não o teria reconhecido debaixo dessa mata facial. Pretende ficar com ela?

– Não, senhor. Eu já a teria cortado, mas Cassie achou que era um disfarce útil. – Grey desencorajou Régine de colocar as patas na mesa. Não que ele a tenha culpado. O bacon inglês cheirava até o céu. – Como chegou aqui tão depressa?

– Saí de Londres assim que recebi a mensagem de Lady Agnes – disse Kirkland simplesmente. Ele colocou dois pedaços de presunto em um prato de pão e o depositou no chão para Régine. – Sirva-se. Há comida suficiente para nós dois e um cão faminto também.

Se Kirkland passara metade da noite viajando, não era de admirar que parecesse cansado. Grey se serviu de bacon, presunto, batatas fritas e ovos mexidos com queijo.

Comer era fácil, mas estar com um velho amigo era incrivelmente estranho. Antes de ser preso, ele nunca tinha estado doente junto com outras pessoas, mas não era mais aquele jovem descontraído e confiante. Queria desesperadamente regressar a Westerfield porque Lady Agnes era como uma tia amada e tolerante. Ela era um santuário.

Mas velhos amigos com dez anos de vida complicada atrás deles era diferente.

– Após dez anos, você poderia ter dormido mais algumas horas antes de chegar aqui.

– Precisei ver para crer. – Kirkland olhou para a torrada que ele estava preparando. – Precisava ver que você estava realmente vivo.

Grey imaginou que ele também precisava saber se o odiava.

– Por que pensou que poderia ser uma visão indesejável?

– Porque eu lhe pedi para ficar de olho nas informações na França, e isso lhe custou dez anos de vida. – A expressão de Kirkland era sombria. – Anos maus, a julgar por todos os ossos e ataduras. Como disse, você parece um selvagem.

– Só meio selvagem, graças a Cassie. Ela tem me introduzido lentamente no mundo. – Querendo saber mais sobre ela, Grey continuou: – Ela é uma mulher incrível. Onde foi que a encontrou?

– Cassie me encontrou. Ela é uma das minhas agentes mais valiosas. – Kirkland serviu duas xícaras de chá. – Ainda toma leite e açúcar? – Kirkland derramou leite e entregou a xícara. – Pode me dizer o que aconteceu? Ou prefere não o fazer?

Grey olhou para seu chá leitoso.

– Nem sei por onde começar. Dez anos terríveis e inúteis. Não recomendo isso. E não sei para onde ir a partir daqui.

– Dê um passo de cada vez – disse Kirkland. – Eu trouxe o meu criado, que pode fazer sua barba e cortar seu cabelo. Como éramos mais ou menos do mesmo tamanho, trouxe algumas das minhas roupas. Pelo menos vai parecer um cavalheiro inglês outra vez.

– É isso que eu quero?

Kirkland hesitou.

– Não faço ideia. Você sabe o que quer?

Cassie. Mas ele não podia dizer aquilo. Não só seus caminhos estavam prestes a divergir, mas por que na Terra uma mulher forte e independente como ela iria querer um homem tão necessitado e confuso como Grey?

– Eu queria liberdade. Nunca olhei para além disso. – Ele deu um sorriso retorcido. – Não tenho muita escolha, tenho? O meu caminho foi traçado no dia em que nasci herdeiro de Costain. Herdei riqueza, privilégios e grandes responsabilidades. Posso usar essas coisas bem ou mal, mas não posso me afastar delas. São outro tipo de prisão.

– Embora muito mais confortável do que as masmorras do Castelo Durand – observou seu amigo.

– Mais confortável, mas muito mais exigente. Na prisão, o único requisito era sobreviver.

Grey tentou novamente a leveza, mas Kirkland não se enganou.

– Não tem que fazer nada sem que esteja preparado – ele disse calmamente. – Embora eu espere que me permita contar à sua família em breve.

– Eu farei isso – prometeu Grey. – Em breve. Depois de recuperar um pouco do sangue que perdi. Sinto-me tão fraco como um gatinho recém-nascido.

– Quase sangrei uma vez – disse Kirkland. – Daqui a cerca de duas semanas, você estará muito mais forte. Entretanto, vou mandar subir um banho, o meu criado e a roupa que trouxe para você. Depois de estar limpo, barbeado e vestido como um cavalheiro, vai se sentir melhor.

Grey esperava que sim. Seria necessária toda a sua força para enfrentar a inquietação amorosa de sua família. E, assim que soubessem que ele estava vivo, o mundo inteiro saberia. A vida se tornaria enormemente complicada e estressante.

Dali a um ano, ele provavelmente estaria tão acomodado em sua existência como Visconde Wyndham que dificilmente conseguiria se lembrar do vislumbre que estava experimentando no momento. Mas agora mesmo os vislumbres estavam triunfando.

O sol estava alto quando Cassie finalmente acordou. As camas de hóspedes de Lady Agnes eram muito confortáveis, embora ela tivesse dormido bem até em rochas partidas. Ela se esticou luxuosamente e desejou que Grey estivesse a seu lado. Mas ele não era mais seu amante Grey; ele era o Lorde Wyndham, restaurado à sua própria condição e ao povo que o amava.

Normalmente, quando uma missão terminava com sucesso, ela sentia satisfação. Triunfo, até, porque tinha dado mais um pequeno golpe contra a tirania de Napoleão.

Mas, desta vez, ela se sentia... vazia. Fez um breve e frustrado esforço para se convencer de que estava apenas lamentando a perda de um excelente companheiro de quarto.

Carrancuda, ela saltou da cama. Acostumada a suas racionalizações, não teria sobrevivido tantos anos como espiã se fosse propensa a enganar a si mesma. Com a combinação de charme irresistível, vulnerabilidade e força extrema de Grey, ele a tocara como nenhum outro homem. Ela não sabia se devia estar grata ou irritada.

Ela deu um puxão no sino. Sua suspeita de que a casa de Lady Agnes era excessivamente bem gerida foi confirmada pela rápida aparição de uma criada. Quinze minutos depois, Cassie estava bebendo um delicioso chocolate quente e imersa em um banho quente perfumado.

– Sua Senhoria nos disse para termos muita água quente pronta, senhorita.

Ela não emergiu até que a água esfriou e o chocolate se foi.

Um luxuoso café da manhã foi entregue em uma bandeja, junto com seu vestido, agora limpo. Depois que comeu, se vestiu e puxou o cabelo de volta a seu estilo habitual e pouco lisonjeiro, ela saiu para explorar o local.

Grey não estava no quarto dele, então ela desceu as escadas. Como Lady Agnes estava ocupada com a escola, Cassie surpreendeu uma empregada que passava.

– Sabe onde Lorde Wyndham pode ser encontrado?

– Ele pode estar na estufa, senhora – respondeu a empregada. – Eu o vi indo naquela direção.

– Não sabia que Lady Agnes tinha uma estufa – comentou Cassie.

– É bastante nova – explicou a empregada. – Um presente do Duque de Ashton para lembrar a Sua Senhoria da Índia. Posso levá-la lá? Foi construída a partir da sala de estar, na parte de trás da casa.

– Obrigada, vou encontrá-la sozinha. – Cassie partiu na direção indicada. Os aposentos particulares de Lady Agnes eram apenas uma das alas da mansão, mesmo assim aquela era uma casa graciosa e grande.

Ela chegou à sala de estar e viu que a estufa tinha sido inteligentemente desenhada para ser aberta pela porta mais à direita da sacada, para não encobrir a visão da sala de estar sobre os jardins bem cuidados. Esse lado da casa estava voltado para o sul, para que a estufa tivesse o máximo possível de sol e calor.

Ela abriu a porta, depois entrou em um paraíso tropical. Parou brevemente, encantada com o ar quente e úmido e as fragrâncias exuberantes de flores e plantas. O antídoto perfeito para um inverno inglês.

A estrutura estava tão cheia de flores e árvores – e havia um casal de pássaros de cores brilhantes passando – que era impossível julgar seu tamanho ou ver se havia mais alguém lá dentro. Ela seguiu por um caminho de pedra angular que atravessava palmeiras e arbustos floridos. Passou por uma clareira com mesas pequenas, um sofá e várias cadeiras. Um lugar perfeito para um chá ou uma refeição.

Uma guinada no caminho levou-a por um pequeno santuário contendo uma estátua de pedra de um ser com cabeça de elefante. Um deus hindu, talvez? Ela continuou, fazendo uma nota mental para pedir uma visita guiada pela estufa, e descobriu o homem mais bonito que já tinha visto.

Com o cabelo dourado brilhante, características esculpidas e um casaco azul-marinho impecavelmente feito sob medida, ele era o modelo de um cavalheiro inglês. Estava ao lado de um arbusto coberto de flores escarlates, e seus olhos estavam fechados enquanto ele inalava vorazmente o aroma de uma que ele havia escolhido.

Cassie segurou a respiração como se ele fosse uma criatura selvagem que poderia voar se fosse perturbada. Um dos rapazes mais velhos da escola, ou talvez o pai de um potencial aluno.

O homem se virou e ela viu um curativo branco no lado esquerdo de sua cabeça, quase escondido sob o cabelo dourado. *Grey.*

Ela congelou enquanto o choque visceral a atingiu. Sempre soubera que o caso entre eles seria breve, que não poderiam ter um futuro possível. Mas vê-lo agora, indiscutivelmente o Visconde Wyndham, o herdeiro dourado do Conde de Costain, realçava suas diferenças com clareza cruel.

Ela teve apenas um instante para controlar o choque. Assim que a viu, seu rosto pensativo iluminou-se.

– Cassie! Fiquei tentado a acordá-la, mas consegui controlar o impulso. Ontem foi demasiado emocionante para nós dois.

Ele avançou com passos rápidos e a envolveu em um abraço. O desejo acendeu-se assim que a tocou. Fosse lá quem ele fosse, Cassie acreditava, Greydon Sommers não era um esnobe. Ele não parecia ter notado que tinha se transformado em um aristocrata reluzente enquanto ela ainda era uma espiã sombria e envelhecida.

Enquanto ela deslizava os braços em volta dele, ele suspirou.

– Owww!

– Desculpe! – Ela saiu do abraço dele. – Me esqueci das suas costelas feridas.

– Eu também. – Ele sorriu ruidosamente. – Estou cicatrizando bem o suficiente para não sentir nenhuma das feridas de bala. Exceto quando são tocadas. – Parecia que se sentia bem com a ferida na cabeça. – Mais uns dias e ficarei bom.

– Ainda bem que manteve a barba até agora, meu senhor. Se tivesse se barbeado na França, todas as mulheres que passamos teriam se lembrado de você.

Ele fez uma careta.

– É estranho olhar para o espelho e ver um homem que se parece tanto com o jovem idiota que eu fui. – Ele delicadamente colocou a flor escarlate atrás da orelha esquerda dela, então acomodou o rosto dela entre suas mãos fortes e magras. – Agora, o que posso fazer que não me machuque as costelas? Ele se inclinou para um beijo, os lábios dele se movendo ternamente sobre os dela. Seu rosto poderia não ser familiar, mas sua boca era. Enquanto uma fragrância floral exótica se espalhava ao redor, ela fechou os olhos e pensou que ele tinha dado tanto de si mesmo. Talvez a prisão tenha despojado a armadura que a maioria dos ingleses usava para enterrar suas emoções. Ela acariciou seus lábios com a língua. Tanta doçura. Restavam tão poucos momentos.

Lembrando-se de que não deveria continuar com ele sob o teto de Lady Agnes, ela rompeu o beijo.

– Você cheira a vinagre – disse ela, provocando. – Como uma cebola em conserva particularmente bonita.

Ele riu, tão feliz que ela podia imaginar como ele tinha sido na juventude.

– Os efeitos podem ser de cebola, mas o vinagre fez um bom trabalho para lavar o cabelo castanho. O criado de Kirkland me achou um desafio interessante.

As sobrancelhas dela subiram.

– Kirkland já está aqui?

– Aparentemente ele pegou o caminho para Kent no meio da noite, assim que recebeu a mensagem de Lady Agnes. Foi ele que providenciou a roupa e o camareiro – explicou Grey. – Agora, onde estávamos?

Ele voltou a beijá-la, e desta vez a doçura se aprofundou no fogo. Sua determinação em comportar-se se dissolveu. Ela queria puxá-lo para dentro das flores tropicais e rasgar aquelas roupas bem-feitas para que eles pudessem aproveitar o pouco tempo que lhes restava.

– Me desculpem se estou interrompendo – disse a voz seca de Kirkland. – Estou contente por ver que não está ferida, Cassandra.

Cassie saltou como se tivesse sido apanhada em adultério em vez de partilhar um beijo íntimo, ainda que indiscreto, com seu amante, enquanto Grey ficou rígido.

– O meu fiel cão de caça encontrou-me? – Ele se curvou para tocar as orelhas de Régine enquanto ela saía do lado de Kirkland e se aproximava entre Grey e Cassie.

– Sim, embora eu não quisesse apostar qual porcentagem dela é um cão de caça. – O olhar frio de Kirkland encontrou o de Cassie. – Vamos para a sala de estar perto da entrada para podermos relaxar e discutir o que vem a seguir?

– Há uma maneira de arruinar um bom dia – disse Grey, com o humor estranho. Ele descansou a mão na parte de trás da cintura de Cassie e a conduziu para a sala. – Mas a parte de estar sentado soa bem, já que estou cansado outra vez.

– Você levou dois tiros ontem – disse Cassie. – Tem o direito de levar as coisas com calma por uns tempos. Se Lady Agnes chamou um cirurgião, ele provavelmente lhe disse para passar vários dias na cama.

– De fato ele fez, sujeito cansativo. Eu o ignorei, claro. Como pode alguém reconstruir sua força sem fazer exercícios?

– Vejo que o seu desprezo natural pela autoridade não mudou – observou Kirkland.

– O desprezo pela autoridade é a base do meu caráter.

Chegaram à sala de estar situada entre as palmeiras e as flores em cascata. Grey passou para o sofá, puxando Cassie para perto dele.

Quando ela se instalou, ele segurou firmemente sua mão, entrelaçando os dedos entre os dela. Ela não tinha certeza se estava satisfeita ou irritada com sua declaração categórica de que eram amantes. Não que isso importasse, uma vez que Kirkland já tinha percebido.

A tensão de Grey deixou Cassie inquieta. Ele estava bem até Kirkland aparecer. Estava zangado com seu velho amigo? Ou desconfortável com todos, menos ela?

Disposta a adiar a discussão sobre seu futuro, Cassie disse:

– Este jardim de inverno foi um presente magnífico. Ashton deve ter gostado dos seus anos aqui.

– Sim, foi. Todos nós gostamos. Lady Agnes faz mais do que ensinar latim, retórica e matemática – disse Kirkland. – Ela ajuda os rapazes a integrarem-se a suas vidas.

– Esse é um dom muito além da capacidade de conjugar verbos em latim.

Cassie queria saber como Kirkland tinha ido parar em Westerfield. Ela não sabia o motivo, apesar de trabalhar com ele durante anos. A atitude reservada de Kirkland não encorajava perguntas.

Ele disse:

– Wyndham, mudou de ideia e decidiu ir já para Summerhill?

– Não – disse Grey. – Não faço ideia de quanto tempo vai demorar até ter coragem. Pelo menos semanas. Talvez meses.

Cassie olhou para ele.

– Você quer adiar ver a sua família por tanto tempo? – Ela daria tudo para estar com a família novamente por uma única hora. – Pensei que se desse bem com eles.

– Sim – disse ele, com toda a veemência. – Mas não quero voltar a Summerhill enquanto não for como o Greydon Sommers de que se lembram.

Ela compreendeu sua relutância, embora suspeitasse de que a mãe dele o quisesse de volta agora mesmo, independentemente da condição em que estivesse. Vendo sua agitação, ela manteve a voz neutra quando perguntou:

– Você tem planos de como fazer isso acontecer?

– Definitivamente não. – A mão dele apertou a de Cassie. – Mas eu vou conseguir. Com o tempo.

– Você quer ficar em uma casa de campo silenciosa em algum lugar até que possa se acostumar com a Inglaterra de novo? – Kirkland franziu a sobrancelha enquanto procurava uma solução.

Grey deu um sorriso distorcido.

– Parece delicioso, mas eu provavelmente nunca iria embora. Talvez eu deva ficar aqui em Westerfield. Acho que Lady Agnes não se importaria.

– Ela adoraria – disse Kirkland –, mas você correria o risco de ser visto e identificado antes de estar pronto. Acha que conseguiria aguentar Londres? Minha casa é confortável, e você seria mais do que bem-vindo.

Grey balançou a cabeça.

– Sua casa fica em um bairro da moda. Cada vez que eu saísse, correria o risco de ser identificado pelo primo em segundo grau da minha mãe, meu padrinho ou outra pessoa que me conheça desde o berço.

– Isso aconteceria em qualquer lugar em Mayfair – concordou Kirkland. – Imagino que não queira ficar preso em uma casa.

– Ou em qualquer lugar... Nunca mais – disse Grey, sua voz soando no limite.

Suas palavras deram a Cassie uma ideia do motivo de ele estar tão nervoso sobre o regresso a seu próprio mundo. Como herdeiro de um condado, ele teria riqueza e muita liberdade, mas também ficaria preso em uma jaula dourada de responsabilidades e expectativas. Quando era mais novo, não reconhecia as barras.

Se ele não pudesse enfrentar um regresso imediato à família, qual seria uma boa alternativa?

– Você pode ficar melhor em Londres, mas vivendo anonimamente. Pode se acostumar com as pessoas enquanto faz um retiro seguro sempre que precisar de silêncio. Ninguém vai bater à sua porta se você se esconder. Quando estiver pronto, os velhos amigos podem aparecer um de cada vez.

– Exeter Street – disse Kirkland, instantaneamente. – Isso é brilhante, Cassie. A casa foi desenhada para ser um santuário, e é exatamente o que é preciso.

– O que é Exeter Street? – Grey perguntou, com cuidado.

– A localização de uma casa que Kirkland possui perto de Covent Garden. É um local para os seus agentes quando estão em Londres – explicou Cassie. – É o mais próximo que tenho de um lar. O bairro é movimentado, mas não está na moda, por isso é pouco provável que encontre alguém de seus antigos círculos sociais.

Grey expirou com alívio.

– Perfeito, se você estiver lá.

Ela mordeu o lábio, pensando que seria mais sensato desaparecer agora que Grey fora entregue a Kirkland. Ele precisaria aprender a viver sem ela – e ela precisaria entregá-lo ao passado para que pudesse continuar seu trabalho sem pensamentos perturbadores sobre noites apaixonadas. Era muito injusto que ele fosse tão sedutor!

Mas aparentemente ainda não era hora de Cassie seguir em frente. E ela não se importava em passar mais tempo com ele. De modo algum.

– Estarei na Exeter Street por uma quinzena ou algo assim.

Grey relaxou.

– Ótimo. Estou habituado a ter você por perto. – Soltando a mão dela, ele se levantou. – Estou cansado demais hoje, mas amanhã devo estar apto para a viagem até Londres. Você vai subir agora, Cassie?

Antes que ela pudesse responder, Kirkland disse:
– Se você tiver alguns minutos, Cassie, eu tenho algumas perguntas sobre o que você descobriu em Paris antes de ir para o Castelo Durand.

Essas reuniões eram normais depois de uma missão, embora dessa vez as perguntas fossem mais complicadas.
– Claro que sim. Tenho uma mensagem de um dos seus agentes em Paris.
– Até logo, então – disse Grey, com um toque ácido. – Sintam-se à vontade para falar sobre mim. Sei que o farão assim que eu não estiver ouvindo.

Kirkland parecia desconfortável, mas Cassie disse:
– Claro que vamos falar. Você é tão fascinante.
– Mais um incômodo do que fascinante. – O sorriso dele estava retorcido. – Teria sido mais sensato se me tivesse deixado apodrecer na França.

25

Grey seguiu em frente, com Régine nos calcanhares, deixando Cassie abalada. Kirkland parecia igualmente desconfortável. Quando Grey saiu, ela disse, com a voz mais seca:

– Deixá-lo na França não teria sido sábio, mas ele está certo de que vamos falar sobre ele.

– Claro que sim. Ele é a razão pela qual estamos ambos aqui. – Kirkland se inclinou para a frente. Sua expressão estava preocupada. – Pode me dizer mais sobre o seu estado mental?

Percebendo o que não estava sendo dito, Cassie disse tranquilamente:

– Wyndham não está louco, embora ele se preocupe que possa estar. Seu humor pode estar instável, seu temperamento pode ser perigoso e grupos de pessoas o perturbam muito. Mas ele não está destroçado irremediavelmente. Ele só precisa de tempo. – Rendendo-se à curiosidade, ela acrescentou: – O que você acha? Ele está muito diferente do que era?

– Não. Sim. – Kirkland passou dedos firmes pelo cabelo escuro. – Eu tenho tentado imaginar como seria passar dez anos trancado em uma cela de pedra fria, e... está além da minha imaginação. Quero ajudar, e não sei como.

– Ele só precisa de tempo – repetiu Cassie. – Ele é forte, Kirkland. Muito mais forte do que você ou qualquer outro.

– Ele deve ser, ou teria enlouquecido. – Kirkland franziu o cenho. – Estou grato por tudo o que está fazendo por ele, Cassie. Mas eu também estou preocupado.

– Por causa dos meus serviços acima e além do dever? – ela disse, sua voz afiada. – Você sempre soube que sou uma mulher fácil.

Os olhos de Kirkland brilhavam com um humor raro.

– Você sabe muito bem que nunca lhe dei razões para pensar em uma coisa tão terrível. Nunca conheci uma mulher que respeitasse mais.

– Talvez pela minha capacidade de espionar – respondeu ela. – Você é bom em seus autênticos pensamentos, mas sei que não sigo os padrões da sua moral escocesa.

A expressão dele se transformou em gelo.

– Me lembre de nunca mais ter febre e alucinar perto de você novamente.

Ela se encolheu.

– Desculpe, não devia ter falado nisso. Mas não estou com disposição para um sermão sobre como é inapropriado para mim estar na cama com Wyndham. Não precisa se preocupar. Quando ele estiver pronto para a sociedade, desaparecerei silenciosamente, como uma mulher sem reputação. Não serei uma vergonha para o menino dourado.

Ela se levantou e se virou para sair, mas Kirkland segurou seu pulso.

– Não me preocupa que seja uma vergonha, Cassie! Wyndham obviamente precisa de você. Você o libertou, sabe como era a prisão dele, e ele confia em você. Pode ajudá-lo a se recuperar dos danos que sofreu na prisão como ninguém mais pode.

Ela soltou o pulso.

– Então, o que o preocupa? A maioria dos homens gosta quando tem mulheres calorosas e pouco exigentes em suas camas, e eu estou desempenhando esse papel com competência.

– Estou preocupado com o fato de você estar sofrendo. Pior do que sofrer. Devastada, porque você já perdeu muito mais do que alguém poderia perder em uma vida. – Ele estava em pé, aproximando-se. Ela costumava se esquecer do quanto ele era alto. – As pessoas têm se apaixonado por Wyndham desde que ele estava no berço. Mesmo agora, quando está zangado e sofrendo os efeitos da prisão, ele tem esse charme magnético. Mas não pode haver futuro para você com ele.

– Você acha que não sei disso? – Ela ficou furiosa, olhando para ele.

– Não se preocupe, James. Já sobrevivi a coisas piores. – Ela se afastou, fervilhando em suas palavras, apesar de serem verdadeiras. Tinha sobrevivido a situações piores do que perder um amante.

Mas ela nunca tinha tido uma perda como aquela.

Irritada, Cassie saiu da sala e foi para seu quarto. Ela e Kirkland nunca tinham discutido antes. E tudo porque o maldito homem tinha razão. Mesmo sofrendo e lutando para se recuperar de dez anos de inferno, Greydon Sommers era muito fácil de amar – e ela não poderia ter lugar de verdade na vida dele.

Se ao menos o pai dela tivesse ouvido quando ela lhe pedira para levar a família de volta para a Inglaterra! Mas ela era apenas uma criança, e ele tinha rido de seus avisos frenéticos de um desastre iminente. Naquela época, ela não entendia por que estava tão convicta de se aproximar da perdição. Ela sabia que eles deviam deixar a França imediatamente.

Nos anos seguintes, ela percebera que tinha um instinto poderoso para o perigo. Isso a mantivera viva, contra todas as probabilidades, durante uma dúzia de anos de trabalho perigoso. Nesse processo, ela tinha se transformado de Catherine, uma garota bem-comportada e bem criada, em Cassandra, uma profetisa assombrada, ignorada e instrumento de vingança contra a revolução que havia destruído sua família.

A vida dela teria sido inimaginavelmente diferente se tivessem deixado a França a tempo. Ela poderia ter conhecido Grey quando ambos eram jovens e inteiros. Eles poderiam...

Ela parou no topo das escadas, assustada ao reconhecer que, se eles tivessem se encontrado, ele nunca a teria notado. Não havia nada de especial na jovem Catherine que ele pudesse ter percebido, o herdeiro dourado de um condado que felizmente semeava aveia selvagem em todas as direções. Ela não era nada mais do que agradavelmente bonita, e quando jovem não tinha nenhum charme ou talento especial. A única coisa fora do comum sobre ela agora era sua habilidade feroz e sem charme para coletar informações e sobreviver.

Estranhamente, reconhecer isso a acalmou. Ela não teria sido útil a Grey quando tinha 17 anos, mas a mulher que era agora tinha sido capaz de libertá-lo e tirá-lo da França em segurança.

Ela também estava na melhor posição para ajudá-lo a se recuperar de suas experiências angustiantes. Muito mais útil do que se ela fosse apenas mais uma jovem irremediavelmente apaixonada pelo Lorde Wyndham.

Em vez de ir para seu próprio quarto, ela bateu à porta dele. Sem resposta. Tentou a maçaneta e encontrou a porta destrancada. Ele provavelmente não gostava de estar atrás de portas trancadas. Ou talvez não estivesse lá e tivesse ido dar um passeio furioso pela propriedade.

Ela entrou no quarto silenciosamente e viu a forma longa dele espalhada pela cama, todos os ângulos e força bruta. Ele estava de lado e nem sequer tinha tirado os sapatos.

Régine estava a seu lado, mas a cabeça dela apareceu quando a porta se abriu. A cadela estava olhando em volta e bem alimentada.

Ela saltou, trotou para Cassie para um carinho na cabeça e depois saiu do quarto. Provavelmente iria para a cozinha pedir alguma coisa, ou estava ansiosa para sair. Ela se habituava a tudo com facilidade depois que Grey a adotara na França.

Cassie se aproximou da cama. Grey parecia um anjo devastado, com o rosto coberto de exaustão. Não apenas a fadiga física e os efeitos secundários de ser ferido, mas o esgotamento da mente e do espírito de estar de volta a um mundo onde as pessoas tinham expectativas sobre Greydon Sommers, herdeiro do Conde de Costain. Ele se esforçava ao máximo para esconder a tensão, mesmo dela, mas agora estava esculpida naqueles traços.

Ela trancou a porta para que ninguém pudesse entrar, depois acendeu a lareira, porque o quarto estava gelado. Assim como em seu quarto, o guarda-roupa tinha um acolchoado dobrado, usado, mas limpo e perfumado com lavanda. Ela o colocou sobre ele, então rastejou para baixo e se deitou atrás dele, moldando o corpo seu ao de Grey e enrolando um braço em sua cintura magra.

Ele não acordou, mas exalou suavemente. A mão dele se mexeu para cobrir a dela, onde repousava no peito.

A tensão da cena difícil da sala começou a desvanecer-se à medida que o mundo se limitava a esse homem, a essa cama e a esse momento. Ela também estava cansada.

E nada a acalmaria mais do que dormir com Grey.

26

Grey acordou lentamente, cansado e descontente por causa da cena com Kirkland. Mas agora estava relaxado. Ele estava seguro na Inglaterra e Cassie estava abraçada a ele. *Paz.*

Uma paz limitada. Pelo ângulo do sol, ele calculou que seria o final da tarde. Logo ele teria de se levantar e se preparar para jantar com Lady Agnes e seus amigos, e no dia seguinte viajaria para Londres. Um pensamento inquietante.

Ele se virou de costas, puxando Cassie para perto. Seus olhos piscaram sonolentos, depois se abriram, azuis, embaçados e cheios de saudades. Ela sorriu.

– Régine estava aqui, por isso mudei de lugar com ela.

– Uma boa troca. – Ele apertou o braço em torno dela, agradecido por se juntar a ele. – Parece que você é a única pessoa com quem me sinto confortável. Você, Régine e talvez Lady Agnes. Nessa ordem.

– Uma lista interessante. A única coisa que temos em comum é sermos mulheres.

– Há uma razão para isso. As fêmeas tendem a ser mais tolerantes.

– Elas certamente perdoam os homens bonitos. – Ela deslizou os dedos no cabelo dele. – Mas não se esqueça de Père Laurent. – Grey pensou na imensa consideração de seu amigo, que era muito semelhante à de Cassie.

Grey precisava de muita compreensão.

– Ainda bem que está perdoando, minha amada raposa. Estou pedindo muito por mim.

– Nunca é demais – disse ela, calmamente. – Londres e a sua antiga vida podem parecer esmagadoras no momento, mas não demorará muito até que as suas asas se soltem e você volte a voar.

Ele desejava ter a confiança dela. O melhor seria encarar essa reaparição no mundo um passo de cada vez. E o passo agora era apreciar a mulher em seus braços.

– Eu queria ver você nua à luz do dia – ele disse, pensativo. – E aqui estamos nós, agradavelmente íntimos e com o sol do fim da tarde entrando pela janela. Tenho de aproveitar este momento. – Ele desamarrou o cordão ao pescoço do vestido sem forma dela. Abrindo na frente, a peça de vestuário destinava-se a uma camponesa que tinha de ser capaz de se vestir sem ajuda.

– Não é da situação que você está se aproveitando – ela disse, enquanto tirava a mão dele. – É de mim. Prefiro estar coberta pela escuridão. A noite cobre as minhas deficiências.

Ele tirou os alfinetes do cabelo dela e penteou as ondas grossas à volta dos ombros com os dedos. Qual seria a cor debaixo do grisalho maçante e castanho? *Um belo castanho brilhante, adivinhou ele, com um brilho que refletia sua idade e boa saúde.* Ela tinha lavado as rugas da idade do rosto, revelando uma tez com a pureza transparente da porcelana.

– Você subestima os seus encantos, Cassandra. Eu posso não ter sido capaz de ver você, mas toquei tanto o seu corpo delicado quanto pude, e tudo isso foi excelente.

Ele começou com os botões que fechavam a frente do corpete.

– A sua pele nua será certamente mais bonita do que este vestido cinzento. É a roupa mais feia que já vi.

Ela riu.

– Essa é a questão. Nenhum homem olharia para mim duas vezes. Nem sequer uma vez, se ele pudesse evitar.

– Ainda assim, você parece surpreendentemente atraente – ele continuou. – É um grande mistério.

Ela fez uma careta.

– Muito bem, mas você também tem que se despir. – Ela puxou-lhe a gravata amarrotada. – A única vez que o vi sem roupa foi quando tremia em um lago gelado à meia-noite. Estava com medo demais de que você morresse congelado para admirar seus encantos masculinos.

– Você não quer realmente me ver sem roupa – garantiu ele. – Apesar de seus melhores esforços para me alimentar, ainda estou assustador.

Ela sorriu maliciosamente.

– Agora você sabe o que sinto sobre as minhas imperfeições. Está disposto a renunciar à nudez mútua?

– Não – disse ele, com firmeza. – Vale a pena revelar a minha carcaça esquelética para ver a sua forma bem mais agradável.

– Ah, bem – ela admitiu, filosoficamente. – Se só as pessoas bonitas se acasalassem, a raça humana teria morrido há muito tempo. Temos que aceitar as deficiências uns dos outros.

Ela estava abrindo a camisa dele quando ele separou o corpo e a roupa, desnudando seus lindos seios. Sentindo-se mais forte a cada momento, ele lhe deu uma volta no mamilo com a língua.

Ela puxou o fôlego, e seus olhos se alargaram.

– Você pretende mais do que olhar?

– Não sei bem quanto mais – admitiu ele. – Posso não ter me recuperado o suficiente para o que gostaria muito de fazer. – Ele puxou o outro mamilo dela entre o polegar e o indicador. – Vamos ver até onde posso ir? Prometo que não vai ficar insatisfeita.

– Seja como for, continue – respirou ela. – Mas para nos despirmos será mais fácil se ficarmos em pé.

– Você é uma líder nata que tem sempre excelentes ideias. – Ele escorregou da cama e aproveitou a oportunidade para jogar mais combustível no fogo e chutar seus sapatos. Depois, ofereceu a mão em um gesto de cortesia. – Me acompanha, minha senhora, até o lugar da sedução?

Ela agarrou a mão dele e saiu da cama com um sorriso que a fez parecer décadas mais jovem do que sua aparência, ainda mais jovem do que ele sabia que ela era.

– Estou ansioso por tirar as suas roupas uma a uma, meu Lorde Wyndham. – Ela começou com o casaco, depois retirou a camisa. Ele sabia que estava mostrando muitos ossos, mas havia admiração nos olhos dela e sensualidade no toque enquanto ela deslizava a palma da mão sobre o peito nu dele.

– Agora é a minha vez – ele anunciou, com um suspiro no ar, enquanto ela pressionava os lábios na cavidade na base do pescoço dele. – Esse vestido cinzento deve desaparecer.

– Resista à tentação de queimá-lo – ela avisou. – É tudo o que tenho até regressar a Londres.

Ele puxou a roupa grosseira sobre a cabeça dela, fazendo a promessa silenciosa de comprar seda na cidade. Ela emergiu das dobras cinzentas, risonha e exuberante em suas anáguas. Quanto mais removia, mais adorável se tornava.

Peça por peça, eles tiraram a roupa um do outro com beijos e risos. Quando removeu a vestimenta branca, deixando-a nua e dourada na luz do final da tarde, ele disse, com a voz rouca:

– Você é ainda mais bonita do que eu imaginava.

Ela empurrou suas calças para baixo de seus quadris com uma carícia momentânea que paralisou temporariamente seu cérebro masculino.

– A luxúria está distorcendo seu julgamento. – Ela acrescentou: – Embora seja uma mentira adorável de se ouvir.

– Não posso negar a luxúria, mas nada está distorcendo o meu julgamento. – Ele removeu as calças por completo. – Pelo menos, não sobre o quanto você é atraente.

– Sou uma pessoa normal – protestou ela.

– Não. Quintessencial. – Ele colocou os seios dela nas mãos, acariciando o calor do peso. Moveu as mãos em um círculo lento, sentindo os mamilos dela endurecerem contra as palmas das mãos. – Cada parte de você está exatamente no lugar certo. Seus seios não são nem muito grandes nem muito pequenos. Um punhado perfeito. – Ele beijou a fenda sombreada entre eles. – A sua pele é notável. Suave e quase luminosa, como uma estátua de mármore pintada ao sol por Michelangelo.

– Você... É mais bonito do que disse, também. Muito magro, mas com ombros tão esplêndidos! – Ela passou as mãos por cima para demonstrar.

Ela era gentil. Ele sabia que suas costelas estavam à mostra e que tinha arranjado umas cicatrizes feias depois da captura em Paris. Desejava que tivessem se conhecido quando ele era jovem e estava em sua melhor forma, mas, como ela dissera, não era preciso ser perfeito para se acasalar. Felizmente.

– Você é mesmo perfeita – disse ele enquanto passava as palmas das mãos sobre as ancas e coxas dela. – Como a Vênus de Botticelli, nascida do mar, as suas proporções estão exatamente corretas. Magra, mas arredondada em todos os lugares certos. Lindamente em forma e forte. – Ele beijou o caminho pela curva suave da barriga, ficando mais excitado do que imaginava ser possível. Ela era deliciosamente feminina e adorável. Ela suspirou enquanto ele rodopiava a língua ao redor de seu umbigo. – Hora de passar da vertical para a horizontal – disse ele em voz alta. Apanhando--a nos braços, ele a deitou na cama e desceu ao lado dela, retomando seus beijos em direção aos mistérios tentadores entre as coxas.

Ela gritou e suas unhas penetraram nos ombros dele com força suficiente para tirar sangue enquanto os lábios e a língua dele alcançavam seus lugares mais sensíveis e secretos. Sua capacidade de resposta era intoxicante, enviando fogo através do sangue dele.

Cassie se desfez com Grey, seu êxtase o levando a uma necessidade urgente. Ele se moveu entre as pernas dela e uniu seus corpos, fundindo--os para que estivessem o mais perto possível. Ela arfou.

– Vejo que se recuperou completamente, meu senhor.

– Você é melhor do que qualquer cirurgião para curar, minha doce raposa – ele disse, sem fôlego, enquanto se agitava dentro dela. Rindo, ela o atraiu enquanto eles se moviam juntos para a felicidade. Isso foi ainda melhor do que a primeira união feroz dele, quando estava louco pelo consolo da carne feminina dela. Era uma união de espírito e de corpos inimaginável. – Cassandra – ele arfou. – Catherine...

Perfeição.

Embora o jantar daquela noite tivesse sido servido na pequena sala de jantar da família, foi a refeição mais vigilante que Cassie já havia saboreado. Lady Agnes, General Rawlings e a Senhorita Emily observavam Wyndham, as duas mulheres também olhavam Cassie, e Kirkland olhava para todos. Grey valia a pena ser visto. De cabelo dourado e com a capacidade de fazer sua roupa emprestada parecer feita sob medida, ele era o modelo de um cavalheiro inglês. Falava pouco, mas era facilmente magnético.

Ninguém tinha visto Régine, que tinha entrado na sala de jantar e repousava debaixo da mesa, com o focinho sobre o pé de Grey. Desde que ninguém reparasse oficialmente na cadela, ela não tinha de ser expulsa. Tinha engordado notavelmente desde que a encontraram.

A tensão nos olhos de Grey deixava claro que ele não estava confortável com toda a atenção, mas suportou bem a situação. Cassie achou que merecia algum crédito por tê-lo relaxado tão bem naquela tarde. Seu olhar desceu para a carne grelhada. Se ela o tinha relaxado, ele a fizera se sentir desejada.

No final da refeição, Lady Agnes levantou-se.

– Senhorita Fox, Emily, vamos para a sala matinal e deixemos os cavalheiros no seu Porto.

Ao ver a expressão de Cassie, Lady Agnes disse:

– Está surpresa por eu ser tão convencional?

– Sim – admitiu Cassie quando se levantou. – Pensei que só se adaptasse aos costumes quando lhe conviesse.

Lady Agnes sorriu.

– Você é muito perspicaz. Às vezes convém retirar-me, e, quando o faço, tenho um decanter do mesmo excelente Porto Ballard na sala matinal.

Cassie olhou para Grey. Ele parecia desconfiado, mas se resignou a ser deixado com o general e Kirkland. Depois que ele lhe deu um pequeno aceno tranquilizador, ela saiu com as duas mulheres mais velhas. Fechando a porta da sala matinal atrás de si, ela comentou:

– Eu gostaria que um pouco desse Porto me auxiliasse no próximo interrogatório, por favor.

Lady Agnes serviu três copos de vinho do Porto Tawny e os distribuiu.

– Quero saber mais sobre o cativeiro e o resgate de Wyndham. Se eu lhe perguntar diretamente, ele vai ser tão rígido e estúpido que vai dizer que está tudo bem.

– Talvez – disse Emily Cantwell, pensativa. – Se bem que ele sempre foi melhor em falar o que pensa do que a maioria dos nossos rapazes.

– Sim – concordou Lady Agnes. – Mas ele estava reservado como um cavalheiro inglês esta noite. – Ela lançou a Cassie um olhar curioso. – Não lhe pedirei que viole a privacidade dele, mas – seu rosto estava contraído – será que algum dia... voltará a ser ele mesmo?

– Grey é ele mesmo, embora seja um ser moldado por trilhar um caminho inesperado – disse Cassie, gentilmente. – Ele vai ficar mais relaxado em sociedade, tenho certeza. Mas nunca mais será aquele menino dourado descontraído.

Lady Agnes exalou.

– Eu sabia disso, claro, mas ajuda ouvir da mulher que o conhece melhor. Claro que ele foi transformado pelas suas experiências. Mas rezo para que, com o tempo, ele fique inteiro e feliz.

– Sempre achei que ele seria um pai maravilhoso – disse a Senhorita Emily. – Ele era tão paciente com os rapazes mais novos. – Ambas as mulheres viraram as atenções para Cassie.

– Pretende me dar uma palestra sobre não criar expectativas por Wyndham? – ela perguntou, com um toque ácido. – Não é preciso; Kirkland já o fez.

Lady Agnes se encolheu.

– Eu não pretendia dar uma aula. Você é uma mulher do mundo e compreende a situação. Mas quero agradecê-la pelo que fez. Por salvá-lo, por estar presente enquanto ele se recupera de tudo o que suportou. Suspeito que o preço por você será alto.

– Como você disse, sou uma mulher do mundo. Não tenho ilusões.

– Cassie provou o excelente Porto, pensando que o comentário de Lady Agnes era outra referência indireta à amabilidade generalizada de Grey. – Já que estamos nos referindo ao futuro de Wyndham, eu lhe darei minha opinião particular. Não me surpreenderia se ele nunca se casasse. Ou, se o fizer, será em um futuro distante.

As sobrancelhas da Senhorita Emily se arquearam.

– Você não conseguirá me convencer de que ele perdeu o apreço pelas mulheres!

Ninguém sabia melhor do que Cassie o quanto Grey gostava de mulheres, mas essa conversa tinha estabilizado um profundo entendimento.

– Ele gosta muito de mulheres, mas, depois de dez anos atrás das grades, tem ódio de ficar preso pela sociedade, pela responsabilidade, pelas expectativas de outras pessoas. Ele não vai fugir dessas responsabilidades, mas acho que vai ver o casamento como um conjunto de grades que pode evitar.

Depois de um longo silêncio, Lady Agnes disse:

– É muito perspicaz, Senhorita Fox. Como uma mulher que evitou as grades eu mesma, posso entender isso.

– Mas será o desperdício de um bom pai – disse Emily, com um suspiro.

Grey e Cassie concordaram naquela tarde que, por questão de discrição, deviam dormir em quartos separados. Porém, depois da meia-noite, Grey rompeu o combinado quando um pesadelo de escuridão e desolação o fez acordar.

Tremendo, ele atravessou o corredor até o quarto de Cassie. Ela acordou instantaneamente, como uma boa espiã precisava fazer, e reconheceu rapidamente seu visitante. Silenciosamente, estendeu a mão. Ele pegou nela com gratidão e deslizou para a cama ao lado dela.

Em seus braços, ele dormiu.

Com um gemido, Grey se sentou na cama.
– Já é quase madrugada. É melhor eu voltar para o meu quarto.

Cassie enrolou um braço em volta da cintura dele.

– Este não parece ser o tipo de casa onde alguém fica facilmente chocado.

– Talvez não, mas não quero colocar Lady Agnes em uma situação embaraçosa. – Ele beijou sua testa. – Não reclame. Você pode ficar nesta cama bem aquecida.

– Ficou muito mais frio – ela suspirou enquanto ele se levantava.

– Temos uma viagem agradável até Londres pela frente. Quando chegarmos lá, você vai ficar entediada comigo. – Ele abriu a porta, verificou que não havia ninguém à vista e retornou a seu quarto, pensando que havia uma razão para as pessoas se casarem. Compartilhar uma cama legalmente seria muito mais agradável do que andar na ponta dos pés pelos corredores gelados.

Ele não ia dormir novamente, então se vestiu e desceu as escadas na esperança de conseguir uma xícara de chá, uma vez que o pessoal da cozinha começava cedo. Encontrou não só um cozinheiro amigável e chá, mas também pão torrado com mel. Estava comendo uma segunda fatia quando Lady Agnes apareceu, completamente vestida e com divertimento nos olhos.

– Bom dia a todos.

Quando Grey murmurou uma resposta, o cozinheiro serviu uma xícara de chá, adicionou mel e leite e o entregou à diretora. Depois de um gole demorado, Lady Agnes disse:

– Surgiram complicações, Wyndham. Venha comigo e eu vou lhe mostrar.

– Sim, senhora. – Foi fácil voltar ao regime de estudante. Apesar de Lady Agnes não parecer aborrecida, ele estava curioso, por isso engoliu a última torrada com mel e a seguiu para cima. Para sua surpresa, ela o levou a seus aposentos particulares e abriu a porta de seu armário.

– Contemple as complicações – disse ela, com um riso.

Enroscados em um manto de veludo caro estavam Régine e três cachorrinhos gordos que mamavam às cegas.

– Santo Deus! – Grey ajoelhou-se para examinar os recém-chegados, mantendo uma distância cuidadosa. – Não deve estar orgulhosa de si mesma, Régine. Além de comer o suficiente por três cavalos, manteve bem guardado o seu segredo. Como será que era o pai? Os cachorros parecem ainda mais misturados do que a mãe.

– São adoráveis – disse Lady Agnes, com firmeza. – A linhagem não importa.

Grey sorriu.

– Quem diz isso é uma senhora com algumas das linhagens mais azuis da Grã-Bretanha.

– Não escolhi os meus antepassados, assim como estes cachorros não escolheram o pai. – Lady Agnes engoliu mais chá. – Eu gosto mais de raças mistas. Mais surpresas.

Régine olhou brevemente para cima depois de lamber os cachorros, então voltou à higiene. Grey se levantou.

– Não faço ideia de como ela entrou aqui, Lady Agnes. Substituirei o manto quando tiver dinheiro outra vez.

Lady Agnes fez um gesto de desdém.

– Não se preocupe com isso, mas não podem levar uma nova mãe com seus filhotes para Londres.

Ele riu da expressão dela.

– Você não está nem um pouco arrependida, está?

Ela sorriu.

– Tenho uma fraqueza por todas as criaturas jovens, sejam crianças, gatinhos ou cachorrinhos. Adoraria ficar com um destes. O meu velho cão morreu há algumas semanas, e tenho pensado que está na hora de procurar um novo cachorro. Há aqui rapazes que também gostariam de cachorros. – Ela parecia atenciosa. – Há um rapaz em particular que precisa mesmo de um cachorro.

— Pode dar os cachorros, mas voltarei para buscar Régine quando sua prole tiver idade suficiente para viver sem ela. — Ele estendeu uma mão, e, quando Régine não parecia inclinada a morder, coçou a cabeça dela. — Vou sentir saudades suas.

— Vai ter que manter a sua Senhorita Fox perto — disse Lady Agnes, suavemente.

Grey certamente pretendia tentar.

Depois de uma viagem rápida até Londres, a luxuosa carruagem parou em frente à casa de Kirkland. Enquanto o criado de libré abaixava os degraus, Kirkland ofereceu a mão a Grey.

— Amanhã telefonarei para a Exeter Street. Se precisarem de alguma coisa, avisem.

— Vou ficar bem. — Grey apertou a mão do amigo. — Quando me sentir pronto para voltar ao seio da minha família amorosa, você será o primeiro a saber.

— É mais provável que seja o segundo a saber. — Kirkland inclinou a cabeça para Cassie e depois saiu da carruagem.

Depois que a porta foi fechada e a carruagem retomou seu avanço pela cidade, Grey se acomodou no assento e pegou a mão de Cassie.

— Londres foi sempre assim tão cheia, fedorenta e barulhenta?

— Sim, e é provavelmente por isso que você enterrou essas lembranças. — Ela prendeu os dedos nos dele — Londres o faz querer correr aos gritos?

— Um pouco. — O sorriso dele estava retorcido. — Estou me saindo melhor do que uma semana atrás. Mas estou feliz por ir para uma caverna onde posso me esconder o resto do dia para me recuperar da viagem.

— Pelo resto do dia de hoje, você pode relaxar. Mas vou avisando que a partir de amanhã vou levá-lo para experimentar as delícias de Londres — ela anunciou. — Começando com o mercado de Covent Garden. É tão perto da casa que, se você correr gritando, nem vai ficar sem fôlego quando voltar à sua caverna.

— Muito atencioso da sua parte. Mas acho que, se estiver comigo, devo ser capaz de me controlar na maior parte do tempo. — Ele deu um beijo rápido na testa dela. – Não sei por que acho a sua presença tão fácil, mas estou grato por isso.

– Talvez seja mais fácil porque eu não o conhecia antes do Castelo Durand – disse ela, pensativamente. – Não espero que você seja o mesmo que era aos 20 anos. E, como sei que você não está perdido, não estou me preocupando com o brilho do Lorde Wyndham que tem uma boa memória. Eu me contentarei em vê-lo feliz como o homem que se tornou agora.

Ele levantou as sobrancelhas.

– O fato de eu ser um amante incrível não conta?

Ela riu.

– Isso pertence a um conjunto diferente de escalas, meu senhor.

– Escalas de ouro maciço, tenho certeza. – O sorriso dele se desvaneceu quando olhou pela janela. – Os meus pais podem estar em Londres à espera do Parlamento.

– Talvez. No entanto, mesmo que estejam aqui, não precisa vê-los até o momento em que quiser.

– Eu quero vê-los. Mas... não agora. – Ele fez um esforço para aliviar seu tom. – Prefiro visitar o Circo Astley ou outro tipo de entretenimento. Presumo que o Theatre Royal ainda esteja em Covent Garden.

– Sim, embora o teatro que conheceu tenha queimado há vários anos. Um novo foi construído no mesmo lugar, então os espetáculos continuam – respondeu ela. – Talvez amanhã possamos passar pelo teatro e ver os cartazes para saber o que está sendo apresentado.

Ele hesitou.

– Gosto do teatro, mas não estou pronto para fazer parte de uma multidão tumultuada, e não posso me sentar sem o risco de ser reconhecido.

– Talvez daqui a uma ou duas semanas – disse ela, pacificamente.

Eles se calaram, mas suas mãos ficaram juntas. O olhar de Grey estava voltado para a cidade que era o coração da Grã-Bretanha. Cassie achou que ele estava lidando bem com a multidão e a confusão. A cada dia que passava, ele ficava mais forte. Mais capaz de se controlar.

O anoitecer aproximava-se quando chegaram ao número 11 da Exeter Street.

– É maior do que eu esperava – disse Grey enquanto ajudava Cassie a descer da carruagem.

– Esta área já esteve na moda, e as grandes casas permanecem. – Ela mostrou sua chave e liderou o caminho até os primeiros degraus. – Há tantas hospedarias no bairro que as nossas idas e vindas não serão notadas.

Ela abriu a porta para o pequeno hall de entrada, e ela e Grey entraram, o braço dele pendurado carinhosamente em volta dos ombros dela. Lá dentro estava um homem alto e magro logo na entrada. Cassie enrijeceu ao reconhecer a força do fio de aço e o cabelo castanho.

Quando ele a viu, o seu rosto sério iluminou-se com um sorriso.

– Cassie! Já que vou partir para a Escócia amanhã, passei por aqui pensando na hipótese de você poder ter voltado.

Rob Carmichael. Cassie congelou enquanto ele se aproximava dela. Depois Rob deteve-se e seu olhar mudou de Cassie para Grey.

– Meu Deus, Wyndham! Voltou da sepultura! – Rob disse, com prazer surpreendente.

Sua expressão mudou à medida que viu e interpretou corretamente a intimidade casual entre Grey e Cassie. A voz dele endureceu.

– Parece que saiu da França cheirando a rosas, Wyndham.

– Dificilmente – disse Grey, franzindo o cenho enquanto olhava de Rob para Cassie e de volta.

– Pensei que você tivesse mais juízo e que não cairia em um charme barato – disse Rob a Cassie, sua voz quebradiça. – Ou é pelo dinheiro dele? Wyndham certamente tem mais do que eu, e tinha a reputação de ser generoso com as amantes.

– Cuidado com a língua, Carmichael! – Grey tirou o braço dos ombros de Cassie e deu um passo à frente, as mãos apertadas em punhos. – Peça desculpas a ela!

– Por ser sincero? Pouco provável! – Rob também se moveu para a posição de um lutador, com a mandíbula cheia de fúria.

– Parem com isso, os dois! – Cassie disse, com uma voz que podia ter cortado vidro. – Estão se comportando como crianças!

A Senhora Powell, que dirigia a casa com seu marido, foi atraída para o hall de entrada pelo som das vozes, então Cassie continuou:

– Senhora Powell, este é o Senhor Sommers, e ele vai ficar aqui por um tempo. Por favor, levem-no para um quarto.

Quando Grey abriu a boca para protestar, Cassie lhe deu um olhar que dizia:

– Vá!

Ele não parecia contente, mas seguiu a Senhora Powell escada acima.

– Não é preciso mandá-lo embora – disse Rob, com a voz dura. – Estou de saída. Duvido que os nossos caminhos se cruzem muito no futuro, Cassandra.

– Você não vai embora até conversarmos, Robert – disse Cassie, firmemente. – Na sala de estar. – Ela agarrou seu braço para que ele não pudesse escapar.

Depois de um momento de resistência, ele a acompanhou até a sala adjacente. Na luz melhor, Cassie viu dor nos olhos de Rob. O aborrecimento dela evaporou-se.

– Lamento, Rob. Não pretendia que descobrisse de uma forma tão difícil.

– Acho que não há uma boa maneira de dispensar um amante – disse ele.

– Você e eu não éramos amantes, Rob. Éramos amigos e parceiros de cama ocasionais, quando nos convinha. Não fizemos votos de amor ou constância.

– Pretendia me dizer que estava com Wyndham? Ou esperava que eu não descobrisse?

Ela suspirou.

– Você e eu nunca conversamos sobre outros amantes, mas, quando estou na França, suponho que você nem sempre durma sozinho.

– Estranhamente, sim. – Sua boca enrugou. – Pensei que fôssemos mais do que parceiros de cama convenientes.

– Sim, mas a verdadeira ligação sempre foi a amizade, não o amor romântico. – Ela capturou o olhar, querendo que ele acreditasse em suas palavras. – A amizade, o carinho e a confiança têm sido reais, Rob. Eu detestaria perder isso.

Um músculo no queixo endureceu.

– Por que Wyndham, Cassie? O seu charme lendário? Era difícil odiá-lo mesmo quando eu queria.

Ela franziu o cenho.

– Por que queria odiá-lo?

Ele encolheu os ombros.

– Simplesmente porque tinha ciúmes de que tudo fosse tão fácil para ele.

E nada tinha chegado facilmente a Rob.

– Talvez o faça sentir melhor saber que Grey passou dez anos em isolamento na masmorra de um castelo – disse ela, sarcasticamente. – Garanto a você que sobreviver não foi fácil.

– Dez anos de confinamento solitário? – Rob exclamou, horrorizado. – Pobre diabo. Você o ajudou a fugir?

Ela assentiu.

– Acabamos de regressar à Inglaterra. – Desgastada, ela desabotoou seu manto. – Estava ansiosa por uma noite tranquila.

– Com Wyndham. – Rob balançou a cabeça. – Tenho dificuldade em imaginá-la com ele. É porque ele precisa de você por enquanto e você se sente obrigada a ajudá-lo? – Por que Wyndham, realmente?

– Talvez – respondeu ela, pensativa. – Você nunca se deixa precisar de ninguém nem de nada, Rob. Eu sou igual. Ambos somos especialistas em não pedir nada. Tão autossuficientes que não nos podemos ligar profundamente a outro ser humano. Com Grey, eu... tornei-me outra pessoa.

O olhar de Rob estava à espreita.

– Você está apaixonada por ele?

– Um pouco, suponho. – Ela hesitou, sem ter certeza de quão honesta podia ser. Mas Rob merecia honestidade. – Com ele, eu voltei a sentir. Dói, mas é... gratificante.

– Ah, Cassie, não sabia que havia um pouco de romance na sua alma. – Rob a puxou para um rápido e difícil abraço. – Se quer mais do que tinha comigo, espero que o encontre. Mas não será com Wyndham. Ele nunca se casará contigo.

Reconhecendo que era um abraço de amigos, ela relaxou contra o corpo duro e familiar dele, lágrimas ardendo nos olhos. Apesar de poderem manter a amizade, qualquer hipótese de se tornarem mais do que isso desapareceu.

– Se eu já tive tais ilusões, fui suficientemente alertada por um número grande de pessoas ansiosas para explicar que isso nunca vai acontecer. Quando Wyndham e eu seguirmos caminhos separados, não me surpreenderei nem ficarei devastada.

Ela era muito boa em seguir em frente sozinha.

A raiva de Rob desapareceu, mas ele pareceu triste quando disse:

— Eu pensei que um dia nós dois poderíamos nos retirar para uma vila tranquila onde poderíamos nos aborrecer um ao outro com nossas velhas histórias de guerra. Mas isso não vai acontecer, vai?

— Muito improvável — ela concordou. — Mas... Rob, podemos voltar a ser amigos? Por favor?

— Podemos. — Ele encerrou o abraço. — Mas estou feliz por ir para a Escócia. Devo estar suficientemente ocupado para não me queixar.

— Você não vai perder tempo — disse ela, com um toque de diversão.

— Eu era apenas um hábito.

— Talvez, mas um dos bons — elogiou ele, calmamente. — Cuide-se, minha querida menina.

Ela o observou sair da sala, tenso e sempre pronto para enfrentar problemas, e desejou que os dois tivessem sido capazes de se amar.

Preparando-se para outra discussão difícil, Cassie subiu as escadas. Encontrou a Senhora Powell no topo dos degraus.

— Coloquei o Senhor Sommers no quarto do fundo da casa, onde é agradável e tranquilo — disse a mulher mais velha. Embora fosse de meia-idade e conhecida pelo bom senso e discrição, deu uma risada de menina. — Ele é um tipo muito bonito mesmo! Quanto tempo vai ficar?

O charme de Grey estava obviamente se recuperando junto com o restante dele, Cassie pensou acertadamente.

— Várias semanas, talvez. Ele é um velho amigo de Lorde Kirkland.

A Senhora Powell disse, virando-se para descer as escadas:

— Vou me certificar de que ele esteja confortável.

Cassie seguiu pelo longo corredor até a sala azul. Depois de bater à porta como um aviso, ela entrou antes que Grey tivesse tempo de lhe dizer para ir embora.

Ele estava parado junto à janela, vendo a noite cair em Londres, a cúpula da silhueta de São Pedro contra o horizonte. Estava frio e distante e era muito Lorde Wyndham.

– Sinto muito por essa cena – disse ela, sem preâmbulos. – Foi pura má sorte que Rob Carmichael aparecesse quando estávamos chegando.

– Azar de verdade – disse ele, não se virando para olhar para ela.

– Você sabia que eu não era uma virgem inocente – disse ela, irritada.

– Nem eu, mas as minhas namoradas estão todas dez anos no passado. – Depois de um longo silêncio, ele disse, hesitante: – E há uma diferença entre o conhecimento abstrato e saber que você esteve com um homem que eu conheço e sempre achei bastante intimidante. – Com a voz mais suave, ele acrescentou: – Um homem que parece ser da sua espécie.

– Intimidar é uma característica útil para um corredor da Bow Street – ela concordou, interessada em como os dois homens se viam. – Por favor, pode parar de olhar pela janela?

Grey se virou, embora fosse difícil ler sua expressão na luz apagada.

– Devo-lhe um pedido de desculpas por ter prejudicado o seu caso com Carmichael. Embora soubesse que você era uma mulher do mundo, não sabia que tinha um amante à espera em Londres.

– Acabei de ter essa conversa com Rob – respondeu ela, secamente. – Ele e eu fomos amigos e parceiros e partilhamos o perigo. Mas, apesar de às vezes partilharmos uma cama, essa nunca foi a parte mais importante da nossa amizade.

Os olhos dele estreitaram-se.

– A cama é o ponto principal da nossa amizade? Ou apenas parte do serviço de ama que oferecem quando resgatam tolos do cativeiro?

Ela resistiu à vontade de lhe atirar algo.

– Eu devia ter deixado que você e Rob partissem o pescoço um do outro! – Ela girou no calcanhar e se dirigiu para a porta, pensando que Grey estava se tornando um cavalheiro desapegado e irônico muito rapidamente.

Ele praguejou e a alcançou antes que ela chegasse à porta, enrolando os braços em volta dela por trás e a puxando firmemente contra o peito.

– Desculpe, Cassie – disse ele, com intensidade. – Não sabia que tinha uma tendência possessiva, mas sou diferente com você.

– As circunstâncias são diferentes – disse ela, tentando não se fundir com ele. – Não se preocupe, você vai se recuperar em breve de qualquer possessividade leve e voltar a ter casos eventuais, sem se importar se a outra pessoa está mantendo uma companhia.

Os braços dele se apertaram na cintura dela.

– Um caso eventual não é o que eu quero, Cassie.

– Então o que quer?

– Quero ser especial para você, Cassandra – disse ele, com toda a firmeza. – No início não me importava se você estava comigo por piedade ou dever, mas agora eu me importo. Eu... Quero ser mais do que apenas mais uma missão.

Ela engoliu com força.

– Você é, Grey. Apesar do que possa pensar, nunca me deitei com homens casualmente. Certamente não com homens que escolto para um lugar seguro.

– Fico contente por ouvir isso. – Ele beijou a parte de cima da orelha dela. – Mas... a primeira vez que estivemos juntos, você disse que já se deitou com homens por razões piores do que conforto e amizade. Eu não tinha certeza do que isso significava.

Ele não disse as palavras como uma pergunta, mas ela sabia que era uma.

– Não contei a ninguém sobre o meu passado – disse ela, em voz baixa. – Não toda a história sórdida.

– Talvez, se contar a alguém, o fardo diminua. – O calor dele estava aliviando o frio da noite. – Cassie, você sabe tudo de importante sobre mim, e eu sei tão pouco sobre você. – Ele passou a mão pelo braço direito dela. – Só sei que você é gentil, sensual, perigosa e assustadoramente competente.

Ela quase riu da lista dele, mas seu sorriso desapareceu. Ela tinha guardado o passado tanto tempo que era difícil se imaginar falando. Mas ele tinha razão. Sabia pouco sobre ela, enquanto ela tinha visto vulnerabilidades dele que mais ninguém saberia.

Ela tinha falado com sinceridade quando disse a Rob que ele e ela eram muito autossuficientes, muito relutantes para precisar de algo. Seu relacionamento com Grey era diferente, e muito da razão para isso era o fato de ele estar disposto a deixá-la ver sua dor, seus medos e fraquezas. Ela lhe devia o mesmo.

– Muito bem – disse ela, cansada, quando saiu do abraço dele. – Mas isso vai levar tempo. Se abrir a porta do lado esquerdo do guarda-roupa, você deve encontrar várias bebidas para acalmar o selvagem.

Grey assobiou quando abriu a porta e viu prateleiras de garrafas e copos.

– Kirkland sabe fazer os hóspedes se sentirem bem-vindos. Do que você gostaria?

Se ela bebesse brandy, desmaiaria antes de contar a história.

– Porto.

– Então, Porto. – Enquanto ele puxava a garrafa para fora, ela se curvou em uma cadeira e se perguntou desesperadamente se era capaz de revelar as sombras de seu passado.

No entanto, se ela podia contar a alguém, seria a Grey. Ele também tinha vivido as estações do ano no inferno.

28

Quando Grey entregou o copo de vinho a Cassie, ela perguntou:
— Por onde devo começar?
— Do início, claro.

Ele se ajoelhou para acender a lareira, depois se sentou na cadeira oposta a ela, perto o suficiente para tocá-la. A luz do fogo reluziu em seu cabelo brilhante e esculpiu os traços fortes de seu rosto paciente e sério.

Cassie olhou para seu vinho, virando o copo de um lado para o outro.
— O meu pai era inglês, a minha mãe era francesa. Fizemos longas visitas à França para ficar com a família dela. A minha ama era francesa porque mamãe queria que os seus filhos falassem francês e nós falávamos inglês.

Quando o silêncio se tornou demasiado longo, ele perguntou:
— Filhos?
— Um irmão e uma irmã mais velhos. Eu era a caçula e mimada. — Ela fechou os olhos, lembrando-se do abraço caloroso do pai, da firme mas gentil disciplina da mãe. Seu irmão mais velho provocador, sua linda irmã mais velha, que estava planejando ansiosamente seu baile de debutante.

— Estávamos visitando a França quando o Reinado do Terror começou. Os adultos estavam preocupados, e os parentes franceses estavam discutindo se deveriam deixar o país. Mas a maior parte do tumulto aconteceu em Paris, e a propriedade de Montclair estava fora de Reims, a uma distância segura. Houve tempo para decidir a melhor rota.

— Mas você sabia mais, jovem profetisa — ele disse quando ela se calou novamente.

— Tive uma sensação terrível da proximidade da desgraça. — Cassie bebeu um pouco do seu Porto, precisando da doçura e do fogo. — Brinquei com crianças locais e ouvi a conversa dos seus pais. Na aldeia, vi oradores radicais de Paris que gritavam contra os ricos. Ouvi a família da minha mãe ser acusada de vagos "crimes contra a liberdade". Tentei explicar tudo isso aos meus pais, mas, como eu tinha apenas 10 anos, eles não me ouviram. *Eles não quiseram ouvir!* – Mesmo depois de tantos anos, a fúria e a angústia perfuravam-lhe o coração.

– Foi uma tragédia não terem ouvido você – disse Grey, em tom baixo. – Mas não foi uma tragédia que você causou.

Talvez não, mas ela nunca parou de se perguntar se deveria ter falado de outra forma se tivesse sido ouvida.

– O meu pai ria, dizia palavras tranquilizadoras e me explicou que dentro de um mês estaríamos em casa novamente. Àquela altura, já era tarde demais. O Terror já tinha estendido a mão para nos destruir.

Mais uma vez ele a persuadiu quando ela se calou, perguntando:

– Como?

– Eu não soube disso até muito tempo depois, mas um bando de soldados parisienses viajava pela aldeia a caminho do exército. Tinham um barril de bebidas baratas que partilhavam livremente. O resultado foi um grande motim de bêbados, com os soldados batendo em todos em um estado frenético. Quando a fúria se tornou assassina, marcharam para a casa da família da minha mãe. – Ela fechou os olhos. – E... Cercaram a casa e a incendiaram.

Ele recuperou o fôlego.

– Você estava lá dentro?

Cassie balançou a cabeça.

– Josette Maupin, uma jovem ama da casa de Montclair, costumava me levar para visitar sua sobrinha, que tinha a minha idade e era uma grande amiga minha. Enquanto eu brincava com a minha amiga, Josette flertava com um jovem. Não era na aldeia, mas em uma fazenda na direção oposta.

Ela bebeu mais vinho, o seu olhar sobre o passado.

– Fomos à fazenda naquele dia e ficamos mais tempo que o habitual. Voltando, não sabíamos que havia problemas até vermos a fumaça aumentando. Ambas começamos a correr. Quando chegamos à beira do gramado, vimos a casa em chamas e cercada por homens que gritavam insultos aos aristocratas imundos. Qualquer um que tentasse fugir da casa era morto.

Ela engoliu com força, mal conseguia continuar a falar.

– O meu tio tentou fugir. Ele tinha um filho, o meu primo mais novo, acho eu. Ambos foram mortos. Uma tia idosa de Montclair saltou de uma janela superior para escapar das chamas. Mesmo que tenha sobrevivido à queda, não poderia ter sobrevivido ao espancamento depois.

A cara dele refletia o horror dela.

– Toda a sua família estava lá dentro?

– *Oui* – sussurrou ela, deslizando para o francês como a criança que tinha sido. – Comecei a correr aos gritos em direção à casa, mas Josette me impediu. Ela tinha amigos em casa e chorava tanto como eu. Ficamos naquele arbusto decorativo agarradas uma à outra enquanto a casa ardia. Ela disse que devíamos ir embora, mas nenhuma de nós conseguia se mexer. Ficamos e vimos a casa se incendiar, queimar e queimar... Iluminou o céu noturno durante horas.

– Uma pira funerária – disse Grey, suavemente. – Com sorte, muitas das pessoas lá dentro morreram rapidamente por causa da fumaça em vez das chamas.

Ela esperava que sim. Deus, ela esperava que sim.

– Finalmente, a casa em chamas caiu em brasas e nós fomos embora. Josette me levou para a família dela, prometendo que eu estaria em segurança. Minhas roupas caras foram queimadas, então me deram um vestido liso que pertencia a uma das sobrinhas dela. Sua família era... tão gentil.

Essa foi a primeira experiência de disfarce de Cassie, pois ela não só recebeu o vestido de uma camponesa como Josette usou um colorante para esconder o cabelo que a diferenciava.

– Josette se casou com o namorado e se mudou para a fazenda da família dele, que ficava ainda mais longe. Fui com ela, usando o nome de Caroline Maupin, e era considerada prima órfã. Catherine St. Ives estava morta.

– Quanto tempo viveu como Caroline?

– Quase seis anos. Eu nunca me esqueci de que era inglesa, e planejava voltar para a Inglaterra quando a luta finalmente acabou, mas na maior parte do tempo eu era apenas uma garota ocupada com o dia a dia em uma fazenda muito parecida com a dos Boyers. Tratavam-me como um membro da família, pois havia sempre trabalho para um par de mãos fortes. – Ela terminou seu Porto e colocou o copo de lado para poder esfregar as mãos frias.

Silenciosamente, Grey inclinou-se para a frente e segurou suas mãos em um caloroso aperto.

– O que aconteceu então?

Ela respirou com dificuldade.

– Havia pessoas na área que sabiam que eu era Catherine St. Ives, mas não me denunciaram porque eu era apenas uma criança. Essa proteção desapareceu quando cresci. Não sei o que aconteceu. Talvez houvesse uma recompensa prometida pela informação sobre os inimigos da França. Talvez eu tenha desprezado um potencial pretendente. Por qualquer razão, fui denunciada à polícia local como uma espiã inglesa. – Ela teve uma explosão de riso quase histérico. – Eu tinha 15 anos! Vivia em uma fazenda, ordenhava vacas e fazia queijo. O que sabia eu sobre espionagem?

– Os fatos não importam onde há medo e ódio – disse ele, suas mãos se apertando sobre as dela. – Você foi presa?

– Na praça da aldeia, no dia do mercado. Eu estava vendendo queijo e ovos. – Ela respirou fundo, mal conseguindo falar, e depois cuspiu as palavras em uma torrente. – Fui levada para Reims, julgada e condenada, violada por dois guardas e atirada em uma cela para apodrecer.

– Santo Deus do céu. – Em dois idiomas, Grey a tirou da cadeira e embalou seu corpo tremendo em seu colo, o único calor em um mundo de memória fria e sombria. – Como foi que escapou?

Ela enterrou o rosto contra o ombro dele, lutando para não se dissolver em lágrimas. Se começasse a chorar, receava nunca mais parar.

– Depois de um ano ou mais, chegou um novo guarda que gostava muito de mim. Ele falava através da grade da porta. Quando estava sóbrio, me prometia tratamento especial se eu fosse gentil com ele. Quando estava bêbado, o que era mais comum, ameaçava pegar o que eu não lhe dava. – O mau hálito do homem parecia encher toda a cela quando ele descrevia todas as coisas que queria fazer com ela.

– Eu respondia que seria doce como marzipã se ele me deixasse sair da cela. Ele ria disso. Eu sabia que a paciência dele estava acabando, então um dia aceitei a oferta. Ele esperou até que fosse depois da meia-noite, e então entrou na minha cela. Deixei-o andar até mim. – Ela se engasgou com a lembrança antes de terminar em um sussurro cru. – Quando ele terminou, suado e meio adormecido, eu o matei com sua própria faca e fugi.

Saturada por lembranças insuportáveis, ela se dissolveu em soluços incontroláveis. Mal percebeu quando Grey a tirou do colo e a transferiu para a cama. Deitado ao lado dela, ele enrolou o corpo quente dele ao redor dos membros frios e trêmulos de Cassie, as costas dela dobradas na frente dele enquanto ele murmurava palavras suaves em seu ouvido.

Ela chorou até não haver mais lágrimas e se sentiu seca como o pó. Quando finalmente caiu no sono de exaustão total, percebeu que nos braços de Grey se sentia segura pela primeira vez desde que seu pai morrera.

G rey segurou Cassie por perto quando a última luz se apagou do céu e o fogo queimou em brasas. Os músculos dele estavam rígidos por não se mexer, mas ele não queria incomodá-la. Nunca quis deixá-la ir.

Ele achava que a força dela era infinita, como se tivesse reservas ilimitadas. Nunca imaginara que essa força pudesse ter sido conquistada com dificuldade. Era um tolo egoísta.

Finalmente, ela se mexeu nos braços dele.

– Como você está? – perguntou Grey, suavemente.

– Água? – ela pediu, em um sussurro quase inaudível.

Ele se levantou e atravessou o quarto. Depois de acender uma lâmpada, encheu um copo com água do jarro e o levou para a cama, depois a levantou para uma posição sentada para que ela pudesse beber. Quando ela esvaziou o copo, deitou-se novamente sobre os travesseiros, sombras escuras sob seus olhos sombrios.

Como o quarto estava frio, ele reavivou o fogo. Depois encontrou um cobertor dobrado no guarda-roupa e o estendeu sobre ela. Sentado na beira da cama, acariciou as costas dela. Parecia uma criança murcha, não uma mulher extremamente capaz.

– Desculpe ter pressionado você para que falasse sobre o seu passado.

– Não lamento – disse ela, inesperadamente. – Quando falei sobre o que aconteceu, uma parte da dor se libertou, colocando mais distância entre o passado e o presente.

– Então, fico contente por você ter me contado. – Embora as memórias dela lhe dessem pesadelos. – Às vezes tenho vergonha do meu sexo. Você foi tratada de forma abominável por homens.

– Sim, mas também fui muito bem tratada por outros homens. Kirkland tem sido uma combinação de amigo e irmão, quase um pai às vezes. Houve outros. – Ela suspirou. – As mulheres também podem se comportar muito mal.

– Estou surpreso por ter permitido que qualquer homem a tocasse. – A mão dele veio descansar na curva do quadril dela. – Agradecido, mas espantado.

– Eu tinha uma ânsia por toque, tal como você. – Ela pôs a mão na dele. – Demorou muito tempo, mas descobri que, com um homem em quem confiava, podia tolerar a intimidade porque precisava do calor. Com tempo e gentileza, passei a desfrutar da intimidade também.

Ele olhou para os olhos cansados de Cassie, percebendo que havia mistérios no passado dela que ele nunca saberia. Que ele não tinha necessidade, ou direito, de saber. Suavemente ele disse:

– Você é a mulher mais extraordinária que já conheci.

– Apenas boa para sobreviver. – Seus lábios se curvaram com um leve toque de sorriso. – Uma vez me disseram que eu não tinha um pingo de delicadeza feminina.

Grey foi surpreendido por uma gargalhada.

– Espero que tenha sido um elogio. Como conheceu Kirkland?

– Eu queria voltar para a Inglaterra, e, como não havia nenhuma maneira legal de atravessar o Canal, procurei um contrabandista cooperativo – explicou ela. – Demorou algum tempo. Trabalhei em diferentes empregos ao longo da costa, normalmente como empregada de bar, até que conheci Marie. Quando passamos a confiar uma na outra, eu lhe disse que queria ir à Inglaterra e aprender a ser uma espiã contra Napoleão. Depois que ela discutiu sobre mim com seu irmão, Pierre me entregou ao Nashes na Inglaterra na sua próxima travessia. Me mandaram para Kirkland, e três dias depois eu estava em Londres dizendo que ele precisava de mim como agente.

– E ele foi sábio o suficiente para aceitá-la. – Grey estudou seu rosto cansado. Ele a achara normal quando a viu pela primeira vez, mas fazia muito tempo havia parado de julgar sua aparência. Ela era simplesmente

Cassie, única e inesquecível. Uma mulher que lhe fazia sentir desejo e ternura. – Você está com fome?

Ela franziu o cenho.

– Acredito que sim.

Ele se levantou da cama.

– Vou encontrar o caminho até a cozinha e roubar alguma comida.

– Não é preciso roubar. Temos sopa no fogão, carnes frias, queijos e pão na despensa. Se a Senhora Powell estiver lá, ela vai flertar contigo.

– Espero que sim. – Ele aventurou um sorriso. – Não gostaria de pensar que perdi o jeito. Vou trazer uma bandeja, vamos comer, dormir bem, ou seja, não completamente vestidos, e amanhã vamos decidir como nos divertir em Londres.

– Vou gostar disso. – Ela pegou na mão dele, o olhar intenso. – E, antes de dormirmos, quero que me ajude a esquecer, nem que seja por pouco tempo.

Ele nunca tinha recebido uma honra maior na vida. Suspeitou de que nunca conseguiria.

– Será como desejar, minha Senhora Raposa. Esta noite daremos um ao outro o dom do esquecimento. – Ele beijou a mão dela antes de a soltar relutantemente. – E, amanhã, estaremos um dia mais longe dos nossos demônios.

Cassie acordou com um sorriso na manhã seguinte, a cabeça dourada de Grey em seu peito, e o braço ao redor de sua cintura. Ele tinha sido o mais generoso, apaixonado e feito o melhor para separá-la de suas lembranças atormentadoras. E tinha conseguido. Ela se sentia mais leve e mais livre do que jamais havia se sentido. O passado não podia ser alterado, mas agora parecia mais como... o passado.

Sua noite não tinha envolvido longas horas de sono, mas Cassie e Grey estavam de bom humor para um passeio despreocupado por Londres. O sol tinha até aparecido para eles, o que Cassie achava um bom presságio.

Partiram cedo para o mercado vizinho de Covent Garden. Lá eles beberam chá quente fumegante e comeram pães doces de uma barraca, enquanto observavam carros de comida fresca passando para abastecer a cidade. A agitação alegre, e os cheiros de vegetais e flores matinais, eram um agradável contraste com os aromas habituais da cidade. Com a primavera chegando, o mercado estava cada vez mais movimentado e radiante.

Quando já tinham visto o suficiente do mercado, embarcaram na carruagem simples que Kirkland fornecera. O cocheiro os conduziu pela cidade, para o oeste, por uma rota tortuosa que os levou por muitos dos grandes marcos de Londres, desde igrejas e palácios até as praças tranquilas de Mayfair, um rico bairro residencial. Enquanto olhava para os prédios que revestiam a Strand Street, Grey disse:

– Eu já andei ou cavalguei por aqui inúmeras vezes, mas parece novidade e maravilhoso de novo. A Strand me faz lembrar que voltei para casa. Sempre adorei Londres.

– Então você veio ao lugar certo – disse Cassie, com um sorriso. – Conheço uma agradável taberna à beira-mar em Chelsea. Pensei que poderíamos dispensar a carruagem e comer comida inglesa lá, e depois alugar um barco para nos levar de novo rio abaixo.

– Gosto dessa ideia. – Ele parecia atencioso. – Acho que vou pedir ao cocheiro que nos leve à Costain House para ver se a aldrava está levantada e minha família está na cidade.

– Se eles estiverem na casa, vai querer subir os degraus e bater na porta? – perguntou ela. – O regresso do filho pródigo?

O rosto dele se fechou.

– Ainda não.

A aldrava de Costain House ainda não estava de pé, o que poupou Grey de quaisquer segundas intenções, mas Cassie achou que era um progresso o fato de ele estar interessado no paradeiro de seus pais. Depois de passarem por Mayfair, desceram para Chelsea, onde beberam boa cerveja britânica e comeram tortas de carne quente com crostas crocantes.

Quando Grey terminou sua terceira torta, ele disse:

– Se eu tivesse alguma dúvida, esta torta de carne e cebola provaria que estou em casa. – Ele limpou as migalhas do colo. – Estou ansioso para ver a cidade a partir da água.

– Se quiser, amanhã podemos ir para leste, até a Torre de Londres e as grandes docas de embarque. – Cassie levantou-se, sentindo-se plena e satisfeita. – O que você acha daquele barco lá embaixo? Aquele pintado de amarelo.

– O barqueiro parece sóbrio, e eu gosto da cor alegre – respondeu Grey. – Vamos ver a quantia ultrajante que ele vai tentar nos cobrar.

A quantia orçada foi de fato escandalosa, mas não demorou muito para negociarem para uma taxa que satisfizesse a todos. Enquanto o barco deslizava ao longo do rio, Grey disse:

– Muito mais confortável do que o último passeio de barco que fizemos.

– Verdade. – Cassie estremeceu com a lembrança da jornada exaustiva através do Canal. – Olhe, aí vem um barco de galinhas!

Eles passaram por um barco cheio de gaiolas de galinhas barulhentas e indignadas. Uma pequena pena vermelha entrou no cabelo de Cassie. Grey a tirou e a enfiou no bolso, dizendo alegremente:

– Um símbolo da minha senhora! Guardarei esta pena de galinha para sempre.

O comentário diminuiu um pouco o humor de Cassie enquanto ela se perguntava se ele realmente manteria a pena tola. Provavelmente não. Ela não achava que deixaria muitos vestígios na vida dele. Não importava. Estavam desfrutando de um lindo dia agora.

Depois que o barqueiro os deixou, eles andaram o resto do caminho de volta para a Exeter Street. Enquanto Cassie tirava a chave, Grey comentou:

– Estou cansado e ansioso para jantar e ter uma noite tranquila.

Ela adivinhou que estar perto de tantas pessoas tinha causado fadiga nele.

– Você se saiu bem – disse ela ao inserir a chave na fechadura. – Não correu gritando uma única vez.

– O orgulho masculino está de volta – explicou ele. – O desejo de correr aos gritos foi superado pelo meu desejo de não parecer um covarde diante de uma mulher adorável.

Ela revirou os olhos.

– A sua língua dourada certamente se recuperou.

Estavam ambos rindo quando entraram no átrio. A porta que levava à sala de estar à direita estava aberta, e Cassie ouviu uma voz feminina familiar lá dentro. Satisfeita, ela chamou:

– Kiri, é você?

– Cassie! – De cabelo escuro e deslumbrante, Lady Kiri Lawford emergiu da sala de visitas e envolveu Cassie em um abraço. – Já que vamos ao teatro e estávamos na vizinhança, resolvi aparecer com alguns perfumes novos para quando você voltasse, mas não esperava vê-la. Estou tão contente por estar em segurança em casa outra vez!

Cassie riu e abraçou sua amiga com carinho, já que Kiri estava vestida com um elegante traje de noite verde.

– Sou uma mulher misteriosa. Os meus movimentos nunca são previsíveis. – Então ela registou o fato de que Kiri tinha dito "nós".

– Estou contente por ver que voltou a enganar o diabo, Cassie – disse uma voz profunda.

Cassie olhou por cima do ombro de Kiri quando um homem alto e poderoso entrou no hall da sala de estar. Damian Mackenzie estava sorrindo e ficava mais do que atraente em uma roupa formal de noite.

A primeira reação de Cassie foi o deleite. Ela sempre gostara de Mackenzie, e não foi surpresa vê-lo com sua nova esposa.

Sua segunda reação foi *maldição*! Mas era tarde demais para recuar. O olhar de Mac ficou atrás dela e ele parou de se mexer.

– Meus Deus, Wyndham? – Ele respirou. – Ou estou alucinando?

Mesmo sem se virar, Cassie sentiu a tensão de Grey, mas sua voz estava firme enquanto ele avançava.

– É cedo demais para alucinações, Mac. – Ele ofereceu a mão. – Por isso, acho que devo ser real.

O rosto de Mackenzie iluminou-se.

– Kirkland nunca aceitaria você que estivesse morto, e o maldito estava certo de novo. – De forma exuberante, ele agarrou a mão de Grey na sua. – Nunca estive tão feliz por estar errado na minha vida!

Ver Grey ao lado da figura atlética de Mackenzie fez Cassie perceber como Grey ainda estava magro. Mas ele sorriu com prazer genuíno ao apertar a mão de Mac.

– Também estou bastante satisfeito com isso. – Ele se curvou perante Kiri. – E certamente esta magnífica criatura é sua esposa, irmã de Ashton?

– Você é tão bom em elogios como Mackenzie, Lorde Wyndham. – O olhar astuto de Kiri mudou de Grey para Cassie. – Deve estar cansado, para nós o enchermos com perguntas sobre o que aconteceu. – Ela olhou para o marido. – Temos de ir para o teatro. Cassie, posso visitá-la amanhã para pôr a conversa em dia?

– Adoraria vê-la, mas não antes do meio da tarde, já que vamos sair cedo. – Cassie capturou o olhar da amiga. – Não conte a ninguém que estamos de volta.

– Então ainda não voltou oficialmente, Wyndham? – Mackenzie comentou. – Imagino que a adaptação a Londres leve tempo depois de dez anos no estrangeiro.

– Especialmente depois de dez anos na prisão – disse Grey.

Ele e Cassie tinham discutido o que ele diria sobre sua longa ausência, e ele tinha decidido manter a explicação o mais simples possível. Kiri e Mac estavam no círculo interno que poderia saber mais, mas os detalhes poderiam esperar.

– Então não falaremos disso até que o milagre seja oficial. – Mac hesitou. – Há alguma explicação de uma única frase que possa dar para acalmar a minha curiosidade?

A boca de Grey ficou retorcida.

– Fui um tolo, e paguei por isso com dez anos da minha vida.

– Uma mulher estava envolvida? – Quando Grey assentiu, Mackenzie disse: – Uma noite, quando estivermos bêbados o suficiente, vou lhe contar o que é ser tolo por causa de uma mulher que me chicoteou, quase me enforcou e me expulsou do exército.

O sorriso de Grey se tornou genuíno.

– É bom saber que não estou sozinho na minha loucura.

Kiri deu um olhar curioso para o marido. Cassie tinha a sensação de que Kiri conhecia a história, mas ficou surpresa que Mac estivesse disposto a falar sobre aquilo. Mackenzie deve ter adivinhado que partilhar suas falhas faria o velho amigo sentir-se melhor.

Mac colocou a mão nas costas de Kiri para levá-la para fora.

– Se houver algo que eu possa fazer para facilitar o seu regresso, Wyndham, Cassie sabe onde me encontrar.

Quando desapareceram, Grey enrolou o braço em volta de Cassie e a aproximou.

– Obviamente, esta casa não é tão reservada como você e Kirkland pensavam. Eu me pergunto qual será o velho colega de escola que vai aparecer a seguir.

– Não pensei o suficiente no fato de que este é um local de trabalho para Kirkland – disse Cassie, desculpando-se. – Não consigo pensar em nenhum outro colega de escola que possa aparecer, mas pode ser falta de imaginação da minha parte.

– Será que Mackenzie ou Lady Kiri dirão aos outros que voltei dos mortos?

Ela balançou a cabeça com veemência.

– Absolutamente não. A primeira coisa que os agentes de Kirkland aprendem é a discrição.

– Aquela linda criatura com quem Mac se casou é outra agente? – Grey perguntou, surpreso, enquanto subiam as escadas lado a lado. – Aliás, não sabia que Mackenzie se metia nas correntes sombrias do trabalho secreto.

– Não foi muito discreto da minha parte revelar isso – disse Cassie, com pesar. – Embora você tivesse descoberto rapidamente.

– Lady Kiri era uma visita improvável a uma casa de espiões – concordou Grey. Parecia esgotado pelas atividades do dia.

– Pena que tanta gente goste de você – disse ela, abrindo a porta. – Faz as celebrações do seu regresso à vida serem muito intensas.

A expressão de Grey se tornou mais suave.

– Mackenzie foi sempre entusiasmado. Um pouco como um filhote de cachorro grande e simpático. Agora que vi Mac novamente, percebi que deve ter acontecido muito mais sob sua superfície do que quando eu era um jovem inexperiente.

– Isso não é verdade para todos? – Ela desabotoou a capa. – Mais debaixo da superfície do que é visível?

– Não quanto a mim. Eu estava inteiramente na superfície. – Pendurou as capas em seu guarda-roupa. – Não há nada mais substancial do que um pardal.

– Não é um pardal. Um pintassilgo dourado brilhante.

Ele riu.

– Fui corretamente catalogado. Obrigado, Catherine.

As sobrancelhas dele ficaram juntas quando a viu tremer ao usar o nome verdadeiro dela.

– Não vou chamá-la de Catherine se isso a incomoda. Sempre achei um nome adorável, e combina com você. Mas, se provocar muita dor...

– O nome desperta sentimentos profundos, mas não é só dor. – Ela ponderou. – Não quero que o mundo inteiro me chame de Catherine, mas não me importo que o faças às vezes.

– Muito bem, Catherine. – Ele lhe deu um beijo no cabelo. – Cassandra. Cassie. Os nomes se adaptam a diferentes aspectos da sua personalidade.

Ela estreitou os olhos e disse, com ar misterioso:

– Eu sou uma espiã, uma mulher de mil disfarces. Com quem você vai dormir esta noite?

Rindo, ele a puxou para seus braços.

– Todas vocês!

Cassie e Grey estavam decidindo sobre um passeio de barco até Greenwich quando Kirkland apareceu para arruinar o café da manhã.
— O que foi? — Cassie perguntou assim que o viu.
— Sou assim tão óbvio? — disse ele, cansado.
O "sim" de Cassie chocou-se com o "não" de Grey.
— Ainda bem que ainda posso confundir algumas pessoas. — Kirkland aceitou a xícara de chá fumegante que Cassie serviu para ele. Depois de um longo gole, disse: — Receio ser portador de más notícias, Wyndham. Acabei de saber que o seu pai está gravemente doente.
O rosto de Grey empalideceu.
— Em Summerhill?
Kirkland assentiu.
— Não sei pormenores, mas... Disseram-me que a vida dele está quase no fim. Talvez queira reconsiderar visitar a sua família o mais depressa possível.
— Irei amanhã. Pode arranjar uma carruagem?
— Terei uma aqui logo pela manhã.
Grey se virou para Cassie, e o olhar dele ficou frio.
— Você virá comigo? Não consigo lidar com isso sozinho.
Ela arfou.
— Não posso ir com você para a casa da sua família!
Grey pegou na mão dela.
— *Por favor*, Cassie! Preciso de você.
— Se precisa de apoio, leve Kirkland.
Cassie disparou um olhar em chamas sobre o outro homem. Supostamente Wyndham era um projeto de Kirkland, não dela!

– Não é de mim que ele precisa, Cassie. Mas você já fez mais do que o suficiente. – Kirkland se levantou da mesa. – Preciso falar com os Powells, por isso deixarei que vocês dois resolvam isso.

– Muito engenhoso de Kirkland nos deixar discutir em particular – disse Cassie depois que a porta se fechou. – Mas a resposta é a mesma. Levar sua amante para a casa da sua família seria escandaloso sob quaisquer condições, mais ainda quando o seu pai pode estar morrendo. – Sua boca se contraiu. – Ninguém acreditará em um homem como você ao lado de uma mulher como eu.

Grey parecia vazio.

– Por que não?

– Olhe para nós! Um cavalheiro e uma lavadeira. – Furiosamente, ela se levantou e puxou o braço dele, empurrando-o para perto para que pudessem ver seus reflexos no espelho acima do aparador. Grey não só era surpreendentemente bonito como tinha modos aristocráticos. Cassie parecia uma camponesa idosa, incapaz de ser sua criada. – Homens pouco atraentes, mas com dinheiro, podem facilmente encontrar uma mulher bonita, mas homens bonitos com dinheiro não escolhem mulheres simples e envelhecidas.

Ele estudou suas imagens no espelho.

– Estranho. Vejo um homem fragilizado que mal consegue manejar o dia a dia, e uma mulher com o coração de um leão e muito mais bela do que o mundo pode enxergar.

Ela mordeu o lábio, lutando contra o desejo de chorar.

– Pode acreditar nisso, ninguém olhará para nós como você.

Virando-se do espelho para ela, ele disse:

– Concordo que não pode ir como minha amante. Isso seria muito impróprio. Você deve ir como minha noiva.

Cassie achou que estivesse em choque, mas, com isso, sua mandíbula caiu.

– Eu disse a Kirkland que você não estava louco, mas aparentemente eu estava errada!

Ele sorriu.

– Quando estiver mais bem-vestida, ninguém vai questionar o fato de estarmos juntos.

– Mas não há tempo para roupas novas! – disse ela, exasperada ao pensar em seu guarda-roupa. Não havia um único item adequado para ser usado na propriedade de um nobre. A roupa simples e escura que ela mantinha em Londres teria servido a uma viúva de meia-idade de poucos recursos. Nenhuma peça de vestuário poderia afirmar ser elegante ou lisonjeira. – Os vestidos velhos de uma loja de trapos não me transformarão em uma noiva plausível, e não há tempo para mais nada.

Ignorando o comentário dela, ele disse seriamente:

– Você não precisa se casar comigo. Por que diabos você gostaria? Finja ser minha noiva durante uma semana ou duas, até eu me entender com minha família. Depois você pode terminar o noivado e voltar para Londres.

– Você não sabe o que está pedindo. – Ela balançou a cabeça, a garganta apertada. – A minha família não era do seu nível, mas fui educada para ser uma dama. Eu era uma criança quando essa vida acabou. Vivi como uma garota de fazenda, uma prisioneira, uma vendedora, uma espiã, uma dúzia de outras coisas. Eu estaria tão deslocada na sua casa como aquela lavadeira.

– Não acredito nisso – respondeu ele. – Você desempenhou muitos papéis de forma convincente, e este para o qual nasceu. Será apenas por alguns dias, no máximo por duas semanas. Detesto que se sinta desconfortável, mas sei que consegue fazer isso.

Talvez. Mas a ideia de agir como uma nobre senhorita a aterrorizou, e fingir ser a noiva de Grey era ainda pior.

– O risco é grande demais para você – argumentou ela. – E se eu quiser ser condessa e alegar que o noivado é real? Você ficaria preso a mim ou seria apanhado em um escândalo terrível.

– Você não faria isso. – Seus olhos escuros ficaram pensativos. – Embora eu não me opusesse se fizesse. Só não consigo imaginar que você queira.

Não querer se casar com ele? Meu Deus, pensar na possibilidade confundiu sua mente. O fato de ele ainda precisar tanto dela até para estar disposto a sugerir um casamento era a tentação mais perversa que ela já havia conhecido.

Mas, se ela se aproveitasse de sua fraqueza do momento, ambos se arrependeriam.

– Seria muito mais fácil se você confiasse na sua família, Grey – disse ela, tentando parecer calma e razoável. – Não precisa de um estranho em Summerhill em um momento tão difícil.

– Não preciso de um estranho, mas preciso de você, Cassie – ele explicou, calmamente. – E prometeu não me deixar enquanto eu precisar de você. Juro que nunca mais volto a lhe pedir nada, mas, por favor, venha comigo. Tinha razão em dizer que vai ser difícil com a vida do meu pai correndo risco. Se o pior acontecer, uma grande parte da responsabilidade vai cair sobre mim. É muito menos provável que eu fique sob pressão se você estiver comigo.

Ela sabia que tinha sido um erro fazer uma promessa tão grande. Mas lhe dera sua palavra. Mesmo que não o tivesse feito, não podia abandoná-lo agora.

– Muito bem, mas vou precisar encontrar roupas da moda rapidamente.

Uma batida soou na porta da sala de jantar.

– Posso entrar em segurança? – Kirkland perguntou.

– Entre. O menino de ouro voltou a triunfar – disse Cassie. – Vou com Wyndham até Summerhill.

– Ainda bem que está disposta – disse Kirkland, aliviado. – Amanhã, não hoje?

Grey acenou com a cabeça.

– Precisamos de tempo para nos prepararmos. Além disso, o dia extra dá tempo para que uma mensagem seja enviada a minha mãe para que ela saiba que estou chegando. Ela pode decidir se vai ou não contar ao meu pai. Não quero matá-lo com a surpresa.

– Eu cuido disso – disse Kirkland. – Que mais posso fazer para ajudar?

– Vou precisar de mais algumas das suas roupas. – Grey disse. – Preto. Só por precaução.

Kirkland assentiu.

– Do que é que você precisa, Cassie?

– Você pode me levar à casa de Kiri Mackenzie quando sair? – Cassie perguntou. – Ela é a mulher mais elegante que conheço, e rezo para que me torne respeitável até amanhã.

– Claro que sim. Mais alguma coisa?

Grey balançou a cabeça.

– Vou dar uma longa caminhada para poder pensar no estado de espírito adequado.

A sobrancelha de Cassie mostrou um vinco.

– Quer que eu vá com você?

Seu olhar estava sombrio.

– Não, você precisa de um guarda-roupa e eu... preciso ficar sozinho.

Aquilo fazia sentido, já que eles estavam juntos dia e noite desde o Castelo Durand, mas era estranho não estar de olho em Grey. Kirkland, mais pragmático, tirou uma pistola elegante debaixo do casaco e a ofereceu a Grey.

– Espero que se lembre de como usar uma destas.

– Sim. – Grey estudou a arma sem entusiasmo. – Suponho que possa usar isto se necessário, mas o verdadeiro objetivo é que você se sinta melhor sabendo que estou armado.

– Exatamente – disse Kirkland. – Também sugeriria um casaco e chapéu mais baratos.

– Me disfarçando até na minha terra natal – Grey murmurou. Ele deu a Cassie um beijo rápido na bochecha. – Não se preocupe. Eu ficarei bem.

Ela disse levemente:

– Não posso me preocupar um pouco?

– Se acha divertido.

Ao vê-lo partir, Cassie pensou ironicamente que, se ele se matasse nas ruas, pelo menos não teria de ir a Summerhill.

Impacientemente, Grey vestiu um casaco discreto fornecido pelo Senhor Powell, acrescentou um chapéu igualmente sem forma e foi para o leste. Queria esticar as pernas, ver mais de Londres. Recompor-se para poder ser o filho que era preciso em Summerhill.

E, em algum ponto do caminho, ele queria encontrar uma boa luta.

Cassie nunca tinha visitado a casa de Mackenzie, e provou ser um belo edifício mesmo ao lado de seu clube, o Damian's. Enquanto esperava que um criado de libré a anunciasse a Kiri, estudou o mobiliário, vendo detalhes indianos atraentes que deviam ter sido acrescentados pela nova dona da casa.

– Cassie, que prazer! – Lady Kiri entrou no hall de entrada e abraçou sua convidada. – Eu estava escrevendo cartas, entediada. Muito melhor ouvir as suas aventuras!

Cassie deu seu chapéu e capa ao criado de libré e seguiu Kiri até a agradável sala matinal, que incluía uma escrivaninha com papéis e caneta.

– As aventuras podem vir mais tarde – disse Cassie. – Primeiro preciso da sua misericórdia, pois necessito muito da sua ajuda.

– Perfumes? Claro que sim. – Kiri se acomodou graciosamente na cadeira perto de sua mesa e gesticulou para que Cassie se sentasse em frente.

– Muito mais do que perfumes será necessário – disse Cassie ao se sentar na cadeira. – Amanhã tenho de acompanhar Wyndham para ver sua família, sob o disfarce de noiva, e preciso ser transformada em alguém com quem ele possa se casar de maneira plausível.

Os olhos de Kiri se alargaram.

– Você vai ser uma noiva falsa? Por quê?

Cassie explicou tudo muito bem. Quando terminou, Kiri disse:

– Esta é uma missão difícil por muitas razões, certo? Porque desta vez é muito mais do que um disfarce.

– Você pôs o dedo na minha inquietação – disse Cassie lentamente. – Estou muito envolvida com Wyndham para que isto seja fácil. Também... – Ela olhou para seus dedos unidos e percebeu que estava sentindo uma ansiedade muito diferente do medo da morte ou da prisão, uma ameaça constante na França.

– Também...? – Kiri pediu gentilmente.

– Pela primeira vez, devo entrar no mundo para o qual nasci, mas foi perdido – completou Cassie, hesitante. – Sobrevivi ao aceitar que aquele mundo estava perdido e segui em frente, sempre em frente. Agora devo fingir que pertenço àquela vida, e o pensamento é... aterrador. – A garganta dela fechou-se.

– Estou tentando me imaginar na sua situação, e não consigo. Mas vejo que seria profundamente angustiante. – Os olhos de Kiri estreitaram-se. – Isto seria mais fácil se você olhasse no espelho e visse uma estranha em vez de si mesma? Seria mais como representar.

– Talvez... – Cassie mordeu o lábio quando reconheceu outra possibilidade. – Não quero mentir para a família de Grey porque ele terá de viver com eles, então devo usar o meu nome verdadeiro. Assim, se uma tia velha perguntar sobre a minha família, posso dar uma resposta real em vez de inventar algo e possivelmente ser apanhada.

Kiri percebeu que ela usava o nome pessoal de Grey, mas não fez comentários.

– Posso mandar imprimir cartões hoje para que a ajude no seu personagem.

– Consegue fazer cartões em um dia? – Cassie perguntou, incrédula.

– Há muitas vantagens em ser filha e irmã de um duque – explicou Kiri. – Aqui estão o lápis e o papel. Escreva o que os cartões devem dizer.

Cassie escreveu seu nome de nascimento pela primeira vez em quase 20 anos.

– Isto parece estranho. Já não sou Catherine St. Ives.

– Parte de você é, apesar de tudo o que aconteceu. Pode não ser uma coisa má conhecer melhor Catherine. – As sobrancelhas de Kiri ficaram arqueadas quando ela viu o que Cassie tinha escrito. – A seguir, a aparência. Essa coloração de cabelo que você usa pode ser lavada? Não só a cor é feia como enfraquece seu cabelo.

– A cor pode ser lavada com vinagre, mas não quero a minha cor natural. – Cassie fez uma careta. – É um vermelho intenso que foi a ruína da minha infância. Fiquei feliz por ter um motivo para tingir de castanho. Não vejo a cor original desde criança.

A cor tinha desaparecido quando ela estava na prisão. Após sua fuga, ela havia usado um cachecol e evitado espelhos até que pudesse fazer e aplicar um lote de coloração.

– Se quer criar um personagem que não seja o seu, que melhor lugar para começar do que com o cabelo de Catherine St. Ives? Terá escurecido ao longo dos anos, por isso será um tom de vermelho menos alarmante agora. – Kiri fez uma anotação em sua lista. – Roupas. Você vai precisar de pelo menos dois bons vestidos de dia, outro para usar à noite e um traje de equitação. Mais as peças de roupa de baixo, sapatos e capas e outros acessórios.

Cassie suspirou.

– Que será impossível obter até amanhã. Pelo menos, não roupas da categoria que o personagem exige. Ainda mais roupas intermediárias. Serão difíceis em tão pouco tempo.

– Bobagem. A minha irmã, Lucia, tem um tamanho semelhante ao seu. Vou pedir que mande vários vestidos que ela possa dispensar e que sirvam para a sua coloração. Convocarei também a esplêndida Madame Hélier, modista de todas as mulheres da minha família. Ela pode ter terminado parcialmente roupas que lhe serviriam, e tem costureiras que podem fazer pequenas alterações. – Kiri sorriu. – Isso vai ser tão divertido!

– Aposto que você gostava de brincar com bonecas quando era pequena – disse Cassie, secamente.

– De fato, sim. Eu as transformava em belas rainhas guerreiras.

Cassie não teve problemas em imaginar aquilo.

– Iguais a você? Não sou nem bela, nem uma rainha guerreira.

Os olhos de Kiri brilhavam.

– Você será quando eu terminar tudo.

Cassie revirou os olhos.

– Começo a pensar que ter vindo aqui foi um erro.

– Prometo que vai me agradecer por isso mais tarde. – Os olhos de Kiri estreitaram-se. – Acha que está pronta para usar o perfume que eu criei para você?

O coração de Cassie se agitou enquanto pensava em rosas e incenso, sonhos perdidos e a noite mais escura. Estava pronta para tanta verdade? Ela disse:

– Talvez... eu esteja

– Não vai se arrepender. De verdade – disse calmamente a amiga. – Agora me deixe cuidar destas anotações para chamar minhas tropas, e depois vamos trabalhar nesse cabelo!

31

Grey dirigiu-se para leste, atravessando Londres, em um ritmo acelerado. Precisava queimar a efervescente ansiedade provocada pelo seu iminente retorno à casa da família.

Depois de anos de cativeiro e semanas de viagem a cavalo, barco e carruagem, sentiu-se bem em esticar as pernas. Ele também descobriu um novo tipo de liberdade por não ter ninguém sabendo onde estava. Para sua surpresa, era bom estar sozinho. Após dez anos de confinamento solitário, ele estava faminto por contato humano e descobriu que as multidões o deixavam em pânico. Só com Cassie se sentia verdadeiramente confortável, embora pudesse administrar alguns amigos como Père Laurent, Lady Agnes ou Kirkland.

Ele esperava poder recuperar Régine rapidamente. Precisava da companhia dela porque em breve não teria Cassie. Sentia uma dor tão profunda com a possibilidade de viver sem ela, que não tinha palavras para descrever. Mas, mesmo com sua bondade extraordinária, não conseguia esconder a impaciência para se libertar das tarefas maternais e poder voltar ao seu verdadeiro trabalho. Grey sentia um pouco de vergonha de cobrar sua promessa de ficar com ele o tempo que fosse necessário e que o acompanhasse até Summerhill. Apesar de não ter vergonha suficiente a ponto de se arrepender de ter pedido.

Com o pai gravemente doente, é claro que ele deveria voltar para casa. A perspectiva já era paralisante, mesmo antes de saber da doença do pai. Agora era pior. Ele não duvidava de que eles o acolheriam. O problema era enfrentá-los. Mais do que seus amigos de toda a vida, sua família tinha expectativas e recordações dele. Eram as pessoas que ele mais magoaria. Grey não podia suportar a ideia de magoá-los, ainda mais por estar tão diferente do que eles se lembravam. A situação tornou-se muito mais difícil devido à doença crítica de seu pai. Se Lorde Costain morresse... Grey tremeu, sem querer pensar nisso.

Ele suspeitou de que, uma vez terminado o choque inicial de sua família e dadas todas as explicações, ele seria capaz de administrar, com a ajuda de Cassie. Então ele se prepararia para o desafio ainda mais devastador: ter que se despedir dela.

Grey deixou de lado suas preocupações sobre o retorno para casa e se concentrou na cidade. Tinha chegado ao trecho movimentado do Tâmisa chamado Piscina de Londres, que se estendia para leste a partir da Ponte. Havia um bosque de mastros de veleiros ancorados a dois e três metros de profundidade no cais público. Marinheiros de muitas nações caminhavam pelas ruas, e aromas e sotaques exóticos se sobrepunham aos cheiros usuais da cidade.

Ele descobriu que as multidões não o incomodavam tanto enquanto ele permanecesse nos limites. Aparentemente, seu medo das multidões estava diminuindo. Grey andou ao longo do cais, estudando os navios. Uma vez ele sonhara embarcar em um navio assim e navegar para terras distantes. A França tinha sido sua primeira aventura a partir da Inglaterra. Mas não tinha sido bem-sucedido. Perguntou-se se alguma vez recuperaria esse desejo de viajar. No momento, a ideia de nunca sair da Grã-Bretanha era imensamente atraente.

Ele caminhou e explorou os lugares durante horas. Era bem tarde antes que percebesse que deveria realmente comer. Estava passando por uma taberna chamada Três Navios, que parecia ser um lugar tão bom quanto qualquer outro. Grey entrou, inalando o sabor do lúpulo e da boa cerveja inglesa misturada com o cheiro de peixe, carne e assado. Inglaterra. Ele estava em casa.

Oito ou dez homens estavam reunidos em pequenos grupos na sala de jogos. Estivadores, a julgar pelo olhar. Kirkland tinha dado dinheiro a Grey para ajudá-lo, até que tivesse seus assuntos resolvidos. Em um clima de gentileza inconsequente, Grey chamou o senhorio:

– Estou de volta à Inglaterra depois de muitos anos no exterior, então vou oferecer a cada homem aqui uma bebida. Incluindo uma para o senhor. – Ele colocou moedas no balcão.

Isso levantou um murmúrio de aprovação dos outros clientes. Um homem mais velho grisalho levantou sua jarra cheia.

– À sua saúde, senhor, e bem-vindo a casa!

A maioria dos clientes retirou suas bebidas com agradecimentos, mas a boa vontade não era geral. Um estivador particularmente corpulento zombou:

– O que faz uma enseada de luxo como você na nossa taberna?

Lá se foram os efeitos disfarçados de um casaco e chapéu sem forma.

– Comprar cerveja para os meus colegas ingleses – disse Grey, suavemente. – Você gostaria de uma?

O homem cuspiu.

– Eu não preciso de nada de um cavalheiro como você.

– Que tipo de idiota não quer cerveja de graça, Ned? – Estou feliz por beber à saúde do cavalheiro.

O olhar expressivo que ele lançou para sua jarra fez Grey colocar mais moedas no balcão.

– A segunda rodada para aqueles que querem.

Isso serviu para todos, exceto para Ned. Ele cambaleou até Grey, cheirando a gin azedo.

– Não preciso de você aqui, jogando o seu dinheiro no ar!

Usando sua voz mais arrogante, Grey disse:

– Eu acredito que você esteja procurando uma briga. Estou certo?

– Pode apostar que sim! – Ned deu um soco furioso no ar.

Uma alegria feroz percorreu as veias de Grey. Ele estava desesperado para esmagar seus punhos em alguém, e finalmente sua oportunidade chegara.

Ele se desviou para o lado, para não ficar preso contra o bar. Ned era mais alto e três ou quatro toneladas mais pesado, mas sua luta era baseada na força, não na habilidade. Grey facilmente bloqueou ou evitou seus socos enquanto acertava vários bons golpes.

Quando Ned oscilou depois de um golpe particularmente selvagem e ficou desequilibrado, Grey pegou seu pulso e em seguida virou o homem de costas. Ned abaixou com um poderoso *Ooof!*

– Vão lá para fora! – o senhorio gritou.

Grey se equilibrou levemente em seus dedos dos pés, pronto para se mover em qualquer direção.

– Já teve o suficiente?

– Não, por Deus! – O estivador se aproximou de seus pés. – Nenhum cavalheiro magricela como você pode derrotar Ned Brown!

– Então vamos lá para fora. – Grey fez uma reverência que sabia que iria irritar o estivador, então saiu antes que Ned pudesse atacar novamente.

Eles retomaram sua luta na rua sinuosa. Os clientes da taberna Três Navios os seguiram, cervejas na mão e apostas para o desfecho. Ned era aparentemente um lutador de rua bem conceituado e o favorito no início sobre o "cavalheiro magricela".

Mas Grey tinha sido bem treinado em Westerfield, onde a luta com outros jovens era o esporte favorito. Mais tarde, tivera aulas de boxe no *Jackson's Saloon* antes de viajar para a França. Seus músculos se lembravam das manobras, golpes e chutes.

Ele advertiu a si mesmo de que aquela não era uma luta até a morte, apenas uma briga de taberna, um escape para suas emoções agitadas. Embora tivesse cuidado para não causar danos reais, ele ostentava glória na liberação física.

Ned conseguiu interagir com alguns golpes de relance que deixariam hematomas, incluindo um na face de Grey, mas ele era mais rápido e mais ágil. Quando Ned começou a ofegar perigosamente, Grey decidiu que era hora de acabar com a briga.

Ele jogou Ned de barriga para baixo, colocou um joelho nas costas do estivador e torceu o braço do homem atrás das costas.

– Lutou bem, senhor! – ele disse. – Quer que eu quebre seu braço ou lhe pague uma bebida dentro do Três Navios?

Depois de uma pausa assustada, Ned riu rouco.

– Você é o sujeito mais maldito, mas com certeza pode lutar. Eu vou querer a bebida.

– Você provavelmente está certo sobre o maldito. – Grey libertou Ned. Quando o grande homem se levantou, os dois levaram todos de volta para a taberna. O homem mais velho perguntou: – Onde você esteve no estrangeiro?

– França. – Grey tomou um gole de cerveja, testando o que sentia sobre dizer mais. Como aqueles homens eram estranhos, ele decidiu continuar. – Dez anos sangrentos em uma prisão francesa.

O homem grisalho deu um assobio baixo.

– Não admira que esteja tão feliz por chegar em casa! Um brinde a um futuro saudável aqui na Inglaterra!

Até mesmo Ned brindou a isso. Grey pagou várias outras rodadas, reduzindo sua parte. Ele sempre fora bom em falar com homens em todas as posições sociais, e descobriu que não tinha perdido o jeito.

Quando sua cabeça começou a se sentir desconectada do corpo, era hora de sair. A noite estava chegando e ele queria voltar para Cassie. Ele esvaziou a jarra, depois gritou:

– Meu obrigado aos senhores por me ajudarem a celebrar o meu regresso ao lar.

Ele deixou a taberna seguido de um coro de convites para voltar ao Três Navios a qualquer momento. Talvez fizesse isso. Tudo tinha sido abençoadamente descomplicado.

O que não aconteceria em Summerhill.

Grey seguiu direto para casa, mas estava quase escuro quando chegou à Exeter Street. Mesmo com os pés doloridos, estava assobiando e satisfeito com a vida. Na maioria dos casos, tinha sido um dia perdido – mas ele se sentia mais capaz de enfrentar Summerhill.

Seu passo se acelerou enquanto subia os degraus até a porta da frente. Com certeza Cassie já estaria de volta. Era absurdo ansiar tanto pela sua companhia quando tinham se passado apenas algumas horas, mas o mundo parecia perfeito quando ela estava por perto.

Ele precisou se esforçar um pouco para encontrar a chave da casa. Provavelmente deveria ter parado uma bebida ou duas antes. Finalmente conseguiu abrir a porta e entrou no átrio iluminado por uma lâmpada.

Grey estava tirando o casaco quando ouviu passos leves descendo a escada. Os passos pareciam com os de Cassie, então ele olhou para cima com esperança, mas a mulher era uma estranha.

Era uma mulher atordoante, com cabelos avermelhados brilhantes e uma figura esplêndida. Apesar de Grey estar desinformado sobre a moda atual, ele reconheceu que o elegante vestido azul esverdeado deveria ter vindo de uma das melhores modistas de Londres. Era preciso talento para fazer uma mulher parecer feminina e ao mesmo tempo profundamente provocante.

Ela deveria ser uma das agentes de Kirkland. Se assim fosse, aquele decote deixava claro como conseguia informações do inimigo. Tentando não olhar muito obviamente para o pescoço da jovem, ele se curvou o melhor que pôde sem cair.

– Boa noite, senhorita.

Ela parou a três passos do fim da escada e disse, em uma voz aristocrática e fria:

– Me desculpe, senhor, já fomos apresentados?

Aquela voz... Ele arfou. A altura e as proporções perfeitas, os traços delicados e vulneráveis, os olhos azuis com profundidades desconhecidas.

– Cassie? – perguntou, incrédulo.

– Estou surpresa que você tenha me reconhecido, considerando o lugar para onde estava olhando – ela disse, com divertimento terno.

– *Cassie.* – Ele avançou e a abraçou. Como ela estava em pé na escada, os braços dele contornaram sua cintura e ele descansou a cabeça na deliciosa suavidade dos seus seios. Lilás e flores de rosas e outros aromas que ele não conseguia identificar, todos eles se somando para fazer com que ela cheirasse ainda mais como Cassie. – Senti sua falta.

Sorrindo, ela passou os braços ao redor do pescoço dele.

– Só se passaram algumas horas.

– Muitas horas. – Ele deslizou uma mão sobre o traseiro perfeitamente curvo. Sim, tudo estava como deveria estar.

– O que você acha das minhas plumas finas? – ela perguntou, timidamente.

Ele recuou e olhou para ela dos cabelos brilhantes até os pés calçados, sem perder nada no meio.

– Eu sinto um desejo intenso de fazer amor louco e apaixonado com você – ele disse, com total sinceridade.

– Você faz isso mesmo quando eu pareço uma lavadeira. – A sobrancelha dela estava sulcada. – Sério, eu pareço adequada para ser sua noiva?

Vendo a preocupação dela, ele se obrigou a se concentrar. Talvez alguns não dissessem que Cassie era uma beleza porque não tinha traços classicamente perfeitos, e aquele cabelo avermelhado espetacular parecia nitidamente malicioso. Mas ela deixava que sua força, cordialidade e inteligência mostrassem, e, para ele, Cassie era a mulher mais bonita que já tinha visto.

Bonita, e muito mais.

– Você é cada centímetro de uma dama refinada – ele disse, seriamente. – Você sempre foi linda. Deixar o mundo ver essa beleza deve fazê-la se sentir mais confiante, e isso a torna ainda mais bonita. Mas estou com um pouco de ciúme porque agora todo mundo vai vê-la como eu vejo.

– Estou contente por ter um aspecto suficientemente feminino. – Ela passou os dedos pelos cabelos dele, sua Cassie, apesar da nova aparência. – No entanto, você não está falando coisa com coisa e cheira a cerveja. Está bêbado?

– Sim – ele disse mansamente.

Ela tocou na face machucada dele.

– Você estava brigando?

– Sim, mas eu ganhei.

– O que você ganhou?

– O direito de comprar uma cerveja para o sujeito.

– Suponho que isso faça sentido para os homens. – O riso dela era suave. – Você está feliz?

Ele suspirou e a puxou para mais perto. Decote encantador. Lindo vestido. Ele queria tirá-lo.

– Sim. Especialmente agora que você está aqui. Gostaria de subir para que eu possa fazer amor louco e apaixonado com você?

– Mais tarde, talvez. No momento pretendo alimentar outro apetite – disse ela. – Os Powells servem o jantar para todos os residentes, e Kirkland pretendia passar por aqui se tivesse tempo. Junte-se a mim. Você precisa de um pouco de comida e de um café forte.

– Espero que esteja certa. Acredito que tenha esquecido de comer.

– É bom que você seja um bêbado feliz e não um malvado. – Ela desceu os últimos degraus. – Meu senhor, pode me dar seu braço para me levar para jantar?

– Deixe-me ver se me lembro como era ser um cavalheiro. – Ele fez uma reverência sem cair, depois se endireitou e ofereceu o braço. – Você me daria a honra...

Como ela se aproximou, ele acariciou seu cabelo, apreciando a maciez da seda. O ruivo brilhante tinha de ser natural, pois para ela se adequava muito melhor do que a aparência do castanho maçante.

– Como você conseguiu se transformar tão rapidamente?

– Kiri fez tudo. Eu apenas obedeci às ordens dela. A irmã de Kiri tem o meu tamanho e contribuiu com vários vestidos lindos. A própria modista de Kiri veio pessoalmente com algumas roupas parcialmente confeccionadas, e trouxe costureiras para alterações rápidas. Kiri até conseguiu gravar e imprimir cartões para mim. – Ela tirou um cartão de sua pequena e delicada bolsa e o entregou a Grey. – A tinta ainda está úmida, mas parece muito boa.

– Estou surpreso por ver você carregando uma bolsa pequena demais para esconder uma arma – ele comentou enquanto segurava o cartão.

– Eu tenho armas escondidas em outro lugar – ela garantiu, com diversão nos olhos.

Ele olhou para o cartão, então o leu novamente, assustado.

– A *Honorável Catherine St. Ives*. Seu pai era um nobre? Você sempre disse que era de uma classe inferior da sociedade. Na verdade, você disse que sua família não era da minha categoria.

Ela deu de ombros.

– Meu pai era um mero barão, o terceiro Lorde de St. Ives. Nós somos comerciantes de ações, não antigos, prestigiados e ricos como o condado de Costain.

– Próximo o suficiente. Você tem origem nobre.

Era outra peça do quebra-cabeça de quem era Cassie Fox. Ou melhor, Catherine St. Ives. Retornando aos seus tempos de infância depois de passar uma vida inteira como camponesa e vendedora, tinha de ser... extremamente perturbador.

– Isso não significou nada quando eu estava limpando galinheiros na França – disse ela, secamente. – E significa ainda menos agora.

– Seu irmão teria sido o herdeiro – disse ele. – Quem herdou em vez disso? Ou não havia herdeiros, então o título foi suspenso?

– Meu pai tinha um irmão mais novo e três filhos. Os dois mais velhos tinham mais ou menos a minha idade. – Ela fez um gesto de desdém. – Não faltaram herdeiros.

– Você nunca escreveu para seus primos? – ele perguntou. – Certamente eles ficariam felizes em saber que você sobreviveu.

– Catherine St. Ives *morreu* – ela disse, impaciente. – E ela continuaria morta, com exceção da ressurreição dela para a próxima semana ou duas, que me fará uma noiva mais convincente. Quando eu deixar Summerhill, ela voltará à sua sepultura francesa, desta vez para sempre. – Ela girou no calcanhar. – Chega dessa bobagem. Estou com fome.

Enquanto se dirigia à sala de jantar, Grey colocou o cartão no bolso. Ela poderia não estar interessada em sua própria família, mas ele estava. Teria uma conversa com Kirkland.

Ele a agarrou e ofereceu seu braço novamente. Ela colocou a mão levemente em seu antebraço e eles caminharam para a sala de jantar como se estivessem entrando em um grande baile. Kirkland, Senhor e Senhora Powell e uma jovem não identificada estavam sentados à mesa em estilo familiar.

Todos ergueram a cabeça quando Grey e Cassie entraram. Houve um silêncio chocante enquanto todos, particularmente os homens, olhavam para Cassie.

Kirkland foi o primeiro a levantar-se.

– Senhorita Fox. – Ele inclinou a cabeça e se permitiu um pequeno sorriso. – Eu sempre soube que você era brilhante no disfarce, mas não reconheci que seu maior disfarce estava escondendo sua beleza natural.

– Imagine – ela disse, sem animação. – O crédito é de Lady Kiri e das ajudantes que ela convocou para me transformar. – Enquanto Grey puxava uma cadeira para Cassie, ela continuou: – Eu não sou Cassandra Fox no momento. Decidi usar meu nome de nascimento para melhor me adequar a esta encenação em particular. – Ela deu a Kirkland um cartão.

Seu rosto ficou imóvel.

– Seu pai era o terceiro Lorde St. Ives?

Ela assentiu, sua expressão neutra. Quando ela não disse mais nada, Kirkland continuou:

– Já que você está viajando para Dorset como uma dama, precisa de uma criada, então um dos meus associados vai assumir esse papel. – Ele fez um gesto para a jovem ao seu lado.

– Senhorita St. Ives, posso apresentar-lhe a Senhorita Hazel Wilson? Eu acho que você vai descobrir que ela tem as habilidades usuais de uma dama de companhia, e outras mais também.

– Estou feliz em conhecê-la, Senhorita Wilson – Cassie disse, formal. – Obrigada por assumir essa posição em tão pouco tempo.

– Chame-me Hazel, senhorita – disse a jovem, com sotaque londrino. Ela se levantou e se curvou. Tinha o cabelo castanho e um rosto agradável, se não fosse discreto. Os olhos azuis mostravam humor e inteligência. – Esse seria o Lorde Wyndham, presumo?

Grey se curvou com o respeito devido a um dos agentes de Kirkland.

– De fato sou, Hazel. Obrigado por sua disposição de deixar Londres para os selvagens de Dorsetshire.

Hazel balançou a cabeça.

– Estou ansiosa por pentear o seu lindo cabelo, senhorita!

Cassie corou.

– Eu odiava meu cabelo ruivo quando era menina. Me chamavam de Cenoura.

– Qualquer garota que a tenha provocado estaria agora com inveja, e os garotos estariam definhando pelo seu sorriso – Grey disse enquanto tomava seu próprio lugar.

– Sua língua de ouro está em bom estado de funcionamento – ela retrucou, com divertimento.

– Ele tem razão, senhorita! – o Senhor Powell falou.

– Eu acho que a jovem está mais interessada na torta de carneiro do que em elogios – a senhora Powell disse, dando ao marido um olhar severo. – Se você passar o seu prato, eu vou enchê-lo.

Grey e Cassie obedeceram. Enquanto cheirava a torta quente, ele percebeu que iria gostar mais daquela comida simples do que das refeições elaboradas servidas na casa de seus pais.

Embora sua aparência fosse mais uma vez a de um cavalheiro, ele estava muito longe do jovem Lorde Wyndham, que havia deixado Summerhill dez anos antes.

32

Londres estava escura quando saíram, na manhã seguinte. A viagem para Summerhill poderia ser feita em um dia se as estradas estivessem secas, mas foi um longo dia, com inúmeras mudanças de cavalos. Cassie e Hazel falavam ocasionalmente, mas Grey olhava pela janela, relutante em falar enquanto observava a paisagem familiar que passava.

Quantas vezes ele tinha feito aquela viagem? *Muitas...* Conhecia cada cidade e vila, cada estalagem, e tinha conhecido alguns garçons amigáveis nessa rota também.

Ele gostou de ver pontos de referência como a torre da Catedral de Salisbury, mas sua tensão aumentava a cada milha. Se seu pai morresse quando Grey poderia ter estado lá se não tivesse tirado um dia extra a fim de se preparar mentalmente para a viagem...

Mas ele e Cassie haviam precisado daquele dia de diferentes maneiras, e sua família se beneficiaria com o aviso antecipado do retorno de Grey dos mortos. Embora sua mãe pudesse escolher esconder as notícias de seu pai, ela contaria a Peter e Elizabeth. Com certeza já estavam crescidos, mas, em sua mente, ainda eram crianças.

Sua família o acolheria, ainda que estivesse também desapontada com ele. Uma vez transcorridos os primeiros dias, tudo ficaria bem. Isso,o ele disse isso a si mesmo repetidamente. Entre as orações pela sobrevivência de seu pai.

Estava escuro quando finalmente chegaram à propriedade. Quando a carruagem entrou pelo portão, seu coração estava latejando e ele percebeu que estava apertando a mão de Cassie. *Summerhill, Summerhill, Summerhill!*

A extensa e arborizada estrada até a casa declarou sem palavras a longa história da riqueza e do poder de Costain. Ele se confortou com o pensamento de que era apenas um galho ligeiramente dobrado em uma árvore genealógica saudável.

Quando a carruagem parou sob a porta de entrada, no lado leste da casa, Grey disse em voz alta:

– Esta casa é bastante nova, tem menos de 100 anos. Muito mais confortável do que a construção original.

– Eu me sentirei confortável com os rascunhos históricos qualquer dia desses – disse Cassie, com leveza, enquanto ele a ajudava a sair da carruagem. Ele sentiu tensão na mão com luvas, mas ela a escondeu bem.

Agora que tinha uma aparência elegante, ela possuía o soberbo estilo francês. Em cada centímetro, parecia ter o tipo de beleza aristocrática com quem um homem como ele deveria se casar. No entanto, ela era muito mais.

– *Courage, mon enfant* – ela sussurrou em francês em um sopro.

– E você também, *mon petit chou* – ele sussurrou de volta. – Pelo menos aqui nossas vidas não estão ameaçadas. Só o nosso orgulho e sanidade.

Seu rosto brilhou com risos suprimidos.

– Já que você coloca assim... – Ela pegou seu braço e eles caminharam até a porta, onde ele empunhou a aldrava de latão maciço. Tinha a forma de um golfinho, um sinal do mar que jazia do outro lado da colina.

Houve uma longa espera e Grey bateu de novo, muito consciente de que a morte do dono da casa causaria esse tipo de perturbação. Finalmente, a porta foi aberta por uma jovem criada da casa. Seu olhar passou pelos visitantes sem nenhum reconhecimento além de ver que eles obviamente eram bem-nascidos. Ela fez uma reverência um pouco irregular.

– Você é esperado, senhor? Madame?

– Somos – respondeu Grey. – Lady Costain foi notificada da nossa visita. Por favor, diga-lhe que chegamos.

– Muito bem, senhor. Se quiser esperar na pequena sala que fica aqui, eu informarei a senhora. – A jovem fez outra reverência rápida e se desviou sem perguntar seus nomes.

A sala estava fria e mal iluminada. Demasiado inquieto para se sentar, Grey pegou uma caixa de metal da lareira e a acendeu.

– Os padrões de manutenção da casa baixaram – disse ele. – Essa jovem não foi bem treinada.

– Obviamente, receber convidados não é o seu trabalho habitual.

Tranquilamente composta, Cassie se instalou em uma cadeira coberta de brocados.

Ele se endireitou quando o fogo pegou e pequenas chamas apareceram.

– Você acha que isso significa que o meu pai está... – Sua garganta se fechou e ele não pôde continuar.

– Não há razão para acreditar que ele se foi – disse ela, rapidamente. – E não vale a pena se preocupar. Vamos descobrir em breve.

Mais espera. Grey estava tentado a ir em busca de sua mãe, mas, antes que a última gota de sua paciência desaparecesse, a porta se abriu e ele ouviu a voz dela dizendo:

– Você deveria ter anotado os nomes, minha filha.

Lady Costain entrou na sala, seguida pela criada. Ela ainda era alta, loira e linda, embora parecesse tensa, como se estivesse carregando muitos fardos.

Grey acreditava que nunca mais a veria, e o fato de ela estar ali, agora, o paralisava. Meio com medo de que ela fosse um sonho e desaparecesse, ele conseguiu sussurrar:

– Mãe.

Ela disse bruscamente:

– Peço desculpas por... – Seu olhar chegou a Grey e ela ficou paralisada. A cor sumiu de seu rosto. – Não, não é possível! – ela sussurrou. Então ela desmaiou.

– Mãe! – Horrorizado, Grey correu para o lado dela e caiu de joelhos, embalando-a nos braços. – Mãe, sou eu, não um fantasma!

– Traga seus sais rapidamente – Cassie ordenou à criada. – Há outros membros da família disponíveis?

– O Senhor Wyndham está aqui – respondeu a jovem.

Senhor Wyndham? Peter devia ter assumido o título quando Grey fora dado como morto. Grey disse:

– Mande-o para cá imediatamente. Diga-lhe que sua mãe está indisposta. – Carinhosamente ele ergueu a mãe até o sofá, então estendeu uma manta de malha sobre ela. A mãe parecia tão cansada, com linhas no rosto que não estavam lá dez anos antes. Mas era mesmo ela. Sua mãe irônica, paciente e amorosa. Ele segurou as lágrimas.

Os olhos de Lady Costain se abriram para ver Grey se inclinando. Ela fez um som sufocado e levantou uma mão trêmula para tocar seu rosto.

– Você... você é real?

Ele pegou a mão dela e a segurou.

– Sim. – Um pulso bateu forte na garganta dele. – Não recebeu a mensagem que Lorde Kirkland enviou ontem? Eu queria evitar chocar a todos assim.

Seu olhar penetrou no rosto dele, tão ansioso quanto ele.

– Uma mensagem chegou, mas não me dei ao trabalho de abri-la. Ele escreve de vez em quando para dizer que não encontrou nenhuma informação sobre você, e que continua procurando. Com seu pai doente, eu não poderia me incomodar em ler isso.

– Lá se foram as minhas boas intenções – disse ele, pesarosamente, enquanto a ajudava a se levantar. – Desculpe, eu queria poupar você disso.

– Quando eu o vi aqui, eu... Eu tive o horrível pensamento de que você era um fantasma que veio para guiar seu pai para o céu. – Ela o puxou para um abraço enquanto as lágrimas corriam por seu rosto. – Tantas oportunidades para ignorar uma mensagem! Oh, Grey, Grey!

Passos pesados foram ouvidos e um jovem perturbado invadiu a sala.

– Mãe, você está bem?

Grey endireitou-se e viu... ele mesmo aos 20 anos. Ou muito próximo disso. Peter tinha atingido a altura do irmão, era loiro e bonito de cortar o coração. Seu rosto parecia projetado para o riso – ele sempre fora uma criança alegre –, mas estava exausto, preocupado agora com a mãe e o pai.

Peter escorregou até parar, seu olhar atônito passando da mãe para o irmão perdido há muito tempo.

– Grey? – perguntou ele, desconfiado. Com incredulidade no rosto, aproximou-se, o olhar fixo. – Você deve ser um impostor! Meu irmão está morto há dez anos.

– Desculpe desapontá-lo, Peter – Grey disse, com um sorriso retorcido. – Eu teria escrito para tirar você dessa ideia, mas a prisão onde eu morava era chocantemente desprovida de amenidades como papel e caneta.

– Meu Deus – Peter respirou enquanto estudava o rosto de Grey. – A cicatriz na sua sobrancelha esquerda, daquela vez que você caiu sobre pedras quebradas e se cortou. É você mesmo!

Grey tocou a marca tênue.

– A cicatriz que eu ganhei quando você me empurrou para baixo no lago, se bem me lembro.

Eles estavam brincando perto da água em um dia quente de verão, e Peter tinha alegremente surpreendido seu irmão mais velho, mas ficou horrorizado quando o corte na testa de Grey sangrou copiosamente. Em retrospectiva, foi uma lembrança feliz, alegre e divertida. Grey ofereceu a mão, hesitante.

– Você se desculpou por dias.

– Eu peço desculpas de novo, se quiser. – Peter pegou sua mão com ambas as mãos e sacudiu com entusiasmo. – Prisão, você disse?

Grey começou a explicar, mas não conseguiu. Seu retorno para casa havia liberado uma torrente de emoções aflitivas. Se tentasse explicar o Castelo Durand, ele se desintegraria completamente. Mas ele prosseguiu:

– Por dez anos. Mais tarde contarei mais, mas não esta noite. Por favor, fale-me de papai! O que aconteceu? Quão doente ele está?

Sua mãe se juntou aos filhos, de novo composta.

– Costain caiu quando estava caçando, e seu cavalo bateu em uma cerca alta. Ele quebrou um osso ou dois, mas o perigo real é uma lesão na cabeça. Ele... ele está inconsciente desde o acidente.

Vários dias, então. Isso era ruim, muito ruim. Grey fechou os olhos por um longo período de tempo enquanto lutava contra o desespero de ter chegado tarde demais.

– Posso vê-lo?

– Claro que sim. Sua irmã está com ele agora. Nós estamos nos revezando. – Os olhos de Lady Costain se estreitaram quando percebeu a presença de Cassie pela primeira vez. – Por favor, apresente-me a sua amiga, Grey.

Ele se virou para Cassie, que tinha ficado em segundo plano. Pegando a mão dela, puxou-a para a frente.

– Permita-me apresentar minha futura esposa, a Senhorita Catherine St. Ives. – Sussurrou um *obrigado* silencioso que sua família não pôde ver. – Cassie, minha mãe, Lady Costain, e meu irmão, Peter Sommers.

O olhar da mãe dele se intensificou enquanto estudava Cassie.

– St. Ives. Você é uma das St. Ives de Norfolk?

Os dedos de Cassie ficaram tensos, mas ela disse, com a calma confiante de um aristocrata:

– Sim, Lady Costain. Mas conheci o Senhor Wyndham na França.

– Onde ela salvou minha vida.

Enquanto falava, Grey viu uma sombra cintilando no rosto de Peter. Ele estava feliz por descobrir que seu irmão estava vivo, mas agora estava percebendo que o título e a herança que tinha considerado seus haviam sido arrancados. Era uma complicação que Grey não tinha considerado, mas deveria. Peter não era mais uma criança, e sim um homem. Não aceitaria ser substituído.

Grey enterrou o pensamento para mais tarde, pois não conseguia lidar com mais ansiedade. *Essa noite não*. Pegando no braço de Cassie, ele disse:

– Presumo que o Lorde Costain esteja nos seus aposentos habituais...

Quando sua mãe assentiu, ele partiu, grato por ter Cassie a seu lado para manter seus nervos tranquilos. Já era ruim o suficiente que a família estivesse olhando para ele, mas os criados espreitavam por trás das portas e pelos cantos. A atenção o fez tremer, mas ele não podia deixar que aquilo acontecesse. Aquela era a sua casa. Ele deveria parecer bem, por mais difícil que fosse.

Havia algo de profundamente irreal em percorrer os corredores familiares, subindo os degraus de mármore com uma mão no corrimão polido que ele usava para deslizar para baixo. No entanto, ao mesmo tempo, Summerhill parecia eterna, os dez anos na França pouco mais do que um pesadelo. Essa desorientação devia ter sido uma das razões pelas quais ele estava relutante em voltar. Se não fosse por Cassie, seria fácil se afogar nas profundezas de sua própria mente.

Seus pais tinham uma enorme suíte no centro da casa. Grey entrou no quarto de Lorde Costain com Cassie a seu lado. Lâmpadas projetavam uma luz suave na forma imóvel do pai. O Conde parecia perdido na cama grande, sua figura poderosa diminuída.

O criado de longa data de seu pai, Baker, estava sentado no lado mais próximo da cama. Ele levantou a cabeça, mal percebendo

Grey enquanto seu olhar admirado se dirigia a Cassie. Então ele viu Peter entrar e sua mandíbula caiu quando olhou de Peter para Grey e de volta.

Grey acenou para ele e circulou até onde uma linda jovem loira estava sentada, a cabeça dobrada e os cabelos dourados amarrados para trás. Senhora Elizabeth Sommers. Sua pequena Beth.

Ele contornou a cama, depois parou. Elizabeth estava amamentando um bebê.

Foi a vez de Grey ficar em choque. A irmãzinha dele era mãe? Mas ela tinha 23 anos agora. Com certeza era idade suficiente para ter marido e filho. Ele lutava pela serenidade, porque nada o tinha conscientizado de quanto tempo havia se passado.

A irmã dele ergueu o rosto e o olhar da jovem fez a mesma viagem de Grey a Peter e de volta. No quarto mal iluminado, teria sido possível supor que Grey era Peter retornando ao quarto do doente, mas, como os dois estavam juntos, a conclusão era óbvia.

A boca de Elizabeth formou um O de surpresa. Ela suspirou:

– Grey?

– Nenhum outro. Como uma moeda ruim, eu voltei.

Ele estava orgulhoso de si mesmo por manter um tom leve enquanto dava um beijo na testa dela. O bebê era loiro como um querubim. Grey não era especialista em bebês, mas tinha certeza de que os elogios agradavam aos pais.

– Quem é essa adorável criatura?

– Minha filha. Sua sobrinha. – A expressão de Elizabeth brilhava de emoção. – Eu dei o seu nome a ela. Grace.

Ele ficou tocado e bastante impressionado por aquele pequeno ser perfeito.

– Um nome melhor para uma filha do que Greydon. Quem é o seu marido? Alguém digno da minha irmã?

Ela sorriu.

– Johnny Langtry.

A propriedade dos Langtry era próxima de Summerhill. Como as duas famílias eram as de mais alto nível naquela parte do condado, sempre tinha havido uma comunicação fácil entre elas.

John Langtry era dois anos mais novo que Grey, e herdeiro de seu pai. Solidamente formado e com um sorriso contagiante, ele era um bom companheiro. Muito mais confiável do que Grey.

– Minx! Você estava de olho nele desde que estava no berçário.

Elizabeth sorriu.

– Johnny nunca teve uma chance. Não que ele estivesse reclamando!

Grey estudou a irmã e a filha, as imagens de uma Madonna loira do Norte e de uma criança.

– Ele é um homem de muita sorte.

– Ele é, de fato – sua mãe disse enquanto se juntava a eles, colocando a mão no braço de Grey como se temesse que ele sumisse. – Você deve estar cansado se veio de Londres hoje, Grey. Vamos descansar na sala de estar para tomar um refresco. Baker pode ficar com seu pai. Todos nós queremos saber o que aconteceu com você por todos esses anos. – O olhar dela foi para Cassie. – E eu quero conhecer minha futura nora.

Grey adivinhou que Cassie se encolhera lá dentro ao ouvir isso, mas o rosto dela permaneceu calmo. Claro que sua família estava louca de curiosidade, mas ele não conseguia responder às perguntas. Naquela noite não. E algumas perguntas ele nunca responderia.

Seu olhar foi para o rosto do Conde.

– Eu quero me sentar com o meu pai. Há coisas que preciso dizer a ele. – Deu um sorriso sem humor. – Mesmo que ele não consiga me ouvir.

– Talvez seja melhor se ele não puder responder – disse Peter, com uma nota em sua voz que não era bem de humor.

Cassie perguntou calmamente:

– Você quer que eu fique?

– Obrigado, mas não. – Grey respirou fundo. – Algumas coisas precisam ser feitas sozinho.

33

—P or favor, chame se houver alguma coisa faltando no seu quarto, Senhorita St. Ives – Lady Costain disse enquanto levava Cassie para um quarto de hóspedes. – Desculpe não ter lido a mensagem de Kirkland ontem. Eu teria tido tempo para me preparar corretamente para você.

– Não precisa se preocupar, Lady Costain. – Cassie se livrou do jantar em família o mais rápido possível para evitar mais perguntas. Tinha sido um dia cansativo, e enfrentar a família Sommers sem Grey ao lado dela fora tenso.

Ela entrou no quarto, imaculadamente limpo e aquecido por um fogo crepitante e silencioso. Os drapeados florais de rosas e as cortinas brilhavam na lamparina, e um vaso de flores da estação estava sobre a mesa.

– Isso é lindo. Fiquei em acomodações muito mais humildes. – Um exagero de proporções enormes. – Grey sabe onde fica o quarto dele, ou seus antigos quartos estão disponíveis?

A Condessa franziu o cenho.

– Tinha me esquecido disso. Peter se mudou para aqueles quartos quando... desistimos de esperar que Grey voltasse. Terei outro quarto preparado para ele ficar aqui esta noite. É tarde demais para mover as coisas de Peter.

– É necessário que Peter se mude? – Cassie perguntou, surpresa.

A mulher mais velha parecia intrigada.

– Peter tem vivido na suíte do herdeiro. Agora que Grey está de volta, ela pertence a ele.

Cassie hesitou antes de dizer:

– Certamente, em uma casa tão esplêndida, há outros aposentos adequados. Até mesmo notícias felizes podem ser perturbadoras. Já que

Peter terá outras grandes mudanças para se adaptar, talvez mudar não seja imprescindível.

A Condessa franziu o cenho.

– Eu entendo o seu ponto de vista. Vou discutir isso com Grey antes que qualquer plano seja finalizado. Ele tem o direito de pedir seu antigo quarto de volta. – O olhar de Lady Costain se voltou para Cassie. – Eu não queria ter essa discussão na frente de Peter e Elizabeth, mas me pergunto sobre seu passado. A família St. Ives não se mistura muito no belo mundo, mas tive a impressão de que só havia filhos.

Com um tom igualmente frio, Cassie disse:

– Sua verdadeira pergunta é se eu sou uma caçadora de dotes tirando vantagem do estado vulnerável de Lorde Wyndham. – A cabeça dela estava doendo, então começou a puxar os grampos do cabelo. – Eu sou quem digo ser. Não sou uma rameira ardilosa enfiando minhas garras gananciosas no seu filho.

Lady Costain respirou fundo.

– Você leva a franqueza a sério.

– Quando necessário. – Os lábios de Cassie se retorceram. – Mas eu minto bem quando é preciso.

– E eu não tenho como saber se é o que você está fazendo agora. – Lady Costain suspirou. – Peço desculpas pela minha franqueza, mas você certamente compreende que me preocupo com o bem-estar do meu filho. Nunca pensei... – Ela mordeu o lábio. – Você não está tornando isso fácil para mim. Você foi notavelmente evasiva quando conversamos durante o jantar. Há alguma coisa que esteja disposta a me dizer que possa acalmar minhas preocupações maternas?

Cassie se moveu para o toucador. A imagem no espelho era de uma tentação de cabelos vermelhos. Uma mulher do mundo, sofisticada e implacável. Não admira que Lady Costain estivesse preocupada. Se Cassie tivesse um filho, iria querer mantê-lo fora das garras de uma mulher assim.

– A história de Grey só cabe a ele contar, e eu vou deixá-lo decidir o quanto ele quer falar. – Ela pegou a escova prateada e começou a escovar o cabelo. – O atual Senhor St. Ives é o irmão mais novo de meu pai, e na verdade ele só tem filhos. Minha mãe era francesa. Toda a minha família, exceto eu, morreu em um massacre durante o Reinado do Terror. Foi há muitos anos, então não é de admirar que a senhora não soubesse o que aconteceu com eles.

A Condessa ofegou.

– Toda a sua família foi morta? Que horror! Como foi que você sobreviveu?

Cassie continuou escovando. A cor natural do cabelo dela podia ser ultrajante, mas era linda e cheia de riqueza.

– Minha ama tinha me levado para sair à tarde. Claro, eu poderia estar mentindo e a verdadeira Catherine St. Ives poderia ter morrido com o resto da família. Acontece que estou dizendo a verdade. – Querendo aliviar as preocupações da Condessa, ela acrescentou: – O noivado será longo, e não vou segurar Grey em sua palavra se ele mudar de ideia.

Depois de um longo silêncio, a outra mulher disse calmamente:

– Eu acredito em você. O que você tem feito nestes muitos anos?

– Sobrevivido. – Cassie olhou para seu reflexo, vendo círculos sob seus olhos. Ela sabia que vir a Summerhill seria difícil, mas só ficaria ali por alguns dias. Dizer à família de Grey alguma verdade sobre si mesma significava que eles ficariam felizes em dizer adeus quando chegasse a hora.

– Você é amante de Grey? – perguntou Lady Costain.

Amante. Uma palavra tão simples para uma relação tão complexa.

– Sim. – Cassie tirou seus pequenos brincos de ouro.

– Não demorou muito para ele encontrar uma – disse sua mãe, com ar desaprovador. – Eu esperava que já tivesse superado sua virilidade a esta altura.

De repente furiosa, Cassie se afastou do espelho.

– Imagine dez anos em isolamento, Lady Costain. Dez anos sem nunca ver nem tocar outro ser vivo. Sem abraços, sem beijos de seus filhos ou netas, sem palmadinhas de marido em seu *derrière* quando ninguém está olhando. Nenhum cheiro de outro humano, nenhuma visão de um rosto humano. Imagine tudo isso. E não se atreva a criticar seu filho!

Por um momento a Condessa parecia pronta para explodir. Então sua expressão mudou.

– Você está apaixonada por Grey.

Com a garganta apertada, Cassie se virou e puxou o sino para chamar Hazel, o que acabaria com aquela conversa dolorosa.

– Isso é entre nós dois. Mas eu garanto que não estou aqui para causar problemas para a família Sommers.

– Eu me apoiarei em sua palavra. – A Condessa virou-se para sair. – E... obrigada por trazer o meu filho de volta para mim.

Cassie fechou os olhos, em exaustão. Não precisava do agradecimento de Lady Costain. Tudo o que ela fizera fora por Grey.

Depois que a família e o criado de seu pai saíram, Grey se acomodou na cadeira que a irmã havia ocupado. O rosto de seu pai ainda mostrava mais rugas ao redor dos olhos e da boca, e havia fios prateados visíveis no cabelo loiro dos Sommers. Mas os traços fortes não tinham mudado. Lorde Costain parecia pronto para acordar a qualquer momento.

Grey pegou a mão dele. Estava mole, nem quente, nem fria.

– Voltei para casa, pai – ele disse suavemente. – Desculpe por toda a preocupação que lhe causei. Você fez o seu melhor para me treinar para ser um conde forte e bondoso, que entendia de agricultura, leis e tudo o mais que um compatriota do reino deveria saber. Você foi um bom professor, então eu não pude deixar de aprender, mas sei que sou responsável por um bom número desses cabelos brancos.

Ele achava que sentia o aperto mais leve da mão de seu pai, embora provavelmente fosse sua imaginação.

– Deixe-me contar como fui parar na prisão na França. Se eu tivesse um pouco de bom senso, teria voltado para casa antes do fim da Trégua de Amiens, mas não, eu era o menino de ouro, a quem nada de mal poderia acontecer. – Ele continuou falando, suas palavras às vezes hesitantes e dolorosas ao descrever a prisão, a quase loucura, a companhia abençoada de Père Laurent. Tudo o que ele não tinha sido capaz de dizer ao resto de sua família.

– Père Laurent foi meu segundo pai. Vocês gostariam um do outro se alguma vez se encontrassem. – Grey sorriu enquanto tentava imaginar uma reunião assim. – Apesar de ser católico, não parecia disposto a invadir a Inglaterra e converter todos os hereges pela espada. Essa ambição pertenceu a Napoleão, e não havia nada de religioso sobre isso. – Várias vezes hesitou até que recuperasse a calma, mas precisava dizer tudo aquilo ao pai, mesmo que fosse tarde demais para uma conversa real. Quando finalmente terminou, disse, suavemente: – Eu realmente desejo que você não morra, pai. Não estou nem perto de me tornar o próximo Senhor Costain. Eu preciso de você. Todos nós precisamos de você. – As palavras dele sufocaram. Tentando dar um tom mais leve a elas, ele disse: – Mas eu fiz uma coisa certa. Você queria que eu me casasse e assegurasse a sucessão, então eu trouxe minha noiva para Summerhill.

– Ela é *bonita*?

O sussurro era tão fraco que Grey tinha certeza de que havia imaginado. Dobrando-se sobre o pai, ele perguntou em voz baixa:

– Você disse alguma coisa?

As pálpebras pálidas se abriram.

– Ela é bonita?

Surpreso, Grey engasgou.

– Ela é linda. Ruiva.

– Netos ruivos? – O Conde soou desaprovando. – Diga... mais.

– Seu pai era o Lorde St. Ives. Ela é a mulher mais incrível que eu já conheci, e salvou minha vida várias vezes.

Seu pai piscou os olhos.

– Parece... muito boa para você.

– Ela é. – Grey queria se levantar e gritar sua alegria com a melhora do pai, mas aquilo parecia desrespeitoso para o leito de um doente. – Você vai conhecer Cassie, mas agora deve descansar.

– Cansado de descansar. – Os olhos do Conde se fecharam. – Podia ouvir as pessoas falarem, mas não podia responder. Até você chegar. Eu precisava dizer que você é um maldito jovem tolo.

– Sim, pai. Eu tenho sido. Vou tentar melhorar. – Lágrimas silenciosas estavam deslizando pelas faces de Grey. – Eu vou buscar mamãe. Ela vai querer falar com você.

Um sorriso fraco suavizou o rosto do Conde.

– Preciso da minha Janey.

Em êxtase, Grey apertou a mão do pai.

– Ela estará aqui em breve.

Fora do quarto, ele não se surpreendeu ao encontrar Baker silenciosamente esperando para voltar à cabeceira de seu amo.

– Boas notícias! Ele acordou e falou comigo. Totalmente coerente. – Grey sorriu. – Chamou-me de maldito jovem tolo.

– Parece que ele está em seu perfeito juízo – disse o criado, com um vislumbre de humor. – Devo entrar?

Grey assentiu.

– Ele quer ver sua senhoria. Vou dizer a ela.

Apesar do adiantado da hora, ele encontrou a mãe na sala de estar. Ela estava sentada ao lado do fogo, negligenciando o bordado no colo enquanto olhava para as chamas. Diante da entrada de Grey, ela perguntou:

– Você fez as pazes com seu pai?

– Espero que sim, mas, senão, terei outras chances mais tarde. Mãe, ele acordou! Está fraco, mas falou claramente. Ele quer vê-la. Eu acho que ele vai ficar bem.

A Condessa ficou em pé, seu rosto luminoso enquanto o bordado caía no chão.

– Graças a Deus! – Ela abraçou Grey, agarrando-se a ele enquanto lutava para se controlar. – Que dia de milagres foi este!

– De fato, foi. – Ele a segurou por mais um momento, lembrando como ela o segurava e cantava canções de ninar quando ele era muito pequeno. Ele havia perdido a esperança de segurá-la novamente assim. – Sinto muito por todos os problemas e tristezas que lhe causei.

– Os filhos existem para causar problemas e tristeza aos pais – ela disse, com ironia. Libertando-o, ela acrescentou: – Mas eles também dão as maiores alegrias da vida. Você às vezes era muito desatento, mas não havia malícia. Ser apanhado na França quando a trégua terminou... – Ela deu de ombros. – Foi uma sorte abominável, mas não um pecado da sua parte.

Ele não concordou, mas estava demasiado cansado para discutir.

– O que foi que Cassie lhe contou sobre o meu tempo na França?

– Muito pouco. Ela disse que a história era sua.

Aquela era a sua Cassie. Discreta até o limite. Ele mesmo não sabia o quanto queria dizer, mas sabia que evitaria detalhes. Esperava que seu pai não se lembrasse deles.

Sua mãe disse:

– Por que você a chama de Cassie? É um apelido para Catherine?

Ele assentiu, já que a verdadeira razão era muito particular para ser revelada.

– Eu acho que combina com ela.

— Que jovem extraordinária ela é. — A voz da mãe era neutra. — Formidável, mesmo.
Formidável. Uma descrição perfeita.
— Ela é, não? — Grey concordou. — Agora vá ver o papai. Ele está chamando por você, se não voltou a dormir.
— Ele está em seu juízo perfeito? — ela perguntou, parecendo mais jovem do que quando ele chegara.
— Sim, acho que ele estava prestes a acordar sozinho, e ouvir minha voz o deixou curioso.
— Eu prefiro chamar isso de milagre. — Ela lhe deu um sorriso radiante. — Espero acordar de manhã e não achar que você é um sonho.
— Se eu aparecesse nos seus sonhos, provavelmente não estaria tão magro e estranho — ele brincou.
Ela o estudou mais criticamente.
— Definitivamente magro, mas elegante como sempre.
— A elegância é devida a Kirkland, que me emprestou roupas decentes.
— Espero que você comece a patrocinar o alfaiate dele! — Seu rosto ficou sóbrio. — Você se tornou excêntrico, Grey?
— Essa pode não ser a palavra certa. — Ele estudou seu rosto amado e sabia que ela nunca poderia realmente entender. — Eu só... Vou precisar de tempo para me habituar à vida normal. Preciso de mais paz e sossego do que quando era mais jovem.
Ela riu e acariciou seu braço.
— Todos nós precisamos quando crescemos. Boa noite, meu querido. Durma o quanto quiser.
— Pretendo fazê-lo. — Ele a viu sair, imaginando em que quarto estava Cassie. Poderia ter perguntado à mãe, mas parecia uma pergunta indelicada.
Ele ponderou. Como noiva de Grey, ela teria sido colocada em um dos melhores quartos de hóspedes. Provavelmente o quarto rosa, que era discretamente distante da suíte de Grey.
Ele então partiu para o quarto rosa, desesperado para encontrar seu espinho entre as rosas.

34

Já era muito tarde, mais de meia-noite, por isso Grey não viu ninguém enquanto subia as escadas em busca de Cassie. Havia luz visível sob a porta do quarto de seu pai e o suave murmúrio da voz de sua mãe. Ele passou direto e seguiu pelo corredor. Summerhill tinha a forma de um U profundo, com alas saindo de cada extremidade do bloco principal. Ele virou à direita para a passagem curta na extremidade leste.

Sim, uma tênue linha de luz sob a porta do quarto rosa. Provavelmente uma lâmpada de noite de intensidade fraca. Ele virou a maçaneta, feliz que o quarto não estivesse trancado, e entrou silenciosamente. A lamparina escura revelou a forma adormecida de Cassie. Ela estava deitada de lado, uma grossa trança de cabelo caindo sobre o ombro em uma corda de cobre derretido escuro.

Era tão linda que o coração dele doeu. Ele silenciosamente fechou a porta atrás de si.

Antes que ele pudesse se anunciar, Cassie acordou e se atirou do outro lado do colchão com uma velocidade incrível. Uma faca apareceu na mão dela enquanto se protegia atrás da enorme cama de quatro postes e avaliou a ameaça.

Ele ficou absolutamente imóvel.

– Desculpe. Eu deveria saber que era melhor não assustá-la.

Depois que ela relaxou e a faca desapareceu, ele disse:

– Pela sua reação, acho que Summerhill parece um lugar perigoso para você.

– Aparentemente sim – ela disse, pesarosamente, enquanto rodeava a cama. A camisola que usava era grossa e quente, mas não podia esconder a graça de seus movimentos. – Eu estava me sentindo um pouco... sozinha e vulnerável.

Ele estremeceu.

– Desculpe, eu deveria ter ficado com você ao invés de deixá-la carregar todo o peso dos meus parentes entusiasmados.

Ela balançou a cabeça.

– Teria sido bom enfrentar a curiosidade deles juntos, mas você precisava falar com seu pai enquanto ele ainda respirava.

Relembrado do milagre, Grey exclamou:

– Ele acordou! E falou comigo muito coerentemente. Acho que vai ficar bem. Minha mãe está com ele agora.

– É uma notícia maravilhosa! – Ela pegou as mãos dele com prazer.

– E não só porque isso significa que você não precisará assumir o seu posto por algum tempo.

– Espero que meu pai fique bem por pelo menos mais 20 anos – disse ele, fervorosamente, enquanto abraçava Cassie.

Ela se derreteu nele com um suspiro de boas-vindas.

– Estou tão feliz que você tenha vindo. Vou dormir melhor depois de vê-lo e receber um bom abraço.

– Eu preciso de muito mais que um abraço. – Ele se curvou para a boca de Cassie, querendo extrair a essência dela em si mesmo. – Cassie, Cassie... – Ele tirou a camisola dela, então a levou de volta para a cama.

– Devemos fazer isso sob o teto de sua mãe? – ela perguntou, incerta, mas suas mãos estavam puxando o casaco dele.

– É o meu teto também. – Ele a arrastou para a cama, depois rasgou suas roupas sem pensar no caro alfaiate de Kirkland. – Preciso muito mais de você do que de um bom remédio.

Cassie estava deitada de lado, observando-o se despir, uma deusa de ouro e cobre à luz fraca, seus olhos azuis assombrados tão famintos quanto os dele. Quando ele estava em pele e muitos ossos, ela o puxou para a cama, dizendo, com a voz rouca:

– Você é uma droga tão poderosa quanto o ópio, meu senhor.

Então eles não falaram mais.

As exigências dele foram atendidas pela força dela, mas também por uma vulnerabilidade que ele nunca sentira nela antes. Ele despejou tudo o que havia nela, querendo devolver os presentes inestimáveis que ela lhe tinha dado. E, juntos, os dois encontraram satisfação.

Depois do ponto culminante devastador, eles ficaram quietos nos braços um do outro. A trança dela tinha se desfeito e o cabelo estava em um véu cintilante sobre o peito dele.

– Catherine – ele murmurou, enquanto torcia um fio em torno de seus dedos. – Você tem o cabelo mais bonito que já vi. Colori-lo pode ter sido essencial para o seu trabalho, mas é um crime privar o mundo de tal esplendor.

– Nenhuma garotinha excêntrica jamais acreditaria nisso. E, para uma mulher adulta, a cor é considerada vulgar. Uma prostituta, até. – Sua voz ficou estranha. – Não que isso não me sirva, já que sou uma p...

– Não diga isso! – exigiu ele, agudamente. – Não fale nada disso sobre você! Você é a melhor mulher que já conheci, verdadeira, generosa e forte. Não olhe para si mesma como mentes estreitas o fariam.

– É difícil não olhar, especialmente aqui – ela apontou. – Sua mãe e irmã são boas mulheres em todos os sentidos da palavra. Eu... não sou.

– Elas foram rudes com você? – ele perguntou. – Eu não vou permitir isso!

– Você está se reencontrando em seu papel de senhor muito rapidamente – ela disse, divertida. – Sua irmã foi encantadora e se mostrou feliz por me conhecer, porque ela acredita que vamos ser vizinhas e ela quer ser minha amiga. Sua mãe... – Cassie hesitou. – Ela não foi rude, mas está naturalmente preocupada com você e queria se assegurar de que não tinha caído nas garras de uma caça-dotes.

– Como ela se atreveu? – ele disse, furioso. – Eu falarei com ela.

– Não – Cassie pediu, firmemente. – As preocupações de sua mãe são legítimas. Eu não sou o ideal de uma noiva virgem inocente.

– Por que diabos eu iria querer uma dessas? – ele respondeu. – Soa terrivelmente aborrecido.

– Muitos homens adoram a pureza da inocência. Estou feliz que você não seja um deles. – Cassie deu uma risada. – Mas qualquer mãe se preocuparia quando seu filho, há muito perdido, aparecesse com uma mulher estranha.

– Você não é estranha. – Ele colocou uma mão no seio dela. – Você é magnífica.

Cassie lhe deu um sorriso íntimo e provocador.

– Seu retorno foi melhor do que o esperado, não foi? Com seu pai se recuperando, você pode ter tempo em vez de ser forçado a uma grande responsabilidade antes de estar pronto. – Ela tocou os lábios no rosto dele em um beijo suave. – Eu não sou necessária aqui, então posso voltar para Londres imediatamente.

As palavras dela foram como uma torrente de água gelada.

– Não! Você não pode ir embora. Acabou de chegar aqui. – Ele respirou fundo enquanto lutava com sua reação de pânico. – É claro que quer voltar à sua vida real, mas nenhuma missão urgente espera por você. Fique uma semana ou duas. Relaxe, monte bons cavalos, deixe-se levar e ser tratada como uma flor frágil. Você merece isso.

Ele segurou a respiração enquanto esperava pela resposta dela. Ele sabia que ela iria partir, mas por favor, Deus, não imediatamente!

– Muito bem – disse ela. – Eu vou ficar uma semana. – Sua mão começou a vaguear pelo corpo dele. – Certamente sentirei falta disso.

Ela o agarrou e o fogo puro disparou em suas veias.

– Eu também – ele disse, de forma descontrolada. Enquanto ele se curvava para o rico alimento da boca de Cassie, perguntava-se se poderia sobreviver sem aquela doçura e fogo.

Apesar da fadiga, Cassie ficou acordada por um longo tempo depois que Grey adormeceu em seus braços. Ela queria apreciar cada momento restante com ele. Estava muito fragilizada para se recusar a ficar mais tempo, mas uma semana deveria ser o limite. Lady Elizabeth tinha sido tão amigável e acolhedora que Cassie tinha vergonha de estar em Summerhill sob falsos pretextos.

Havia também o fato gritante de que, quanto mais tempo ficasse com Grey, mais difícil seria partir. Ela nunca havia se sentido tão próxima de outro homem. Ele se abrira para ela como ninguém mais.

Quando ela se lembrou do amor intenso da noite, percebeu que havia uma mudança no equilíbrio entre eles. No início, ele precisou de uma mulher, qualquer mulher, e ela aceitara isso em troca das simples delícias da paixão.

Isso tinha mudado à medida que eles se conheciam melhor. Ela se tornou especial para ele, e ele se tornou especial – inacreditavelmente muito especial – para ela. No passado, ela tinha lhe dado intimidade curativa em troca de prazer. Naquela noite, ele devolvera a cura e a totalidade para ela. Era hora de partir. Enquanto ela ainda podia.

Por mais que Grey tivesse gostado de dormir até o meio-dia com Cassie, havia recuperado suficiente discrição cavalheiresca e, quando acordou e viu a primeira luz fraca do amanhecer, gemeu e se lançou para fora da cama.

– Hora de partir.

Ele se inclinou e beijou o ombro nu de Cassie. Notou com divertimento que ela estava tão relaxada que só fez um som sonolento de reconhecimento em vez de pular da cama com uma faca na mão.

Ele puxou os cobertores por cima do ombro nu dela, então pegou roupas suficientes para estar decente. Levando os sapatos em uma mão, deslizou para o corredor. Ainda estava muito escuro dentro da casa, mas não demoraria muito para que as criadas ocupadas se mexessem.

Agora que ele estava de volta a Summerhill, sua profunda relutância em voltar quase desaparecera. Antes, enfrentar as exigências e a comoção que seriam despertadas pelo seu retorno dos mortos parecia uma barreira intransponível.

Ele estava certo sobre a comoção. Seu retorno teria sido mais fácil se sua mãe tivesse aberto a mensagem de Kirkland e se preparado para ele. Mas agora isso tinha acabado, e ele estava se sentindo... como ele mesmo.

Esse eu não era o inexperiente Lorde Wyndham, que tinha ido a Paris para se divertir, mas um homem mais velho, nocauteado e esperançosamente mais sábio. Um homem que pertencia a Summerhill. Aquela casa, aquela terra, aquelas pessoas eram dele. E Grey se sentia como uma flor que havia sido sacudida de sua terra natal e secado no lixo por anos. Agora finalmente tinha sido replantado onde pertencia.

Ele se sentiu forte o suficiente para, pela primeira vez, ousar se perguntar se havia alguma chance de convencer Cassie a ficar. Esperaria alguns dias até que ela tivesse tido tempo para experimentar a beleza e a paz de Summerhill.

E então eles conversariam. Ele não estava mais disposto a deixá-la ir sem pelo menos tentar fazê-la mudar de ideia.

35

Os aposentos de Grey ficavam no extremo oposto da casa espaçosa, mas ele foi capaz de alcançá-los sem ser visto. Sentindo-se feliz por sua decisão sobre Cassie, ele abriu a porta e depois parou ao ver seu irmão sentado em frente ao fogo.

Totalmente vestido, exceto pelo casaco, que havia substituído por um roupão casual, Peter estava esparramado em uma poltrona e segurava uma bebida enquanto olhava para as chamas. Parecia o descuidado e bêbado Grey de uma dúzia de anos antes.

– Peter? – Grey perguntou, surpreso. Enquanto olhava, viu que alguns dos móveis e objetos de decoração haviam sido trocados.

– Ah, o jovem senhor e mestre chegou para reivindicar sua propriedade! – Peter se levantou e fez uma reverência exagerada, derramando sua bebida e quase caindo. – Estou surpreso por não ter sido expulso daqui mais cedo, mas suponho que você estivesse muito ocupado com o seu trabalho.

A fúria se espalhou por Grey.

– Não se atreva a falar assim de Cassie!

– Por que não? – Peter abriu um armário que continha copos e garrafas. – Maldita forma de trazer sua amante para a casa de sua família, mas você nunca se importou com ninguém além de si mesmo. – Ele tirou uma garrafa de brandy e a inclinou para beber diretamente do gargalo. – Quanto ela cobra? Ela parece cara, mas, durante meus anos como herdeiro provisório, minha mesada foi substancial. Eu poderia pagar uma ou duas noites.

Grey se lançou contra Peter, tão furioso que mal sabia como esmurrar e arremessar seu irmão, e então o prendeu no chão. Nada mais importava do que destruir o homem que tinha dito palavras tão vis.

Ele foi arrastado de volta à consciência por um sussurro rouco:

– Grey! Grey, em nome de Deus, pare!

Arrancado de sua raiva assassina, Grey percebeu que havia prendido Peter no chão e o estava sufocando. O rosto de seu irmão estava escurecendo e ele mal conseguia respirar.

Grey se retirou e enterrou o rosto nas mãos enquanto o irmão engolia para respirar. Ele pensou que tinha dominado sua fúria. Em vez disso, quase matara o irmão. Um crime indescritível que ele preferiria morrer a cometer.

A poucos metros de distância, Peter estava deitado no chão, vomitando suas entranhas no inestimável tapete chinês. Os efeitos do excesso de brandy e do estrangulamento, sem dúvida.

Enquanto Peter se arrastava para uma posição sentada e se encostava a uma poltrona, Grey se levantou e mergulhou uma toalha no jarro de água, depois a entregou ao irmão. Sem dizer nada, Peter limpou a boca e o rosto, depois bebeu o copo de água que Grey havia servido.

– Santo Deus, Peter, sinto muito – disse Grey, com nojo de si mesmo. – Você não deveria ter falado assim sobre Cassie, mas nada pode justificar quase matá-lo.

– Eu não deveria ter dito coisas tão vis sobre sua convidada – Peter respondeu, soando mais sóbrio. Ele dobrou a toalha molhada e a pressionou contra um olho roxo em rápido movimento. – Onde diabos você aprendeu a lutar assim?

– Na Academia de Westerfield. – Ainda abalado, Grey derramou dois dedos de brandy, então afundou no tapete a um metro do irmão e se encostou no sofá. – Ashton é meio hindu e ensinou aos seus colegas uma técnica de luta que tinha aprendido na Índia. Tornou-se uma tradição escolar.

– Eu deveria ter ido para lá em vez do maldito Eton – murmurou Peter.

– Você era menos preocupante, então isso não foi considerado necessário. – Grey exalou grosseiramente. – Diga o que quiser sobre mim, mas não vou ouvir uma palavra contra Cassie. Ela é a melhor mulher que eu já conheci.

– Então é uma pena que ela pareça ser a melhor mulher da Bond Street. – Vendo a expressão chocada de Grey, Peter disse apressadamente: – Eu acredito que ela não é uma prostituta, mas... não é o que se espera da sua noiva. Por que você a trouxe para Summerhill quando papai está morrendo e você está voltando dos mortos? Não são exatamente as circunstâncias ideais para introduzir um novo membro na família.

Grey disse:

– A boa notícia é que papai não está morrendo. Ele acordou e falou comigo. Mamãe está com ele agora.

O rosto de Peter se iluminou.

– Maravilhoso!

Grey tomou um gole de seu brandy. Era tentador ficar bêbado, mas ele e Peter não teriam brigado se seu irmão não estivesse bêbado o suficiente para arruinar seu julgamento. Ou talvez seu temperamento. Era óbvio que Peter não estava contente por perder sua posição.

– Cassie está aqui para me manter lúcido. – O riso de Grey era amargo. – Eu pensei que estivesse fazendo progressos nessa área, mas aparentemente não. Se ela estivesse aqui, eu não teria chegado tão perto do confronto fratricida.

– Ela pode pará-lo quando você fica louco assim? – Peter perguntou, cético.

Grey sorriu carinhosamente.

– Ela certamente pode.

– Você parece bastante são agora – Peter disse, hesitante.

Grey percebeu que precisava explicar mais.

– Cassie entrou sozinha no castelo onde eu estava preso e libertou a mim e ao padre da cela ao lado, que tinha se tornado minha única ligação com a realidade. Ela nos levou para um santuário e me guiou para fora do país, emprestando-me sua força e sanidade quando eu não tinha nenhuma. Acredite em mim, estou muito melhor. Devo a ela mais do que posso retribuir.

Peter franziu o cenho.

– Ela parece admirável, mas isso é motivo suficiente para se casar com ela?

Escolhendo as palavras cuidadosamente, Grey disse:

– Eu quero me casar com Cassie, mas ela ainda não disse sim. Ela quer esperar e ver como as coisas evoluem. – Ele respirou de forma irregular. – Ela vai embora em breve. Talvez eu nunca mais a veja. – Dizer aquilo em voz alta era agonizante.

Ouvindo a dor na voz do irmão, Peter disse, desajeitadamente:

– Desculpe. Você pode... consegue ficar sem ela?

– Vou ter de fazê-lo, não é mesmo? – Grey disse bruscamente. – E você, Peter? Eu achava que você estava feliz por eu estar vivo, mas, quando entrei, você agiu como se eu fosse seu pior inimigo.

– Estou feliz por você ter voltado. Verdadeiramente. E eu gosto muito de Cassie, pelo que vi dela. Mas... – seu irmão passou dedos duros no cabelo loiro emaranhado. – Eu o admirava muito. Quando você desapareceu, foi... a pior coisa que já tinha acontecido comigo. Passei anos esperando e esperando. Todos nós esperamos.

Grey se encolheu.

– Se eu tivesse tido o bom senso de voltar para a Inglaterra quando fui orientado a fazer isso!

– Teria facilitado a vida de todos nós, mas você não poderia saber das consequências. Se você tivesse sido só capturado, teríamos ficado sabendo e poderíamos ter nos acalmado e esperado que você voltasse para casa. Da maneira como foi... – Peter deu de ombros. – Claro que pensamos o pior.

– Pelo que Cassie me disse, ser capturado não é ruim. É desagradável, mas se leva uma vida razoavelmente normal. – E não se é levado à loucura pelo isolamento. – Claro, se eu tivesse sido capturado, ainda estaria na França, esperando e me perguntando se essa guerra sangrenta algum dia acabaria.

– Mas teríamos sabido que você estava vivo. – Peter suspirou rudemente. – Em vez disso, sem que alguém admitisse que você estava morto, as pessoas começaram a me tratar como herdeiro. Sete anos depois de sua morte provável, o Conde disse que era hora de eu ser chamado de Lorde Wyndham. Mamãe mudou minhas coisas para cá quando eu estava na universidade. Comecei a pensar em mim mesmo como o próximo Conde de Costain. Aprendi a administrar a propriedade, comecei a prestar atenção ao Parlamento. E agora – ele estendeu a mão, em um gesto desesperado – você volta e tudo é arrancado. Todo esse esforço e planejamento para nada.

Grey olhou em volta do lugar, que era facilmente dez vezes maior que sua cela na França. E a suíte tinha um quarto e uma área de vestir também.

– Você pode ficar com estes aposentos. Não preciso deles e não parece justo expulsá-lo. Mas não posso deixar que você tenha o título e a propriedade vinculada. A lei não funciona assim. Enquanto eu estiver vivo, sou o herdeiro.

– Eu sei. – Peter se levantou e serviu mais água antes de afundar novamente no tapete. – Passei a noite bebendo e me perguntando o que fazer com minha vida. Eu não gostaria de me tornar um vagabundo.

– As ocupações tradicionais de um filho mais novo são a igreja, a política ou o exército. Nenhuma delas lhe interessa? – Quando Peter fez uma careta, Grey perguntou: – Há algo menos tradicional que você realmente gostaria de fazer?

Peter hesitou, sua expressão se desfazendo.

– O teatro. Eu quero ser ator.

– Um ator? – Grey perguntou, incrédulo.

A expressão do irmão mudou.

– Você vê por que eu não falo sobre isso? Não que eu já tenha pensado que o teatro seria possível. Até você voltar, Summerhill era o meu destino.

Grey estudou o rosto bonito e jovem de Peter. Seu primeiro pensamento ao ver seu irmão adulto no dia anterior foi o quanto eles se pareciam um com o outro. Era verdade que eles tinham altura, estrutura e aparência semelhantes, e qualquer um que os visse juntos saberia imediatamente que eram parentes.

Mas eles sempre tiveram temperamentos muito diferentes. Grey era extrovertido, interessado em pessoas e em resolver problemas. Peter era mais sonhador, apreciador de arte e música, e certamente participava das peças que ocasionalmente eram encenadas durante as festas na casa. Ele disse lentamente:

– Lembro-me de que, mesmo quando era pequeno, você gostava de participar de peças de teatro. Os adultos sempre acharam sua sinceridade cativante. Seu interesse era sério mesmo naquela idade, não era?

Peter assentiu.

– Eu me apaixonei por atuar na primeira vez que entrei em um palco improvisado. Eu amo a linguagem, o drama, os personagens maiores que a vida. É... – O fluxo de palavras foi interrompido e ele afundou contra a cadeira atrás de si. – É impossível.

– Você teve oportunidade de atuar nos últimos anos?

– Não tanto quanto eu gostaria – admitiu o irmão. – Mas, no verão passado, passei alguns dias com um amigo em Yorkshire. Há um teatro de bom tamanho lá, e o diretor da companhia fez uma produção especial de *As You Like It* com pessoas da região atuando em muitos dos papéis. Essa é a peça com o discurso "O mundo inteiro é um palco". A ideia era conseguir que amigos e vizinhos comprassem ingressos para assistir ao show. Fiz uma audição e fui escolhido para o papel de Orlando.

Orlando era o protagonista romântico, e Grey se lembrava de seu Shakespeare. Com a aparência de Peter, ele nascera para tais papéis.

– O espetáculo se saiu bem?

– A maior parte da atuação foi terrível, mas o diretor, Burke, ganhou dinheiro. – Peter pausou, então disse timidamente: – Depois da última apresentação, Burke me chamou de lado e disse que, se eu quisesse atuar profissionalmente, haveria um lugar para mim em sua companhia. Ele sabia que eu era um lorde, mas fiz a audição como Peter Sommers, então ele não percebeu que eu era herdeiro de um condado. – Sua boca se retorceu. – Pelo menos eu era na época.

– O que você decidiria se tivesse escolha? – Grey perguntou. – O condado ou ser um ator de sucesso?

– Ator – disse Peter, instantaneamente. – Eu nem precisaria ser conhecido. A carreira de um viajante com um trabalho estável estaria além dos meus sonhos mais loucos.

– Então faça isso – Grey disse, sem rodeios. – Nossos pais não vão ficar muito satisfeitos, mas eu vou apoiá-lo nisso. E, se eles cortarem a sua mesada, eu vou assegurar que você não morra de fome.

O queixo do irmão caiu.

– Você faria isso? Não teria vergonha de ver seu irmão se tornando um ator comum?

– Eu acho que você seria um ator incomum. – Grey sorriu ruidosamente. – Dez anos em um calabouço de masmorra tiraram muitas ideias sobre o que é apropriado. Você estava disposto a cumprir seu dever como herdeiro de Costain quando isso parecia necessário. Agora que não é, acho que deve fazer o que ama. Mesmo que você falhe, é melhor tentar e falhar do que passar a vida desejando ter tentado.

– Eu não vou falhar – disse Peter, com veemência. – Eu sou bom, Grey. E farei o que for necessário para ter sucesso.

Grey sorriu.

– Estou perdoado por ter sobrevivido?

– Agora eu tenho ainda mais razões para estar grato por você estar vivo! – Peter estava fervilhando de alegria. – Vou escrever para o Senhor Burke e dizer a ele que aceito a proposta. Serão papéis pequenos, tenho certeza, mas é um começo.

– Estou feliz. Hoje Yorkshire, amanhã Londres! – Grey deixou de lado o resto de sua bebida, já que agora era dia, e o brandy era um café da manhã muito estranho. – Sugiro que espere alguns dias até que papai esteja mais forte antes de anunciar seus planos.

– Vou esperar até ter notícias do Senhor Burke antes de falar. Se ele tiver mudado de ideia, bem, vou encontrar outro diretor de teatro para me aproximar. – Peter levantou a cabeça para um lado. – E você, Grey? Já teve sonhos secretos do que você quer?

Grey nunca tinha pensado nisso, mas sua resposta foi imediata.

– Isto. – Ele fez um gesto contundente com uma mão. – Summerhill. Desde que me lembro, sei que sou Summerhill. A terra, as pessoas, as responsabilidades do condado. Até estou ansioso por me sentar no Parlamento e ajudar a dirigir o Estado. Não há mais nada que eu sempre quisesse. – Exceto Cassie.

– Então foi bom você ter voltado dos mortos – disse Peter, com um sorriso. – Porque você será um conde muito melhor do que eu.

Talvez sim, talvez não. Mas, como Peter, Grey estava determinado a fazer o que fosse necessário para ter sucesso.

Cassie foi despertada por uma criada com uma pequena xícara de chocolate quente e uma mensagem de Grey.
Gostaria de dar um passeio depois do café da manhã? Está um dia perfeito para ver Summerhill.

Ela olhou pela janela e viu o sol pálido e claro do início da primavera. Ele tinha preparado seus belos cavalos. Ela rabiscou: "*Sim, por favor!*" no bilhete e mandou a criada levá-lo ao Lorde Wyndham. Uma coisa boa que Kiri tinha encontrado para o guarda-roupa de Cassie era um traje de montaria dourado e marrom-escuro.

Depois de vestir o elegante traje, Cassie desceu as escadas para um bom café da manhã. A notícia da recuperação do Conde tinha iluminado a atmosfera. Lady Elizabeth estava hospedada em Summerhill desde a lesão do pai, mas agora estava ansiosa para voltar para casa. Peter se dirigiu de maneira simpática a Cassie, e Grey a cumprimentou com a devida formalidade, enquanto seus olhos faziam sugestões perversas.

Lady Costain estava com o marido, mas veio até a sala do café da manhã para dizer:

— Costain quer conhecê-la, Senhorita Saint-Ives.

— Ele está forte o suficiente para visitantes de fora da família? — Cassie perguntou, esperando não ter de conhecê-lo.

— Ele está muito mais forte, e bastante firme para vê-la — respondeu a Condessa.

Não havia como escapar.

— Então será um prazer — murmurou Cassie.

Quando se levantou, Grey disse:

— Eu vou com você. Ainda não o vi esta manhã.

Cassie se dirigiu aos degraus, agradecida pela companhia de Grey. Enquanto subiam os degraus largos lado a lado, ele disse:

– Você está muito bonita com essa roupa dourada.

– A irmã de Lady Kiri tem vermelho suficiente em seu cabelo para que possamos usar cores semelhantes – explicou Cassie. Baixando a voz, ela perguntou: – Como devo agir com seu pai?

Ele lhe deu um sorriso caloroso.

– Apenas seja sua adorável pessoa, Catherine.

Ela supôs que chamá-la de Catherine era uma forte pista. Eles entraram no quarto principal. Para um homem que estava jogando os dados com São Pedro no dia anterior, o Conde de Costain estava muito bem. Estava apoiado na cama por almofadas e ditando instruções para seu secretário.

Ele também era um homem notavelmente bonito, com a boa aparência da família moldada por anos de autoridade. Havia humor e inteligência em seus olhos quando se despediu do secretário para se concentrar em seus visitantes. Grey seria muito parecido com seu pai algum dia.

– Aproxime-se mais da cama – ordenou Lorde Costain. – Então realmente é você, rapaz. Eu me perguntei se estaria alucinando ontem à noite.

– De jeito nenhum, senhor. – Grey pegou a mão do pai com uma emoção sincera e sem palavras. – Eu me surpreendi com minha tenacidade.

– Não me lembro de tudo o que você me disse ontem à noite, então vou ouvir mais sobre o que aconteceu depois. – Havia um brilho luminoso nos olhos do Conde enquanto ele segurava a mão do filho. O olhar dele se moveu para Cassie. – Mas agora eu desejo conhecer sua futura condessa. Você tem razão, ela é bonita, apesar do cabelo ruivo, mas você não me disse o nome dela. Apresente-nos.

– Senhor, permita-me apresentar a Senhorita Catherine St. Ives. – Grey sorriu para Cassie. – Tenho certeza de que você já concluiu que este é Lorde Costain, Cassie.

Antes que ela pudesse responder, Costain exclamou:

– Bom Deus, certamente você deve ser a filha de Tom St. Ives!

Ela inalou com força.

– O senhor conheceu meu pai?

– De fato conheci. Nós nos tornamos amigos em Eton, e assim permanecemos até sua morte prematura. – O Conde balançou a cabeça. –

Eu estava lá na noite em que ele conheceu sua mãe. Que estonteante ela era. Éramos todos loucamente apaixonados por ela. – Ele pareceu nostálgico por um momento antes de acrescentar: – Claro, isso foi antes de eu conhecer minha esposa, que expulsou todas as outras mulheres da minha mente.

Cassie pressionou a mão contra o peito enquanto sua respiração se contraía. Ela não esperava que seu passado distante e meio esquecido chegasse à vida.

– O senhor soube o que aconteceu com meus pais e o resto da minha família?

O Conde assentiu tristemente.

– Uma grande tragédia. Malditos revolucionários franceses! Eu também conhecia algumas de suas relações com Montclair. Belas pessoas, apesar de serem franceses. Por que milagre você sobreviveu?

– Eu estava fora com uma ama quando a casa foi incendiada – explicou ela. – Mas eu poderia ser uma impostora, claro.

Costain riu.

– Bobagem. Você tem o cabelo ruivo de St. Ives, e também a beleza de sua mãe. – Ele lhe ofereceu a mão. – Muito bem, Grey. Estou honrado em ver o sangue de St. Ives unido ao da família Sommers. Até me contento com netos ruivos.

Cassie pegou a mão dele enquanto lutava contra as lágrimas. Ela mal conseguiu dizer:

– Obrigada, meu senhor.

– Pronto, já a fiz chorar. – Costain soltou a mão dela e se acomodou em seus travesseiros, parecendo cansado. – Grey, leve-a daqui e a faça sorrir de novo. E mande sua mãe entrar. Sinto falta dela.

Preocupado, Grey ofereceu o braço a Cassie e a levou embora. Fora do quarto, ordenou ao secretário que mandasse chamar a mãe. Então ele levou Cassie para baixo e para o salão vazio. Assim que a porta se fechou, ele a envolveu nos braços.

– Maldição, Cassie! Lamento que tenha ficado assim tão triste. Eu não tinha ideia de que meu pai conhecia seus pais.

– Foi... um choque – disse ela, perturbada, enquanto enterrava o rosto no ombro dele. – Eu me sinto como... – ela procurou por palavras. –

Como se o meu braço tivesse sido amputado e agora recolocado. Só que esta é a minha vida, não o meu braço.

– Como se tivesse acordado de um sonho real – ele murmurou enquanto acariciava as costas dela. – Real, mas muito incômodo.

– Exatamente. – Ela fechou os olhos enquanto lutava para se manter calma. – Minha família está morta para mim há tanto tempo que nunca me ocorreu que houvesse outras pessoas que se lembrassem deles.

– Talvez não seja ruim lembrar que este é o mundo para o qual você nasceu – ele disse suavemente. – Seu pai foi para Eton, sua mãe era uma mulher encantadora que capturou os corações dos jovens ingleses. Você pertence ao reino tanto quanto eu, apesar de ambos termos passado anos no exílio.

– O lembrete não é mau, mas é muito desconfortável. – Ela suspirou. – Senti-me como uma fraude quando o seu pai falou de netos ruivos.

– Poderíamos tornar isso realidade – disse Grey, timidamente. – Ou pelo menos tentar.

Ela se afastou dele, ainda mais chocada do que pelas lembranças do pai.

– O que isso significa?

Ele estava olhando para ela com olhos cinza enigmáticos.

– Você está aqui como minha noiva, então podemos ir em frente e nos casar. Nós nos damos bem. E isso me pouparia ter de enfrentar o mercado de casamento.

Ela revirou os olhos, querendo transformar o assunto em uma piada.

– Esse é o motivo mais descuidado para se casar que eu posso imaginar. Vamos dar aquele passeio. Está um dia lindo e eu poderia tomar um pouco de ar fresco.

Ele sorriu, imperturbável pela rejeição de sua proposta.

– Estou ansioso para ver Summerhill. Não posso dizer o número de horas que passei visitando a propriedade em minha mente.

– E eu estou ansiosa para montar em um daqueles bons cavalos que você me prometeu. – Ela pegou as saias de seu longo traje de montar e abriu caminho até a porta.

A vida era complicada. Montar era simples. E ela queria a simplicidade.

—C orra até o topo da colina! – Grey gritou.

Cassie e sua montaria decolaram como um relâmpago, seu riso flutuando atrás dela. Grey estava muito ocupado para acompanhá-la. Ela andava tão bem de lado a cavalo e, em seu traje de montaria dourado, estava muito mais sedutora do que como uma vendedora em um pônei.

Eles chegaram ao topo da colina em um calor escaldante, ambos rindo, e puxando seus cavalos.

– Guardei o melhor para o fim – disse Grey. – Esta é a casa de pedra. *Grandeza do Mar.* – Ele gesticulou diante da depressão abaixo, onde uma construção esparramada feita de pedra dominava o oceano.

Cassie respirou fundo.

– Olhe para aquele vale de narcisos que desce a colina! Eles estão começando a florescer em todos os outros lugares.

– As flores desabrocham sempre aqui primeiro porque a casa está virada para o sul e protegida por três lados. – Ele levou o cavalo colina abaixo. – Outras flores vêm depois, mas não há nada que se compare com a glória dos narcisos da primavera.

Cassie começou a descer depois de Grey.

– A casa parece mais antiga que Summerhill.

– Ela tem dois séculos. Era uma casa de fazenda, originalmente. – Ele se banqueteou com os olhos nas conhecidas paredes desgastadas pelo tempo. – Acho que ninguém mora aqui desde que minha avó, a Condessa viúva, morreu, há três anos. Quem me dera tê-la visto novamente.

– Que desperdício de uma bela casa.

– Sempre pensei que, quando me casasse, viveria aqui para herdá-la – disse Grey. – Fica a poucos minutos da casa principal, e tem mais privacidade. E a vista!

– Prudente colocar um pouco de espaço entre um senhor e seu herdeiro – ela concordou. – A propriedade parece tão bem administrada quanto bonita. Não me admira que a ame tanto.

– Embora eu pensasse em Summerhill todos os dias do meu cativeiro, eu tinha quase me esquecido quão... conectado estou a esta terra. – Grey lutou para encontrar as palavras para explicar. – Estar aqui repara alguns dos buracos na minha mente delirante.

Cassie lhe deu um sorriso caloroso e íntimo.

– Eu posso ver a diferença. Você está adquirindo mais confiança a cada hora.

– Contanto que eu também adquira mais sanidade – ele disse, com ironia. – Quase matei Peter esta manhã. Foi horrível para nós dois.

Cassie suspirou.

– O que aconteceu?

– Eu explico durante o almoço. Mandei a cozinha empacotar comida e bebida. Não tenho a chave da casa, mas há um terraço no fundo onde podemos comer.

Ela assentiu e não fez perguntas até que os dois amarrassem os cavalos e levassem o piquenique para a varanda lateral. Sentaram-se ali a uma enorme mesa de pedra com bancos, o sol se derramando sobre eles, e havia uma esplêndida vista do mar.

Cassie suspirou de prazer enquanto limpava o pó e algumas folhas do banco, depois se sentou em uma nuvem de saias douradas.

– Adoro que o mar esteja tão perto. Você velejava quando criança? Sonhava ser capitão de um navio e ver o mundo?

Ele riu e lhe deu uma taça de vinho.

– Meus sonhos estavam ligados à terra.

– Conte-me o que aconteceu com Peter.

A lembrança era dolorosa, então ele deu uma explicação sucinta. Cassie ouviu enquanto comia um sanduíche de presunto, queijo e chutney. Quando ele terminou, ela disse, pensativa:

– Então ele vai tentar uma carreira no teatro. Seus pais não vão deserdá-lo, espero?

– Não, embora não fiquem satisfeitos. Mas eles têm a mim de volta como herdeiro, e querem que seus filhos sejam felizes. Elizabeth poderia ter tido um casamento muito mais grandioso que com Johnny Langtry, mas era a ele que ela queria. Se Peter prosperar como ator, eles provavelmente lhe comprarão seu próprio teatro.

Ela riu.

– Eu posso imaginar alguém fazendo um comentário a respeito da atuação de Peter e seu pai o encarando com a expressão "Eu sou Costain" no rosto.

Grey sorriu.

– Você avaliou bem como ele se comporta. Nós, Sommers, temos a nossa cota de orgulho. A Casa de Hanover é uma coleção de estrelas em comparação.

– Orgulho, sim, mas não arrogância – disse ela. – Você vai ser um ótimo conde, Grey.

– Espero que sim. É a única coisa que eu sempre quis. – Exceto Cassie, e ele sabia melhor do que dizer isso em voz alta. Não depois que ela recuara diante da insinuação de que eles poderiam fazer do noivado um casamento de verdade.

Ele observou o jogo de luz no cabelo ricamente colorido dela, ansioso para mantê-la perto sempre. Precisava fazê-la mudar de ideia. Mas o tempo estava se esgotando.

Depois de uma refeição preguiçosa ao sol, eles voltaram para a casa principal. Cassie adorou o passeio, o cavalo e o belo dia de primavera. Acima de tudo, ela amava a sensação de plenitude que sentia em Grey.

Apesar de seu cativeiro ter sido terrível, ela suspeitava de que algumas das mudanças em sua vida tinham sido boas. Certamente, qualquer tendência que ele pudesse ter para a arrogância tinha sido eliminada.

O dano emocional levaria mais tempo para ser curado. Ela imaginou que grandes grupos de pessoas continuariam a angustiá-lo por algum tempo, e o incidente com Peter provara que seu temperamento ainda estava perigosamente perto do limite.

Mas a base de seu caráter estava sendo reconstruída em uma estrutura que era tão sólida que ela não precisava mais se preocupar. Não muito, de qualquer forma.

Eles saíram do bosque e viram um grupo de pessoas reunido no pátio em frente à entrada da casa.

– São inquilinos e vizinhos – exclamou Grey. – Bom Deus, meu pai!

37

Grey bateu no cavalo com um galope em direção à casa. Cassie seguiu apenas alguns passos atrás, sabendo que ele estava certo em ter medo. Os ferimentos na cabeça eram imprevisíveis, e, mesmo que o Conde parecesse estar se recuperando, poderia ter tomado um rumo letal. Aquele tipo de reunião era exatamente o que poderia acontecer quando o condado soubesse que um grande e amado senhor tinha morrido.

Trinta ou quarenta pessoas estavam reunidas, mas, quando Cassie se aproximou, viu que o ambiente era mais festivo do que solene. Sim, era uma festa improvisada, com mesas com refrescos montadas abaixo do pórtico. Dois homens, um deles Peter, estavam entregando copos de bebida em barris.

– Aqui está ele! – Um grito explodiu quando Grey foi visto correndo em direção a eles. – Hip, hip, hip, hooray! Hip, hip, hip, hooray! *Hip, hip, hip, hooray!*

Cassie e Grey perceberam no mesmo momento que era uma festa de boas-vindas para o herdeiro de Costain havia muito perdido. Acenando, Grey diminuiu a velocidade de sua montaria para uma marcha. Quando Cassie se aproximou, ele disse calmamente:

– As notícias do meu retorno milagroso obviamente se espalharam depressa. A maioria dos inquilinos e moradores locais está aqui.

Seu queixo estava tenso, e ela imaginou que ele estava sentindo o pânico da multidão.

– Você poderia cavalgar pelo fundo e entrar na casa por lá – ela sugeriu. – Então poderia gritar uma saudação de uma das janelas da frente.

Ele balançou a cabeça.

– Os Sommers não fazem coisas assim. Se eles vieram aqui para mostrar que estão felizes pelo fato de eu estar vivo, não posso me esconder. Mas por favor... fique por perto, Cassie.

– Você vai me apresentar como sua noiva? – ela perguntou, cautelosa. – Esta mentira está se espalhando cada vez mais rápido.

– Não o farei se preferir, mas me deixaria espantado se todos aqui ainda não soubessem que minha bela companheira ruiva é a próxima Condessa de Costain.

Ele lhe deu um sorriso de lado.

– Para alguém que sobreviveu com perspicácia e astúcia, você está extraordinariamente presa à verdade.

Ela teve de rir.

– Viver uma vida de decepção é a razão pela qual eu traço uma linha muito clara entre verdade e mentira sempre que possível.

As pessoas estavam avançando em direção aos cavaleiros, fazendo cumprimentos a Grey. Cassie disse, entre os dentes:

– Você vai se sentir menos sobrecarregado se permanecer no cavalo.

– É verdade – ele concordou –, mas não posso.

Ele desmontou e pegou a mão de um fazendeiro grande, grisalho, que tinha lágrimas nos olhos. Aquele não era um senhor saudando um camponês. Era a prova viva de uma comunidade onde os Sommers de Summerhill faziam parte de um quadro maior. A comunidade tinha chorado a morte aparente de Grey, e agora as pessoas celebravam seu milagroso retorno.

O fazendeiro disse:

– Eu sabia que aqueles sapos malditos não poderiam matá-lo!

– Chegaram muito perto, Senhor Jackson! – Grey respondeu.

Uma mulher mais velha e pesada envolveu-o em um abraço fervoroso.

– Nunca mais me assuste assim! Você não é muito velho para ser espancado, jovem!

– E você é apenas uma mulher para fazer isso – ele disse com um sorriso enquanto a abraçava de volta.

Apesar das respostas quentes de Grey, Cassie viu que ele estava tão tenso quanto uma corda de harpa. Ela deslizou do cavalo e se moveu para ficar em pé ao lado esquerdo dele. Dois meninos saíram da multidão, tomaram as rédeas dos cavalos e os levaram.

Como Grey havia pedido, Cassie ficou por perto, mas as pessoas estavam se aproximando, pressionando cada vez mais. Embora o clima estivesse feliz, até mesmo Cassie ficou nervosa com a multidão. Preocupada com Grey, ela agarrou o braço de Peter quando ele se juntou a eles. Entre os dentes, ela disse:

— As multidões o perturbam. Fique do outro lado dele e impeça que as pessoas se aproximem demais.

A sobrancelha de Peter estava sulcada.

— Grey parece bem.

Ela respondeu:

— Ele não está! Por favor, ajude-o a conseguir mais espaço.

Acreditando na palavra dela, Peter se postou do outro lado de Grey para formar outra barreira contra a multidão. Cassie pegou o braço de Grey. Ela sussurrou no ouvido dele:

— Você precisa ajudar sua frágil noiva a entrar na casa!

— Você, frágil? — ele disse incrédulo, mas aliviado. — Uma boa desculpa, no entanto.

Ele começou a andar pela multidão, apertando as mãos e aceitando abraços com o braço livre enquanto continuava a trocar cumprimentos. Do outro lado, Peter interceptava os que desejavam felicidades e desviava parte da emoção.

Alcançaram os degraus e subiram ao pórtico. No alto, Grey se virou e levantou as duas mãos para fazer silêncio.

Quando o burburinho morreu, ele disse, em uma voz que encheu o pátio:

— Não consigo descrever o quanto significa ser acolhido assim em casa. Durante dez longos anos, sonhei com Summerhill. Com a minha família — ele bateu com a mão em Peter — e com os meus amigos. Como você, Senhora Henry, que me fazia trabalhar no seu jardim se eu quisesse ganhar o seu maravilhoso pão de gengibre.

A multidão riu enquanto uma grande mulher respondeu:

— Só desta vez eu vou mandar uma fornada para a casa-grande para comemorar sua volta para casa!

— Se você se esquecer, vai me encontrar na sua porta, com fome — ele prometeu. O olhar dele se moveu através dos rostos virados para cima.

– Eu imaginava todas as lindas filhas de Lloyd. E vejo que há mais duas agora. – Mais risadas. Ele acrescentou: – Antes que eu me esqueça, quero dizer que meu pai está se recuperando bem do acidente, então vocês não terão de lidar comigo por algum tempo.

Mais vivas e risos. Cassie observou com admiração enquanto Grey continuava conversando com seus amigos e vizinhos com graça e charme. Ele realmente nascera em Summerhill. Aquelas pessoas eram a prova de como gerações de Sommers cuidaram de suas terras e de seus inquilinos. Como eles amavam, e eram amados de volta.

Os olhos dela ardiam em uma mistura de emoções. Orgulho de Grey. Inveja de seu poderoso senso de pertencimento. E pesar pelo fato de saber que nunca mais veria essa conexão entre ele e sua comunidade, porque realmente era hora de partir. Grey tinha tudo o que precisava ali mesmo.

Uma voz gritou:

– Conte-nos o que aconteceu, Senhor Wyndham, ou vamos inventar histórias que vão coalhar leite!

– Não pode ser assim. – Grey hesitou. – A história é simples, realmente, e eu tenho toda a intenção de esquecer os detalhes, então não me pergunte mais nada. Dez anos atrás eu estava em Paris e ofendi um alto funcionário do governo assim que a Trégua de Amiens terminou. Foi uma época caótica, então o oficial me jogou em seu próprio calabouço particular no país. Dez anos de um dia difícil após o outro, então não há muito para contar. Quando finalmente escapei, fui para o norte e encontrei uma pessoa para me levar para casa. E aqui estou eu.

– Quem é a senhora? – uma mulher perguntou – Ela é a próxima condessa?

Grey pegou a mão de Cassie e a puxou para a frente com um sussurro:

– Me desculpe. – Voltando-se para a multidão, ele disse: – Esta é a Senhorita Catherine St. Ives, de Norfolk, que me ajudou a escapar. Espero persuadi-la a ficar. Vocês vão dar a ela uma recepção de boas-vindas a Dorsetshire?

A multidão explodiu em rugidos e aplausos enquanto Cassie corava até brilhar. Maldita tez pálida!

Grey acenou uma despedida.

– A Senhorita St. Ives está cansada, então eu vou dizer adeus e obrigado. Nunca vou me esquecer deste dia.

Assim que eles estavam lá dentro e a porta se fechou atrás, ele a apertou nos braços e sacudiu. Ela sentiu o coração martelando contra os seios.

– Obrigado por me resgatar mais uma vez – ele disse, pesadamente.

– A recepção foi maravilhosa em teoria, mas eu não teria aguentado muito mais tempo sem me comportar mal.

– Acho que você teria aguentado o tempo que fosse necessário. – Ela acariciou uma mão calmante nas costas dele. – Mas você já foi testado o suficiente para um dia.

Peter os seguiu, fechando a porta atrás de si.

– As pessoas obviamente preferem você como herdeiro a mim – ele disse, alegremente. Ficou triste quando viu o rosto tenso do irmão. – Isso foi realmente difícil para você! Pensei que Cassie estivesse exagerando.

– Ela é especialista em me impedir de cair aos pedaços – Grey disse, ironicamente, não deixando Cassie sair. – Todas aquelas pessoas simplesmente apareceram? Eu estava com medo de que isso significasse que papai tivesse morrido.

Peter se encolheu.

– Pareceria o mesmo, não? Quando mamãe viu os inquilinos chegando, me mandou sair para brincar de anfitrião enquanto ela preparava refrescos. Acho que metade do motivo pelo qual as pessoas vieram foi porque este é o primeiro dia de primavera real que tivemos, e todos queriam uma desculpa para comemorar.

– Então o meu regresso foi a desculpa. – Grey relaxou o suficiente para acabar com o abraço, mas manteve um braço ao redor de Cassie. – E, ao vir aqui, eles tiveram uma boa oportunidade de beber cidra e cerveja Summerhill e provavelmente também presuntos e queijos Summerhill.

– Uma oportunidade que eles aproveitaram ao máximo – disse Lady Costain, do alto. Ela deslizou pelas escadas, com uma mão no corrimão e parecendo uma condessa em cada centímetro. – Eu estava prestes a enviar os empregados para encontrá-lo, Grey. Mas, quando você voltou, lidou bem com tudo. Seu pai estava olhando do quarto.

– Ele deve estar muito mais forte – disse Grey. – O que provavelmente significa que vai descer para jantar hoje à noite.

A mãe riu.

– De fato, ele vai. Já que temos tantas razões para agradecer, decidi que esta noite teremos uma festa especial de celebração só para a família. Elizabeth e seu marido se juntarão a nós. Catherine, você tem um prato favorito que eu deveria pedir ao cozinheiro para preparar?

Cassie piscou. Aparentemente, ela não era mais uma vadia caçadora de fortunas. Depois de um momento de reflexão, ela disse:

– Há um doce que eu amava quando era criança, uma torta de maçã feita com um punhado de groselhas embebidas em brandy. Era servida quente com creme de ovos ou chantili em ocasiões especiais.

– Maçã com groselhas embebidas em brandy? – A Condessa parecia intrigada. – Isso parece muito bom, e bem dentro da capacidade da minha cozinha. Grey, imagino que ainda goste do cordeiro assado especial da Senhora Bradford?

– Oh, sim – ele disse fervorosamente. – Com molho de hortelã.

– Nos encontraremos no jantar, então. – Com um simpático aceno para seus filhos e Cassie, Lady Costain partiu para a cozinha.

– Minha mãe agora pensa em você como parte da família – Grey observou.

– Ela dificilmente poderia me proibir de comer à mesa enquanto eu for sua convidada – Cassie apontou. – Preciso examinar meu guarda-roupa para ver o que servirá para uma celebração familiar neste país quando metade dos convidados tem títulos.

– Você poderia usar este traje e ficaria linda – assegurou Grey.

– Mas não é apropriado! Vejo-o mais tarde. – Ela segurou suas saias e subiu as escadas. Quando chegou ao quarto, chamou Hazel, que apareceu prontamente. – Você é a camareira perfeita – observou Cassie. – Boa em todas as habilidades de criada, mas, como você é uma das pessoas de Kirkland, nós podemos conversar como iguais.

Hazel fez uma reverência muito apropriada.

– Tenho muita experiência como criada. É uma boa maneira de coletar informações sem ser notada.

Cassie acenou com a cabeça. Criadas, como velhas vendedoras, normalmente eram invisíveis.

– Eu preciso de algo muito bonito, mas não muito extravagante, para usar no jantar de hoje à noite. O Conde vai descer pela primeira vez desde seu acidente, e eles querem celebrar o retorno de Lorde Wyndham também. Duas fugas da morte. – Cassie sorriu. – Lady Kiri montou este guarda-roupa para mim tão rapidamente que não tenho certeza do que possuo.

– Há um vestido de cetim verde que vai parecer um deleite com seu cabelo ruivo – disse Hazel. – Não é tão cheio ou longo quanto um vestido de baile e o decote não é tão profundo, mas é bonito o suficiente para um jantar especial. Ele pode precisar de um pouco de ajuste, então é melhor você experimentá-lo depois que estiver fora do traje de montaria.

– Tenho muita sorte que a irmã de Lady Kiri seja tão parecida comigo em tamanho e tenha uma natureza tão generosa. – Cassie se virou para que Hazel pudesse desabotoar seu traje. – Você está entediada aqui sem espiões ou ministros do governo indiscretos para observar?

Hazel riu ao desfazer um dos laços.

– Tem sido muito repousante. Este é o mais raro dos lugares, um lar feliz.

– Inusitado, de fato. O que pensam os servos do retorno do Senhor Wyndham?

– Todos estão encantados, especialmente os mais velhos, que o conheceram melhor. Dizem que ele é muito parecido com o pai, e isso é bom para Summerhill. – Hazel puxou o vestido sobre a cabeça de Cassie. – As pessoas mais atenciosas reconhecem que dez anos de prisão mudam um homem. Eles esperam que ele não tenha mudado muito.

– Grey é notavelmente resistente, então acho que eles não têm razão para se preocupar com o futuro deles aqui. – Cassie levantou os braços para que Hazel pudesse deixar cair o vestido de cetim verde sobre ela. – O que eles acham de Peter? Por anos ele foi considerado o herdeiro.

Hazel alisou o tecido sobre a figura de Cassie.

– Ele é muito querido e as pessoas pensavam que ele teria feito um trabalho decente se tivesse herdado, mas acham que o irmão mais velho fará o trabalho melhor.

– Tenho certeza de que têm razão. Grey ama verdadeiramente esta propriedade e todas as responsabilidades que a acompanham. – Como Hazel ajustou o vestido em vários lugares, Cassie tentou não pensar na senhora perfeita que precisava ser para se igualar ao perfeito Lorde Grey.

38

Os olhos de Grey se alargaram enquanto Cassie descia a escada em um brilho de cetim verde.
— Você está esplêndida. O vestido é perfeito para esta noite.
Ela riu, mas ficou satisfeita com a calorosa hospitalidade dele.
— Já que você estava feliz com meu traje de montaria, não sei o quanto deveria confiar no seu julgamento.
Ele ofereceu seu braço.
— Asseguro-lhe que sempre tive um gosto impecável quando se trata de vestir mulheres. — Sua voz baixou para um sussurro. — E sou igualmente bom em despi-las.
— *Shhhhh* — ela disse, corando, quando entraram no pequeno salão onde a família estava se reunindo para o jantar.
Lorde Costain estava sentado em um sofá em vez de ficar em pé, mas parecia muito bem. Sua esposa estava a seu lado, e eles estavam de mãos dadas como se fossem recém-casados.
Cassie fez uma profunda reverência diante deles.
— Estou feliz em vê-lo tão bem, meu Lorde. Agradeço a ambos por sua cortesia para com uma convidada inesperada.
Lorde Costain sorriu benevolente.
— Realmente. Minha esposa e eu não poderíamos estar mais felizes em conhecer a futura noiva de nosso filho, e achá-la tão adequada. — Um brilho nos olhos de Lady Costain sugeria que ela não estava inteiramente de acordo com a declaração do marido, mas seu sorriso era gracioso.
Peter entrou no salão, seguido da irmã e seu marido. John Langtry era mais agradável do que surpreendentemente bonito como os homens Sommers, mas tinha um sorriso atraente, e ele e Elizabeth claramente se amavam.

Cassie ficou satisfeita em ver como Grey estava relaxado com sua família agora que os obstáculos iniciais haviam sido removidos. Ele falava com facilidade, compartilhava lembranças com seu cunhado e estava atento a Cassie para que ela não se sentisse como uma estranha.

Depois de meia hora de conversa descontraída, Lady Costain se levantou.

– Vamos para a sala de jantar?

– Excelente ideia – disse Grey. – Eu ouço um cordeiro assado chamando meu nome.

Cassie sorriu, ansiosa pelo cordeiro de Grey e pela torta de groselha de maçã dos St. Ives. Enquanto ela estava em pé, o mordomo apareceu na porta.

– Há dois cavalheiros aqui para ver a Senhorita St. Ives.

Dois jovens bem-vestidos da idade de Cassie. Tinham altura e estrutura semelhantes, embora um deles fosse um pouco mais alto e largo. Os homens eram claramente parentes de sangue – e tinham cabelos avermelhados na cor exata da de Cassie.

– Olhe para o cabelo! Tem de ser ela! – o mais magro assobiou para o outro. Erguendo a voz, ele perguntou, ansioso: – Catherine? É você a nossa Cat?

A taça de vinho de Cassie caiu dos dedos flácidos e se quebrou no chão enquanto ela olhava para os recém-chegados. Quando conhecera os primos, eles eram todos crianças, com rostos ainda não totalmente formados, mas nas feições daqueles homens adultos ela viu ecos de seu irmão moreno e de cabelos escuros, Paul.

Lembranças intensas lhe apertaram a garganta a ponto de não poder falar. Olhando para o homem mais magro, ela exalou:

– Richard? – O olhar dela mudou para o outro. – Neil?

Ela oscilou até que Grey colocou uma mão firme em seu ombro.

– Vocês são primos de Cassie St. Ives? – ele perguntou.

– Nós certamente somos! – Richard atraiu Cassie para um abraço explosivo. – Cat, meu Deus, é um milagre! Nós pensamos que você estivesse morta. – Ele recuou sem soltá-la e perguntou, hesitante: – Mais alguém sobreviveu?

Ela balançou a cabeça, lágrimas correndo pelo rosto.

– Apenas eu.

O outro jovem afastou o irmão.

– Ser o herdeiro não significa que você receba todos os abraços, Richard. – O abraço dele era uma ferida nas costelas. – É melhor você se lembrar de mim também, Cat, ou vou colocar sapos na sua cama!

– Se você fizer isso, vai encontrar um na sua também! – Ela se inclinou para o abraço do primo mais novo. Ele era alto e forte, um homem agora. Os três tinham uma idade muito próxima e eram uma grande parte da infância que ela havia enterrado nas profundezas de uma lembrança insuportável. – Você cresceu, Neil. Eu era capaz de derrotá-lo quando lutávamos.

– E nossas mães detestavam quando fazíamos isso! – ele riu.

Richard se virou para os olhares fascinados da família Sommers. Curvando-se diante do Conde e da Condessa, ele disse:

– Lorde Costain, Lady Costain. Por favor, aceitem minhas desculpas por me intrometer em uma ocasião familiar. Minha única justificativa é que, quando soubemos que nossa prima poderia estar viva, ficamos desesperados para descobrir a verdade.

– Nós, acima de tudo, podemos entender como é experimentar esse tipo de milagre – disse Lorde Costain. – Nosso filho pródigo esteve desaparecido por dez anos apenas. Sua prima pródiga está perdida há quase vinte.

– Exatamente, senhor. – O sorriso de Richard iluminou a sala. – A perdida foi encontrada, e nós não poderíamos estar mais felizes.

Lorde Costain estudou os recém-chegados.

– Eu conheço seu pai, e seu tio era um bom amigo meu. Estou feliz por conhecer a próxima geração de St. Ives.

Lady Costain olhou para o mordomo.

– Coloque mais dois lugares à mesa e prepare quartos para os nossos convidados.

– Isso não será necessário, Lady Costain – protestou Richard. – Vamos ficar na pousada da aldeia. Devíamos ter esperado até amanhã para falar, mas... não conseguimos. – Ele engoliu com força. – O irmão e a irmã de Catherine tinham cabelos escuros como a mãe e eram mais velhos do que nós, mas Cat tinha a nossa idade e era uma verdadeira ruiva de St. Ives. Mais uma irmã do que uma prima.

– É claro que vocês vão ficar aqui – disse a Condessa, rapidamente. – Nossas famílias em breve estarão conectadas, então vocês são muito bem-vindos sob nosso teto. Esta noite é uma celebração da recuperação do meu marido de um acidente grave e do regresso do meu filho da França. O que poderia ser mais apropriado do que vocês se juntarem a nós para celebrar a vida da sua prima?

Neil disse:

– A senhora é muito gentil.

– Sou conhecida por isso – disse a Condessa, com um brilho de diversão. – Os senhores gostariam de tomar uma bebida antes do jantar?

Os irmãos trocaram um olhar.

– Parece que vocês estavam prestes a jantar – disse Richard. – Dê-nos um momento para nos lavarmos, e ficaremos felizes em jantar agora, se não se importarem com o nosso pó da viagem.

Isso ficou resolvido. Na sequência, Grey murmurou para Cassie:

– Você não tem dúvida de suas identidades?

– Nenhuma – respondeu ela. – O pai deles era vigário da igreja paroquial de St. Ives, então Richard, Neil e eu crescemos juntos. — Ela olhou para eles enquanto saíam para se lavar. – Depois que minha família foi morta, eu fechei a porta da minha infância. Agora eles a abriram e encontrei muitas lembranças nítidas e alegres.

– Estou feliz – ele disse simplesmente.

Ele estava, ela percebeu, mas havia outra emoção nos olhos dele. Uma que ela não sabia interpretar.

Com duas vezes mais homens do que mulheres presentes, Cassie conseguiu sentar-se ao lado de Grey e em frente aos dois primos. Ela lhes fez pergunta após pergunta sobre a família. Seus pais estavam bem, e George, o irmão que era apenas um bebê quando Cassie o vira pela última vez, era agora um estudante em Oxford e planejava seguir o pai na igreja. Os três comeram, riram e suspiraram felizes sobre a torta de groselha e maçã.

Quando Lady Costain se levantou para sinalizar o fim da refeição, disse:

– Em vez de separar os homens e as mulheres para o vinho do Porto e o chá, eu proponho que talvez Catherine e seus primos queiram ter tempo juntos, pois eles têm muito para conversar.

Cassie, sentindo-se estranha, olhou para Grey. Depois que ele deu a ela um leve aceno de cabeça, ela disse:

– Eu gostaria muito, se fosse agradável para Richard e Neil.

Eles disseram que adorariam, então os St. Ives foram escoltados até a biblioteca, onde Porto e chá estavam disponíveis. Sentindo-se despreocupada, Cassie serviu três copos de vinho do Porto e se acomodou na frente do fogo.

Seus primos se espalharam na frente dela, visivelmente cansados da longa jornada, mas profundamente contentes. Richard comentou:

– Eu notei que Lorde Wyndham chamou você de Cassie. Você prefere isso a Cat?

– Qualquer um deles serve. Não sou Cat há quase 20 anos. Gostei de ouvir esse apelido de novo. – Cat tinha sido uma criança feliz e travessa. Muito diferente da séria e assombrada Cassie, mas ambas eram reais. – Os seus pais sabem de mim ou estão em Norfolk?

– Eles estão em Londres, mas nós não lhes contamos – disse Richard. – Eu conheço Kirkland por alto, e ele me deu as informações sobre você para que eu pudesse escolher como lidar com isso.

– Kirkland – disse ela, com ironia. – Eu deveria ter imaginado. Por que ele não contou ao seu pai, já que ambos estavam em Londres? Tenho certeza de que eles se conhecem.

Neil fez uma careta.

– Cerca de dez anos atrás, um impostor apareceu. Foi muito doloroso para a família, especialmente para os meus pais.

– Alguém estava se fazendo passar por mim? – ela perguntou, assustada. – Por quê?

– Você não. Paul, já que ele era o herdeiro de St. Ives – Richard explicou. – Assim como Paul, o impostor tinha o cabelo escuro de sua mãe, e se parecia um pouco com Paul. Como um St. Ives. E ele coletou informações suficientes sobre a família para ser moderadamente convincente também.

– Se ao menos fosse Paul – Cassie disse, pesarosamente. – Mas estou certa de que eu fui a única sobrevivente. – Em poucas palavras, ela descreveu o incêndio e como tinha sido salva por sua ama, Josette. A história não parecia adequada para ser contada durante um jantar comemorativo.

– Pelo menos foi rápido, não meses de miséria em uma masmorra esperando pela execução – disse Neil, reprimindo a selvageria em sua voz. – As mortes de sua família mudaram tudo, e não apenas porque papai herdou o título.

– Embora passar do vicariato para St. Ives Hall tenha sido uma mudança considerável, e nem sempre tão divertida quanto se possa pensar – observou Richard.

Neil deu um aceno de concordância.

– Se sua família tivesse morrido de febre ou varíola, teria sido trágico, mas poderia ser considerado a vontade de Deus. Ser assassinada porque era inglesa e estava no lugar errado na hora errada foi totalmente, insuportavelmente injusto.

– Nós dois queríamos ir para o exército e matar franceses – disse Richard, sem rodeios. – Mas, como sou o herdeiro, aceitei que minhas responsabilidades estavam na Inglaterra.

– Então eu tenho de ser o herói corajoso – Neil disse, com um sorriso. – Eu sou capitão na Guarda da Rainha.

– Para ser justo, ele é provavelmente melhor no caos do que eu.

– Eu também fico melhor de uniforme – disse Neil.

Cassie riu da provocação fraternal.

– Conte-me mais sobre o impostor. Como vocês descobriram que ele não era Paul?

– Minha mãe sempre foi muito ligada a Paul, e ela o acolheu de todo o coração. Ela queria que fosse Paul. Meu pai não tinha tanta certeza – Richard explicou. – Ele nunca esperou se tornar o Lorde St. Ives, e ficou destroçado quando sua família foi morta. Mas ele era um lorde quando o impostor apareceu. E descobriu que gostava disso. Então, quando ele teve dúvidas sobre o impostor, não tinha certeza se suas dúvidas eram genuínas ou se não queria acreditar por razões egoístas.

– Meu pai dizia que o irmão dele era o homem mais honrado que conhecia – disse Cassie, suavemente. – Não me admira que estivesse dividido. Como o impostor foi exposto?

– Eu pude ver que Richard tinha alguns dos mesmos conflitos que o meu pai – disse Neil. – Foi mais fácil para mim, já que eu não era o herdeiro e não tinha tanto a perder. O falso Paul foi bastante convincente, mas eu não tinha a sensação de que o conhecia antes. Ele se sentia como um estranho. Depois que conversei com Richard, começamos a montar ciladas. Fingindo que nos lembrávamos de fazer coisas com ele que nunca aconteceram e coisas do tipo. Ele era bom em ser evasivo, mas no fim conseguimos evidências suficientes para apoiar nossa crença de que ele era uma fraude e as apresentamos aos nossos pais.

– Mamãe não queria acreditar em nós – Richard disse, brincando com a história. – Papai franziu o cenho, chamou o falso Paul e exigiu que ele tirasse a camisa.

Cassie piscou os olhos.

– Por quê?

– Aparentemente, quando Paul era muito pequeno, antes de você nascer, ele caiu sobre um pedaço de madeira irregular e ficou gravemente ferido. Ele quase morreu e ficou com uma cicatriz enorme em um ombro. Poucas pessoas sabiam disso, mas é claro que meus pais sabiam.

Fascinada pela história, Cassie perguntou:

– O falso Paul tentou fugir?

– Muito rápido, mas Richard e eu estávamos lá – disse Neil. – Eu o imobilizei e rasguei sua camisa. Não havia cicatriz. Isso foi o suficiente para convencer até mesmo minha mãe.

– O que aconteceu com ele?

– Nós realizamos uma corte de família ali mesmo – Richard disse. – O nome dele é Barton Black, e ele é na verdade um primo nosso. Sua mãe era uma filha bastarda do nosso avô, que parece ter sido uma velha cabra exuberante. Quando Barton soube das mortes na França, começou a estudar a família. Depois que havia passado tempo suficiente para confundir as lembranças, ele apareceu e disse ser Paul.

– Acho que esse é um primo que estou feliz por não ter conhecido – disse Cassie, perplexa. – O que a corte de família decidiu?

– Meu pai não sabia sobre a mãe de Barton, e achava que ela e Barton tinham sido tratados muito mal. Ele fez Barton assinar uma confissão detalhada com todos nós como testemunhas, depois disse que estava livre. – Richard riu. – Barton era um diabo atrevido. Disse que queria deixar a Inglaterra para climas mais quentes e pediu uma passagem para Botany Bay porque ouvira que havia grandes oportunidades lá.

– Papai concordou e nós o escoltamos até as docas e o colocamos em um navio. Não voltamos mais a vê-lo. – Neil sorriu. – Eu gostava muito dele, mesmo que não fosse Paul. Mas você pode ver por que, quando Kirkland disse que Catherine St. Ives estava viva, Richard decidiu olhar para você antes de contarmos aos nossos pais. Quando cheguei a Londres, ele me convenceu a vir.

– Você não teria me perdoado se eu não tivesse perguntado – disse Richard.

– E vocês não tinham dúvidas sobre minha identidade? – Cassie perguntou, curiosa. – Vinte anos é muito tempo. Dois terços de nossas vidas.

– Cat, você tem o mesmo cabelo – Neil explicou. – Além disso, Kirkland disse que a conhece há anos. Como você nunca havia se apresentado à família, não parecia que estivesse atrás de alguma coisa.

– Por que não nos procurou? – Richard disse, sua voz baixa e cheia de dor. – Você achou que não nos importávamos?

Cassie olhou para o Porto e percebeu que tinha bebido tudo. Ela se levantou e serviu mais, enchendo os copos dos primos também. Quando retomou a seu assento, disse:

– Eu era uma criança órfã na França, com sorte de estar viva. Minha vida inglesa parecia muito distante, não mais do que um sonho. Com uma guerra em andamento, não era uma questão simples escrever uma carta. Quando eu tinha idade suficiente para voltar, muito tempo havia se passado. Pensei que ninguém se lembraria ou se importaria com quem eu era.

– Você deveria ter pensado melhor, Cat – disse Richard. – Eu me refiro ao que eu disse aos Costains. Você era como uma irmã. Como poderia imaginar que Neil ou eu a esqueceríamos?

Enquanto ela olhava para o vinho, percebeu que havia outra razão.

– Eu precisava acreditar que... a sua família estava bem e feliz – disse ela, hesitante. – Se eu tivesse descoberto que um de vocês tinha morrido, não teria sido capaz de suportar.

Neil se inclinou para dar-lhe um aperto fraternal nos ombros.

– Estávamos bem e felizes, Cat. Mas teríamos ficado mais felizes em saber que você estava viva.

– O que você tem feito todos estes anos? – Richard perguntou. – Você se casou? Teve filhos? Como você sobreviveu?

Ela hesitou, querendo saber o que dizer. Mas Richard e Neil eram sua família. Eles mereciam alguma verdade.

– Passei muito do meu tempo na França, mas venho à Inglaterra regularmente. Faço um trabalho que o governo britânico considera útil.

– Você é uma espiã – disse Neil, compreendendo bem. – Diabos, Cat, você sempre foi a garota mais esperta que eu já conheci!

– Acho que entendo melhor por que você não nos escreveu – disse Richard, com seriedade. – O trabalho que você tem feito deve ser muito perigoso.

Cassie deu de ombros.

– Não havia razão para interromper suas vidas, e, se algo acontecesse comigo, vocês não viveriam a dor de me perder uma segunda vez.

– Na verdade, você tinha uma boa razão para nos dizer que estava viva, Cat – disse Richard. – Você não sabia que é uma herdeira?

—Uma herdeira? – Cassie repetiu, assustada. – Os acordos matrimoniais dos meus pais teriam especificado porções para cada filho da união, mas certamente isso voltou para a propriedade de St. Ives depois que nossas mortes foram relatadas. Por que haveria algum dinheiro devido a mim?

Neil sorriu.

– Diga a ela, Richard. Você é o único que passa o tempo todo com os advogados e banqueiros.

– Pelos meus pecados. – Richard revirou os olhos. – Você ainda é elegível para a sua parte, já que está viva, mas isso é apenas o começo. Sua mãe tinha uma fortuna substancial, que foi dividida igualmente entre seus filhos. Já que você é a única filha sobrevivente, toda a fortuna dela vem para você, junto com sua parte da propriedade de Saint-Ives.

Ainda duvidando, Cassie disse:

– Os Montclairs estavam bem, mas presumi que toda a sua riqueza tinha sido confiscada pelo governo francês durante a revolução.

– Talvez. Eu não tenho nenhuma informação sobre isso – Richard respondeu. – Mas, como sua mãe era casada com um inglês, a fortuna dela foi transferida para a Inglaterra, e vem crescendo bastante desde então.

– Nós, St. Ives, temos os negócios no sangue, você sabe – disse Neil, com um sorriso.

– Somos muito melhores em fazer dinheiro do que o aristocrata médio.

Era mais do que Cassie conseguia entender.

– Então agora eu posso me dar ao luxo de comprar uma casa de campo à beira-mar.

– Você pode comprar um castelo à beira-mar, se quiser – garantiu Richard.

Cassie balançou a cabeça, tendo dificuldade em entender a magnitude da notícia.

– Nunca pensei que viveria o suficiente para que o dinheiro importasse. Minhas despesas sempre foram reembolsadas pelas pessoas com quem trabalho, então eu tive salário de sobra. – Não fazia sentido comprar roupas ou joias quando ela quase nunca as podia usar. – Nunca me preocupei com o futuro porque nunca imaginei que fosse envelhecer.

– Chega desse disparate, Cat – disse Neil, a voz firme. – Como soldado durante a guerra, há várias maneiras de eu chegar a um fim prematuro, mas pretendo muito bem me aposentar como um velho coronel e viver até os 90 anos. Não há nenhum sentido em supor que se morrerá jovem.

Cassie tinha suposto isso. Mas agora estava descobrindo razões para viver.

– Vamos parar com a conversa sobre a morte – disse Richard. – Cat, volte para Londres conosco. Meus pais ficarão muito felizes em vê-la.

Deixar Grey? Deixar Summerhill? Mas ela deveria, e em breve. Ganhando tempo, ela respondeu:

– Preciso pensar sobre isso. Tudo é tão repentino.

– O mundo virou de cabeça para baixo – Richard concordou. – Traga Wyndham com você. Ele deveria conhecer sua família. Eu gostaria de conhecê-lo melhor. Ver se ele é bom o suficiente para minha quase irmã.

– Ele acabou de voltar para Summerhill, e não vai querer sair de novo tão cedo.

Os primos dela assentiram, cheios de compreensão, e então começaram a enchê-la de notícias sobre a família nas últimas duas décadas. Ela sentiu como se um mundo novo, luminoso e reluzente estivesse sendo criado bem diante de seus olhos.

Ele substituiria o mundo luminoso que ela tinha vislumbrado aqui e que nunca poderia ser dela.

Quando Cassie e seus primos ficaram sem assunto, o restante da família já tinha se retirado. Quando ela estava cansada demais para continuar, Cassie abraçou os dois.

– Tinha me esquecido de como é maravilhoso ter uma família.

– Não há nada mais importante – disse Richard ao libertá-la para que Neil tivesse sua vez. – Agora que temos você de volta, nunca mais vai sentir falta de ter família.

– Volte para Londres conosco, Cat – acrescentou Neil. – Vou partir para a Espanha no final da semana, e sinto que ainda temos anos de conversa para recuperar.

– Vou pensar nisso. – Com um último sorriso, voltou para o quarto, sentindo-se tonta de todo o Porto que tinha bebido. Nunca havia esquecido Paul e Anne, seu verdadeiro irmão e irmã, mas deveria ter lembrado de que tinha outros irmãos também.

Uma fenda de luz aparecia debaixo da porta de seu quarto, então uma criada deveria ter deixado uma lâmpada para ela, e talvez um fogo para aquecer a noite fria. Com um suspiro, Cassie percebeu que precisava chamar Hazel para ajudá-la a tirar o vestido.

Ela entrou em seu quarto e não se surpreendeu ao ver que não estava sozinha. Grey estava estendido na cama, as mãos dobradas debaixo da cabeça e o olhar no teto. Ele tinha largado suas botas e casaco e estava esticado, com o poder de uma pantera, o cabelo dourado e sua moldura masculina gravada pelo fogo.

Quando ela entrou, ele virou os olhos escuros para vê-la.

– Você vai embora, não vai? – ele perguntou, calmamente.

Ela fechou a porta e se encostou nela. A decisão tinha sido tomada.

– Sim.

– Eu consigo ver o quanto significa para você ter uma família novamente. Seus primos parecem bons companheiros. No entanto... – Em um movimento suave, Grey saiu da cama e foi para outro lado do quarto para ficar a um braço de distância dela. – Não vá, Cassie. Por favor.

Ela queria entrar em seus braços, segurá-lo e nunca mais largar. Queria aprender mistérios cada vez mais profundos de sua alma, entrelaçada o mais próximo que dois humanos pudessem estar.

Mas ela não podia.

– Está na hora de eu ir embora, Grey – ela disse, lutando para manter a voz firme.

– Por quê? – ele perguntou, ferozmente. – Você não acha que poderíamos ter uma boa vida juntos?

– Eu não sei. Nem você. – Ela balançou a cabeça. – Você está livre há apenas algumas semanas. Estamos juntos permanentemente desde então, enfrentando o perigo e compartilhando a paixão. Eu tenho sido a única constante desde que você voltou ao mundo. Mas essa não é uma boa razão para se casar. – Ela fez um gesto que envolveu o ambiente. – Você não precisa mais de mim, Grey. Tudo de que você realmente precisa está bem aqui em Summerhill.

– Não estou pedindo para você ficar porque eu *preciso* de você, mas porque eu *quero* você – ele disse, sério. – Isso faz diferença?

Ela balançou a cabeça de novo.

– O desejo é poderoso, mas você não deveria permitir que ele supere o juízo.

– Não? Você acha que isso é tão fácil de ser descartado? – Ele avançou e a prendeu contra a porta com um beijo ardente. Suas mãos deslizaram sobre ela com calor e promessa, trazendo seu corpo ao anseio de vida.

A resistência e o julgamento desapareceram quando ela se entregou à paixão que os ligava. Eles se juntaram, contorcendo-se com a necessidade de se unir, mas impacientes demais para se despir.

Respirando forte, ele puxou o vestido de cetim verde até que ele se comprimisse ao redor dos quadris dela. Então ele mergulhou no calor úmido da seda com habilidade infalível.

Ela suspirou, pulsando contra a mão dele. Queria se fundir com ele. Do mesmo modo, Cassie queria tirar a roupa de Grey. Tirou sua camisa de dentro da calça para poder deslizar a mão sobre seu calor tenso.

Quando encontrou carne quente e dura, todo o corpo dele saltou e um gemido baixo escapou. Grey tirou a calça enquanto ela levantava uma perna e a enrolava ao redor dos quadris dele. Quando ele entrou dentro dela, os dois se fundiram com respiração ofegante e exatidão feroz, homem e mulher encontrando a totalidade juntos.

– Catherine – ele respirou, rouco, enquanto suas mãos se apertavam nas curvas perfeitas do quadril dela. – Cat. Cassie! – Ele se despedaçou, caindo no abismo e a levando junto. Ela mordeu o ombro dele para sufocar seus gritos enquanto ele a preenchia e completava, dissolvendo a dor que tinha moldado sua vida, deixando apenas uma sensação.

Mas não foi suficiente. Não quando a paixão desapareceu e a deixou com os pulmões ofegantes, músculos enfraquecidos e pesar.

Ela não conseguiria ter atravessado o quarto se ele não a tivesse carregado. Uma vez que eles estavam em pé perto da cama, ele habilmente desatou a gravata e os ganchos do vestido de cetim. Enquanto ele tirava suas roupas em camadas, ela se perguntava se o vestido poderia ser salvo.

Cassie supôs que não importava, já que agora podia comprar qualquer vestido que quisesse. Mas ela era o produto de muitos anos de sobriedade para não se importar se uma bela vestimenta tivesse sido destruída sem querer. E Cassie era demasiado fruto de perigo e tramoia para se entregar inteiramente a um homem que a queria agora, mas poderia não a querer para sempre. Esse era o cerne da questão, e ela entendeu, enquanto escorregava debaixo dos lençóis, e depois o via tirar a roupa.

Ele era lindo, todos os músculos duros e os traços sólidos. Ele era um homem que amava e gostava de mulheres, e, quando a paixão que os unia agora se desvanecesse, encontraria paixões novas em outro lugar.

Grey não seria grosseiro. Ele faria o possível para manter seus assuntos escondidos dela a fim de proteger os sentimentos e a dignidade de Cassie. Mas ela saberia... Uma espiã especialista era impossível de enganar sobre um assunto tão próximo de seu coração.

Em um ano ou dois, quando as partes fraturadas do caráter dele tivessem cicatrizado em uma nova maneira que ainda não podia ser vista, Grey poderia estar pronto para encontrar a próxima Condessa de Costain. Seria uma jovem virgem e bonita, sofisticada, que se contentaria com o que ele teria a oferecer, e ele talvez aproveitasse a liberdade para ter amantes. Depois que a paixão se desvanecesse, eles teriam o herdeiro e a posição reservada a ele.

Mas Cassie, a Raposa, nunca seria uma mulher assim. Ela não tinha nenhum desejo de compartilhá-lo com ninguém. Deveria partir agora, antes que estivesse profundamente apaixonada por ele.

Enquanto a segurava, ele disse, com triste resignação:

– Você ainda vai partir, não vai, minha Senhora Raposa?

– Sim – ela sussurrou. – Há atração entre nós, e o vínculo criado quando escapamos da França, mas isso não é suficiente para construir nossas vidas. – Eu acho que sim, e, se você discordar, não sei como mudar sua opinião. – Sua mão carinhosa desceu do ombro dela, aquecendo e moldando a carne macia que encontrou ao longo do caminho. – Eu quero lhe dar tudo, mas não há nada que você precise de mim. Você encontrou seu caminho de volta para a vida de riqueza e posição para a qual nasceu, então não posso nem lhe dar isso.

– Você me deu algo mais valioso do que um título e uma fortuna. – Ela virou o rosto para beijar os lábios dele com ternura prolongada. – Você abriu meu coração de uma forma que me permite pensar em um futuro diferente. Se eu sobreviver a esta guerra, e estou começando a acreditar que talvez sobreviva, serei capaz de viver uma vida melhor do que se não o conhecesse.

Ele cobriu o seio dela.

– Estou feliz que você valorize o tempo em que estivemos juntos. Achava que todos os benefícios tinham sido para mim, e não sou tão egoísta a ponto de preferir assim.

– Você não é egoísta. – Ela o beijou de novo, a ternura deslizando para o calor. – Você é generoso de maneiras que nenhum dos outros homens que conheci consegue ser.

Ele rolou, então ficou em cima dela, suportando seu próprio peso, de modo que o corpo dele mal deslizava no dela.

– Você está certa de que a recuperação do inferno vai demorar mais de um mês. Vai me achar uma perspectiva melhor e mais sã daqui a um ano? Quando estiver na Inglaterra, posso levá-la para férias loucas e apaixonadas à beira-mar?

– Não – disse ela, firme. – Temos de acabar com isso agora. Você não deve esperar para ver se eu vou mudar de ideia, e termos um caso só vai prolongar a dor. Encontre alegria em todas as coisas de que foi privado. Daqui a um ano você não vai se interessar por uma espiã idosa.

– Estou com vontade de bater em você – ele disse, exasperado. – Você se preocupa com o meu estado de espírito, mas é tão tola que não reconhece que é uma mulher extraordinária e linda. – Ele começou a beijar o pescoço dela, agitando sensações que ela pensava estarem exaustas. – Posso ao menos convencê-la de que você é incrivelmente desejável?

Ela abriu as pernas e ele se acomodou entre elas, o corpo endurecido dele deslizando ao longo da carne delicadamente sensível dela. Enquanto ela se agitava contra ele, disse, rouca:

– Você me faz sentir a mulher mais desejável do mundo.

– Porque você é. – Ele enterrou o rosto no ângulo do ombro dela. – Ah, Deus, Cassie! Se só temos esta noite, vamos aproveitar cada momento.

– Nós vamos – ela respirou enquanto o atraía para dentro dela. – Nós o faremos.

Quando a paixão e as palavras se esgotaram, Grey colocou as costas contra o peito dela para que Cassie pudesse sentir a forte batida de seu coração. Ela se perguntou se alguma vez se sentiria tão perto de outro homem novamente.

Talvez. O tempo dela com Grey a tinha mudado profundamente. Agora ela podia imaginar uma vida além da guerra. Se sobrevivesse, compraria uma casa em Norfolk para estar perto da família. Talvez um dia pudesse até se casar. Mas agora era impossível imaginar amar qualquer outro homem além de Grey.

Ela estava meio adormecida quando Grey começou a cantar. As palavras suaves e a melodia mal eram audíveis. Ela não o ouvia cantar desde que o encontrara nas masmorras do Castelo Durand. Havia se surpreendido tanto com sua voz forte e poderosa quanto com a incrível amargura de sua canção.

Sua voz ainda era forte, mas dessa vez ele cantava o amor, ou melhor, o amor perdido. Sua garganta se apertou enquanto ela reconheceu a canção arrepiante de sua infância.

Are you going to Scarborough Fair?
Parsley, sage, rosemary, and thyme
Remember me to one who lives there
She once was a true love of mine

Os versos continuaram com a série de desafios para completar tarefas impossíveis antes que o amor pudesse ser alcançado. Em seguida, ela fechou os olhos contra o ardor das lágrimas.

Remember me to one who lives there
He once was a true love of mine··

Grey tinha enfrentado desafios mais difíceis do que dar um adeus cortês a Cassie quando ela o deixou para sempre, mas não conseguia se lembrar de quais. Ele rezou para conseguir manter a compostura ao invés de desmoronar e confirmar suas piores suspeitas sobre sua estabilidade mental.

Toda a família Sommers se reunira no salão da frente para dizer adeus a Cassie e seus primos. Ela não estava vestida para o glamour daquela manhã, mas o rico marrom-escuro de seu vestido matinal maravilhosamente feito sob medida era um complemento perfeito para seu glorioso cabelo castanho-avermelhado e sua pele de porcelana. Quando ela se virou para ele a fim de fazer sua despedida, parecia mais majestosa que a Rainha da Inglaterra. Era difícil se lembrar de que os dois estavam nus e apaixonados nos braços um do outro na noite anterior.

Enquanto Richard e Neil davam efusivos agradecimentos e despedidas ao Conde e à Condessa, Grey aproveitou a oportunidade para trocar algumas últimas palavras particulares com Cassie. De perto, viu sombras sob os olhos dela. Não era de admirar, dado o pouco tempo de sono que tinham tido. Ele provavelmente estava muito parecido.

– Se eu conseguir superar isso sem desmoronar em uma forte histeria, certamente estarei curado da loucura da prisão – ele murmurou, tentando obter uma ponta de luz. – Embora, para ser honesto, a única coisa que me impeça de arrastá-la para longe e trancá-la no sótão é saber que você quebraria meu braço ou algo ainda mais valioso.

Os olhos dela se iluminaram com divertimento irônico.

– Não duvido que você esteja a caminho da recuperação, Grey. Em breve estará partindo todos os corações femininos da alta sociedade.

– Estranhamente, essa não é a minha ambição. – Ele estudou o rosto de Cassie com uma ferocidade tão desesperada que o olhar dele poderia ter queimado sua tez pálida. Em um canto remoto de sua mente, ele entendeu por que ela acreditava que os dois deveriam seguir caminhos separados. Uma parte ainda menor dele concordou. Mas seu coração, corpo e alma acreditavam no contrário.

– Está na hora de ir, Cat! – Neil chamou.

– Adeus, meu lorde e companheiro na adversidade. – Cassie levantou a mão e tocou a face de Grey com suavidade. – Nunca o esquecerei.

O controle dele se rompeu, e ele a apertou em um abraço desesperado.

– Não vá, Cassie! – ele sussurrou no ouvido dela. – Fique.

Por um instante ela o abraçou com a mesma força. Então se separou, o rosto dela ruborizando.

– Viva bem, Grey. Seja feliz.

Ela se virou e saiu de Summerhill.

Levando o coração dele consigo.

Cassie não relaxou até que a carruagem estivesse bem longe da propriedade. Não que ela esperasse que Grey viesse galopando atrás dela e a arrastasse em seu cavalo. Certamente ele saberia fazer algo melhor. Mas, com ele, ela nunca poderia ter certeza.

Quando chegaram à estrada principal em direção a Londres, ela finalmente se acalmou. Na carruagem, quatro pessoas estavam quentes, então ela removeu o chapéu. Richard sentou-se ao seu lado. O assento de frente mantinha Neil diante de Cassie, enquanto Hazel, parecendo invisível como apenas os agentes de Kirkland conseguiam, sentou-se em frente a Richard.

Richard tinha ficado em silêncio até esse momento, mas disse abruptamente:

– Eu vi o que Wyndham fez quando estávamos saindo. Ele se comportou de forma desonrosa com você, Cat?

– Desonrosa? – ela perguntou, incrédula. – O que você quer dizer?

Parecendo envergonhado, mas pronto para convocar Grey, Richard perguntou:

– Ele a levou a ter expectativas que não cumpriu?

Capturada entre divertimento e irritação, Cassie respondeu calmamente:

– Se você está praticando para ser o chefe da família, não o faça. Eu sou bem capaz de cuidar de mim mesma.

– Mas ele agiu corretamente com você? – Richard insistiu. – Estou falando sério, Catherine.

Ela estudou seus primos durante uma dúzia de voltas nas rodas das carruagens, pensando se poderiam entender a realidade da vida de uma espiã. Provavelmente ficariam chocados – eles eram filhos de um vigário, afinal de contas. Era melhor não tentar explicar as complexidades de sua situação.

– Wyndham queria se casar comigo. A maioria das pessoas consideraria esse comportamento honroso.

– E você não queria? – A voz dele estava confusa. – Eu não entendo. Vocês pareciam gostar muito um do outro.

– É complicado. – Ela fechou os olhos, interrompendo a discussão. Ela também não entendia. Mas sabia que estava certa. Grey ainda não estava pronto para ter uma noiva. Quando e se estivesse pronto, não seria ela.

Mais uma vez a viagem a Londres foi feita em um ritmo mais rápido que um cocheiro contratado e frequentes mudanças de cavalos conseguiriam. Mesmo assim, já era o meio da noite quando chegaram. A seu pedido, Hazel foi deixada perto do escritório de Kirkland. Cassie suspeitava de que a agente iria relatar o retorno de Wyndham para casa.

Enquanto Hazel descia da carruagem, Cassie disse:

– Muito obrigada. Você tornou a minha visita ao campo muito mais fácil.

Hazel sorriu.

– Eu gostei. Talvez nos encontremos novamente na Exeter Street.

Quando a carruagem começou a se mover novamente, Neil observou:

– Não é uma criada comum.

Cassie sorriu.

– Eu não sou uma dama comum.

A casa dos St. Ives ficava a uma curta viagem de distância. Quando Neil a ajudou a sair da carruagem, ela estudou a fachada. O edifício era bonito e bem dimensionado. Quando criança, ela não tinha sido trazida muitas vezes para Londres, mas se lembrava bem da casa.

– É difícil estar aqui de novo? – Richard perguntou enquanto ela segurava seu braço.

Ela assentiu.

– Estive aqui apenas algumas vezes, mas tenho boas lembranças do lugar. Por isso o evitei.

– Nunca passou por aqui quando estava em Londres? – Neil perguntou, surpreso.

– Não. – Sua boca se retorceu. – Enterrei tudo o que tinha a ver com a minha infância, e nunca olhei para trás.

– Isso não vai acontecer de novo – Neil disse firmemente. – Nós não vamos permitir.

– Irmãos mandões – ela disse, com um sorriso. – Mesmo quando eu tinha oito anos de idade, não aceitava bem as ordens.

Richard sorriu.

– Não posso esperar que você tenha se tornado mais fácil?

– Perda de tempo. Melhor mudar seus pensamentos para não chocar muito seus pais – ela aconselhou. – Quando Lady Costain viu Wyndham sem avisar, ela desmaiou.

– Bem pensado. Vou entrar e prepará-los. Neil, me dê alguns minutos para preparar o palco antes que você traga Cat.

– Vamos fazer isso.

O porteiro que os acolheu deu a Cassie um olhar curioso, mas ele era muito jovem para conhecê-la.

– Bem-vindos a casa, senhores. Se quiserem cumprimentar o Senhor e a Lady St. Ives, eles estão tomando chá no salão.

– Prepare um jantar para três pessoas – ordenou Richard.

Com um passo rápido, ele subiu as escadas do salão.

Neil pegou a capa e o chapéu de Cassie, acrescentando:

– Prepare um quarto para nossa convidada. – Quando o criado saiu, perguntou a Cassie: – Está pronta para conhecer mais parentes?

Ela sorriu desajeitadamente enquanto pegava o braço dele.

– Eu agora compreendo melhor o nervosismo de Wyndham sobre ir para casa depois de uma longa ausência.

– Já que você não estava esperando Richard e eu, não precisava se preocupar – ele concordou. – Mas isso não vai ser ruim. Agora, anime-se!

Ela riu e obedeceu. Enquanto eles subiam as escadas, ela tentava se lembrar das idades de seus primos. Richard era cerca de um ano mais velho do que ela, Neil um ano mais novo. Perto o suficiente para que os três tivessem corrido juntos como um bando de selvagens. O vicariato era muito mais relaxado do que a casa senhorial, e Cassie tinha passado muito tempo lá, tomando lições ensinadas por seu tio.

A casa parecia semelhante àquela da qual ela se lembrava, com vários móveis que ela reconhecia. No entanto, houvera mudanças suficientes, particularmente novas obras de arte e tapeçarias, que tornavam o lugar diferente da casa de seus pais. Ela ficou feliz com isso.

Quando entraram na sala de visitas, Lady St. Ives dizia placidamente:

– Quanto tempo temos de esperar por essa feliz surpresa, Richard?

– Não muito – respondeu o filho. – Vejam! – Ele fez um gesto abrangente em direção a Cassie e Neil, e então se moveu para se juntar a eles. Com os três perto um do outro, a semelhança familiar era inegável.

A tia e o tio de Cassie olharam para ela. Os anos que se passaram acrescentaram quilos, rugas e cabelos grisalhos, mas eles ainda eram a tia e o tio que ela adorava. Ela fez uma profunda reverência.

– Tem sido um longo caminho, tio Vigário. Tia Paciência. – Ela usou os apelidos deliberadamente como forma de confirmar sua identidade.

– Catherine? – sua tia ofegou.

Seu tio atravessou rapidamente a sala para olhar mais de perto para ela. John St. Ives se parecia com o pai dela, mas era mais brando e mais alto e duas décadas mais velho.

– Catherine. – Ele apertou as mãos dela, o rosto brilhando. – Minha querida garota! Não é uma impostora, Paciência!

A reunião que se seguiu foi muito parecida com a de Richard e Neil, mas com mais pessoas, mais comida e mais vozes sobrepostas. Quando a meia-noite se aproximava, Cassie começou a bocejar.

– Me desculpem – ela anunciou. – Foi um dia longo.

– Eu deveria ter pedido para lhe prepararem um quarto – exclamou sua tia. – Estava tão ocupada falando que me esqueci.

– Eu não esqueci – Neil disse, carinhosamente. – O quarto estará pronto quando Cat quiser.

– Que é agora. – Cassie sufocou outro bocejo. Estava cansada não só das viagens, mas de tanta interação social. Tinha se acostumado a uma vida mais calma.

– Quais são seus planos agora, Catherine? – perguntou o tio. – Esta é a sua casa enquanto estiver em Londres, é claro. Mas você gostaria de ir ao solar Eaton? Com a chegada da primavera, Norfolk estará particularmente bonita.

O pensamento produziu uma facada de dor. Cassie passara a maior parte da infância no solar Eaton, e haveria mais memórias do que poderia suportar agora.

– Talvez em outro momento – respondeu ela. – Por enquanto, tenho negócios em Londres.

Depois de abraços de boa-noite, ela se retirou agradecida para um quarto mobiliado e confortável, aquecido por um fogo ardente. Suas roupas tinham sido escovadas e penduradas no guarda-roupa.

Uma criada chegou momentos depois de Cassie. A jovem estava lá para ajudá-la com seu vestido, e também trouxe um jarro de leite quente temperado para ajudar a dormir. As lágrimas ameaçaram quando Cassie segurava a caneca gentilmente fumegante. Ela podia dizer pelo cheiro que o leite era a receita francesa de sua mãe. Ela o bebia frequentemente quando criança.

Depois que a criada desabotoou o vestido, Cassie dispensou a jovem. Vestida de camisola e roupão, pegou a caneca e se aproximou da janela a fim de olhar para a Londres adormecida. Um gole do leite mostrou que, em deferência aos seus anos de idade, uma dose fortificante de rum tinha sido adicionada.

O que Grey estaria fazendo agora? Melhor não pensar nisso.

Por mais que ela amasse sua família redescoberta, tinha sido independente por muito tempo para permitir que eles a assumissem. Eles tinham as melhores intenções do mundo, mas ela tinha sido Cassie, a Raposa, que jurara trabalhar para a derrota de Napoleão por toda a sua vida adulta.

No entanto, embora não estivesse pronta para o solar Eaton, gostaria de passar um tempo com os St. Ives e ser uma mulher de recursos. Ela devia a Lady Kiri Mackenzie e Lucia Stillwell uma farra de compras realmente esplêndida como agradecimento por lhe fornecerem um guarda-roupa durante aqueles dias.

Ela percebeu que, como agora tinha bens, deveria fazer um testamento. Nunca havia precisado de um antes. Ela também queria mostrar seus dentes a Kirkland porque ele tinha informado Richard St. Ives de que estava viva, e tinha feito isso sem a permissão dela. O fato de ter acabado tudo bem só significava que Kirkland era o mesmo irritantemente correto de sempre.

Depois que o repreendesse, ela lhe pediria outra missão. Sua vida poderia ter mudado drasticamente nas últimas semanas, mas ainda havia uma guerra na Europa. E ela não ficaria satisfeita até que Napoleão fosse destruído.

A raposa não tinha terminado sua corrida.

Grey iniciou a sua. Ele tinha corrido sem sair do lugar por incontáveis horas durante seus anos na prisão, imaginando que se movia através de paisagens verdes, abertas. Muitas vezes visitara mentalmente sua casa com corridas a lugar nenhum. Agora ele realmente podia correr por Summerhill. Precisava do esforço porque não estava queimando energia em uma cama com Cassie. Ele rapidamente percebeu que correr para cima e para baixo nas colinas era diferente de correr no mesmo lugar. Apesar de ter descoberto alguns músculos novos que não tinham sido necessários no cativeiro, ele adorava a liberdade de correr, fosse no sol ou na chuva, ou em manhãs nubladas. E nunca se cansaria da beleza de Summerhill.

Apesar de adorar andar a cavalo, o fato de estar a pé mostrava novos aspectos de Summerhill. O sapateiro local fez para ele um par de botas curtas leves e confortáveis que se adequavam perfeitamente à sua nova paixão. Ele se sentia cada vez mais forte emocional e fisicamente. Essa linda terra ancestral o tinha curado de maneiras que ele não conseguia descrever.

Ele tentava não pensar em Cassie. Seu amadurecimento poderia ter sido interrompido pelos anos na prisão, mas, maldição, ele era um adulto.

Deveria ser capaz de aceitar que uma mulher tinha motivos bons e suficientes para não o querer.

Infelizmente, ele se lembrava dela toda vez que seus pais davam outro pequeno jantar para os vizinhos. Tinha concordado com as reuniões porque sabia que as pessoas estavam curiosas sobre o filho pródigo, e precisava se tornar parte de sua comunidade novamente.

Mas ele odiava ser olhado como um bife jogado para um bando de cães famintos. Tinha de dizer à família que Cassie havia terminado o noivado, embora se recusasse a responder às perguntas. O fato de ele estar disponível, no entanto, significava que todas as jovens elegíveis do local o estudariam e avaliariam suas chances.

Aquelas que não eram damas o avaliariam de forma distinta e fariam um tipo diferente de proposta. Ele se tornou um especialista em desaparecer educadamente. Tanta nudez e feminilidade enfatizava como Cassie era única e especial e Grey perdera a inteligência, o calor e a sabedoria dela, arduamente conquistado. Ele também perdera seu corpo deliciosamente arredondado e sensual.

Sempre que seus pensamentos se moviam naquela direção, era hora de começar a correr novamente.

Depois de uma quinzena em casa, ele estava começando a relaxar e se sentir como Lorde Wyndham novamente. Então ele recebeu uma carta que virou seu mundo de cabeça para baixo.

Grey foi em busca de Peter e o encontrou na biblioteca, que era o local particular de seu irmão. Peter olhou sobre uma carta com o sorriso radiante.

– É do Senhor Burke, o diretor do teatro! Ele diz que sua companhia precisa de um jovem ator para fazer as senhoras desmaiarem, e, como eu mostro sinais de habilidade de representação, ele me dará uma chance.

– Maravilhoso! – E agora Grey teria de destruir a felicidade de seu irmão. – Mas não diga aos nosso pais ainda. – Sinistramente, ele levantou sua própria carta. – Devo viajar para a França. Se eu não voltar, você será herdeiro de Costain novamente.

41

Samuel Johnson dizia que um homem cansado de Londres estava cansado da vida. Talvez isso não se aplicasse às mulheres, porque, depois de uma quinzena de compras e socialização, Cassie estava inquieta. Ela estava acostumada a viver uma vida com um propósito. Escolher fitas para chapéus não parecia muito importante, comparado com trabalhar para a queda de Napoleão.

Foi um alívio receber uma mensagem de Kirkland solicitando que ela atendesse a seu chamado. Ela o tinha visitado anteriormente para repreendê-lo por ter contado a seus primos sobre sua identidade, mas não tinha sido levada a sério, pois os resultados de sua intromissão tinham sido bons.

Aquilo, porém, era diferente. Ao empunhar a aldrava de cabeça de dragão, ela se lembrou do dia em que, em janeiro, visitara Kirkland e recebera a incumbência de verificar se o desaparecido Wyndham estava vivo. Os meses que se seguiram foram tão agitados que o tempo parecia muito mais longo.

Mais uma vez ela foi recebida pelo mordomo e seguiu para o escritório de Kirkland. Ele se levantou educadamente quando ela entrou.

– O que você tem para mim hoje, James? Informações a serem transferidas da Inglaterra para a França ou vice-versa? Exploração, assassinato?

– Eu tenho uma informação para você – ele disse, assustadoramente. – O que você vai fazer com ela é por sua conta.

Ela se sentou a um gesto dele.

– Isso parece sério.

– É sim. – Ele se sentou na cadeira, cansado. – Você sabe que os governos francês e britânico esconderam formas de comunicação entre si? – Com o aceno dela, ele continuou: – Recebi uma mensagem enviada por Claude Durand. Ela veio de muitas mãos antes de me alcançar. Ele recapturou Père Laurent, companheiro de Wyndham no cativeiro. E também prendeu as pessoas que estavam abrigando o padre.

– Os Boyers. – O estômago de Cassie encolheu-se de tal forma que ela se sentiu quase fisicamente doente. Já era ruim o suficiente que Durand tivesse recapturado Père Laurent, mas Viole e Romain Boyer também? – A sobrinha do padre e sua família. Eles nos acolheram com bondade e abrigo quando estávamos em extrema necessidade. Durand também prendeu seus filhos?

– Aparentemente. Ele disse que prendeu quatro membros da família Boyer.

Durand provavelmente ainda não tinha se importado com a filha mais velha casada, mas isso foi um pequeno conforto. Cassie xingou com palavras que Catherine St. Ives não conheceria.

– Aquele diabo! – Em uma onda gelada, a compreensão se instalou sobre ela. – Durand enviou a informação para preparar uma armadilha, não foi? Ele quer que Wyndham retorne à França.

– É a única razão pela qual ele faria um esforço considerável para enviar essa informação aos ingleses – concordou Kirkland. – E receio que ele vá realizar seu desejo. Wyndham prepara-se para partir já para França.

Ela ofegou.

– Por que diabos você disse a Wyndham? Salvar os Boyers seria quase impossível mesmo para agentes treinados. Se ele for para a França, será morto!

– Espero que não. Quanto à razão pela qual eu lhe contei sobre a mensagem de Durand... – Kirkland fez uma careta. – Apesar de seus comentários não injustificados sobre a minha intromissão, não gosto de tomar decisões pelas pessoas. Como se sentiria Wyndham se soubesse mais tarde que Père Laurent foi recapturado e morreu na prisão? E os Boyers? Parecem boas pessoas cujo único crime foi oferecer refúgio ao tio de Madame Boyer.

– Você devia saber que Wyndham se sentiria obrigado a voltar para a França. – Ela se encolheu. – Posso imaginá-lo negociando com Durand, oferecendo-se em troca da liberdade de Père Laurent e dos Boyers.

Kirkland brincava com sua pena com dedos tensos.

– Seria imprudente negociar com uma cobra como Durand, mas imagino Wyndham fazendo isso se achasse que era a única maneira.

A calma se instalou sobre Cassie.

– Você deve saber que eu não vou deixar Grey ir sozinho.

– Considerei provável que você insistisse em ir com ele – admitiu Kirkland.

– Você se cansa de brincar de Deus, James?

– Com frequência. – A pena estalou nas mãos dele. – Se Wyndham for sozinho, é improvável que ele sobreviva, muito menos que tenha sucesso na missão. Se você for com ele, as chances de sucesso aumentam, mas ainda assim não são boas, e eu também coloco sua vida em perigo. O que você faria no meu lugar?

Ela considerou.

– O mesmo que você está fazendo. Mas eu preciso estar com raiva de alguém, e você é o mais próximo.

– Sinta-se livre para me amaldiçoar. Estou acostumado com isso. – Ele deu a ela um sorriso retorcido. – Aqui está você com uma nova vida. Uma família amorosa, fortuna, o retorno à posição para a qual nasceu. E eu a estou arrastando de volta para o mundo obscuro e perigoso da espionagem.

– Se é algum conforto, eu estava ficando entediada com a vida da moda e estava pronta para voltar ao trabalho. – Seus olhos se estreitaram como a Cat de seu apelido de infância. – Eu tenho certeza que sabe como eu reagiria se você deixasse Wyndham ir para a missão sem me contar.

– Eu temeria por minha vida – disse ele, prontamente.

– Homem sábio. – Ela ficou em pé, sabendo o que precisava fazer. – Você sabe onde Wyndham está?

– Lá em cima, no meu quarto de hóspedes. Eu o convidei para ficar aqui enquanto ele está em Londres.

Ela girou no calcanhar e se dirigiu para a porta. Atrás dela, Kirkland disse:

– Segundo andar, no fundo.

Não que ela precisasse de indicações. Agora que sabia que Grey estava perto, ela o encontraria. E Deus ajudasse qualquer um que se metesse em seu caminho.

G rey estava escrevendo uma das várias cartas difíceis que ele esperava que nunca precisasse ser enviada quando a porta de seu quarto se abriu sem som. Ele levantou a cabeça, pensando que era uma das criadas de pés macios de Kirkland, e então congelou. *Cassie.*

Ela parecia composta e discretamente elegante em um vestido matinal azul-escuro. Esse seria o estilo dela como uma dama inglesa, ele percebeu. Alfaiataria impecável, tecidos bonitos e um corte bastante conservador para equilibrar a magnificência sensual de sua figura impecável e cabelo castanho-avermelhado brilhante.

Ela fechou a porta e se encostou contra ela, uma mão na maçaneta como se estivesse pronta para fugir. Com o coração batendo, ele se levantou, pensando que era injusto da parte de Kirkland enviar Cassie. A atmosfera ficou estrondosa de tensão. Ele queria atravessar o quarto, enrolar os braços em volta dela e arrastá-la para sua cama.

Em vez disso, ele se obrigou a ficar atrás da escrivaninha. Saltando as preliminares, ele disse abertamente:

– Eu não vou mudar de ideia.

Ela olhou para ele com um olhar frio e atento.

– Então você acha que pode atravessar o Canal e a França e resgatar cinco pessoas, pelo menos uma delas com saúde precária, do Castelo Durand?

– Não sei – disse ele, honestamente. – Mas tenho de tentar. Devo demais a Père Laurent e aos Boyers para não fazer o que posso.

– Tem certeza? – ela perguntou. – Você passou dez anos no inferno. Agora recuperou tudo. A família, a riqueza, a posição na vida. Está preparado para jogar tudo fora em uma busca impossível?

– Sim. – Apesar de seus períodos de cólera e selvageria, a vida tinha sido quase insuportavelmente doce desde que Cassie o resgatara. Depois de procurar por palavras, ele disse, hesitante: – Eu preciso fazer isso. Tive tantas bênçãos desde o acidente do meu nascimento, e nunca fui obrigado a fazer nada difícil em troca. Nunca me arrisquei em nome de ninguém. Eu... Preciso provar a mim mesmo que sou um homem, não um menino fraco.

Ela assentiu como se as palavras dele confirmassem seus pensamentos.

– Não estou aqui para desperdiçar meu fôlego tentando mudar sua mente. Eu sabia que você não podia virar as costas para eles.

– Tenho anos de frivolidade para compensar. Então – ele olhou para ela com olhos de guerra –, se você não vai tentar mudar minha mente, por que veio? Para me amarrar e me trancar em um armário para que eu não possa sair de Londres?

Suas sobrancelhas estavam arqueadas.

– Para tomar conta dessa missão, é claro. Se você se deixar levar pelos seus próprios meios, vai se matar e desperdiçar todo o tempo e esforço que eu lhe dediquei.

Ele estava dividido entre rir e praguejar.

– Não. Você já arriscou demais por mim. Père Laurent e sua família são responsabilidade minha, não sua.

– Isso é discutível, pois eu nos levei direto para a fazenda dos Boyers e aproveitei a generosidade deles – respondeu ela. – O que não é discutível é que você não tem a experiência e as habilidades necessárias para chegar com segurança à França e ter a chance de sair vivo de novo.

– Você me subestima – disse ele rapidamente, sabendo que ela estava certa. – Eu falo francês como um nativo, e, tendo viajado com você pela França, tenho alguma ideia de como essas coisas são feitas. Kirkland também me prometeu um novo documento.

– Você consegue encontrar transporte através do Canal? Já que estava sofrendo de dois ferimentos de bala quando chegamos à Inglaterra, suspeito que teria dificuldade em encontrar o caminho de volta para meus contrabandistas ingleses.

Ela tinha razão que ele havia ficado confuso com as feridas e enjoos, mas ele pensara nisso.

– O nome da pessoa é Nash e tenho uma boa noção de onde chegamos. Vou encontrá-lo, e me oferecer para pagar tanto que seria um mau negócio recusar-me.

– Talvez possa fazer isso – ela concordou. – Você provavelmente também poderia ir ao Castelo Durand, com os documentos certos, embora algumas pessoas possam questionar um jovem saudável que não está no exército. Mas e quando chegar ao castelo? Está planejando uma invasão de um só homem?

– Vou pensar em alguma coisa, e não será um assalto direto. Posso ser inexperiente, mas não sou estúpido.

– Normalmente não, mas recusar minha ajuda é profundamente estúpido. Juntos, temos alguma chance. Por conta própria... – Ela balançou a cabeça. – Você me disse que Peter não queria herdar o condado. Vai forçar o título para ele?

– Com muito tato – disse ele, exasperado. Ele cobriu a distância entre eles em dois longos passos e a beijou com a paixão que vinha crescendo desde sua última noite juntos.

Tocá-la simultaneamente o acalmou e incendiou. Sua boca era doce e quente, e os seios dela se esmagaram contra ele enquanto ela correspondia, com os dedos cravados nas costas dele. Ligeiramente consciente de que aquilo não era o que ele esperava, Grey interrompeu o beijo e recuou, respirando forte.

– Você acha mesmo que podemos viajar juntos e manter nossas mãos longe um do outro?

– Obviamente que não. – O rosto dela ficou ruborizado e os cabelos avermelhados caíram em seus ombros. Ela deu a ele um sorriso ruidosamente malicioso. – É por isso que devemos viajar como marido e mulher.

42

Grey teve de rir.
— Partilhar uma cama é a minha recompensa se eu a deixar vir comigo?
— Provavelmente mais uma razão. Estamos ambos loucos para tentar um resgate do Castelo Durand. — Ela deu um passo à frente e o beijou enquanto puxava a gravata dele. — Mas estou falando sério sobre o fato de que não vou permitir que vá sozinho. Se tentar, você pode acabar trancado em um armário.

A razão se dissolveu quando ele soltou o vestido dela, depois o espartilho. Ele precisava vê-la e tocá-la inteira, para absorver sua maravilhosa essência em cada fibra de seu ser.

Ela deve ter sentido o mesmo, pois rasgou as roupas dele com uma febre igual. Embora tivessem se passado apenas duas semanas desde que estiveram juntos, pareciam anos. Ele queria devorá-la, deleitar-se nos cabelos cobreados cintilantes e perfumes sutis daquela mulher poderosa.

Quando os dois estavam finalmente pele a pele, caíram na cama, beijando-se e se tocando com necessidade frenética. Quando ele não podia esperar mais e se enterrou nela, gemeu com prazer e ficou muito quieto, sabendo quão rápido aquilo poderia acabar. Querendo prolongar a união, rolou para que ela ficasse em cima dele.

— Sim — ela respirou enquanto se ajustava, encontrando um ritmo que combinava com ambos. Mas ela era igualmente impaciente, igualmente carente, e muito cedo convulsionou ao redor dele.

Ele culminou instantaneamente, agarrando-a com força enquanto entrava nela. *Cassie, Cassie, Cassie...*

Exausto do amor, ele acariciou as costas dela enquanto lutava para respirar. Quando conseguiu falar de forma coerente, ele disse:

– Eu tinha considerado viajar como padre, mas acho que isso não vai funcionar.

– Definitivamente não – disse Cassie, com uma risada.

Ela escorregou de lado ao longo do flanco esquerdo dele, sua mão repousando calorosamente em seu tronco.

– A qualquer momento você vai me explicar que isso não altera a situação a longo prazo e que não temos futuro – ele murmurou. – Mas, se estaremos viajando juntos, é mais sensato nos comportarmos como marido e mulher do que tentar nos separar.

– Sensato – ela pensou enquanto traçava um dedo em torno do umbigo dele. – Somos nós.

Ele sorriu enquanto brincava com uma mecha de cabelo brilhante.

– Talvez essa não seja a palavra certa.

– Provavelmente não. – A voz sóbria, ela disse: – Nossas chances de resgatar Père Laurent e sua família com sucesso são até mesmo improváveis na melhor das hipóteses. Isso faz com que os prazeres do momento valham a possível dor do futuro.

– Então, se falharmos, não estaremos vivos para suportar a dor da separação? Isso é sensato, de uma forma mórbida. – Ele acariciou seu ombro nu, pensando que aquela intimidade valia um preço muito alto. Até mesmo anos de vida.

Ela se aconchegou debaixo do braço dele, todas as curvas quentes e suaves.

– Como estavam as coisas em Summerhill?

– Comecei a correr para me divertir, já que é bom e saudável. Eu também tenho ido visitar inquilinos para lembrar quem sou e garantir que sou confiável. – Ele riu. – Ainda há algumas dúvidas, mas tenho fingido ser cavalheiresco com algum sucesso. Minha mãe também está convidando o senhorio de uma família de cada vez para que eu possa renovar meu relacionamento com os vizinhos.

– Sábio da sua parte manter as diversões pequenas – observou Cassie.

– Seu primeiro evento foi um chá para o qual ela chamou cerca de duas dúzias de convidados, apesar de meu pedido para evitar grandes grupos

– disse ele, secamente. – Quando entrei pela porta e vi o número de pessoas na sala de estar, curvei-me educadamente e saí. Isso a convenceu de que era sério o meu pedido.

– Mas, no geral, você está se sentindo melhor?

Ouvindo a preocupação na voz dela, ele disse, tranquilamente:

– Muito melhor. Eu poderia estar pronto para a temporada social de outono em Londres. – Se estivesse vivo e de volta à Inglaterra até lá. – E você? Seus tios foram tão acolhedores quanto seus primos?

– Oh, sim. Minha tia Paciência sempre quis uma filha. Eu era um garotinho quando criança, mas agora gosto mais de ser uma filha substituta.

E com uma mãe de aluguel, ele suspeitava.

– Cassie, você perguntou se eu tinha certeza de que queria arriscar perder tanto. Tenho de lhe fazer a mesma pergunta. Você redescobriu uma vida que pensava ter desaparecido para sempre. Tem certeza de que quer arriscar perdê-la por uma causa que não é realmente sua?

– Tenho certeza. – Ela descansou a testa contra o braço dele. – Uma regra pela qual eu vivi é que você não abandona as pessoas que o ajudaram. Os Boyers nos ajudaram. É condenável que Durand os use para atrair você de volta à França. Eu não posso mais me afastar e dizer: "Que infelicidade, mas não é da minha conta".

Ele havia tomado a decisão de ir para a França sabendo que a chance de sucesso era insignificante, mas, com Cassie a seu lado, sentia um grande otimismo.

– Já que você é a agente especialista, como acha que devemos proceder?

– Comecei a pensar assim que Kirkland me contou sobre o seu péssimo esquema. – Ela colocou um cobertor sobre eles, para melhorar o conforto e reduzir as distrações. – Até onde você foi com suas ideias?

– Eu estava planejando pintar meu cabelo e talvez deixar crescer um bigode para mudar minha fisionomia, mas isso leva tempo. Eu posso colocar um bigode falso?

– Bigodes falsos parecem falsos, e não ficam colados por um período longo de tempo. – Ela passou um dedo sobre o lábio dele, sentindo certa penugem crescendo ali. – Mais alguns dias, esse pelos poderiam ser tingidos. Seria um bigode pequeno, mas o suficiente para distrair a atenção do resto do seu rosto.

– E quanto a você? Vai ser uma senhora grisalha outra vez?

– Preciso estar diferente da outra vez. Além disso, não acho que você pode se transformar em um senhor para fazermos um casal convincente. – Ela franziu os lábios, pensativa. – Devemos viajar como um casal entediante de meia-idade e de renda modesta. Você pode ser um funcionário de escritório ou um funcionário público de baixa patente. Eu serei simples e sem graça. Monsieur e Madame Harel. As pessoas vão nos evitar.

Ele estudou o rosto adorável dela.

– Estou tendo problemas para lembrar que pensei que você fosse velha e sem graça no começo, mas, se você fez isso uma vez, poderá fazer de novo. Ela lhe deu um olhar vago e... expirou. Ela não tinha mudado, suas características e coloração eram as mesmas, mas estava mais monótona e menos interessante. – Como você faz isso? – ele exclamou. – É como se você tivesse uma vela queimando por dentro, e então você a apaga.

– Eu não consigo descrever como. Apenas me considero normal. – Ela deu um meio sorriso. – Passei a maior parte da minha vida adulta como uma mulher simples, sem ser digna da atenção de qualquer homem. Isso vem naturalmente para mim.

– Eu a quero da mesma forma, mesmo que você esteja disfarçada como a esposa seca de um burocrata chato. – Ele riu. – Pense como será divertido descascar as camadas sombrias para revelar os deliciosos mistérios escondidos por baixo.

Ela sorriu, concordando.

– Basta lembrar que, em público, precisamos parecer que não nos tocamos desde a noite de núpcias.

– Difícil, mas vou dar o meu melhor. – Tendo resolvido isso, ele passou para a pergunta seguinte. – Como vamos viajar quando chegarmos à França? Uma carroça como a que você tinha antes?

– Como Monsieur e Madame Harel enfadonhos, podemos viajar em carruagens públicas, que serão muito mais rápidas. Também iremos por um caminho diferente. Chegar ao Castelo Durand a partir de uma nova direção.

– Vamos ter alguns bons cavaleiros quando chegarmos perto? – ele perguntou. – Vamos precisar de transporte próprio, e os cavalos podem ir a lugares onde as carruagens não podem.

Ela assentiu.

– Mas espero que não tenhamos de espalhar todos eles fora da França. Isso seria muito, muito mais difícil. Vamos ter de arranjar uma espécie de casa segura antes de nos mudarmos para lá. Kirkland também vai precisar contratar um bom falsificador para fazer papéis para toda a família, só por precaução.

Nem sequer se tinham levantado da cama e ele já estava impressionado com as vantagens de trabalhar com uma agente experiente.

– Durand me odeia e me quer morto, ou não teria se esforçado tanto para me atrair ao seu alcance. Se possível, ele vai querer estar no castelo, mas não pode ter certeza de quando ou mesmo se eu estarei chegando, e certamente tem responsabilidades em Paris. Então, meu palpite é que ele contratou um número de homens para guardar o castelo, e eles terão ordens para, se possível, me capturar em vez de matar. Isso faz sentido para você?

– Sim, mas ele pode estar na residência desde que possa deduzir quando é mais provável que você apareça. – Ela franziu o cenho. – Ele pode ser capaz de convencer seus superiores de que está investigando um círculo de traidores perto do Castelo Durand e deve estar baseado lá para que consiga encontrar todos eles.

Grey esperava que sim. Ele queria que o bastardo estivesse no castelo para que pudesse matá-lo com suas próprias mãos. O que não era provável, já que todas as vantagens estavam do lado de Durand, mas um homem podia sonhar. Ele disse:

– Você acha que Durand já matou Père Laurent e os Boyers?

– É bem possível – disse Cassie, sua voz grave. – Mas eu acho improvável. A França é uma nação de leis, e, desde a revolução, muitas dessas leis são projetadas para proteger os fracos dos fortes.

Quando Grey bufou, Cassie disse:

– Não brinque. O Código Napoleão é a única coisa pela qual dou crédito ao Imperador. Antes da revolução, o país era uma colcha de retalhos impossível de leis feudais e eclesiásticas, com privilégios obrigatórios para a nobreza e o clero. O Código Napoleão proíbe especificamente os privilégios baseados no nascimento.

– O comportamento de Durand tem estado muito próximo do limite, não tem? Ele pode não ter um título, mas muitas de suas ações não são diferentes das de seus ancestrais aristocráticos.

– Exatamente. Ele tem sido capaz de se safar com uma masmorra secreta dentro das paredes de seu castelo, sobretudo porque tinha um padre e um lorde inglês. Mas assassinar um respeitado proprietário local e sua família o colocaria em sérios problemas. – A sobrancelha de Cassie estava sulcada enquanto ela pensava. – O mais provável é que ele tenha acusado Père Laurent de traição e esteja investigando os Boyers como possíveis traidores. Isso lhe permite detê-los por algum tempo enquanto investiga. Ele pode libertá-los se tiver você.

– Deus, espero que sim. – As palavras de Grey foram uma verdadeira oração. – Se você estiver certa, até agora ele não fez nada para se meter em sérios problemas com seus superiores. Como você diz, a revolução sempre odiou os sacerdotes e o poder da igreja, e ninguém questionaria matar um espião inglês. Assim, os Boyers podem estar a salvo.

Cassie capturou seu olhar e disse, com uma precisão fria:

– Você não vai, sob nenhuma circunstância, se oferecer a Durand em troca de sua liberdade. Eu não permitirei que faça isso.

Os olhos de Grey se estreitaram em resposta.

– Você acha que poderia me deter?

– Seria uma batalha interessante, não seria? – ela disse suavemente.

– Vamos esperar que não chegue a isso.

Grey concordou. A última coisa que ele queria era estar em desacordo com Cassie. Mudando de assunto, ele comentou:

– Sua marcha para o Castelo Durand quando todos estavam doentes foi um milagre. Não teremos tanta sorte de novo. Você provavelmente teve uma melhor visão das paredes do castelo do que eu. Serei capaz de escalá-las com o equipamento certo?

– Nós dois podemos, e vamos. Precisamos levar roupas escuras para ajudar a nos esconder se passarmos as paredes. – Cassie olhou para o teto enquanto pensava. – É uma suposição razoável pensar que os prisioneiros seriam colocados nas masmorras onde você e Père Laurent estavam presos?

– Acho que sim. São impossíveis de escapar sem ajuda externa.

– Se bem me lembro, as celas tinham janelas de fenda no alto da parede. Muito altas e estreitas para qualquer um escapar dessa maneira, mas, ainda assim, janelas. Você sabe onde elas davam?

– Em um quintal tranquilo entre o castelo e os estábulos, eu acho. Havia pouco barulho ou tráfego. As janelas ficam um pouco acima do nível do solo. Ocasionalmente empregadas do castelo vinham e conversavam um pouco, então não acho que o pátio fosse muito usado.

Ela riu.

– Você foi capaz de continuar flertando mesmo preso?

Ele pensou nas garotas curiosas que às vezes passavam por lá e trocavam algumas palavras.

– Tinha tanta fome de pessoas que teria acolhido qualquer voz. Em algumas ocasiões, se eu tivesse muita sorte, uma criada jogava uma maçã no chão. O paraíso.

Sua diversão desapareceu.

– É incrível que você tenha passado por tal provação tão bem.

– Se não fosse por Père Laurent, eu estaria apto apenas para Bedlam – ele disse, igualmente sóbrio. – Não suporto pensar que ele esteja morrendo na masmorra de Durand.

– Faremos o nosso melhor para que isso não aconteça. – Ela mordeu o lábio de uma forma que ele achou muito perturbadora. O corpo dele deveria estar se recuperando do encontro apaixonado dos dois.

A mente dela ainda estava concentrada.

– Nós precisamos fazer uma investigação cuidadosa ao redor do castelo. A ajuda local será inestimável se conseguirmos encontrá-la.

– Isso pode ser difícil de achar.

– Podemos começar pela fazenda Boyer. Se houver alguém lá, eles podem ter informações sobre os Boyers e o Castelo Durand.

– É mais provável que Durand tenha dado a fazenda a algum amigo – disse Grey, pessimista. – Se pedirmos ajuda, seremos presos como espiões.

– Lembre-se do que eu disse sobre a França ser uma nação de leis – disse ela. – Se Durand confiscasse a propriedade e os Boyers ainda não tivessem sido acusados de qualquer crime, alguém na comunidade iria a um magistrado e reclamaria.

– Então, ele provavelmente não tomaria o controle da propriedade sozinho. Será que a fazenda está vazia?

Cassie balançou a cabeça.

– Uma fazenda não pode ser negligenciada, especialmente na primavera. Há uma filha casada. O meu palpite é que ela voltou para a fazenda com seu marido para cuidar dos animais e do plantio. Ela provavelmente está rezando para que seus pais sejam libertados. Se não forem, ou forem executados, presumivelmente ela será a herdeira. Se conseguirmos encontrá-la, ela será uma fonte de informação e ajuda.

– Espero que você esteja certa. Estamos fazendo um monte de suposições.

Ela sorriu ironicamente.

– Chame de deduções. Soa melhor.

Ele começou a acariciá-la debaixo do cobertor. Conversas na cama eram muito positivas. Ele acariciou seu mamilo com o polegar e ela suspirou.

– Precisamos de um exército – ele murmurou. – Um com artilharia.

– Eu estava pensando nisso. – A mão de Cassie se moveu para a coxa dele.

– O quê? – Ele se ergueu em um cotovelo e olhou para ela. – Eu sou o único que deveria estar louco aqui!

– O que lhe deu uma ideia tola como essa? – Ela riu com diversão malvada. – Nós dois estamos loucos para tentar isso, então não vamos perder um momento de loucura. – Ela enrolou as mãos ao redor do pescoço dele e o puxou para baixo para um beijo.

Em apenas alguns momentos, a sanidade foi esquecida.

Contra o céu noturno, o Castelo Durand pairava austero e impenetrável, com a aparência que devia ter no século XV. Cassie e Grey, vestidos de preto e com os rostos na maior parte cobertos por cachecóis escuros, tinham vindo observar.

A viagem até a França tinha corrido tão bem que Cassie estava supersticiosamente à espera de que o desastre acontecesse. Grey havia atravessado o Canal em mares agitados sem ficar doente, embora estivesse um pouco verde quando desembarcaram. Seu disfarce de casal monótono e sem graça tinha sido muito eficaz. Eles nunca foram questionados, e poucas pessoas queriam falar com Monsieur e Madame Harel.

Mas a parte fácil da jornada tinha acabado. Na noite anterior eles tinham parado em uma cidade grande, a dezenas de quilômetros de St. Just du Sarthe, o vilarejo abaixo do Castelo Durand. Grey comprara cavalos robustos enquanto Cassie fazia o papel de esposa submissa.

Depois de se dirigirem para a aldeia como os convencionais Harels, encontraram um celeiro abandonado nas proximidades e bem longe da estrada. Silenciosamente, instalaram os cavalos e vestiram roupas escuras de assaltantes. Um sinal da tensão de Grey era que ele não tinha feito um único comentário sugestivo sobre as calças de Cassie.

Do celeiro, era apenas meia hora de caminhada pela mata até o castelo. A noite estava nublada e com vento, com nuvens espalhadas por uma lua minguante. Ela sentiu que Grey estava cada vez mais tenso como uma corda de violino. Ela nem podia imaginar como seria voltar ao lugar onde ele tinha suportado dez anos de prisão.

Quando o castelo apareceu, eles permaneceram nos bosques sombrios para estudá-lo. Ao contrário da primeira visita de Cassie, os portões estavam fechados e havia um guarda no pequeno portão. As paredes enrugadas deviam ter pelo menos vinte metros de altura. Eles cercaram o terreno do castelo quadrado, com uma faixa transparente de talvez trinta metros de largura na base.

No topo de cada canto havia uma torre de sentinela. O brilho escuro das brasas mostrava que estavam preenchidas. Os guardas estavam provavelmente entediados, mas tinham uma visão clara das paredes, caso alguém tentasse entrar no castelo.

Na parede traseira escura em frente aos portões principais, eles encontraram uma portinhola. Cassie investigou, usando um par de finas hastes de metal na fechadura. Parecia enferrujada e trancada. Abrir a portinhola não seria fácil nem silencioso.

À esquerda, Grey estava estudando a própria parede de pedra, passando as mãos sobre a superfície para verificar a condição. Ele encontrou um apoio e começou a subir pelo toque. Estava a meio caminho quando Cassie fez um pequeno *yip*, semelhante a uma raposa, para chamar sua atenção.

Ele parou. Depois de meia dúzia de batimentos cardíacos, ele calmamente desceu para o chão macio. Cassie tocou seu braço e gesticulou para que eles se retirassem para a floresta do outro lado da zona desmatada.

Quando estavam de volta às sombras, ela perguntou calmamente:

– Você está bem?

– Eu queria continuar a subir. – Ele olhou fixamente para o enorme tamanho da parede. Com a voz cheia de emoção, disse: – Eu queria entrar e matar Durand com minhas próprias mãos e então explodir o lugar todo para o inferno.

Ela prendeu uma mão no pulso dele, com força.

– Compreensível. Mas você *deve* se controlar quando chegar a hora de entrar! Se ficar louco, você arrisca tudo. Todos.

Ele respirou com dificuldade.

– Eu sei que você está certa. Juro que não farei nada que a coloque em perigo, nem a Père Laurent ou a sua família.

Ela soltou o pulso dele, esperando que pudesse manter sua promessa. Ele estava muito mais estável do que quando escapara da masmorra pela primeira vez, mas uma situação extrema poderia levá-lo à beira do precipício novamente. Concentrada, ela disse:

– Conte-me sobre a parede. Parecia que você estava escalando facilmente.
– A argamassa entre as pedras está desmoronando em muitos lugares. Não foi difícil subir, mesmo no escuro. E a portinhola?
– É uma porta pesada e difícil de mover e a fechadura está enferrujada. A parede pode ser uma maneira melhor de entrar sem sermos notados. Mas vamos precisar explodir a portinhola para tirar o nosso povo de lá.
Ele assentiu.
– Devemos dar a volta no castelo mais uma vez.
Concordando, Cassie partiu e ele a seguiu. Essa noite, explorar. Amanhã eles iriam procurar ajuda.

Depois de uma boa noite de sono no velho celeiro, eles se vestiram como os conservadores Harels e partiram para a fazenda Boyer. A viagem a cavalo tinha sido mais rápida do que dirigir uma carroça por uma tempestade de neve, e a estrada até a fazenda era muito mais bonita agora que não estava varrida por ventos de tempestade de neve.

Cassie rezou silenciosamente para que encontrassem a filha casada dos Boyers na fazenda. Ela poderia ser um recurso valioso. Sem ela, suas chances se tornariam ainda piores.

Não havia ninguém visível no pátio da fazenda, mas a fumaça saía da chaminé da cozinha. A casa não estava vazia.

Tão atento aos riscos como Cassie, Grey saltou de seu cavalo, atirando-lhe as rédeas. Como o tradicional Harel, Grey assumiu a liderança em tudo, enquanto Cassie andava de lado e mantinha os olhos humildemente abaixados.

Grey bateu à porta. Vários cães começaram a latir loucamente dentro da casa. Eles soavam como se estivessem tentando sair e rasgar o estranho em pedaços. Os cavalos se contraíram nervosamente, mas Grey se manteve firme.

Alguns momentos se passaram calmamente, exceto pelos cachorros latindo. Então uma pequena janela na altura da cabeça se abriu e uma mulher perguntou, com desconfiança:
– O que você quer?

Cassie não conseguia ver a pessoa que falava, mas a voz era jovem. Grey disse, pacificamente:

– Eu sou um velho amigo de Monsieur e Madame Boyer e estava perto. Eles estão em casa?

– Não – foi a resposta. – Vá embora!

Grey segurou a janela aberta quando ela tentou fechá-la.

– E Père Laurent? Ele ainda está aqui?

– Quem é você? – Agora a voz soava assustada.

Julgando que era hora de ser honesto, Grey respondeu:

– Eu sou Monsieur Sommers. Fui o companheiro do seu tio-avô nos momentos difíceis. – A jovem suspirou, sem fôlego.

– O inglês?

– Esse mesmo. Você é a filha casada dos Boyers?

– Sim, sou Jeanne Duval. – A voz era incerta. – Por que você está aqui?

– Para libertar a sua família – disse Grey, suavemente. – Você pode nos ajudar?

Mais uma longa pausa. Então uma chave arranhou a fechadura e a porta se moveu para dentro. Jeanne Duval não poderia ter mais de 20 anos, e seu cabelo castanho brilhante e olhos de avelã seriam bonitos se não fosse pela expressão preocupada. Ela tinha reunido os cães à sua volta como se fossem uma arma pronta para atacar.

Grey se curvou com elegância aristocrática.

– É um prazer conhecê-la, Madame Duval. Passei apenas alguns dias aqui com seu tio-avô, mas foi tempo suficiente para desenvolver a maior estima por seus pais.

Lágrimas brotaram em seus olhos.

– Você realmente acha que pode libertá-los?

– Não sei, mas certamente farei o meu melhor. – Ele gesticulou para Cassie. – Permita-me apresentar Madame Renard. Foi ela quem libertou Père Laurent e a mim. Podemos entrar?

Jeanne apertava a borda de seu avental.

– Por que você quer conversar?

– Se quisermos ter alguma chance de libertar sua família, precisamos de tanta informação quanto possível sobre o cativeiro deles – explicou Grey, pacientemente.

Jeanne acenou com a cabeça.

– Madame Renard pode entrar enquanto você leva os cavalos para o celeiro. Vou chamar o meu marido para se juntar a nós.

Grey ofereceu a mão para Cassie desmontar e então levou os cavalos para o estábulo. Jeanne tocou um sino grande que estava pendurado na porta, com três jogos de três anéis cada. Cassie tinha certeza de que o sino não estava lá em sua visita anterior. Outro sinal de que a casa estava muito tensa.

Elas se dirigiram à cozinha. A mobília e o amplo salão eram familiares, mas a casa estava muito silenciosa, não mais movimentada com uma família inteira. Enquanto Jeanne empurrava os cães agora bem-comportados para o quintal, Cassie notou que o avental branco e cristalino da jovem mulher cobria a curva suave da meia gravidez.

– Você está grávida? – disse ela, com simpatia. – Que cansativo, além da preocupação com a sua família!

Jeanne logo começou a chorar. Alarmada, Cassie a levou a uma cadeira junto à lareira. Um cobertor estava dobrado em um banco, então ela o sacudiu e o colocou ao redor da jovem.

– Você gostaria de alguma coisa? Um copo de água?

Jeanne disse em um sussurro mal audível:

– Quero minha mãe.

Recolhendo-se, ela pegou um lenço, secou os olhos e assoou o nariz.

– Desculpe, tudo me faz chorar agora. Foi Père Laurent quem primeiro me disse que eu estava grávida. Eu não tinha certeza, mas, quando vim visitar meus pais e o encontrei aqui, ele olhou meu rosto, sorriu e disse que logo se tornaria um tio-bisavô. Mais lágrimas apareceram.

– Ele consegue enxergar isso? – Cassie disse, com surpresa.

– Oh, sim, ele é famoso por isso. Quando tinha uma paróquia, jovens esposas vinham de quilômetros ao redor para ver se ele podia confirmar suas esperanças. Eu também nunca ouvi dizer que ele estava errado. – Ela colocou uma mão protetora sobre a modesta curva de sua barriga. – Ele acha que eu devo ter um menino, embora não seja tão preciso em prever se será um menino ou uma menina.

Cassie tinha ouvido falar de parteiras que eram muito boas em identificar a gravidez em uma mulher. Ela supunha que um velho sacerdote sábio e observador poderia ter talentos semelhantes.

Um jovem alto e corpulento, com cabelo escuro e sem a mão esquerda, entrou na cozinha, com a expressão pronta para problemas.

– Jeanne!

Ele se moveu atrás dela e colocou a mão direita sobre seu ombro.

– Esta mulher está lhe perturbando?

O marido de Jeanne não era muito mais velho do que ela, mas parecia tão habilidoso quanto protetor. A mão que faltava explicava por que ele não estava no exército.

Jeanne colocou uma mão sobre a dele, mas, antes que pudesse responder, Grey chegou. Cassie o estudou, pensando que ele estava muito bem, mesmo com o bigode estreito. Ainda estava magro, mas já não parecia ossudo, e tinha um ar de autoridade que era real, não a fraqueza de Monsieur Harel.

– Está tudo bem, Pierre – garantiu Jeanne. – Esse sujeito diz que é o inglês que foi preso ao lado de Père Laurent, e que veio para libertar minha família.

– Madame Boyer disse que o inglês tinha cabelo loiro – disse Pierre, com desconfiança.

– Pintei meu cabelo de castanho para ficar menos visível. – Grey sorriu um pouco. – Há partes do meu corpo onde a cor natural do cabelo é visível, mas teremos que nos retirar para outra sala para que eu possa mostrá-las sem ofender as senhoras.

Pierre corou.

– Diga algo em inglês – ele ordenou.

Sem perder o ritmo, Grey mudou para o inglês e disse:

– Père Laurent é o homem mais sábio e gentil que já conheci. Eu não teria sobrevivido dez anos em uma masmorra se não fosse por ele. Eu precisava muito mais dele do que ele de mim.

Pierre reconheceu a sonoridade do inglês mesmo que não o falasse, então deu um pequeno aceno de cabeça.

– O que o faz pensar que pode libertar a família de Jeanne do Castelo Durand? O castelo por si só é difícil, e Durand trouxe guardas para proteção.

Falando pela primeira vez, Cassie disse:

– Nós vimos os guardas ontem à noite quando visitamos o castelo. Seria útil saber quantos são.

O olhar atento de Pierre mudou-se para ela.
– Quem é você?
– Eu me chamo Madame Renard.
Jeanne acenou com a cabeça, mas comentou:
– Minha mãe disse que você era mais velha.
– Eu tenho alguma habilidade em mudar minha aparência – Cassie explicou. – Nós a convencemos de que somos quem dissemos? Eu não a culpo por ser cautelosa.

Jeanne olhou para o marido, para o encontro dos olhares deles. Depois de um momento de comunicação silenciosa, Pierre disse:
– Você parece genuína. Mas o que acha que pode fazer para resgatar cinco pessoas de um castelo bem guardado? Seria preciso um exército para entrar!
– Nós temos um plano – disse Grey. – No entanto, precisamos de mais informações. Primeiro, você tem certeza de que eles estão sendo mantidos lá? Em caso afirmativo, eles estão nas masmorras?

Jeanne se levantou, parecendo forte, esperançosa e muito parecida com a mãe.
– Se vamos discutir esses assuntos, deveria ser com comida. Seu jantar o espera, Pierre. Eu tenho sopa, então haverá o suficiente para todos nós.

O estômago de Grey concordou ruidosamente com a sugestão, o que quebrou a tensão. Embora o estômago de Cassie fosse mais discreto, ela também estava com fome. O café da manhã deles naquele dia no celeiro tinha sido pão, queijo e água.

Jeanne provou ser filha de sua mãe ao trazer sopa de feijão grosso, pão fresco, queijo e patê de carne suína. Cassie tentou não comer com voracidade.

Mesmo que os Duvals acabassem dizendo a seus visitantes para irem embora, pelo menos Cassie e Grey estariam bem alimentados quando saíssem.

44

Quando os apetites foram satisfeitos, Jeanne empurrou seu prato para longe e fixou seu olhar nos convidados.
– Você quer libertar a minha família. O que podemos fazer para ajudar?
– Como eu disse antes, temos de ter certeza de que eles estão vivos e presos no Castelo Durand – disse Grey, sério. – Você pôde visitar seus pais?
Ela balançou a cabeça tristemente.
– Eu não os vi, mas Pierre tem uma prima que trabalha no castelo. Ela disse que estão lá e falou com eles através das janelas, que são muito estreitas e perto do chão. Ela contou que estão em duas celas, minha mãe e minha irmã juntas, e ao lado delas meu pai, Père Laurent e meu irmão. Insatisfeito, mas não doente, embora seja difícil para meu tio.
Grey se sentiu quase tonto de alívio ao saber que seu pior medo, que eles já estivessem mortos, não tinha acontecido.
– Foram acusados de um crime?
– Meu pai e eu fomos falar com o magistrado local sobre eles – respondeu Pierre. – Père Laurent foi acusado de traição, e os Boyers estão sendo investigados como parceiros no seu crime. – O jovem expirou de repugnância. – É absurdo e o juiz sabe disso, mas ele disse que até agora Durand não violou a lei.
Mais uma vez, era como Cassie imaginara. Agradecendo o fato de ser parceiro de uma mulher que realmente entendia a França, Grey perguntou:
– Sua prima disse quantos guardas foram trazidos para proteger o castelo?
– Uma dúzia e um sargento. São guardas particulares contratados, mas todos eram soldados, assim pensa minha prima. – A expressão de Pierre

era duvidosa. – Você acha que pode desafiar e derrotar tantos? Você tem um esquadrão de soldados ingleses escondidos por perto?

– Nenhum esquadrão, e nenhum ataque direto. – Ele assentiu para Cassie. – Minha Senhora Raposa vai explicar.

– Nós pretendemos desviar a atenção dos soldados – disse Cassie. – Enquanto eles estiverem ocupados com alguma distração, vamos escalar a parede do castelo e ir até as janelas da masmorra. Com as ferramentas certas, devemos ser capazes de abrir uma das janelas e ajudar os prisioneiros.

– Vou pular a maioria das perguntas que suas declarações levantam e perguntar qual distração você tem em mente – disse Pierre. – Terá de ser considerável para afastar mais de uma dúzia de homens por tempo suficiente para invadir as masmorras do castelo.

– Granadas explosivas – disse Cassie, calmamente.

Pierre e Jeanne olharam para ela. Ele disse:

– Você tem granadas?

E a mulher disse:

– Elas não são terrivelmente perigosas e imprevisíveis?

– São realmente perigosas – admitiu Cassie –, mas é por isso que são úteis. Eu trouxe comigo pólvora preta e pavio suficiente para fazer algumas dezenas de granadas do tamanho de maçãs grandes. – Ela demonstrou com uma mão.

Pierre parecia hesitante.

– Elas serão fortes o suficiente para quebrar as paredes do castelo?

– Não queremos derrubar um muro, apenas os dois portões, e certamente não queremos machucar nenhum dos servos do castelo, como sua prima – Grey explicou. – Mas, se uma dúzia de granadas for atirada sobre a parede em lugares diferentes, elas vão provocar uma distração.

Começando a parecer intrigado, Pierre quis saber:

– As granadas são pólvora empacotada em um invólucro de metal, não são? Você trouxe os invólucros?

Cassie balançou a cabeça.

– Eles seriam muito pesados, e muito visíveis. Quando estávamos aqui antes com Père Laurent, sua mãe me deu um brandy de maçã de uma pequena e robusta jarra de cerâmica. Minha esperança é que você tenha mais jarras que possam ser usadas como embalagens.

Despeje a pólvora, adicione um pavio, cubra o jarro e *voilà*! Uma arma de distração.

Naquela altura, Pierre estava olhando para Cassie com admiração. Mas seu cérebro não tinha parado de funcionar.

– Será que vocês dois conseguem atirar granadas suficientes sobre a parede com a rapidez necessária para o efeito que desejam? Se as granadas explodirem mais ou menos ao mesmo tempo, será necessário correr e lançar muito.

O jovem tinha colocado o dedo em uma das fraquezas do plano. Cassie respondeu:

– Vou tentar fazer os pavios durarem cerca de 10 minutos. No entanto, será difícil cronometrar granadas.

– E se um pavio se apagar, ou se os guardas os virem queimando e perceberem o que está acontecendo?

Ela deu de ombros.

– Isso pode acontecer. Devemos esperar que granadas suficientes explodam na hora certa para criar a confusão de que precisamos.

– Você precisa de mais lança-granadas. – Pierre sorriu. – Eu atiro muito bem.

– Não! – Grey exclamou. – Você não pode nos ajudar.

Pierre corou.

– Por causa disso? – Ele levantou o toco de seu braço esquerdo.

– Claro que não. Isso não vai interferir no seu arremesso – Grey disse. – Mas é vital que você não seja associado a esse resgate de forma alguma, já que você é a primeira pessoa que será suspeita de ajudá-los a escapar.

– Ele está certo. – Jeanne colocou uma mão em seu braço direito. – Devemos estar acima de qualquer suspeita. Tenho uma ideia para isso. O juiz é primo da minha mãe. – Ela sorriu. – Todos nós somos parentes por aqui. Ele tem nos aconselhado sobre a situação legal. Na noite do seu plano, podemos pedir-lhe que se encontre conosco na taberna de Saint Just du Sarthe. Vamos comprar-lhe um dos belos jantares da Senhora Leroux e ele pode nos dizer se teve alguma sorte em perguntar aos seus superiores sobre a legalidade de prender minha família.

– Essa é outra pergunta – disse Pierre. – Mesmo que você os liberte, para onde eles irão? Eles não podem voltar aqui enquanto Durand estiver atrás deles.

– Eu sei. Nós encontramos um lugar temporário para eles ficarem enquanto decidirmos o que é melhor. Depois disso... – Grey estendeu as mãos em um gesto muito francês. – Se necessário, vou levá-los para a Inglaterra. Esta guerra não vai durar para sempre.

Ele evitou o olhar preocupado de Cassie. Eles tinham discutido isso repetidamente durante a viagem. Tirar os dois da França tinha sido um desafio. Sete pessoas seria muito mais difícil. Mas ele faria seu melhor para garantir que os amigos estivessem seguros e livres.

– Suponho que você esteja certo de que eu não deveria fazer parte do seu ataque ao castelo – disse Pierre, com pesar. – Mas posso encontrar outros homens que terão prazer em ajudá-lo.

Grey recuperou o fôlego.

– Isso seria muito útil, se eles pudessem ser confiáveis.

– Durand não é muito querido – disse Jeanne. – Houve indignação quando seus homens prenderam Père Laurent e minha família.

– Há também muitos monarquistas nesta área – acrescentou Pierre. – Não discutimos essas coisas. E nós não entregamos uns aos outros aos informantes da polícia. – Ele levantou o tronco. – Perdi esta luta pela França e pela minha família, não por Napoleão, nem por um rei Bourbon gordo e estúpido. Qualquer homem que eu recomendar será de confiança. Há um homem que trabalha nesta fazenda a quem eu confiaria a minha vida.

O sorriso de Grey parecia torto.

– Espero poder confiar-lhe a minha. – E a de Cassie.

Jeanne tinha saído, e agora voltava com uma jarra e quatro pequenos copos de cerâmica. Ela colocou a jarra na frente de Cassie.

– Minha mãe é conhecida por seu brandy de maçã. Nós vendemos no mercado da cidade. Será que vai ser uma boa granada? Há mais algumas dezenas de jarras na despensa.

Cassie levantou a jarra para sentir o peso e tirou a rolha para verificar a espessura das paredes.

– Estas devem funcionar. Precisamos fabricar e testar algumas granadas de amostra para ter certeza.

– Então devemos esvaziar a jarra. – Jeanne despejou um pouco em cada um dos pequenos copos e os passou ao redor da mesa. Ela ergueu a dela e disse. – Liberdade para a minha família!

Grey estava feliz por beber a isso. O brandy de maçã era tão perfumado e frutado como quando ele o tinha provado pela primeira vez, no lago gelado da fazenda.

E tinha o mesmo sabor de um coice.

Quando Grey e Pierre deixaram a casa para acomodar os cavalos e encontrar um bom lugar para testar uma granada, Cassie se sentou à mesa com Jeanne para fazer suas bombas de teste. Ela tinha trazido vários quilos de pólvora e metros de pavio. Jeanne assistiu cautelosamente enquanto Cassie fazia um funil de papel para despejar o pó na primeira jarra.

– Isso não vai explodir e arrebentar minha cozinha, vai?

– Não, a pólvora é muito estável. A granada não vai explodir sem o pavio aceso. – Depois que Cassie despejou o pó, ela cortou um pavio e o deslizou pela boca da jarra, então a fechou firmemente. Parecia inofensiva quando terminou. Uma pequena jarra de brandy com uma corda saindo dela. – Vou fazer mais um par com diferentes comprimentos de pavio e quantidades de pólvora.

Quando começou a segunda, Jeanne perguntou:

– Quando vocês vão atacar o castelo?

– O mais rápido possível. – Cassie delicadamente afunilou a pólvora em uma jarra. – De preferência nas próximas duas ou três noites. A lua está aumentando, e cada noite será mais brilhante. – Afrouxando, ela cortou um comprimento de pavio. – Além disso, meus instintos estão dizendo que, quanto mais cedo isso for feito, melhor. Para o bem de toda a família, mas especialmente de Père Laurent.

Jeanne acenou gravemente com a cabeça.

– Ele ficou mais forte aqui na fazenda, mas ainda é frágil. Imagine o horror de estar de volta à cela onde esteve tantos anos!

– Tento não pensar nisso. – Cassie mordeu o lábio quando fez uma terceira granada de teste. Essa seria uma operação arriscada, com muitas variáveis. Ela esperava que Père Laurent estivesse em boas relações com o divino, porque eles iriam precisar de toda a ajuda que pudessem obter.

Naquela noite, todos entraram na floresta para testar granadas. Até mesmo Jeanne viera, não querendo perder a ação. Grey e Pierre tinham encontrado um local de testes em uma encosta selvagem em frente à aldeia e ao castelo. Embora estivessem a quilômetros de distância, o som viajaria e eles não queriam que ninguém fosse alertado sobre o uso de explosivos.

Uma chuva leve estava caindo, o que significava que as explosões soariam como um trovão. Como Cassie escolheu seu caminho através da floresta com uma lanterna protegida, deu graças por tais condições ideais de teste.

Depois de meia hora de caminhada, chegaram ao local. Entre dois afloramentos rochosos havia uma cavidade de terra onde várias árvores da mesma altura das paredes do castelo cresciam. Eles não só podiam praticar o arremesso como também podiam ver quanto dano as granadas causariam nas rochas do outro lado, enquanto se abrigavam atrás do afloramento do lado deles.

Cassie olhou para as árvores.

– Vamos começar lançando pedras do mesmo peso para testar nossas habilidades de arremesso?

Grey assentiu.

– Mais cedo Pierre e eu coletamos algumas que parecem ter o peso certo. Elas estão amontoadas ali.

Grey colocou sua lanterna no topo da rocha atrás dele e levantou uma pedra. Depois de atirá-la para cima e para baixo algumas vezes, jogou-a sobre as árvores. A pedra foi liberada com espaço de sobra e bateu contra a rocha do outro lado.

– Nada mal – disse Pierre quando escolheu uma pedra. Depois de testar seu peso, ele a jogou. Ela resvalou nas árvores por uma margem enorme. Ele não estava mentindo sobre seu bom braço de arremesso.

Cassie era a próxima. Sua pedra não raspou muito as árvores, mas foi um lançamento adequado. Depois veio Jeanne. Com a determinação em seu rosto, ela correu, atirou e a pedra bateu nos galhos de uma árvore.

– Acho que será bom você jantar com o juiz – disse Grey com um sorriso. – Estamos prontos para munições reais?

Cassie produziu três granadas que havia empacotado em um saco de lona com toalhas para estofamento.

– Coloquei pavios de tamanhos diferentes. Acho que vão explodir em cinco, três e dois minutos, mas estou adivinhando e quero testar minhas suposições. – Ela levantou a que tinha o pavio mais curto. – Este é outro teste sem pólvora. Uma carga menor será útil para explodir a portinhola sem atrair tanta atenção quanto as explosões na frente. Nós também vamos precisar de uma, se tivermos de explodir nosso caminho para dentro das celas. Eu não quero matar as pessoas que estamos tentando salvar. Pierre, como você tem o melhor braço, você pode jogar esta com o pavio mais curto depois de testarmos as outras duas.

Pierre acenou com a cabeça, satisfeito. Grey começou acendendo o pavio mais longo com a chama da lanterna, depois jogando a granada. Eles se juntaram a Jeanne atrás do afloramento rochoso e cobriram as orelhas enquanto Cassie contava o tempo mentalmente.

CABUUUUUM!!!!!!!!!!!!!

O chão tremeu, e o ar e o som os atingiu mesmo atrás da barreira.

Depois que o barulho dos detritos caindo terminou, Grey disse:

– Vamos ver o estrago.

Eles descobriram que a granada tinha deixado uma pequena cratera, jogando terra e pedras para longe e quebrando o afloramento pedregoso. Grey colocou uma mão quente no ombro de Cassie.

– Era isso que você esperava?

– Sim, embora o pavio tenha queimado mais rápido do que eu esperava. Vou ter de cortar pavios mais longos.

Cassie jogou a próxima granada, que tinha aproximadamente a mesma quantidade de potência explosiva. A versão de pouca pólvora de Pierre parecia ter o poder certo para ser usada nas janelas. Enquanto estudavam a cratera menor, Grey disse:

– Temos nosso arsenal.

A voz pulsando de entusiasmo, Jeanne disse:

– Seu plano parece mais real agora. Talvez minha família esteja livre em poucos dias!

Cassie não se preocupou em dizer que as granadas eram a parte fácil.

Dois dias depois, todos os preparativos tinham sido feitos e o ataque estava marcado para aquela noite. Pierre e Jeanne já tinham saído em uma carroça para encontrar o juiz, e Grey e Cassie estavam em seu pequeno quarto preparando o equipamento necessário. Cordas; um pé de cabra curto e pesado; armas. Grey franziu o cenho, desejando que estivessem mais armados.

Ele carregava o equipamento mais pesado e a maioria das granadas em um saco que eles tinham planejado colocar em suas costas, deixando as mãos livres. Checou o conteúdo duas e três vezes, com os nervos tensos, apesar de ele e Cassie terem tido conversas intermináveis sobre as possibilidades e aperfeiçoado sua lista de materiais.

– Esse tipo de tensão é como ir para a batalha? Quanto tempo leva para se acostumar?

Cassie ainda não tinha mudado para sua roupa masculina preta, mas, mesmo com o cabelo escuro e um vestido marrom liso, ela era adorável. Calma, segura de si. Ele sentiu falta do cabelo ruivo.

– Nós *estamos* indo para a batalha, então a tensão é normal – ela respondeu. – Embora você esteja nervoso agora, assim que a primeira granada explodir, seus nervos vão se firmar e você vai ficar bem e perigoso. Nós planejamos o máximo que pudemos. Agora está nas mãos de Deus.

– Espero que Deus queira salvar um de seus melhores sacerdotes, e nós junto com ele. – Grey olhou para sua carga. – Quem me dera tivéssemos armas de fogo.

– Já discutimos isso – ela disse pacientemente. – Não poderíamos ter carregado um rifle pela França sem sermos notados, e um rifle não seria muito útil contra um batalhão de soldados. As pistolas não são muito precisas, especialmente à noite, quando nos movemos o mais rápido possível. Tenho uma faca e sei como usá-la.

– Disparar uma arma pode fazer com que o inimigo se proteja e poupe tempo mesmo que seja apenas um tiro – disse ele.

– Verdade. – Ela acariciou sua bolsa menor, que continha o resto das granadas. – Mas nós temos explosivos, mesmo que não sejam armas de fogo.

Ele olhou pela janela para o céu escuro.

– Já está na hora de ir embora?

Ela riu.

– Ainda não. Você está tão impaciente quanto uma criança a quem foi prometido um sorvete no Gunter's.

– Nunca fiz nada assim. – Ele se sentou na pequena cama em frente à de Cassie. Jeanne e Pierre deixaram claro que não se importavam com os arranjos para dormir que seus convidados faziam, então Grey e Cassie estavam dividindo o quarto que pertencia às duas filhas de Boyer. Tinham usado apenas uma das camas estreitas, que estava lotada, mas queriam estar o mais perto possível. Uma cama de solteiro era suficiente para fazer amor.

– A primeira experiência de guerra é difícil – observou. – Mas todos têm uma primeira vez. Pelo menos você não é um soldado que nunca enfrentou o inimigo antes.

– Não tenho tanto medo de ser um covarde – disse ele lentamente, enquanto deixava suas preocupações confusas. – Mas o risco é tão alto! Tenho medo de falhar e machucar os outros.

– A vida e a morte são os maiores riscos que existem – ela comentou, calmamente. – Mas todos nós morremos no final. Espero que não seja esta noite, mas algum de nós escolheria não estar aqui?

– Como eu disse na Inglaterra, isso é algo que devo fazer. – Ele olhou para ela. – Mas você não precisava. Poderia estar em segurança e aprendendo a gastar dinheiro em Londres. Nunca pensou em se aposentar desse jogo tão perigoso?

– Sim – ela disse, para sua surpresa. – Quando visitei Kirkland para repreendê-lo por informar a meu primo que eu estava viva, ele me disse que era hora de deixar a espionagem para trás. Fiz um trabalho nobre e ajudei meu país, mas a desgraça de Napoleão é inevitável. – Sorriu um pouco. – Embora ele tivesse me elogiado muito, deixou claro que meus serviços já não eram necessários.

As sobrancelhas de Grey se arquearam com surpresa.

– Interessante. Ainda mais interessante que você não tenha mencionado isso para mim antes.

– Estou dividida – ela admitiu. – Embora ainda queira Napoleão morto e sua tirania finda, já não sinto tanta necessidade de fazer isso pessoalmente. Mas o que eu faria para preencher o tempo se não estiver me escondendo em torno da França e dormindo com roupas terríveis?

Ele riu.

– Tenho certeza de que em breve encontrará atividades que valham a pena.

Depois de um silêncio, ela disse, hesitante:

– Pensei em comprar uma propriedade em Norfolk, perto da minha família, e administrá-la eu mesma. Cuidando do bem-estar dos meus inquilinos, talvez começando escolas. Esse é um trabalho que vale a pena fazer.

Antes que pudesse sugerir que se casar com ele lhe daria uma chance de realizar tais serviços, ela continuou:

– E você? Se Deus quiser, levará anos até que consiga herdar o condado. Vai gastar esse tempo com vinho, mulheres e diversão?

Ele tremeu.

– Eu já estava farto disso quando era jovem. Na verdade, tenho pensado no Parlamento. O meu pai controla uma série de cargos, e um dos seus deputados está com problemas de saúde e considerando a aposentadoria.

– Isso pode mantê-lo longe de encrencas – ela disse, pensativa. – E seria uma boa experiência para quando você herdar e tomar o seu lugar na Câmara dos Lordes.

– Exatamente! – Ele não conseguia esconder a emoção em sua voz. – Eu quero estar envolvido com coisas que importam. Quero forjar relações com parlamentares que eu possa usar mais tarde quando for aos Lordes. O mundo está mudando, Cassie. Esta é uma era de revoluções. Se a Grã-Bretanha pretende evitar ter um sistema, devemos mudá-lo de forma a beneficiar o cidadão comum. – Ele sorriu. – Uma das coisas que precisam ser mudadas é a forma como os nobres como meu pai controlam múltiplos lugares no Parlamento.

Cassie riu.

– Então você se tornará um reformador! Retiro o que disse sobre você se manter longe das confusões se entrar na política. Mas concordo com seus objetivos, e posso facilmente imaginá-lo como deputado.

Talvez. Ele se perguntou se qualquer um deles sobreviveria para atingir os alvos que estavam discutindo aquela noite. Sentindo-se tenso novamente, ele ficou em pé.

– Uma vez que ainda é muito cedo para sairmos, proponho que passemos o tempo de uma forma que nos garanta relaxar. – Ele estendeu a mão.

Os olhos dela brilharam.

– Um excelente plano.

Cassie se levantou rapidamente e correu para seu abraço. O beijo dele era feroz, faminto, o dela igualmente, enquanto a tensão que fervilhava dentro deles explodia em uma paixão aniquiladora. Ele precisava adorá-la, possuí-la, ligá-la a ele através da eternidade.

Paixão ainda mais brilhante quando poderia ser a última vez.

O céu noturno misturava nuvens e luar com um toque de possível chuva no ar. Apesar de o casal ter almejado chegar cedo ao encontro abaixo do Castelo Durand, dois homens já estavam esperando. Os recrutas usavam roupas escuras e cobriam seus rostos, como fizeram Grey e Cassie. Seguramente anônimos. Eles saíram das sombras quando os dois desmontaram dos cavalos.

– *Liberté* – disse um homem corpulento com voz rouca.

Grey respondeu:

– *Égalité*.

– *Fraternité*. – Tendo completado o código, o homem corpulento ofereceu uma mão. Grey a sacudiu, agradecendo silenciosamente a ajuda de Pierre no recrutamento de seus granadeiros. Meia dúzia tinha concordado em participar, e Pierre confirmara que eram homens do campo de confiança e experientes. Se os problemas ultrapassassem o castelo, os homens deveriam ser capazes de fugir em segurança.

O segundo granadeiro, mais leve e mais rápido em seus movimentos, disse:

– Logo após chegarmos aqui, um luxuoso cocheiro dirigiu pela estrada e entrou no castelo.

– Durand? – Grey disse, o coração acelerado.

– Talvez. O guarda abriu os portões rapidamente.

Grey queria que Durand estivesse lá para que pudessem ter um confronto e ele tivesse a chance de quebrar o diabo em pedaços pequenos. Mas a presença do senhor do castelo tornaria os guardas mais alertas? Ou estariam distraídos com a chegada de Durand?

Impossível saber. De qualquer forma, não havia nenhuma ajuda para isso. A missão tinha começado e eles deveriam continuar.

Os outros recrutas chegaram em rápida sequência. Quando todos estavam presentes, Cassie os reuniu e explicou o uso das granadas.

– Cada um de vocês terá várias granadas com pavios de diferentes comprimentos – disse ela em voz baixa, disfarçando seu gênero. – Se um pavio queimar muito rapidamente, jogue a granada ou retire o pavio! Nossa missão é salvar vidas, não explodir nossos amigos.

– Como acendemos os pavios? – perguntou um granadeiro com a voz jovem.

– Com isto. – Grey sacou três lamparinas muito pequenas e fechadas. Usando uma lamparina, acendeu uma, depois as outras. Com as aberturas fechadas, quase nenhuma luz escapava. – Uma para cada três de vocês, a última para nós. Lembrem-se da distância que a luz e o som percorrem à noite, e escondam ambos tanto quanto possível. Estaremos na parede de trás e planejamos escapar pela portinhola, então vocês precisam bombardear a parte da frente do castelo. Uma granada para o portão principal e depois sobre as paredes de ambos os lados. Alguma pergunta?

Não havia nenhuma. Um sujeito disse:

– Eu quis bombardear Durand por anos.

– Eu gostaria de matá-lo eu mesmo – disse o homem corpulento, com melancolia.

O bastardo era realmente odiado. Grey avisou:

– Nós nem temos certeza se Durand está aqui. Lembrem-se de que a nossa principal missão é libertar Père Laurent e os Boyers, e fazê-lo sem baixas.

– Uma noite de boa diversão e granadas – disse alegremente um dos voluntários. – Me faz voltar para os dias do exército. Estamos prontos?

Eles estavam prontos. Apenas Grey e Cassie tinham cavalos. Eles conduziram suas montarias pelos bosques em direção ao castelo. O chão estava macio o suficiente da chuva da noite anterior para não haver muito barulho. Quando estavam logo abaixo do castelo, Grey disse, suavemente:

– Temos tempo para dar a volta na parte de trás do castelo. *Bonne chance, mes amis*, e meus agradecimentos. – Ele ofereceu a mão para o granadeiro mais próximo.

Apertando sua mão, o sujeito disse:

– É um prazer!

Houve apertos de mão por toda a parte. Então Grey e Cassie circularam ao redor do castelo na floresta. Eles amarraram suas montarias nas sombras, mas não muito longe do castelo, para o caso de serem necessárias.

Então esperaram. A carga de Grey era muito mais leve agora que a maioria das granadas tinha sido distribuída. Ele planejava colocar a pequena lamparina em um bolso quando subisse, e esperava por Deus que a chama não se apagasse. Ele era rápido com a jarra de pólvora, mas qualquer tempo perdido poderia ser a diferença entre o sucesso e o desastre.

A espera parecia interminável. Em sua viagem de reconhecimento, eles tinham escolhido uma parte particularmente áspera da parede que estava a meio caminho entre a portinhola e a torre de guarda do canto esquerdo. Deveria ser um lugar seguro para subir enquanto os guardas estavam distraídos com as granadas. Eles desceriam perto das janelas da masmorra.

CABUUUM!!!

A primeira explosão despedaçou o ar da noite. Poucos momentos depois, outra. Depois outra. Os granadeiros estavam fazendo um bom trabalho em seu sincronismo.

Cassie tinha razão. Assim que a granada explodiu, os nervos de Grey se estabilizaram para uma precisão fria e focada. Ele acendeu uma granada com um pavio curto e a jogou no pé da portinhola. Então ele e Cassie fugiram em direção à área da parede escolhida.

Mais explosões e gritos surgiram da frente do castelo. Chamas arderam, provavelmente um galpão de madeira que tinha sido atingido por uma granada. Mais gritos.

A portinhola explodiu, balançando o chão e sacudindo pedras soltas da parede do castelo. Sem esperar para ver se alguns guardas foram atraídos para lá, Grey e Cassie começaram a subir. A parede estava suficientemente desgastada para aguentar as mãos e os pés, mas sentir o caminho na escuridão parecia horrivelmente lento.

Leve e ágil, Cassie chegou ao topo antes de Grey. Ele estava se aproximando do topo quando um trinco desmoronou debaixo do seu pé. A carga que ele carregava afetou seu equilíbrio e ele quase caiu. Ele lançou uma mão para cima, segurou a borda de uma grade e conseguiu se salvar de cair no chão.

Coração batendo, ele seguiu o resto do caminho e se agachou enquanto ofegava para respirar. Cassie se ajoelhou ao lado e ele pegou na mão dela enquanto estudavam o caos que tinham causado.

Embora o castelo bloqueasse parte da visão, eles podiam ouvir um sargento gritando para reunir suas tropas no portão da frente quebrado. As chamas iluminavam os homens que corriam, e parecia haver esforços para conter o fogo. Não muito bem-sucedidos, porque a luz das chamas estava crescendo.

– Perfeito – respirou Cassie. – Está na hora de entrarmos.

Grey puxou uma longa corda de sua bolsa. Uma das pontas estava enrolada. Ele jogou o laço sobre a grade e deixou a outra extremidade cair no chão.

Enquanto descia rapidamente, ele viu que sua granada tinha esmagado a portinhola o suficiente para permitir que as pessoas passassem pelo buraco. Misericordiosamente, a explosão não chamara a atenção porque os guardas estavam se reunindo na frente do castelo, onde o ataque principal estava acontecendo.

Assim que ele aterrissou, Cassie balançou na corda e desceu pela parede. Ele era viril o bastante para notar que ela poderia estar vestida como um homem, mas não tinha a forma de um. Assim que ela estava ao seu lado, ele poupou um instante para um beijo antes que corressem ao redor do castelo para o pátio silencioso entre masmorras e estábulos.

Ninguém estava à vista. Luz suficiente vinha do galpão ardendo no pátio principal para mostrar quatro janelas de fenda horizontais para as celas da masmorra. Grey caiu perto da fenda mais próxima, que ele adivinhou dar para sua antiga cela.

– Père Laurent? – disse ele, mantendo a voz baixa. – Madame Boyer?
– Grey, é você? – respondeu o padre, com a voz assustada.
– Sim, e viemos buscá-lo. – Enquanto ele falava, Grey testou as barras. Elas tinham sido colocadas de forma muito sólida para serem liberadas. – Você está com Romain e André?
– Estamos aqui – disse Romain, suavemente. – Viole e Yvette estão na cela ao lado.

Cassie estava investigando as outras janelas. Para Grey, ela disse:
– Nós nunca vamos soltar essas barras a tempo. Precisamos explodir esta janela, que é a mais afastada dos prisioneiros.

Sabendo que ela estava certa, ele disse aos homens:
– Protejam-se. Vamos usar uma granada para entrar na cela mais distante.

– Uma granada? – era a voz de Viole da janela ao lado. – Então é isso que estamos ouvindo! Venha, Yvette, vamos nos refugiar em um canto como raposas.

Outra rodada de explosões estava vindo do pátio, quando Grey acendeu uma granada reduzida em pó, de pavio curto, que Cassie tinha fabricado para esse fim. Felizmente, a chama da lanterna não se apagou durante seus esforços.

Assim que o pavio estava queimando, ele colocou a granada na quarta janela, que levava a uma cela vazia. Então ele e Cassie se retiraram atrás de uma fortaleza de pedra próxima.

A granada detonou entre as explosões de outras duas no pátio principal. Embora a deles fosse modesta em comparação com as outras, ainda havia uma explosão de ruídos nas orelhas e detritos por todo o pátio.

– Eu deveria ter usado menos pólvora! – Cassie disse, brincando, enquanto eles corriam até a janela aberta. Agora havia uma pilha de escombros e um espaço amplo o suficiente para deixar Cassie entrar, embora sem muito tempo.

Grey tinha outra corda. Ele a enrolou em volta da cintura várias vezes, e então jogou a outra extremidade pelo buraco. Cassie rastejou para trás pela janela quebrada. Quando estava lá dentro com uma mão na corda, ele entregou a lamparina para ela.

– Vou trabalhar para abrir o buraco.

– Certo. – Ela desapareceu na cela escura e úmida.

Grey puxou o pé de cabra curto de sua bolsa e foi trabalhar escavando pedras soltas ao redor da abertura da janela. Até agora, tudo estava indo de acordo com o plano.

Não podia durar muito.

46

Cassie pousou sobre escombros soltos abaixo da janela que explodiu, torceu o tornozelo e quase caiu. A força de Grey na corda a manteve ereta. Ela testou o tornozelo, achou que não havia danos reais e abriu a tampa da lamparina para liberar alguma luz na escuridão de morte. Atravessou a cela até a porta e ficou feliz por encontrá-la destrancada.

Agradecendo por não ter de abrir a fechadura, ela entrou no corredor. Uma luz vinha da fenda sob a porta do gabinete do guarda. Ela correu e tentou a porta. Trancada, nenhum som audível do outro lado. Rezando para que o guarda tivesse saído para lidar com os atacantes, ela puxou o cadeado.

A fechadura era velha e simples, e ela levou menos de um minuto para abri-la. Os nervos se tensionaram, ela abriu a porta cautelosamente, para o caso de haver um guarda esperando para atirar nela. A sala estava vazia. E, abençoado seja, o chaveiro pendurado na parede! Ela pegou as chaves, junto com a lamparina maior que tinha sido deixada queimando em um gancho.

Foram necessárias três tentativas para encontrar a chave certa para a cela dos homens, mas finalmente ela se abriu.

– Madame Fox? – Romain disse, assustado. A seu lado estava seu filho, de olhos arregalados, e Père Laurent, menos frágil do que da última vez que ela o resgatara daquele buraco do inferno. Ambos os homens precisavam fazer a barba, mas, no geral, pareciam estar em boa forma.

– Ninguém mais – disse Cassie, percebendo que seu lenço escuro havia caído em volta do pescoço, revelando suas feições. – Vamos sair pela cela no final, onde a janela foi ampliada e há uma corda. André, você é o mais leve. O seu pai pode ajudá-lo a levantar e a sair. Depois, você e Sommers podem puxar Père Laurent.

Romain estava relutante.

– Não vou embora sem a minha mulher e a minha filha!

– Quando André e Père Laurent saírem, as suas mulheres também estarão livres. Agora *mexam-se*!

Ela entregou a Romain a lamparina maior, depois foi trabalhar na porta da cela das mulheres. Mais uma vez, demorou muito tempo para encontrar a chave certa. Assim que a porta se abriu, Viole e Yvette saíram. Viole abraçou Cassie.

– *Mon ange!*

– Não sou nenhum anjo! – Cassie deu um breve abraço de volta, aliviada por suas amigas terem sobrevivido bem ao cativeiro. – Venham agora. Quanto mais cedo partirmos, melhor.

Dirigiram-se para a cela de fuga e descobriram que Père Laurent estava sendo levantado por Romain e retirado lá em cima por Grey. Era doloroso e difícil, mas o sacerdote contribuía com a força que tinha e não se queixava.

Como Père Laurent desapareceu acima do solo, Romain agarrou sua esposa e filha em um abraço feroz.

– Yvette, você primeiro – disse ele, rouco. – Eu a ajudo a levantar. Depois pegue a corda e deixe Sommers e André a puxarem.

– *Oui*, papai. – A jovem escolheu seu caminho através dos escombros, e depois chegou o mais alto que pôde na corda. Romain a impulsionou para que suas mãos estivessem quase na abertura. Um momento de luta e ela já tinha saído.

– Viole, você é a próxima – ordenou Cassie.

Ela era mais pesada do que a filha, então Cassie ajudou a levantá-la. Os quadris agradavelmente arredondados de Viole mal conseguiram atravessar o espaço alargado.

– Você agora, minha Senhora Raposa – disse Romain. – Vai ser preciso força de todos para me subir.

Sabendo que ele estava certo, ela o deixou levantá-la. O alívio em sair e não ver guardas armados atingindo-os foi enorme. Ela apertou o braço de Grey com alívio sincero.

– Você acha que Romain consegue atravessar aquele espaço?

– Vai ser apertado, mas ele vai caber. – Grey desenrolou a corda da cintura e a segurou para os outros. – Todos que se sentem fortes o suficiente podem ajudar.

Cassie e todos os Boyers se agarraram à corda. Père Laurent disse ruidosamente:

– Tudo o que eu estou apto a fazer é rezar.

– Reze, padre! – Cassie sentiu o peso de Romain na corda. Ele tinha de ser levantado do fundo da cela, e sua estrutura larga e os músculos do fazendeiro o tornavam pesado.

A cabeça de Romain apareceu, depois os ombros. Muito apertado, mas, enquanto ele passava pela janela em ruínas, Cassie deu um suspiro de alívio. Quase...

O alívio foi prematuro. Romain tinha acabado de rastejar em solo sólido quando uma voz alta ecoou pelas paredes.

– Wyndham! Eu sabia que você viria!

Cassie ergueu a cabeça para ver Claude Durand caminhando em direção a eles, seu manto escuro queimando contra as tochas dos poucos guardas armados que ele liderava.

Cassie e Grey ficaram para trás.

Grey assobiou para Cassie:

– Tirem todos os outros pela portinhola enquanto eu o distraio!

Ela fez um som angustiado, mas não discutiu.

– Tenha cuidado, maldito seja!

– Eu prefiro ser um covarde vivo a ser um herói morto – ele garantiu a ela. Mas, quando Grey se virou para Durand, percebeu que talvez não tivesse escolha. O destino virou um círculo completo e o trouxe de volta àquele lugar e àquele inimigo.

Grey adivinhou que a escuridão por trás dele impedia Durand e seus homens de verem os fugitivos. Se conseguisse segurar a atenção deles, poderiam não notar Cassie conduzindo seus fugitivos para um lugar seguro.

Hora de fornecer essa distração. Ele puxou o lenço para baixo, revelando seu rosto. Enquanto os passos de retirada soavam atrás, ele caminhou em direção a Durand com a arrogante confiança de um aristocrata, adivinhando que iria conquistar a atenção do homem.

– Claro que estou aqui, Durand – ele disse. – Foi muito cruel da sua parte prender inocentes para me atrair de volta à França. Você poderia ter me matado a qualquer momento durante os dez anos em que estive aqui. Melhor do que jogar esses jogos infantis de gato e rato.

– Foi um erro que vou corrigir! – Durand levantou uma pistola e a armou, com as mãos tremendo de raiva.

Quais eram as chances de a pistola falhar ou Durand perder seu tiro? Não importava muito, já que ele estava apoiado por meia dúzia de soldados carregando rifles, e eram profissionais, não amadores loucos.

– Por que você me odeia tanto? – ele perguntou, em tom de conversa. – Eu teria entendido se você tivesse atirado em mim no início. Um crime passional, muito comum. Mas por que jogar um garoto tolo em uma masmorra por dez anos?

– Eu queria que você *sofresse*! – Durand parecia mais que um louco, e estava segurando a pistola como se estivesse saboreando o momento, não querendo atirar cedo demais. – Aristocratas mimados e egoístas como você arruinaram a França. Eu teria mandado você para a guilhotina, mas isso teria tornado a morte muito fácil, e tudo na sua vida tinha sido fácil. Você merecia uma morte difícil.

– Tem razão, eu era mimado e egoísta, mas pelo menos parte disso era simplesmente por ser jovem, não pelo meu sangue mais nobre. – Grey parou a vinte passos do outro homem. Estava tentando pensar em um insulto realmente bom para que pudesse morrer como um inglês destemido e insuportável. Estranho que os acontecimentos o tivessem trazido de volta ali para morrer. Mas ele tivera as melhores semanas de sua vida desde que Cassie o resgatara.

Isso lhe deu uma ideia. Em vez de proferir um insulto, ele disse, com indolência:

– Você vai ficar horrorizado ao saber que não sou apenas um homem muito melhor depois da minha prisão, mas, nos meses desde que fui libertado, tive uma vida inteira de felicidade.

– Você não terá mais! – Durand olhou para o barril de sua pistola com olhos estreitos. – Devo lhe dar um tiro no joelho para que você leve dias para morrer em agonia, aos gritos? Ou devo cravar uma bala em seu coração e acabar com esse disparate?

– Você está me dando uma escolha? Que cavalheiresco da sua parte. – Grey fez uma breve e irônica reverência. – Eu vou ter de pensar sobre isso. Embora eu possa sobreviver sendo baleado no joelho, se não for, será uma maneira desagradável de morrer. Mas ser baleado no coração é muito definitivo.

– Não estou lhe dando uma escolha, seu inglês maldito! – Durand rosnou.

Ele estava firme quando uma figura negra passou por Grey. Meu Deus, Père Laurent! O velho sacerdote parecia abominável, mas tinha a cabeça erguida.

Com uma voz rica que podia encher uma igreja, ele disse:

– Não mate outro inocente, Claude. Você já tem pecados suficientes em sua alma.

A pistola de Durand começou a vacilar.

– Afaste-se de mim, seu velho vil! Você não é meu juiz!

– Eu era apenas seu confessor – disse Père Laurent calmamente, enquanto se metia entre Durand e Grey. – Deus é seu juiz, mas é misericordioso. A redenção é possível mesmo para os grandes pecadores, se houver verdadeiro arrependimento. Arrependei-vos antes que seja tarde demais.

– Já estou amaldiçoado! – Durand apertou o gatilho. No mesmo instante, um punhal voou das trevas atrás de Grey e entrou na mão de Durand. *Cassie.*

Durand amaldiçoou e sua mão sacudiu enquanto a pistola disparava. A explosão ecoou entre as paredes enquanto Père Laurent caía no chão.

Père Laurent! Sentindo-se como se o punhal tivesse atingido seu próprio coração, Grey passou pelo padre e atacou Durand antes que o diabo pudesse recarregar a pistola. Grey e Père Laurent poderiam estar condenados, mas Grey levaria Durand junto.

Caindo no chão em um emaranhado de punhos e de membros batendo, enquanto o sargento gritava a seus homens para não disparar porque poderiam matar o homem errado, Durand assobiou:

– Seu estúpido e decadente maldito! Você acha que pode escapar vivo?

– Provavelmente não. – Grey se lembrou do tempo em que tinham lutado antes, quando Grey estava enfraquecido na prisão. Durand ainda era surpreendentemente forte para um homem de sua idade, e um lutador duro e sujo, mas agora Grey estava mais forte e com uma raiva matadora. – Mas eu não vou sozinho!

Ele trancou as mãos ao redor da garganta de Durand, interrompendo um fluxo de obscenidade. Do canto do olho, viu os soldados se aproximando para separar os lutadores. Era hora de acabar com aquilo.

– Em nome da justiça, eu o executo, Claude Durand!

Ele torceu o pescoço do velho. Houve um estalido audível, e a luz da vida desapareceu dos olhos de Durand.

Um momento depois, mãos ásperas o agarraram e o arrastaram para cima. O sargento apontou para o peito de Grey à queima-roupa. Ele não sentiu medo, mas apenas um arrependimento. *Eu deveria ter dito a Cassie que a amo.*

O sargento estava apertando o gatilho de seu rifle quando a voz de uma mulher poderosa chamou:

– Pare! Não atire nesse homem!

Os soldados e Grey olharam para a voz. Uma mulher alta e volumosa estava correndo na direção deles, uma capa flutuando ao redor dela. A silhueta de um anjo escuro contra uma tenda em chamas.

Ela parou a três metros de Grey, ofegando para respirar.

– Sem mais tiros, sem mais violência! Não se você e seus homens quiserem ser pagos pelo trabalho aqui. Eu vou adicionar um bônus para todos se vocês obedecerem agora.

O sargento cuspiu:

– Madame, este porco assassinou o seu marido! Um ministro do governo!

– O homem estava agindo em defesa própria. – Camille olhou para o corpo do marido. E acrescentou: – Durand matou um padre. Recusou a misericórdia de Deus e recebeu o castigo dEle.

Grey foi libertado, apesar de ter ouvido murmúrios de palavrões. Como os homens eram mercenários, a promessa de dinheiro era suficiente para comprar sua cooperação.

– Sargento Dupuy, reúna seus homens para combater o fogo – ordenou Camille. – Este castelo está de pé há cinco séculos. Não quero vê-lo queimar esta noite. – Ela engoliu convulsivamente. – Diga ao administrador do castelo para levar o corpo do meu marido para a capela e mandar o carpinteiro da propriedade fazer um caixão.

Relutante, Dupuy reuniu seus homens com um olhar e foi em direção às chamas. Grey se curvou profundamente diante de sua salvadora.

– Meu mais profundo agradecimento, Madame Durand.

– Grey. Faz muito tempo – ela disse calmamente. – Eu prefiro que você me chame de Camille.

– Você parece bem, Camille. – E ela estava. Com mais corpo, toques de prata no cabelo escuro, mas ainda assim uma mulher bonita. – Eu sinto muito que tivesse de ver seu marido ser morto.

– Eu não vi. – O rosto dela estava lutando para manter a compostura. – Havia muito entre nós, mas ele era um monstro.

Grey pegou um movimento do canto de olhos e se virou para ver Cassie ajudando Père Laurent a seus pés.

– Père Laurent, você está vivo!

– De fato eu estou, e mal tocado pela bala. – Ele deu um tapinha na mão de apoio de Cassie. – A faca de Madame Renard arruinou o tiro de Durand, mas, porque eu sou velho, um ombro arranhado foi suficiente para me derrubar.

– Deus seja louvado! – Camille pegou nas mãos do padre. – Eu juro que nunca soube o que Durand fez com você e Lorde Wyndham. Ele nunca me disse, e eu nunca vim ao castelo porque não gosto.

– Este não tem sido um lugar feliz – concordou Père Laurent.

Ela olhou para as paredes de pedra sombrias com um tremor.

– Prefiro Paris infinitamente. Mas Durand insistiu que eu viesse desta vez porque havia algo aqui para me divertir.

Durand queria que ela visse Grey e Père Laurent morrerem. Parecia que o homem estava profundamente transtornado, e ele obrigara a esposa a testemunhar seus caprichos loucos.

– Nunca acreditei que você tolerasse o comportamento dele – disse o padre, calmamente.

Camille soltou as mãos do padre e se virou para Grey.

– Desculpe, meu menino de ouro. Nunca pensei que um pouco de diversão teria repercussões tão terríveis. – Sua boca se retorceu. – Durand se excitava com minhas indiscrições. Mas eu deveria saber que não poderia ter levado um inglês para minha cama. Que ele não suportaria.

Isso era demasiado francês para Grey. Ele pegou a mão dela e se inclinou para beijá-la levemente.

– Não há necessidade de desculpas. Ambos erramos. Esse é o passado. O que importa é o presente. A sobrinha de Père Laurent e sua família podem ir para casa em segurança e sem consequências?

– Claro que sim. Nunca deveriam ter sido presos. Você pode pegar emprestada uma carruagem para levá-los para casa. Père Laurent, vai ficar até de manhã? Sua ferida deve ser cuidada, e eu preciso muito de confissão. – O olhar de Camille se moveu novamente para o corpo de Durand. – Também... há um funeral para ser arranjado.

– Claro, minha querida menina. – O padre, que tinha se ajoelhado para fechar os olhos de Durand, avançou para tomar o braço de Camille e eles se dirigiram para a entrada do castelo.

O olhar de Grey voltou ao corpo de Durand. Ele não se sentiu triunfante. Não se sentiu culpado por matar um monstro. Sentiu-se abalado, cansado e feliz pelo fim do longo pesadelo, e ele e seus amigos sobreviveram.

Cassie estava silenciosamente nas sombras, mas agora se moveu para o lado de Grey.

– Você tem um gosto interessante por amantes, e eu agradeço a Deus por isso.

Ele pôs um braço ao redor de Cassie, tão cansado que mal podia ficar em pé.

– Talvez as orações de Père Laurent a tenham trazido aqui a tempo de um milagre. Agora precisamos de uma boa noite de sono e de uma boa viagem de regresso à Inglaterra. Seria muito irônico sobreviver a isso e nos matarmos na saída da França.

– Isso não vai acontecer – disse Cassie, confiante. – Em breve estaremos seguros em Londres e Kirkland dará um grande suspiro de alívio.

Arrastando sua mente de volta ao presente, ele perguntou:

– Os Boyers escaparam em segurança?

– Eles não foram embora, caso você precisasse de ajuda.

Ele se virou e viu Viole, Romain e seus filhos se apressando em sua direção. Todos precisavam urgentemente de banhos e roupas frescas, mas traziam sorrisos radiantes.

Viole se aproximou de Grey e o beijou na face.

– Você tem a coragem de dez leões, Monsieur Sommers!

Ele lhe deu um sorriso cansado.

– Então o seu tio tem a coragem de cem leões.

– Eu acho que ele pediu um milagre para nós. – Ela deslizou um braço pela cintura de Romain, segurando firme. – É uma longa caminhada de volta à fazenda. Onde podemos encontrar a carruagem que Madame Durand ofereceu?

— Nos estábulos. — Grey enrolou um braço nos ombros de Cassie e abriu caminho. — Minha Senhora Raposa e eu vamos cavalgar. Podemos descansar na fazenda por um dia ou dois antes de partirmos?

— Vocês podem ficar o tempo que desejarem, meus heróis — disse Romain, fervorosamente.

Quando eles se dirigiram para o pátio principal, Grey viu que dois galpões estavam queimando, mas as chamas estavam sob controle pelos esforços dos soldados e alguns dos servos do castelo.

Nenhum sinal dos granadeiros. Os homens deviam ter voltado para o bosque para observar de longe. Embora houvesse inúmeras crateras de granadas pontilhadas irregularmente dentro das paredes, ele não viu nenhum corpo sangrando.

Viole tinha razão. Tinha sido um milagre.

47

Era muito tarde quando Cassie e Grey chegaram de volta à fazenda. Eles juntaram suas camas estreitas e dormiram nos braços um do outro, apesar da diferença estranha entre os colchões. Cassie estava tão cansada que podia ter dormido em uma cama de pregos.

Era quase meio-dia quando acordou. Sonolenta, sem abrir os olhos. Tinha sérias dúvidas se veria outro dia, mas aqui estava ela. E teria mais uma quinzena com Grey antes que chegassem à Inglaterra e se despedissem.

– Você está sorrindo como uma gata feliz – Grey murmurou no ouvido dela, com o hálito quente. – Vamos nos levantar e encontrar algo para comer? Estou esfomeado.

– As aventuras que ameaçam a vida aumentam o apetite.

Ela se perguntou se deveria seduzi-lo, o que nunca era difícil, mas estava com fome e também queria confirmar que todos realmente estavam bem.

Ela saltou da cama, lavou-se rapidamente na bacia e vestiu seu tedioso vestido de Madame Harel. Ia queimar aquela coisa horrível assim que chegasse à Inglaterra.

Eles seguiram o som de risos até a cozinha. Cassie e Grey entraram para encontrar os Boyers e Duvals e a felicidade incondicional. Ela e Grey foram recebidos com gritos de boas-vindas e acomodados na longa mesa em frente a Père Laurent, que tinha acabado de regressar de seus deveres no Castelo de Durand. Cassie sentiu uma satisfação silenciosa de que Grey não recuasse perante o número de pessoas.

– Está com bom aspecto, padre – disse Cassie. O padre estava limpo e relaxado enquanto mergulhava em uma grande omelete de ervas e queijo. – O arranhão no seu ombro não foi profundo?

Père Laurent sorriu traiçoeiramente.

– As pessoas previram minha morte iminente desde que eu era uma criança doente, mas ainda estou aqui. A bala mal me tocou. Acho que me derrubou mais porque pegou o tecido do meu casaco.

Grey apertou a mão do amigo fervorosamente.

– Eu não pude acreditar quando o vi confrontar Durand! Foi a coisa mais corajosa que já vi.

Père Laurent deu de ombros.

– O pior que ele podia fazer seria me matar, o que não seria um desastre para um homem de fé. Mas eu terei prazer em voltar a uma igreja e a uma congregação. – Ele olhou para Grey com firmeza. – Eu não queria que você arriscasse sua vida por um velho como eu, mas, pelo bem da minha Viole e de sua família, você tem minha mais profunda gratidão.

Como Grey parecia desconfortável com os agradecimentos, Viole colocou canecas fumegantes de café autêntico e caro na frente de Cassie e Grey.

– Não é tão bom quando vivemos em amor uns com os outros?

– Prova de que os franceses e os ingleses podem ser amigos. – Cassie adicionou creme e açúcar a seu café e deu um gole profundo. Foi delicioso, quente e revigorante. O calor e a energia ondulavam através de seu corpo cansado.

– Que o futuro mantenha a paz, e logo. – Grey levantou sua caneca de café para Cassie em um brinde, seus olhos quentes. Como mulher, tanto francesa como inglesa, não podia estar mais de acordo. Ela nunca quisera uma guerra entre suas duas pátrias.

Quando Cassie começou a tocar na omelete que Yvette colocara em sua frente, Père Laurent disse, pensativo:

– Sua cor natural de cabelo é vermelha como o pelo da raposa, não é?

Ela engoliu antes de responder.

– Mais como uma raposa e menos como uma cenoura que eu parecia quando criança.

Ele riu.

– Pergunto-me se seu filho terá o cabelo ruivo,

A xícara de café dela congelou no ar enquanto olhava para ele.

As sobrancelhas brancas e peludas do padre se arquearam.

– Você não sabia que estava grávida? É claro que ainda é muito cedo, e você tem estado ocupada com outros assuntos.

Cassie sentiu sua bela pele ficando vermelha violentamente enquanto todos olhavam para ela com profundo interesse. Ao lado dela, Grey se levantou, apertou seu braço com firmeza e disse, em tom agradável:

– Se vocês nos derem licença, minha noiva e eu precisamos conversar.

Ele a tirou da cozinha e voltou para o quarto. Depois de acomodar seu corpo trêmulo em uma das camas, ajoelhou-se e acendeu o fogo. Ela ficou grata pelo calor, pois estava em choque.

Ele parou e a encarou atentamente, parecendo muito alta e com ombros largos.

– Suponho que isso seja novidade para você.

Ela assentiu, seu estômago rugindo.

– Jeanne me disse que Père Laurent é famoso por ser capaz de dizer se uma mulher está grávida. Eu... Eu estive me sentindo um pouco desconfortável, mas pensei que fosse a preocupação e o perigo.

– Você disse que tinha um método confiável de prevenção?

– As sementes de cenoura selvagem. Funcionam bastante bem, mas nenhum método é eficaz. – Ela lhe deu um sorriso retorcido. – Deus sabe que temos dado às sementes de cenoura selvagem muitos desafios.

– Eu estou... – Ele balançou a cabeça, procurando palavras. – Estou espantado. Surpreso. Encantado. Nunca pensei que viveria para me tornar pai. – Ele se sentou na cama em frente a ela, seus joelhos a apenas um palmo dela, o olhar atento. – Mas como você se sente sobre essa súbita mudança de situação?

Ela hesitou, com a mente agitada.

– Encantada, porque nunca pensei que teria um filho, também. Consternada, porque o momento é... embaraçoso. – Ela olhou para ele. – E realmente irritada, porque agora você vai achar que tem de se casar comigo.

– Errado.

Ela piscou.

– Você não vai ser gentil e honrado e insistir que nos casemos por causa do bebê?

– Não, eu não vou. – Ele se inclinou para a frente e pegou as mãos dela. – O bebê será uma alegria, mas, em termos de casamento, é irrelevante. Eu já tinha toda a intenção de convencê-la a se casar comigo. Estamos apenas tendo essa conversa um pouco mais cedo do que eu esperava.

Ela tentou, sem sucesso, puxar as mãos para longe, mas o aperto dele foi gentilmente implacável, e não parecia apropriado começar uma luta livre.

– A menos que minha memória esteja falhando, tivemos uma conversa em que expliquei que a carência da minha ajuda não era base para o casamento e que em um ano você iria querer algo diferente do que quer agora – disse ela, exasperada. – Pensei que tivesse concordado comigo.

Ele sorriu, parecendo tão atraente que ela quase derreteu.

– Eu só concordei com parte disso. Naquela época, pensei que você ficaria louca se enfrentasse um homem maluco como eu. Mas eu melhorei. Há quase um mês que não tento matar ninguém sem uma boa razão.

Ela revirou os olhos.

– Já ouvi argumentos mais convincentes.

– Muito bem. – Ele se inclinou para a frente, o olhar nela, os olhos cinzentos e escuros vívidos. – Eu mudei muito nos últimos dois meses, mas você também mudou.

Ela pensou na espiã obstinada e receosa que tinha sido quando Kirkland a mandara para o Castelo Durand, e concordou.

– Seu charme lendário funciona mesmo quando você está um tanto louco.

Foi a vez de ele revirar os olhos quando ela mencionou o charme lendário.

– Não há nada de errado em precisar de outra pessoa – disse ele, firmemente. – Meus pais precisam um do outro a cada hora do dia porque se dedicam um ao outro. Eles ficam mais felizes quando estão juntos.

– Eles parecem muito carinhosos.

Ele deve ter ouvido uma nota de dúvida na voz dela, porque disse claramente:

– Você está preocupada porque eu sempre gostei de mulheres e sou incapaz de ser fiel? Pois está enganada. Meu pai era muito parecido comigo, me disseram. Um jovem galante, incluindo a grande admiração por sua mãe. Depois conheceu minha mãe. Ele nunca olhou para outra mulher desde então. Sou muito parecido com ele. Semeei a minha parte de aveia selvagem até encontrar a mulher certa. Você. Eu a amo, e isso não vai mudar se esperarmos um ano.

Ela olhou para ele impotente, querendo acreditar. Impossível.

Ele levantou as mãos dela e beijou as costas de uma e depois da outra.

– Eu a amo, Cassie Catherine Cat – ele disse suavemente. – Nunca conheci uma mulher com sua força, graça e total confiança. Nem posso imaginar uma esposa que me entenda melhor, e há muito para entender.

Ela não tinha pensado nisso. O que diria uma jovem protegida por um homem marcado e complicado? Suas mãos se enrolaram em torno dele de um modo protetor quando ela percebeu que não queria deixá-lo à mercê de alguém que não poderia apreciar plenamente sua força, resiliência e coragem duramente conquistados.

Vendo sua expressão mudar, ele disse, com cuidado:

– Estou me comportando razoavelmente bem, mas ainda não sou a imagem de uma pessoa normal. Talvez nunca seja capaz de tolerar multidões, meu temperamento pode ser sempre caprichoso. Você está disposta a me aceitar? Eu estava preparado para esperar um ano se você insistisse, mas a situação mudou. – Ele esfregou suavemente o abdômen plano dela com uma mão grande e quente. – Prefiro que o nosso filho seja legítimo.

Ela pegou sua mão e a pressionou, pensando no bebê que tinham feito juntos. Assim que Père Laurent dissera as palavras, ela sabia em seus ossos que ele estava certo. Ela não devia um pai a seu filho?

E, no entanto...

– Eu vi demais, experimentei demais – disse ela, hesitante. – Eu não quero que você se arrependa disso algum dia.

– O que será preciso para convencê-la de que eu nunca vou querer uma inocente aborrecida? – ele perguntou, exasperado. – É a sua experiência que faz de você o que você é. Uma mulher de força e sabedoria irresistíveis.

Grey subitamente diminuiu a distância entre eles e a prendeu na cama estreita, beijando seu pescoço e deslizando uma mão escandalosa pela coxa abaixo de sua respeitável saia de Madame Harel.

– O fato de ser também a mulher mais deliciosamente atraente que já conheci não é a coisa mais importante sobre você. – Ele levantou a cabeça por um momento e pensou. – Mas é quase isso. – Ele capturou sua boca para mais um beijo.

Ela começou a rir enquanto a convicção e o desejo pulsavam através dela.

– E se eu for uma mulher superficial e lasciva que só concordaria em se casar por causa de seu rosto e corpo magníficos e... e habilidades de diversão avançadas?

– Está tudo bem. – Ele olhou para ela com esperança. – Você realmente quer se casar comigo pela minha aparência e me usar sem vergonha? Eu gosto muito mais do que ser perseguido pela minha riqueza e título.

A garganta dela se apertou e Cassie passou a mão no cabelo castanho opaco que deveria ser dourado. Eles haviam mudado um ao outro, e para melhor. Ela o resgatara, o alimentara, o ensinara a viver no mundo novamente. Ele a ensinara a abrir o coração. A dar amor. E, ainda mais difícil, receber amor.

Com voz rouca, ela disse:

– Eu não quero me casar com você pela sua aparência e paixão, ou pela sua posição e riqueza. – Ela engoliu muito antes de conseguir tirar as palavras. – Mas só porque... Eu o amo.

Seu rosto estava iluminado com uma alegria que combinava com a dela.

– Essa é a melhor razão de todas, minha Senhora Raposa. – Seus olhos estavam cheios de alegria. – Posso usar você sem vergonha agora?

Ela enrolou os braços ao redor do peito dele.

– Oh, por favor, faça isso!

Eles se uniram com uma doce carnalidade onde todas as barreiras à intimidade da mente e alma se dissolveram. A paixão era rápida e satisfatória além de qualquer coisa que ela já conhecera. Das palavras de amor que Grey cantou suavemente em seu ouvido, o mesmo aconteceu com ele.

Enquanto os dois se entrelaçavam na cama muito pequena, ela disse sonhadoramente:

– Será que Père Laurent vai nos casar sem restrições? Isso fará com que o aniversário da criança pareça menos anormal.

Grey beijou sua têmpora.

– Tenho certeza que sim, mas garanto que nossas famílias também vão querer um segundo casamento na Igreja da Inglaterra, totalmente adequado.

– Não me importo. Se o casamento uma vez é bom, duas vezes deve ser melhor.

– Essa não é a única coisa que é boa uma vez e duas vezes é melhor. – Ele acariciou seu torso de forma sugestiva.

Mesmo quando o desejo crescia através dela, Cassie disse, um pouco sem fôlego:
— Se você está pensando no que eu acho que está pensando, estou impressionada com sua resistência!
Ele sorriu para ela, os olhos se acendendo com travessura.
— Vamos pedir a Viole uma segunda xícara de café?

Epílogo

_—E_ *u vos declaro marido e mulher.* Com uma cerimônia de casamento completa, Grey percorreu com sua esposa radiante o corredor da igreja paroquial de sua família, acompanhados por uma música de órgão alegre. Na verdade, o casamento uma vez tinha sido bom e duas vezes ainda melhor.

Père Laurent os tinha casado primeiro na casa dos Boyer, na manhã seguinte ao ataque. Grey não acreditava que Cassie mudaria de ideia, mas não queria correr riscos.

Depois de partilhar o perigo, os Boyers e os Duvals sentiam-se como suas famílias, e Grey achava que não podia estar mais feliz do que quando Père Laurent os declarara marido e mulher. Cassie brilhava, e Grey irradiava como o sol de verão. Um pequeno café da manhã foi facilmente convertido em casamento com a adição de uma garrafa de vinho fino que os Boyers tinham guardado para uma ocasião especial.

A noiva e o noivo saíram para o terraço da igreja. Enquanto os convidados jogavam punhados de pétalas de flores, Cassie se inclinou para sussurrar:

– Este casamento é ainda melhor porque temos nossas cores naturais de cabelos.

Rindo, ele deu um beijo no cabelo de cobre brilhante. Na quinzena desde o regresso à Inglaterra, a primavera tinha chegado com força total, e o ar estava cheio de pássaros e do cheiro das flores.

– Você cheira a rosas – murmurou ele.

Tia Paciência tinha assumido o papel de mãe da noiva e ajudado com o enxoval, começando com um vestido de bronze que enfatizava a coloração de Cassie com uma riqueza de tirar o fôlego. Grey cuidara da licença especial. Com um bebê a caminho, quanto mais cedo, melhor. Além disso, ele odiava ter de dar uma volta pela casa para passar as noites com Cassie.

Lady Kiri Mackenzie fora a madrinha, e a exótica Kiri de cabelos escuros e a gloriosa Cassie de cabelos vermelhos fizeram um par suficientemente deslumbrante para fazer qualquer homem desmaiar. Peter foi o padrinho de Grey, e algumas observações femininas foram feitas sobre quão impressionantes os dois se pareciam lado a lado.

Já que Grey não estava mais disponível e não tinha interesse em qualquer outra mulher, olhares femininos especulativos avaliavam Peter, não que isso lhes trouxesse algum benefício. Depois que Peter fora aceito na companhia de teatro do Senhor Burke, Lorde e Lady Costain se resignaram a sua escolha. Agora ele estava mais interessado em atuar do que em se casar. Antes da cerimônia, Peter pedira a Grey que se certificasse de produzir um herdeiro masculino para que seu irmão nunca tivesse de se preocupar em herdar.

Os convidados faziam fila na varanda para oferecer votos de felicidades, e Grey ficou encantado em ver que dois de seus antigos colegas de classe tinham chegado a tempo para a cerimônia.

– Ashton! Randall! Estou tão contente por estarem aqui.

Sorrindo amplamente, o Duque de Ashton apertou a mão de Grey.

– Randall e eu nos atrasamos por causa de uma roda de carruagem quebrada, mas estávamos determinados a conseguir, mesmo que tivéssemos de montar os cavalos. Nunca pensei que veria este dia!

– Nem eu. – Randall, magro, loiro e militar, bateu uma mão no ombro de Grey. – Francamente, eu o tinha dado por perdido, Wyndham.

– E que bom livramento, tenho certeza. – Grey sorriu quando pegou a mão de Randall. – Ouvi dizer que você adotou um menino que é um dos alunos de Lady Agnes. O que você acha da paternidade?

Randall respondeu com um sorriso muito mais feliz do que qualquer outro que ele tinha quando menino.

– Eu recomendo, especialmente se você puder começar com um garoto de 12 anos como Benjamin. Dessa forma, você pula as etapas complicadas.

Lady Agnes, General Rawlings e a Senhorita Emily vieram da Academia de Westerfield para a celebração. Todos da comunidade de Summerhill estavam lá, é claro. Eles gostaram de saber que a próxima geração de Costains estava segura.

Os St. Ives estavam presentes em peso, incluindo George, o filho mais novo, vindo de Oxford. Eles não poderiam estar mais felizes se Cassie fosse realmente sua filha e irmã. Seu tio a acompanhou até o altar, não tendo nenhum desacordo sobre a "entregar" a Grey. Ela tinha sido sua própria filha por muitos anos.

O último da fila foi Kirkland, seu rosto bonito e sedutor relaxado.

– Você se lembra daquelas listas que eu sempre fazia na escola para controlar tudo o que eu precisava fazer?

Grey riu.

– Quem poderia esquecer? Você já era muito bem organizado naquela época.

Kirkland tirou um pedaço de papel gasto do bolso do peito junto com um lápis e segurou-o para que Grey o visse. O nome Wyndham estava escrito no meio de uma lista onde todo o resto tinha sido riscado. Com um floreio, Kirkland traçou uma linha através do nome.

– Agora tenho menos uma coisa com que me preocupar!

Grey riu e depois se tornou sério.

– Nunca poderei agradecer tudo o que fez. Você me deu a liberdade, e Cassie. – Grey pôs um braço ao redor de sua esposa. – Tudo o que preciso para completar a minha felicidade é de Régine.

Kirkland sorriu.

– Espero que Cassie não esteja zangada com a comparação implícita.

À medida que se afastava, Cassie se aninhava confortavelmente ao lado de Grey.

– Daqui a cerca de quinze dias, Lady Agnes vai permitir que a receba.

– Só porque Lady Agnes tem um cachorrinho para mimar.

Cassie ergueu a cabeça. Ele poderia afogar-se alegremente naquelas piscinas azuis profundas de paciência e sabedoria. Ela perguntou:

– A multidão o está incomodando?

Ele sabia que não devia mentir para Cassie, já que ela conseguia ver através dele.

– Um pouco – ele admitiu. – Mas esta é a nossa casa e estes são nossos amigos, e durante o café da manhã do casamento eu posso fugir por alguns minutos quando preciso. Você vai fugir comigo?

Ela sorriu.

– Claro que sim. As pessoas vão notar e gostar de ter pensamentos escandalosos.

A carruagem Costain parou na frente da igreja para levar Grey e Cassie a Summerhill para o café da manhã do casamento. A tia, o tio de Cassie e os Costains já haviam sido levados em outra carruagem enquanto outros convidados estavam andando pela pista que levava à grande casa. Haveria uma festa fechada para amigos e parentes próximos, e um festival ao ar livre para a comunidade. Inevitavelmente os dois grupos se misturariam.

Grey ajudou Cassie a entrar na carruagem, depois a seguiu. Assim que a porta foi fechada, ele a puxou para os braços para um beijo ardente que teria sido escandaloso na igreja.

Quando subiram para tomar ar, seu chapéu florido caiu, deixando um rastro de pétalas rosa pálido em seu lindo ombro nu. Cassie sorriu para ele com uma ternura que virou o coração dele de dentro para fora.

– Hoje à noite nós dormiremos em nosso chalé perto do mar, meu lorde dourado. Mesmo que seja uma casa de fazenda.

– Valeu a pena ter passado dez anos na prisão para encontrá-la, meu único amor – ele disse suavemente.

Cassie encostou sua face na dele.

– Nunca acreditei que a fortuna me levaria a tal felicidade. – A intensidade dela se dissolveu em riso. – Ao longo do caminho eu fui avisada por várias pessoas de que você nunca, nunca se casaria comigo. Sempre concordei com elas, de todo o coração.

Ele se juntou ao riso dela.

– Essa é uma boa razão para se ter dois casamentos. – Ele beijou uma das pétalas delicadas no pescoço dela. – Portanto, não há como errar o fato de que estamos bem e verdadeiramente casados, agora e para sempre. – Abandonando a seriedade, ele acrescentou: – Toda vez que você quiser que eu me case com você novamente, basta pedir!

Nota da Autora
A Trégua de Amiens

Inglaterra e França lutaram durante séculos. A guerra desencadeada pela revolução francesa durou quase continuamente de 1793 a 1815, quando Waterloo encerrou o império de Napoleão. A principal ruptura das hostilidades foi a Trégua após o Tratado de Amiens, que vigorou de março de 1802 a maio de 1803.

A guerra era dispendiosa, e as nações aliadas que lutavam contra a França queriam a paz. Depois que o tratado foi assinado, os britânicos de origem mais elevada afluíram para Paris a fim de festejar. No entanto, Napoleão usou a paz para consolidar seu poder e continuou com sua estratégia bélica e expansionista. Como as relações entre França, Grã-Bretanha e Rússia se deterioraram, muitos visitantes estrangeiros voltaram sabiamente para casa.

A Grã-Bretanha convocou seu embaixador na França e declarou guerra em 18 de maio de 1803. Em 22 de maio, Napoleão ordenou abruptamente a prisão de todos os homens britânicos entre os 18 e os 60 anos de idade. Sua ação foi denunciada como ilegal por todas as grandes potências, mas Napoleão nunca esteve muito interessado em nada além do poder. Centenas de homens foram presos e muitos não voltaram para casa até 1814, após a abdicação de Napoleão.

A cidade provincial de Verdun era o local oficial de residência para os bem-nascidos prisioneiros britânicos, a maioria dos quais estava acompanhada de suas mulheres. Comerciantes britânicos que também foram detidos montaram mercados para atender os ricos, por isso surgiram os mercadores e alfaiates britânicos. Uma comunidade de expatriados bastante acolhedora, embora limitada, se formou.

Em toda essa agitação, é fácil acreditar que um jovem lorde inglês, particularmente impertinente, pode ter desaparecido em uma masmorra secreta.